U0488746

20世纪中国古代文化经典域外传播研究书系

张西平　　总主编

英美汉学中的白居易研究

莫丽芸　著

中原出版传媒集团
大地传媒

大象出版社
·郑州·

图书在版编目(CIP)数据

英美汉学中的白居易研究／莫丽芸著.— 郑州：大象出版社，2017.12
(20世纪中国古代文化经典域外传播研究书系)
ISBN 978-7-5347-9226-7

Ⅰ.①英… Ⅱ.①莫… Ⅲ.①白居易（772-846）—唐诗—诗歌研究 Ⅳ.①I207.22

中国版本图书馆CIP数据核字(2017)第086319号

20世纪中国古代文化经典域外传播研究书系

英美汉学中的白居易研究
YING MEI HANXUE ZHONG DE BAIJUYI YANJIU

莫丽芸 著

出 版 人	王刘纯
项目统筹	张前进 刘东蓬
责任编辑	陈 灼
责任校对	安德华 马 宁
装帧设计	张 帆

出版发行	大象出版社（郑州市开元路16号 邮政编码450044）
	发行科 0371-63863551 总编室 0371-65597936
网　　址	www.daxiang.cn
印　　刷	郑州市毛庄印刷厂
经　　销	各地新华书店经销
开　　本	787mm×1092mm　1/16
印　　张	17.5
字　　数	318千字
版　　次	2018年1月第1版　2018年1月第1次印刷
定　　价	52.00元

若发现印、装质量问题，影响阅读，请与承印厂联系调换。
印厂地址　郑州市惠济区清华园路毛庄工业园
邮政编码　450044　　　电话　0371-63784396

总　序

张西平①

呈现在读者面前的这套"20世纪中国古代文化经典域外传播研究书系"是我2007年所申请的教育部哲学社会科学研究重大课题攻关项目的成果。

这套丛书的基本设计是：导论1卷，编年8卷，中国古代文化域外传播专题研究10卷，共计19卷。

中国古代文化经典在域外的传播和影响是一个崭新的研究领域，之前中外学术界从未对此进行过系统研究。它突破了以往将中国古代文化经典的研究局限于中国本土的研究方法，将研究视野扩展到世界主要国家，研究中国古代文化经典在那里的传播和影响，以此说明中国文化的世界性意义。

我在申请本课题时，曾在申请表上如此写道：

> 研究20世纪中国古代文化经典在域外的传播和影响，可以使我们走出"东方与西方""现代与传统"的二元思维，在世界文化的范围内考察中国文化的价值，以一种全球视角来重新审视中国古代文化的影响和现代价值，揭示中国文化的普世性意义。这样的研究对于消除当前中国学术界、文化界所存在的对待中国古代文化的焦虑和彷徨，对于整个社会文化转型中的中国重新

---

① 北京外国语大学中国海外汉学研究中心（现在已经更名为"国际中国文化研究院"）原主任，中国文化走出去协同创新中心原副主任。

确立对自己传统文化的自信,树立文化自觉,都具有极其重要的思想文化意义。

通过了解20世纪中国古代文化经典在域外的传播与接受,我们也可以进一步了解世界各国的中国观,了解中国古代文化如何经过"变异",融合到世界各国的文化之中。通过对20世纪中国古代文化经典在域外传播和影响的研究,我们可以总结出中国文化向外部世界传播的基本规律、基本经验、基本方法,为国家制定全球文化战略做好前期的学术准备,为国家对外传播中国文化宏观政策的制定提供学术支持。

中国文化在海外的传播,域外汉学的形成和发展,昭示着中国文化的学术研究已经成为一个全球的学术事业。本课题的设立将打破国内学术界和域外汉学界的分隔与疏离,促进双方的学术互动。对中国学术来说,课题的重要意义在于:使国内学术界了解域外汉学界对中国古代文化研究的进展,以"它山之石"攻玉。通过本课题的研究,国内学术界了解了域外汉学界在20世纪关于中国古代文化经典的研究成果和方法,从而在观念上认识到:对中国古代文化经典的研究已经不再仅仅属于中国学术界本身,而应以更加开阔的学术视野展开对中国古代文化经典的研究与探索。

这样一个想法,在我们这项研究中基本实现了。但我们应该看到,对中国古代文化经典在域外的传播与影响的研究绝非我们这样一个课题就可以完成的。这是一个崭新的学术方向和领域,需要学术界长期关注与研究。基于这样的考虑,在课题设计的布局上我们的原则是:立足基础,面向未来,着眼长远。我们希望本课题的研究为今后学术的进一步发展打下坚实的基础。为此,在导论中,我们初步勾勒出中国古代文化经典在西方传播的轨迹,并从理论和文献两个角度对这个研究领域的方法论做了初步的探讨。在编年系列部分,我们从文献目录入手,系统整理出20世纪以来中国古代文化经典在世界主要国家的传播编年。编年体是中国传统记史的一个重要体裁,这样大规模的中国文化域外传播的编年研究在世界上是首次。专题研究则是从不同的角度对这个主题的深化。

为完成这个课题,30余位国内外学者奋斗了7年,到出版时几乎是用了10年时间。尽管我们取得了一定的成绩,这个研究还是刚刚开始,待继续努力的方向还很多。如:这里的中国古代文化经典主要侧重于以汉文化为主体,但中国古代文化是一个"多元一体"的文化,在其长期发展中,少数民族的古代文化经典已经逐步融合到汉文化的主干之中,成为中华文化充满活力、不断发展的动力和原因之一。由于时间和知识的限制,在本丛书中对中国古代少数民族的经典在域外的传播研究尚未全面展开,只是在个别卷中有所涉猎。在语言的广度上也待扩展,如在欧洲语言中尚未把西班牙语、瑞典语、荷兰语等包括进去,在亚洲语言中尚未把印地语、孟加拉语、僧伽罗语、乌尔都语、波斯语等包括进去。因此,我们只是迈开了第一步,我们希望在今后几年继续完成中国古代文化在使用以上语言的国家中传播的编年研究工作。希望在第二版时,我们能把编年卷做得更好,使其成为方便学术界使用的工具书。

中国文化是全球性的文化,它不仅在东亚文化圈、欧美文化圈产生过重要影响,在东南亚、南亚、阿拉伯世界也都产生过重要影响。因此,本丛书尽力将中国古代文化经典在多种文化区域传播的图景展现出来。或许这些研究仍待深化,但这样一个图景会使读者对中国文化的影响力有一个更为全面的认识。

中国古代文化经典的域外传播研究近年来逐步受到学术界的重视,据初步统计,目前出版的相关专著已经有十几本之多,相关博士论文已经有几十篇,国家社科基金课题及教育部课题中与此相关的也有十余个。随着国家"一带一路"倡议的提出,中国文化"走出去"战略也开始更加关注这个方向。应该说,这个领域的研究进步很大,成果显著。但由于这是一个跨学科的崭新研究领域,尚有不少问题需要我们深入思考。例如,如何更加深入地展开这一领域的研究?如何从知识和学科上把握这个研究领域?通过什么样的路径和方法展开这个领域的研究?这个领域的研究在学术上的价值和意义何在?对这些问题笔者在这里进行初步的探讨。

一、历史:展开中国典籍外译研究的基础

根据目前研究,中国古代文化典籍第一次被翻译为欧洲语言是在1592年,由来自西班牙的传教士高母羡(Juan Cobo,1546—1592)[1]第一次将元末明初的中国

---

[1] "'Juan Cobo',是他在1590年寄给危地马拉会友信末的落款签名,也是同时代的欧洲作家对他的称呼;'高母羡',是1593年马尼拉出版的中文著作《辩正教真传实录》一书扉页上的作者;'羡高茂',是1592年他在翻译菲律宾总督致丰臣秀吉的回信中使用的署名。"蒋薇:《1592年高母羡(Fr.Juan Cobo)出使日本之行再议》,硕士论文抽样本,北京:北京外国语大学;方豪:《中国天主教史人物传》(上),北京:中华书局,1988年,第83—89页。

文人范立本所编著的收录中国文化先贤格言的蒙学教材《明心宝鉴》翻译成西班牙文。《明心宝鉴》收入了孔子、孟子、庄子、老子、朱熹等先哲的格言,于洪武二十六年(1393)刊行。如此算来,欧洲人对中国古代文化典籍的翻译至今已有424年的历史。要想展开相关研究,对研究者最基本的要求就是熟知西方汉学的历史。

仅仅拿着一个译本,做单独的文本研究是远远不够的。这些译本是谁翻译的？他的身份是什么？他是哪个时期的汉学家？他翻译时的中国助手是谁？他所用的中文底本是哪个时代的刻本？……这些都涉及对汉学史及中国文化史的了解。例如,如果对《明心宝鉴》的西班牙译本进行研究,就要知道高母羡的身份,他是道明会的传教士,在菲律宾完成此书的翻译,此书当时为生活在菲律宾的道明会传教士学习汉语所用。他为何选择了《明心宝鉴》而不是其他儒家经典呢？因为这个本子是他从当时来到菲律宾的中国渔民那里得到的,这些侨民只是粗通文墨,不可能带有很经典的儒家本子,而《菜根谭》和《明心宝鉴》是晚明时期民间流传最为广泛的儒家伦理格言书籍。由于这是以闽南话为基础的西班牙译本,因此书名、人名及部分难以意译的地方,均采取音译方式,其所注字音当然也是闽南语音。我们对这个译本进行研究就必须熟悉闽南语。同时,由于译者是天主教传教士,因此研究者只有对欧洲天主教的历史发展和天主教神学思想有一定的了解,才能深入其文本的翻译研究之中。

又如,法国第一位专业汉学家雷慕沙（Jean Pierre Abel Rémusat, 1788—1832）的博士论文是关于中医研究的《论中医舌苔诊病》（*Dissertatio de glossosemeiotice sive de signis morborum quae è linguâ sumuntur, praesertim apud sinenses*, 1813, Thése, Paris）。论文中翻译了中医的一些基本文献,这是中医传向西方的一个重要环节。如果做雷慕沙这篇文献的研究,就必须熟悉西方汉学史,因为雷慕沙并未来过中国,他关于中医的知识是从哪里得来的呢？这些知识是从波兰传教士卜弥格（Michel Boym, 1612—1659）那里得来的。卜弥格的《中国植物志》"是西方研究中国动植物的第一部科学著作,曾于1656年在维也纳出版,还保存了原著中介绍的每一种动植物的中文名称和卜弥格为它们绘制的二十七幅图像。后来因为这部著作受到欧洲读者极大的欢迎,在1664年,又发表了它的法文译本,名为《耶稣会士卜弥格神父写的一篇论特别是来自中国的花、水果、植物和个别动物的论文》"。……

荷兰东印度公司一位首席大夫阿德列亚斯·克莱耶尔（Andreas Clayer）……1682年在德国出版的一部《中医指南》中，便将他所得到的卜弥格的《中医处方大全》《通过舌头的颜色和外部状况诊断疾病》《一篇论脉的文章》和《医学的钥匙》的部分章节以他的名义发表了"①。这就是雷慕沙研究中医的基本材料的来源。如果对卜弥格没有研究，那就无法展开对雷慕沙的研究，更谈不上对中医西传的研究和翻译时的历史性把握。

这说明研究者要熟悉从传教士汉学到专业汉学的发展历史，只有如此才能展开研究。西方汉学如果从游记汉学算起已经有七百多年的历史，如果从传教士汉学算起已经有四百多年的历史，如果从专业汉学算起也有近二百年的历史。在西方东方学的历史中，汉学作为一个独立学科存在的时间并不长，但学术的传统和人脉一直在延续。正像中国学者做研究必须熟悉本国学术史一样，做中国文化典籍在域外的传播研究首先也要熟悉域外各国的汉学史，因为绝大多数的中国古代文化典籍的译介是由汉学家们完成的。不熟悉汉学家的师承、流派和学术背景，自然就很难做好中国文化的海外传播研究。

上面这两个例子还说明，虽然西方汉学从属于东方学，但它是在中西文化交流的历史中产生的。这就要求研究者不仅要熟悉西方汉学史，也要熟悉中西文化交流史。例如，如果不熟悉元代的中西文化交流史，那就无法读懂《马可·波罗游记》；如果不熟悉明清之际的中西文化交流史，也就无法了解以利玛窦为代表的传教士汉学家们的汉学著作，甚至完全可能如堕烟海，不知从何下手。上面讲的卜弥格是中医西传第一人，在中国古代文化典籍西传方面贡献很大，但他同时又是南明王朝派往梵蒂冈教廷的中国特使，在明清时期中西文化交流史上占有重要的地位。如果不熟悉明清之际的中西文化交流史，那就无法深入展开研究。即使一些没有来过中国的当代汉学家，在其进行中国典籍的翻译时，也会和中国当时的历史与人物发生联系并受到影响。例如20世纪中国古代文化经典最重要的翻译家阿瑟·韦利（Arthur David Waley，1889—1966）与中国作家萧乾、胡适的交往，都对他的翻译活动产生过影响。

历史是进行一切人文学科研究的基础，做中国古代文化经典在域外的传播研

---

① 张振辉：《卜弥格与明清之际中学的西传》，《中国史研究》2011年第3期，第184—185页。

究尤其如此。

中国学术界对西方汉学的典籍翻译的研究起源于清末民初之际。辜鸿铭对西方汉学家的典籍翻译多有微词。那时的中国学术界对西方汉学界已经不陌生，不仅不陌生，实际上晚清时期对中国学问产生影响的西学中也包括汉学。① 近代以来，中国学术的发展是西方汉学界与中国学界互动的结果，我们只要提到伯希和、高本汉、葛兰言在民国时的影响就可以知道。② 但中国学术界自觉地将西方汉学作为一个学科对象加以研究和分梳的历史并不长，研究者大多是从自己的专业领域对西方汉学发表评论，对西方汉学的学术历史研究甚少。莫东言的《汉学发达史》到1936年才出版，实际上这本书中的绝大多数知识来源于日本学者石田干之助的《欧人之汉学研究》③。近30年来中国学术界对西方汉学的研究有了长足进展，个案研究、专书和专人研究及国别史研究都有了重大突破。像徐光华的《国外汉学史》、阎纯德主编的《列国汉学史》等都可以为我们的研究提供初步的线索。但应看到，对国别汉学史的研究才刚刚开始，每一位从事中国典籍外译研究的学者都要注意对汉学史的梳理。我们应承认，至今令学术界满意的中国典籍外译史的专著并不多见，即便是国别体的中国典籍外译的专题历史研究著作都尚未出现。④ 因为这涉及太多的语言和国家，绝非短期内可以完成。随着国家"一带一路"倡议的提出，了解沿路国家文化与中国文化之间的互动历史是学术研究的题中应有之义。但一旦我们翻阅学术史文献就会感到，在这个领域我们需要做的事情还有很多，尤其需要增强对沿路国家文化与中国文化互动的了解。百年以西为师，我们似乎忘记了家园和邻居，悲矣！学术的发展总是一步步向前的，愿我们沿着季羡林先生开辟的中国东方学之路，由历史而入，拓展中国学术发展的新空间。

---

① 罗志田：《西学冲击下近代中国学术分科的演变》，《社会科学研究》2003年第1期。
② 桑兵：《国学与汉学——近代中外学界交往录》，北京：中国人民大学出版社，2010年；李孝迁：《葛兰言在民国学界的反响》，《华东师范大学学报》（哲学社会科学版）2010年第4期。
③ [日]石田干之助：《欧人之汉学研究》，朱滋萃译，北京：北平中法大学出版社，1934年。
④ 马祖毅、任荣珍：《汉籍外译史》，武汉：湖北教育出版社，1997年。这本书尽管是汉籍外译研究的开创性著作，但书中的错误颇多，注释方式也不规范，完全分不清资料的来源。关键在于作者对域外汉学史并未深入了解，仅在二手文献基础上展开研究。学术界对这本书提出了批评，见许冬平《〈汉籍外译史〉还是〈汉籍歪译史〉?》，光明网，2011年8月21日。

二、文献：西方汉学文献学亟待建立

张之洞在《书目答问》中开卷就说："诸生好学者来问应读何书,书以何本为善。偏举既嫌挂漏,志趣学业亦各不同,因录此以告初学。"①学问由目入,读书自识字始,这是做中国传统学问的基本方法。此法也同样适用于中国文化在域外的传播研究及中国典籍外译研究。因为19世纪以前中国典籍的翻译者以传教士为主,传教士的译本在欧洲呈现出非常复杂的情况。17世纪时传教士的一些译本是拉丁文的,例如柏应理和一些耶稣会士联合翻译的《中国哲学家孔子》,其中包括《论语》《大学》《中庸》。这本书的影响很大,很快就有了各种欧洲语言的译本,有些是节译,有些是改译。如果我们没有西方汉学文献学的知识,就搞不清这些译本之间的关系。

18世纪欧洲的流行语言是法语,会法语是上流社会成员的标志。恰好此时来华的传教士由以意大利籍为主转变为以法国籍的耶稣会士为主。这些法国来华的传教士学问基础好,翻译中国典籍极为勤奋。法国传教士的汉学著作中包含了大量对中国古代文化典籍的介绍和翻译,例如来华耶稣会士李明返回法国后所写的《中国近事报道》(*Nouveaux mémoires sur l'état présent de la Chine*),1696年在巴黎出版。他在书中介绍了中国古代重要的典籍"五经",同时介绍了孔子的生平。李明所介绍的孔子的生平在当时欧洲出版的来华耶稣会士的汉学著作中是最详细的。这本书出版后在四年内竟然重印五次,并有了多种译本。如果我们对法语文本和其他文本之间的关系不了解,就很难做好翻译研究。

进入19世纪后,英语逐步取得霸主地位,英文版的中国典籍译作逐渐增加,版本之间的关系也更加复杂。美国诗人庞德在翻译《论语》时,既参照早年由英国汉学家柯大卫(David Collie)翻译的第一本英文版"四书"②,也参考理雅各的译本,如果只是从理雅各的译本来研究庞德的翻译肯定不全面。

20世纪以来对中国典籍的翻译一直在继续,翻译的范围不断扩大。学者研

---

① 〔清〕张之洞著,范希曾补正:《书目答问补正》,上海:上海古籍出版社,2001年,第3页。
② David Collie, *The Four Books*, Malacca: Printed at Mission Press, 1828.

究百年的《论语》译本的数量就很多,《道德经》的译本更是不计其数。有的学者说世界上译本数量极其巨大的文化经典文本有两种,一种是《圣经》,另一种就是《道德经》。

这说明我们在从事文明互鉴的研究时,尤其在从事中国古代文化经典在域外的翻译和传播研究时,一定要从文献学入手,从目录学入手,这样才会保证我们在做翻译研究时能够对版本之间的复杂关系了解清楚,为研究打下坚实的基础。中国学术传统中的"辨章学术,考镜源流"在我们致力于域外汉学研究时同样需要。

目前,国家对汉籍外译项目投入了大量的经费,国内学术界也有相当一批学者投入这项事业中。但我们在开始这项工作时应该摸清世界各国已经做了哪些工作,哪些译本是受欢迎的,哪些译本问题较大,哪些译本是节译,哪些译本是全译。只有清楚了这些以后,我们才能确定恰当的翻译策略。显然,由于目前我们在域外汉学的文献学上做得不够理想,对中国古代文化经典的翻译情况若明若暗。因而,国内现在确立的一些翻译计划不少是重复的,在学术上是一种浪费。即便国内学者对这些典籍重译,也需要以前人的工作为基础。

就西方汉学而言,其基础性书目中最重要的是两本目录,一本是法国汉学家考狄编写的《汉学书目》(Bibliotheca sinica),另一本是中国著名学者、中国近代图书馆的奠基人之一袁同礼1958年出版的《西文汉学书目》(China in Western Literature: a Continuation of Cordier's Bibliotheca Sinica)①。

从西方最早对中国的记载到1921年西方出版的关于研究中国的书籍,四卷本的考狄书目都收集了,其中包括大量关于中国古代文化典籍的译本目录。袁同礼的《西文汉学书目》则是"接着说",其书名就表明是接着考狄来做的。他编制了1921—1954年期间西方出版的关于中国研究的书目,其中包括数量可观的关于中国古代文化典籍的译本目录。袁同礼之后,西方再没有编出一本类似的书目。究其原因,一方面是中国研究的进展速度太快,另一方面是中国研究的范围在快速扩大,在传统的人文学科的思路下已经很难把握快速发展的中国研究。

当然,国外学者近50年来还是编制了一些非常重要的专科性汉学研究文献

---

① 书名翻译为《西方文学作品里的中国书目——续考狄之汉学书目》更为准确,《西文汉学书目》简洁些。

目录,特别是关于中国古代文化经典的翻译也有了专题性书目。例如,美国学者编写的《中国古典小说研究与欣赏论文书目指南》①是一本很重要的专题性书目,对于展开中国古典文学在西方的传播研究奠定了基础。日本学者所编的《东洋学文献类目》是当代较权威的中国研究书目,收录了部分亚洲研究的文献目录,但涵盖语言数量有限。当然中国学术界也同样取得了较大的进步,台湾学者王尔敏所编的《中国文献西译书目》②无疑是中国学术界较早的西方汉学书目。汪次昕所编的《英译中文诗词曲索引:五代至清末》③、王丽娜的《中国古典小说戏曲名著在国外》④是新时期第一批从目录文献学上研究西方汉学的著作。林舒俐、郭英德所编的《中国古典戏曲研究英文论著目录》⑤,顾钧、杨慧玲在美国汉学家卫三畏研究的基础上编制的《〈中国丛报〉篇名目录及分类索引》,王国强在其《〈中国评论〉(1872—1901)与西方汉学》中所附的《中国评论》目录和《中国评论》文章分类索引等,都代表了域外汉学和中国古代文化外译研究的最新进展。

从学术的角度看,无论是海外汉学界还是中国学术界在汉学的文献学和目录学上都仍有继续展开基础性研究和学术建设的极大空间。例如,在17世纪和18世纪"礼仪之争"后来华传教士所写的关于在中国传教的未刊文献至今没有基础性书目,这里主要指出傅圣泽和白晋的有关文献就足以说明问题。⑥ 在罗马传信部档案馆、梵蒂冈档案馆、耶稣会档案馆有着大量未刊的耶稣会士关于"礼仪之争"的文献,这些文献多涉及中国典籍的翻译问题。在巴黎外方传教会、方济各传教会也有大量的"礼仪之争"期间关于中国历史文化研究的未刊文献。这些文献目录未整理出来以前,我们仍很难书写一部完整的中国古代文献西文翻译史。

由于中国文化研究已经成为一个国际化的学术事业,无论是美国亚洲学会的

---

① Winston L.Y.Yang, Peter Li and Nathan K.Mao, *Classical Chinese Fiction: A Guide to Its Study and Appreciation—Essays and Bibliographies*, Boston: G.K.Hall & Co., 1978.
② 王尔敏编:《中国文献西译书目》,台北:台湾商务印书馆,1975年。
③ 汪次昕编:《英译中文诗词曲索引:五代至清末》,台北:汉学研究中心,2000年。
④ 王丽娜:《中国古典小说戏曲名著在国外》,上海:学林出版社,1988年。
⑤ 林舒俐、郭英德编:《中国古典戏曲研究英文论著目录》(上),《戏曲研究》2009年第3期;《中国古典戏曲研究英文论著目录》(下),《戏曲研究》2010年第1期。
⑥ [美]魏若望:《耶稣会士傅圣泽神甫传:索隐派思想在中国及欧洲》,吴莉苇译,郑州:大象出版社,2006年;[丹]龙伯格:《清代来华传教士马若瑟研究》,李真、骆洁译,郑州:大象出版社,2009年;[德]柯兰霓:《耶稣会士白晋的生平与著作》,李岩译,郑州:大象出版社,2009年;[法]维吉尔·毕诺:《中国对法国哲学思想形成的影响》,耿昇译,北京:商务印书馆,2000年。

中国学研究网站所编的目录，还是日本学者所编的目录，都已经不能满足学术发展的需要。我们希望了解伊朗的中国历史研究状况，希望了解孟加拉国对中国文学的翻译状况，但目前没有目录能提供这些。袁同礼先生当年主持北平图书馆工作时曾说过，中国国家图书馆应成为世界各国的中国研究文献的中心，编制世界的汉学研究书目应是我们的责任。先生身体力行，晚年依然坚持每天在美国国会图书馆的目录架旁抄录海外中国学研究目录，终于继考狄之后完成了《西文汉学书目》，开启了中国学者对域外中国研究文献学研究的先河。今日的中国国家图书馆的同人和中国文献学的同行们能否继承前辈之遗产，为飞出国门的中国文化研究提供一个新时期的文献学的阶梯，提供一个真正能涵盖多种语言，特别是非通用语的中国文化研究书目呢？我们期待着。正是基于这样的考虑，10年前我承担教育部重大攻关项目"20世纪中国古代文化经典在域外的传播与影响"时，决心接续袁先生的工作做一点尝试。我们中国海外汉学研究中心和北京外国语大学与其他院校学界的同人以10年之力，编写了一套10卷本的中国文化传播编年，它涵盖了22种语言，涉及20余个国家。据我了解，这或许是目前世界上第一次涉及如此多语言的中国文化外传文献编年。

尽管这些编年略显幼稚，多有不足，但中国的学者们是第一次把自己的语言能力与中国学术的基础性建设有机地结合起来。我们总算在袁同礼先生的事业上前进了一步。

学术界对于加强海外汉学文献学研究的呼声很高。李学勤当年主编的《国际汉学著作提要》就是希望从基础文献入手加强对西方汉学名著的了解。程章灿更是提出了十分具体的方案，他认为如果把欧美汉学作为学术资源，应该从以下四方面着手："第一，从学术文献整理的角度，分学科、系统编纂中外文对照的专业论著索引。就欧美学者的中国文学研究而言，这一工作显得相当迫切。这些论著至少应该包括汉学专著、汉籍外译本及其附论（尤其是其前言、后记）、各种教材（包括文学史与作品选）、期刊论文、学位论文等几大项。其中，汉籍外译本与学位论文这两项比较容易被人忽略。这些论著中提出或涉及的学术问题林林总总，如果并没有广为中国学术界所知，当然也就谈不上批判或吸收。第二，从学术史角度清理学术积累，编纂重要论著的书目提要。从汉学史上已出版的研究中国文学的专著中，选取有价值的、有影响的，特别是有学术史意义的著作，每种写一篇两三千字的书目提要,述其内容大要、方法特点,并对其作学术史之源流梳理。对这些海外汉学文献的整理,就是学术史的建设,其道理与第一点是一样的。第三,从学术术语与话语沟通的角度,编纂一册中英文术语对照词典。就中国文学研究而言,目前在世界范围内,英语与汉语是两种最重要的工作语言。但是,对于同一个中国文学专有名词,往往有多种不同的英语表达法,国内学界英译中国文学术语时,词不达意、生拉硬扯的现象时或可见,极不利于中外学者的沟通和中外学术的交流。如有一册较好的中英文中国文学术语词典,不仅对于中国研究者,而且对于学习中国文学的外国人,都有很大的实用价值。第四,在系统清理研判的基础上,编写一部国际汉学史略。"①

历史期待着我们这一代学人,从基础做起,从文献做起,构建起国际中国文化研究的学术大厦。

三、语言:中译外翻译理论与实践有待探索

翻译研究是做中国古代文化对外传播研究的重要环节,没有这个环节,整个研究就不能建立在坚实的学术基础之上。在翻译研究中如何创造出切实可行的中译外理论是一个亟待解决的问题。如果翻译理论、翻译的指导观念不发生变革,一味依赖西方的理论,并将其套用在中译外的实践中,那么中国典籍的外译将不会有更大的发展。

外译中和中译外是两种翻译实践活动。前者说的是将外部世界的文化经典翻译成中文,后者说的是将中国古代文化的经典翻译成外文。几乎每一种有影响的文化都会面临这两方面的问题。

中国文化史告诉我们,我们有着悠久的外译中的历史,例如从汉代以来中国对佛经的翻译和近百年来中国对西学和日本学术著作的翻译。中国典籍的外译最早可以追溯到玄奘译老子的《道德经》,但真正形成规模则始于明清之际来华的传教士,即上面所讲的高母羡、利玛窦等人。中国人独立开展这项工作则应从晚清时期的陈季同和辜鸿铭算起。外译中和中译外作为不同语言之间的转换有

---

① 程章灿:《作为学术文献资源的欧美汉学研究》,《文学遗产》2012年第2期,第134—135页。

共同性,这是毋庸置疑的。但二者的区别也很明显,目的语和源语言在外译中和中译外中都发生了根本性置换,这种目的语和源语言的差别对译者提出了完全不同的要求。因此,将中译外作为一个独立的翻译实践来展开研究是必要的,正如刘宓庆所说:"实际上东方学术著作的外译如何解决文化问题还是一块丰腴的亟待开发的处女地。"①

由于在翻译目的、译本选择、语言转换等方面的不同,在研究中译外时完全照搬西方的翻译理论是有问题的。当然,并不是说西方的翻译理论不可用,而是这些理论的创造者的翻译实践大都是建立在西方语言之间的互译之上。在此基础上产生的翻译理论面对东方文化时,特别是面对以汉字为基础的汉语文化时会产生一些问题。潘文国认为,至今为止,西方的翻译理论基本上是对印欧语系内部翻译实践的总结和提升,那套理论是"西西互译"的结果,用到"中西互译"是有问题的,"西西互译"多在"均质印欧语"中发生,而"中西互译"则是在相距遥远的语言之间发生。因此他认为"只有把'西西互译'与'中西互译'看作是两种不同性质的翻译,因而需要不同的理论,才能以更为主动的态度来致力于中国译论的创新"②。

语言是存在的家园。语言具有本体论作用,而不仅仅是外在表达。刘勰在《文心雕龙·原道》中写道:"文之为德也大矣,与天地并生者何哉？夫玄黄色杂,方圆体分,日月叠璧,以垂丽天之象；山川焕绮,以铺理地之形:此盖道之文也。仰观吐曜,俯察含章,高卑定位,故两仪既生矣。惟人参之,性灵所钟,是谓三才。为五行之秀,实天地之心。心生而言立,言立而文明,自然之道也。傍及万品,动植皆文:龙凤以藻绘呈瑞,虎豹以炳蔚凝姿；云霞雕色,有逾画工之妙；草木贲华,无待锦匠之奇。夫岂外饰,盖自然耳。至于林籁结响,调如竽瑟；泉石激韵,和若球锽:故形立则章成矣,声发则文生矣。夫以无识之物,郁然有彩,有心之器,其无文欤？"③刘勰这段对语言和文字功能的论述绝不亚于海德格尔关于语言性质的论述,他强调"文"的本体意义和内涵。

---

① 刘宓庆:《中西翻译思想比较研究》,北京:中国对外翻译出版公司,2005 年,第 272 页。
② 潘文国:《中籍外译,此其时也——关于中译外问题的宏观思考》,《杭州师范学院学报》(社会科学版)2007 年第 6 期。
③ 〔南朝梁〕刘勰著,周振甫译注:《文心雕龙选译》,北京:中华书局,1980 年,第 19—20 页。

中西两种语言,对应两种思维、两种逻辑。外译中是将抽象概念具象化的过程,将逻辑思维转换成伦理思维的过程;中译外是将具象思维的概念抽象化,将伦理思维转换成逻辑思维的过程。当代美国著名汉学家安乐哲(Roger T. Ames)与其合作者也有这样的思路:在中国典籍的翻译上反对用一般的西方哲学思想概念来表达中国的思想概念。因此,他在翻译中国典籍时着力揭示中国思想异于西方思想的特质。

语言是世界的边界,不同的思维方式、不同的语言特点决定了外译中和中译外具有不同的规律,由此,在翻译过程中就要注意其各自的特点。基于语言和哲学思维的不同所形成的中外互译是两种不同的翻译实践,我们应该重视对中译外理论的总结,现在流行的用"西西互译"的翻译理论来解释"中西互译"是有问题的,来解释中译外问题更大。这对中国翻译界来说应是一个新课题,因为在"中西互译"中,我们留下的学术遗产主要是外译中。尽管我们也有辜鸿铭、林语堂、陈季同、吴经熊、杨宪益、许渊冲等前辈的可贵实践,但中国学术界的翻译实践并未留下多少中译外的经验。所以,认真总结这些前辈的翻译实践经验,提炼中译外的理论是一个亟待努力开展的工作。同时,在比较语言学和比较哲学的研究上也应着力,以此为中译外的翻译理论打下坚实的基础。

在此意义上,许渊冲在翻译理论及实践方面的探索尤其值得我国学术界关注。许渊冲在20世纪中国翻译史上是一个奇迹,他在中译外和外译中两方面均有很深造诣,这十分少见。而且,在中国典籍外译过程中,他在英、法两个语种上同时展开,更是难能可贵。"书销中外五十本,诗译英法唯一人"的确是他的真实写照。从陈季同、辜鸿铭、林语堂等开始,中国学者在中译外道路上不断探索,到许渊冲这里达到一个高峰。他的中译外的翻译数量在中国学者中居于领先地位,在古典诗词的翻译水平上,更是成就卓著,即便和西方汉学家(例如英国汉学家韦利)相比也毫不逊色。他的翻译水平也得到了西方读者的认可,译著先后被英国和美国的出版社出版,这是目前中国学者中译外作品直接进入西方阅读市场最多的一位译者。

特别值得一提的是,许渊冲从中国文化本身出发总结出一套完整的翻译理论。这套理论目前是中国翻译界较为系统并获得翻译实践支撑的理论。面对铺天盖地而来的西方翻译理论,他坚持从中国翻译的实践出发,坚持走自己的学术道路,自成体系,面对指责和批评,他不为所动。他这种坚持文化本位的精神,这种坚持从实践出发探讨理论的风格,值得我们学习和发扬。

许渊冲把自己的翻译理论概括为"美化之艺术,创优似竞赛"。"实际上,这十个字是拆分开来解释的。'美'是许渊冲翻译理论的'三美'论,诗歌翻译应做到译文的'意美、音美和形美',这是许渊冲诗歌翻译的本体论;'化'是翻译诗歌时,可以采用'等化、浅化、深化'的具体方法,这是许氏诗歌翻译的方法论;'之'是许氏诗歌翻译的意图或最终想要达成的结果,使读者对译文能够'知之、乐之并好之',这是许氏译论的目的论;'艺术'是认识论,许渊冲认为文学翻译,尤其是诗词翻译是一种艺术,是一种研究'美'的艺术。'创'是许渊冲的'创造论',译文是译者在原诗规定范围内对原诗的再创造;'优'指的是翻译的'信达优'标准和许氏译论的'三势'(优势、劣势和均势)说,在诗歌翻译中应发挥译语优势,用最好的译语表达方式来翻译;'似'是'神似'说,许渊冲认为忠实并不等于形似,更重要的是神似;'竞赛'指文学翻译是原文和译文两种语言与两种文化的竞赛。"①

许渊冲的翻译理论不去套用当下时髦的西方语汇,而是从中国文化本身汲取智慧,并努力使理论的表述通俗化、汉语化和民族化。例如他的"三美"之说就来源于鲁迅,鲁迅在《汉文学史纲要》中指出:"诵习一字,当识形音义三:口诵耳闻其音,目察其形,心通其义,三识并用,一字之功乃全。其在文章,则写山曰崚嶒嵯峨,状水曰汪洋澎湃,蔽芾葱茏,恍逢丰木,鳟鲂鳗鲤,如见多鱼。故其所函,遂具三美:意美以感心,一也;音美以感耳,二也;形美以感目,三也。"②许渊冲的"三之"理论,即在翻译中做到"知之、乐之并好之",则来自孔子《论语·雍也》中的"知之者不如好之者,好之者不如乐之者"。他套用《道德经》中的语句所总结的翻译理论精练而完备,是近百年来中国学者对翻译理论最精彩的总结:

  译可译,非常译。

  忘其形,得其意。

  得意,理解之始;

  忘形,表达之母。

---

① 张进:《许渊冲唐诗英译研究》,硕士论文抽样本,西安:西北大学,2011年,第19页;张智中:《许渊冲与翻译艺术》,武汉:湖北教育出版社,2006年。

② 鲁迅:《鲁迅全集》(第九卷),北京:人民文学出版社,2005年,第354—355页。

故应得意，以求其同；

故可忘形，以存其异。

两者同出，异名同理。

得意忘形，求同存异；

翻译之道。

2014年，在第二十二届世界翻译大会上，由中国翻译学会推荐，许渊冲获得了国际译学界的最高奖项"北极光"杰出文学翻译奖。他也是该奖项自1999年设立以来，第一个获此殊荣的亚洲翻译家。许渊冲为我们奠定了新时期中译外翻译理论与实践的坚实学术基础，这个事业有待后学发扬光大。

四、知识：跨学科的知识结构是对研究者的基本要求

中国古代文化经典在域外的翻译与传播研究属于跨学科研究领域，语言能力只是进入这个研究领域的一张门票，但能否坐在前排，能否登台演出则是另一回事。因为很显然，语言能力尽管重要，但它只是展开研究的基础条件，而非全部条件。

研究者还应该具备中国传统文化知识与修养。我们面对的研究对象是整个海外汉学界，汉学家们所翻译的中国典籍内容十分丰富，除了我们熟知的经、史、子、集，还有许多关于中国的专业知识。例如，俄罗斯汉学家阿列克谢耶夫对宋代历史文学极其关注，翻译宋代文学作品数量之大令人吃惊。如果研究他，仅仅俄语专业毕业是不够的，研究者还必须通晓中国古代文学，尤其是宋代文学。清中前期，来华的法国耶稣会士已经将中国的法医学著作《洗冤集录》翻译成法文，至今尚未有一个中国学者研究这个译本，因为这要求译者不仅要懂宋代历史，还要具备中国古代法医学知识。

中国典籍的外译相当大一部分产生于中外文化交流的历史之中，如果缺乏中西文化交流史的知识，常识性错误就会出现。研究18世纪的中国典籍外译要熟悉明末清初的中西文化交流史，研究19世纪的中国典籍外译要熟悉晚清时期的中西文化交流史，研究东亚之间文学交流要精通中日、中韩文化交流史。

同时，由于某些译者有国外学术背景，想对译者和文本展开研究就必须熟悉

译者国家的历史与文化、学术与传承,那么,知识面的扩展、知识储备的丰富必不可少。

目前,绝大多数中国古代文化外译的研究者是外语专业出身,这些学者的语言能力使其成为这个领域的主力军,但由于目前教育分科严重细化,全国外语类大学缺乏系统的中国历史文化的教育训练,因此目前的翻译及其研究在广度和深度上尚难以展开。有些译本作为国内外语系的阅读材料尚可,要拿到对象国出版还有很大的难度,因为这些译本大都无视对象国汉学界译本的存在。的确,研究中国文化在域外的传播和发展是一个崭新的领域,是青年学者成长的天堂。但同时,这也是一个有难度的跨学科研究领域,它对研究者的知识结构提出了新挑战。研究者必须走出单一学科的知识结构,全面了解中国文化的历史与文献,唯此才能对中国古代文化经典的域外传播和中国文化的域外发展进行更深入的研究。当然,术业有专攻,在当下的知识分工条件下,研究者已经不太可能系统地掌握中国全部传统文化知识,但掌握其中的一部分,领会其精神仍十分必要。这对中国外语类大学的教学体系改革提出了更高的要求,中国历史文化课程必须进入外语大学的必修课中,否则,未来的学子们很难承担起这一历史重任。

五、方法:比较文化理论是其基本的方法

从本质上讲,中国文化域外传播与发展研究是一种文化间关系的研究,是在跨语言、跨学科、跨文化、跨国别的背景下展开的,这和中国本土的国学研究有区别。关于这一点,严绍璗先生有过十分清楚的论述,他说:"国际中国学(汉学)就其学术研究的客体对象而言,是指中国的人文学术,诸如文学、历史、哲学、艺术、宗教、考古等等,实际上,这一学术研究本身就是中国人文学科在域外的延伸。所以,从这样的意义上说,国际中国学(汉学)的学术成果都可以归入中国的人文学术之中。但是,作为从事于这样的学术的研究者,却又是生活在与中国文化很不相同的文化语境中,他们所受到的教育,包括价值观念、人文意识、美学理念、道德伦理和意识形态等等,和我们中国本土很不相同。他们是以他们的文化为背景而从事中国文化的研究,通过这些研究所表现的价值观念,从根本上说,是他们的'母体文化'观念。所以,从这样的意义上说,国际中国学(汉学)的学术成果,其

实也是他们'母体文化'研究的一种。从这样的视角来考察国际中国学(汉学)，那么，我们可以说，这是一门在国际文化中涉及双边或多边文化关系的近代边缘性的学术，它具有'比较文化研究'的性质。"①严先生的观点对于我们从事中国古代文化典籍外译和传播研究有重要的指导意义。有些学者认为西方汉学家翻译中的误读太多，因此，中国文化经典只有经中国人来翻译才忠实可信。显然，这样的看法缺乏比较文学和跨文化的视角。

"误读"是翻译中的常态，无论是外译中还是中译外，除了由于语言转换过程中知识储备不足产生的误读②，文化理解上的误读也比比皆是。有的译者甚至故意误译，完全按照自己的理解阐释中国典籍，最明显的例子就是美国诗人庞德。1937年他译《论语》时只带着理雅各的译本，没有带词典，由于理雅各的译本有中文原文，他就盯着书中的汉字，从中理解《论语》，并称其为"注视字本身"，看汉字三遍就有了新意，便可开始翻译。例如"《论语·公冶长第五》，'子曰：道不行，乘桴浮于海。从我者，其由与？子路闻之喜。子曰：由也，好勇过我，无所取材。'最后四字，朱熹注：'不能裁度事理。'理雅各按朱注译。庞德不同意，因为他从'材'字中看到'一棵树加半棵树'，马上想到孔子需要一个'桴'。于是庞德译成'Yu like danger better than I do. But he wouldn't bother about getting the logs.'（由比我喜欢危险，但他不屑去取树木。）庞德还指责理雅各译文'失去了林肯式的幽默'。后来他甚至把理雅各译本称为'丢脸'（an infamy）"③。庞德完全按自己的理解来翻译，谈不上忠实，但庞德的译文却在美国和其他西方国家产生了巨大影响。日本比较文学家大塚幸男说："翻译文学，在对接受国文学的影响中，误解具有异乎寻常的力量。有时拙劣的译文意外地产生极大的影响。"④庞德就是这样的翻译家，他翻译《论语》《中庸》《孟子》《诗经》等中国典籍时，完全借助理雅各的译本，但又能超越理雅各的译本，在此基础上根据自己的想法来翻译。他把《中庸》翻

---

① 严绍璗：《我对国际中国学(汉学)的认识》，《国际汉学》(第五辑)，郑州：大象出版社，2000年，第11页。
② 英国著名汉学家阿瑟·韦利在翻译陶渊明的《责子》时将"阿舒已二八"翻译成"A-Shu is eighteen"，显然是他不知在中文中"二八"是指16岁，而不是18岁。这样知识性的翻译错误是常有的。
③ 赵毅衡：《诗神远游：中国如何改变了美国现代诗》，成都：四川文艺出版社，2013年，第277—278页。
④ [日]大塚幸男：《比较文学原理》，陈秋峰、杨国华译，西安：陕西人民出版社，1985年，第101页。

译为 *Unwobbling Pivot*(不动摇的枢纽),将"君子而时中"翻译成"The master man's axis does not wobble"(君子的轴不摇动),这里的关键在于他认为"中"是"一个动作过程,一个某物围绕旋转的轴"①。只有具备比较文学和跨文化理论的视角,我们才能理解庞德这样的翻译。

从比较文学角度来看,文学著作一旦被翻译成不同的语言,它就成为各国文学历史的一部分,"在翻译中,创造性叛逆几乎是不可避免的"②。这种叛逆就是在翻译时对源语言文本的改写,任何译本只有在符合本国文化时,才会获得第二生命。正是在这个意义上,谢天振主张将近代以来的中国学者对外国文学的翻译作为中国近代文学的一部分,使它不再隶属于外国文学,为此,他专门撰写了《中国现代翻译文学史》③。他的观点向我们提供了理解被翻译成西方语言的中国古代文化典籍的新视角。

尽管中国学者也有在中国典籍外译上取得成功的先例,例如林语堂、许渊冲,但这毕竟不是主流。目前国内的许多译本并未在域外产生真正的影响。对此,王宏印指出:"毋庸讳言,虽然我们取得的成就很大,但国内的翻译、出版的组织和质量良莠不齐,加之推广和运作方面的困难,使得外文形式的中国典籍的出版发行多数限于国内,难以进入世界文学的视野和教学研究领域。有些译作甚至成了名副其实的'出口转内销'产品,只供学外语的学生学习外语和翻译技巧,或者作为某些懂外语的人士的业余消遣了。在现有译作精品的评价研究方面,由于信息来源的局限和读者反应调查的费钱费力费时,大大地限制了这一方面的实证研究和有根有据的评论。一个突出的困难就是,很难得知外国读者对于中国典籍及其译本的阅读经验和评价情况,以至于影响了研究和评论的视野和效果,有些译作难免变成译者和学界自作自评和自我欣赏的对象。"④

王宏印这段话揭示了目前国内学术界中国典籍外译的现状。目前由政府各部门主导的中国文化、中国学术外译工程大多建立在依靠中国学者来完成的基本思路上,但此思路存在两个误区。第一,忽视了一个基本的语言学规律:外语再

---

① 赵毅衡:《诗神远游:中国如何改变了美国现代诗》,成都:四川文艺出版社,2013 年,第 278 页。
② [美]乌尔利希·韦斯坦因:《比较文学与文学理论》,刘象愚译,沈阳:辽宁人民出版社,1987 年,第 36 页。
③ 谢天振:《中国现代翻译文学史》,上海:上海外语教育出版社,2004 年。
④ 王宏印:《中国文化典籍英译》,北京:外语教学与研究出版社,2009 年,第 6 页。

好,也好不过母语,翻译时没有对象国汉学家的合作,在知识和语言上都会遇到不少问题。应该认识到林语堂、杨宪益、许渊冲毕竟是少数,中国学者不可能成为中国文化外译的主力。第二,这些项目的设计主要面向西方发达国家而忽视了发展中国家。中国"一带一路"倡议涉及60余个国家,其中大多数是发展中国家,非通用语是主要语言形态[1]。此时,如果完全依靠中国非通用语界学者们的努力是很难完成的[2],因此,团结世界各国的汉学家具有重要性与迫切性。

莫言获诺贝尔文学奖后,相关部门开启了中国当代小说的翻译工程,这项工程的重要进步之一就是面向海外汉学家招标,而不是仅寄希望于中国外语界的学者来完成。小说的翻译和中国典籍文化的翻译有着重要区别,前者更多体现了跨文化研究的特点。

以上从历史、文献、语言、知识、方法五个方面探讨了开展中国古代文化典籍域外传播研究必备的学术修养。应该看到,中国文化的域外传播以及海外汉学界的学术研究标示着中国学术与国际学术接轨,这样一种学术形态揭示了中国文化发展的多样性和丰富性。在从事中国文化学术研究时,已经不能无视域外汉学家们的研究成果,我们必须与其对话,或者认同,或者批评,域外汉学已经成为中国学术与文化重建过程中一个不能忽视的对象。

在世界范围内开展中国文化研究,揭示中国典籍外译的世界性意义,并不是要求对象国家完全按照我们的意愿接受中国文化的精神,而是说,中国文化通过典籍翻译进入世界各国文化之中,开启他们对中国的全面认识,这种理解和接受已经构成了他们文化的一部分。尽管中国文化于不同时期在各国文化史中呈现出不同形态,但它们总是和真实的中国发生这样或那样的联系,都说明了中国文化作为他者存在的价值和意义。与此同时,必须承认已经融入世界各国的中国文化和中国自身的文化是两种形态,不能用对中国自身文化的理解来看待被西方塑形的中国文化;反之,也不能以变了形的中国文化作为标准来判断真实发展中的

---

[1] 在非通用语领域也有像林语堂、许渊冲这样的翻译大家,例如北京外国语大学亚非学院的泰语教授邱苏伦,她已经将《大唐西域记》《洛阳伽蓝记》等中国典籍翻译成泰文,受到泰国读者的欢迎,她也因此获得了泰国的最高翻译奖。
[2] 很高兴看到中华外译项目的语种大大扩展了,莫言获诺贝尔文学奖后,中国小说的翻译也开始面向全球招标,这是进步的开始。

中国文化。

在当代西方文化理论中,后殖民主义理论从批判的立场说明西方所持有的东方文化观的特点和产生的原因。赛义德的理论有其深刻性和批判性,但他不熟悉西方世界对中国文化理解和接受的全部历史,例如,18世纪的"中国热"实则是从肯定的方面说明中国对欧洲的影响。其实,无论是持批判立场还是持肯定立场,中国作为西方的他者,成为西方文化眼中的变色龙是注定的。这些变化并不能改变中国文化自身的价值和它在世界文化史中的地位,但西方在不同时期对中国持有不同认知这一事实,恰恰说明中国文化已成为塑造西方文化的一个重要外部因素,中国文化的世界性意义因而彰显出来。

从中国文化史角度来看,这种远游在外、已经进入世界文化史的中国古代文化并非和中国自身文化完全脱离关系。笔者不认同套用赛义德的"东方主义"的后现代理论对西方汉学和译本的解释,这种解释完全隔断了被误读的中国文化与真实的中国文化之间的精神关联。我们不能跟着后现代殖民主义思潮跑,将这种被误读的中国文化看成纯粹是西方人的幻觉,似乎这种中国形象和真实的中国没有任何关系。笔者认为,被误读的中国文化和真实的中国文化之间的关系,可被比拟为云端飞翔的风筝和牵动着它的放风筝者之间的关系。一只飞出去的风筝随风飘动,但线还在,只是细长的线已经无法解释风筝上下起舞的原因,因为那是风的作用。将风筝的飞翔说成完全是放风筝者的作用是片面的,但将飞翔的风筝说成是不受外力自由翱翔也是荒唐的。

正是在这个意义上,笔者对建立在19世纪实证主义哲学基础上的兰克史学理论持一种谨慎的接受态度,同时,对20世纪后现代主义的文化理论更是保持时刻的警觉,因为这两种理论都无法说明中国和世界之间复杂多变的文化关系,都无法说清世界上的中国形象。中国文化在世界的传播和影响及世界对中国文化的接受需要用一种全新的理论加以说明。长期以来,那种套用西方社会科学理论来解释中国与外部世界关系的研究方法应该结束了,中国学术界应该走出对西方学术顶礼膜拜的"学徒"心态,以从容、大度的文化态度吸收外来文化,自觉坚守自身文化立场。这点在当下的跨文化研究领域显得格外重要。

学术研究需要不断进步,不断完善。在10年内我们课题组不可能将这样一个丰富的研究领域做得尽善尽美。我们在做好导论研究、编年研究的基础性工作之外，还做了一些专题研究。它们以点的突破、个案的深入分析给我们展示了在跨文化视域下中国文化向外部的传播与发展。这是未来的研究路径，亟待后来者不断丰富与开拓。

这个课题由中外学者共同完成。意大利罗马智慧大学的马西尼教授指导中国青年学者王苏娜主编了《20世纪中国古代文化经典在意大利的传播编年》，法国汉学家何碧玉、安必诺和中国青年学者刘国敏、张明明一起主编了《20世纪中国古代文化经典在法国的传播编年》。他们的参与对于本项目的完成非常重要。对于这些汉学家的参与，作为丛书的主编，我表示十分的感谢。同时，本丛书也是国内学术界老中青学者合作的结果。北京大学的严绍璗先生是中国文化在域外传播和影响这个学术领域的开拓者，他带领弟子王广生完成了《20世纪中国古代文化经典在日本的传播编年》；福建师范大学的葛桂录教授是这个项目的重要参与者，他承担了本项目2卷的写作——《20世纪中国古代文学在英国的传播与影响》和《中国古典文学的英国之旅——英国三大汉学家年谱：翟理斯、韦利、霍克思》。正是由于中外学者的合作，老中青学者的合作，这个项目才得以完成，而且展示了中外学术界在这些研究领域中最新的研究成果。

这个课题也是北京外国语大学近年来第一个教育部社科司的重大攻关项目，学校领导高度重视，北京外国语大学的欧洲语言文化学院、亚非学院、阿拉伯语系、中国语言文学学院、哲学社会科学学院、英语学院、法语系等几十位老师参加了这个项目，使得这个项目的语种多达20余个。其中一些研究具有开创性，特别是关于中国古代文化在亚洲和东欧一些国家的传播研究，在国内更是首次展开。开创性的研究也就意味着需要不断完善，我希望在今后的一个时期，会有更为全面深入的文稿出现，能够体现出本课题作为学术孵化器的推动作用。

北京外国语大学中国海外汉学研究中心（现在已经更名为"国际中国文化研究院"）成立已经20年了，从一个人的研究所变成一所大学的重点研究院，它所取得的进步与学校领导的长期支持分不开，也与汉学中心各位同人的精诚合作分不开。一个重大项目的完成，团队的合作是关键，在这里我对参与这个项目的所有学者表示衷心的感谢。20世纪是动荡的世纪，是历史巨变的世纪，是世界大转机的世纪。

20世纪初，美国逐步接替英国坐上西方资本主义世界的头把交椅。苏联社会主义制度在20世纪初的胜利和世纪末苏联的解体成为本世纪最重要的事件,并影响了历史进程。目前,世界体系仍由西方主导,西方的话语权成为其资本与意识形态扩张的重要手段,全球化发展、跨国公司在全球更广泛地扩张和组织生产正是这种形势的真实写照。

20世纪后期,中国的崛起无疑是本世纪最重大的事件。中国不仅作为一个政治大国和经济大国跻身于世界舞台,也必将作为文化大国向世界展示自己的丰富性和多样性,展示中国古代文化的智慧。因此,正像中国的崛起必将改变已有的世界政治格局和经济格局一样,中国文化的海外传播,中国古代文化典籍的外译和传播,必将把中国思想和文化带到世界各地,这将从根本上逐渐改变19世纪以来形成的世界文化格局。

20世纪下半叶,随着中国实施改革开放政策和国力增强,西方汉学界加大了对中国典籍的翻译,其翻译的品种、数量都是前所未有的,中国古代文化的影响力进一步增强[1]。虽然至今我们尚不能将其放在一个学术框架中统一研究与考量,但大势已定,中国文化必将随中国的整体崛起而日益成为具有更大影响的文化,西方文化独霸世界的格局必将被打破。

世界仍在巨变之中,一切尚未清晰,意大利著名经济学家阿锐基从宏观经济与政治的角度对21世纪世界格局的发展做出了略带有悲观色彩的预测。他认为今后世界有三种结局:

> 第一,旧的中心有可能成功地终止资本主义历史的进程。在过去500多年时间里,资本主义历史的进程是一系列金融扩张。在此过程中,发生了资本主义世界经济制高点上卫士换岗的现象。在当今的金融扩张中,也存在着产生这种结果的倾向。但是,这种倾向被老卫士强大的立国和战争能力抵消了。他们很可能有能力通过武力、计谋或劝说占用积累在新的中心的剩余资本,从而通过组建一个真正全球意义上的世界帝国来结束资本主义历史。
>
> 第二,老卫士有可能无力终止资本主义历史的进程,东亚资本有可能渐

---

[1] 李国庆:《美国对中国古典及当代作品翻译概述》,载朱政惠、崔丕主编《北美中国学的历史与现状》,上海:上海辞书出版社,2013年,第126—141页;[美]张海惠主编:《北美中国学:研究概述与文献资源》,北京:中华书局,2010年;[德]马汉茂,[德]汉雅娜、张西平、李雪涛主编:《德国汉学:历史、发展、人物与视角》,郑州:大象出版社,2005年。

渐占据体系资本积累过程中的一个制高点。那样的话,资本主义历史将会继续下去,但是情况会跟自建立现代国际制度以来的情况截然不同。资本主义世界经济制高点上的新卫士可能缺少立国和战争能力,在历史上,这种能力始终跟世界经济的市场表层上面的资本主义表层的扩大再生产很有联系。亚当·斯密和布罗代尔认为,一旦失去这种联系,资本主义就不能存活。如果他们的看法是正确的,那么资本主义历史不会像第一种结果那样由于某个机构的有意识行动而被迫终止,而会由于世界市场形成过程中的无意识结果而自动终止。资本主义(那个"反市场"[anti-market])会跟发迹于当代的国家权力一起消亡,市场经济的底层会回到某种无政府主义状态。

最后,用熊彼特的话来说,人类在地狱般的(或天堂般的)后资本主义的世界帝国或后资本主义的世界市场社会里窒息(或享福)前,很可能会在伴随冷战世界秩序的瓦解而出现的不断升级的暴力恐怖(或荣光)中化为灰烬。如果出现这种情况的话,资本主义历史也会自动终止,不过是以永远回到体系混乱状态的方式来实现的。600年以前,资本主义历史就从这里开始,并且随着每次过渡而在越来越大的范围里获得新生。这将意味着什么?仅仅是资本主义历史的结束,还是整个人类历史的结束?我们无法说得清楚。[1]

就此而言,中国文化的世界影响力从根本上是与中国崛起后的世界秩序重塑紧密联系在一起的,是与中国的国家命运联系在一起的。国衰文化衰,国强文化强,千古恒理。20世纪已经结束,21世纪刚刚开始,一切尚在进程之中。我们处在"三千年未有之大变局之中",我们期盼一个以传统文化为底蕴的东方大国全面崛起,为多元的世界文化贡献出她的智慧。路曼曼其远矣,吾将上下求索。

张西平

2017年6月6日定稿于游心书屋

---

[1] [意]杰奥瓦尼·阿锐基:《漫长的20世纪——金钱、权力与我们社会的根源》,姚乃强等译,南京:江苏人民出版社,2001年,第418—419页。

目 录

绪 论　1

第一章　英美两国的白居易译介与研究　15
第一节　英国的白居易译介与研究　17
第二节　美国的白居易译介与研究　23
第三节　英美中国文学史论著中的白居易　32

第二章　阿瑟·韦利的白诗英译和研究　49
第一节　国内学界对韦利白诗译介的研究　50
第二节　韦利白诗英译的诗目选择　53
第三节　《白居易的生平与时代》　71

第三章　霍华德·列维的白诗英译和研究　89
第一节　霍华德·列维的汉学著述　90
第二节　列维对白居易前期诗的英译与研究　94
第三节　对白居易中晚年诗的英译与研究　106
第四节　《长恨歌》英译与研究　111

第五节　列维与韦利的白诗英译比较　118

第四章　美国汉学界华裔学者的白居易研究　129
　　第一节　何丙郁等：《白居易关于长生的诗歌》　130
　　第二节　刘若愚：《白居易〈读老子〉一诗的评注》　134
　　第三节　厄尼斯汀·王：《白居易其人及其对中国诗歌的影响》　139
　　第四节　陈照明：《在世界与自我之间：白居易人生与写作的定位》　141
　　第五节　杨晓山的白居易研究　146
　　第六节　姚平：白居易作品中的女性研究　155

第五章　英美汉学界其他重要的白居易研究　161
　　第一节　尤金·法菲尔的白居易研究　162
　　第二节　对《论姚文秀打杀妻状》的研究　171
　　第三节　杜希德：《白居易的〈官牛〉》　176
　　第四节　司马德琳：《白居易的名鹤》　181
　　第五节　保罗·高汀：《解读白居易》　185
　　第六节　宇文所安对白居易的解读　189

结　语　207

参考文献　217

西文人名译名英文字母索引　239

西文人名译名拼音索引　242

表格目录　246

后　记　247

绪论

一、问题的提出

西方汉学界的唐诗研究成果很早就得到国内学界的关注,近几年,随着一股引人瞩目的"宇文所安热潮",对美国汉学界唐诗研究成果的得失、优劣、洞见与误读也引发了更多的思考。虽然关注点和成果仍集中于对宇文所安成果的研究,但对这个领域进行较为全面的梳理、评述和总结也已经成为一个值得重视的课题。

从比较文学学科的角度来说,对国外的中国文学研究情况进行梳理是学科自身的一个方向。早在1988年出版的《中外比较文学译文集》中,编者周发祥就在前言中指出,对方法论的借鉴和双方对话的需求,是我们关注国外中国古典文学研究的出发点①。而在最近出版的《20世纪中国古代文学国外传播与研究》一书中,主编顾伟列在前言中也提到,在与20世纪80年代相比已经截然不同的时代背景下,对国外中国古典文学研究的关注除了方法论和对话这两种需求,又增加了认识中国文学在世界格局中的定位的需求,这就要求我们在该领域有更加细致

---

① 周发祥:《中外比较文学译文集》,北京:中国文联出版公司,1988年。

和全面的研究①。

对国外学者的中国文学研究成果所做的审视和探讨,从研究范围上说也属于海外汉学的学科范畴。严绍璗先生提出的作为学科存在的海外汉学,其研究对象和内容应包括"各国汉学家对中国文化的各个领域研究的具体成果和方法论"②。所以,对中国古典文学研究具体成果和方法论的梳理也就成为海外汉学学科的需求。两相结合之下,这项工作到如今已经得到较为蓬勃的发展。

具体到西方汉学家的唐诗研究这个领域,20世纪80年代以来越来越多的相关译介为我们铺设了一个认识的基础。如上文所提周发祥编著的《中外比较文学译文集》一书。到了20世纪90年代则有王守元、黄清源主编的《海外学者评中国古典文学》,莫砺锋编的《神女之探寻——英美学者论中国古典诗歌》,乐黛云、陈珏选编的《北美中国古典文学研究名家十年文选》和《欧洲中国古典文学研究名家十年文选》;进入新世纪则有周发祥、魏崇新编的《碰撞与融会——比较文学与中国古典文学》、李华元的《逸步追风:西方学者论中国文学》等。海外汉学方面也有这样的译介,如宋莉华的《当代欧美汉学要著研读》和《国际汉学》《世界汉学》《汉学研究》等汉学杂志的相关栏目。这些书刊有选择性地介绍西方汉学家在中国古典文学研究上的成果,使得国内学界对该领域的研究情况有了初步的了解,而唐代文学包括唐诗的研究散见于其中。至于对美国唐代文学研究做的专门介绍,则有美国汉学家倪豪士(William H. Nienhauser, Jr. 1943—)编著、在中国出版的《美国学者论唐代文学》及《传记与小说:唐代文学比较论集》两书。美国唐诗研究的专门译介则突出表现在对宇文所安(Stephen Owen, 1946—)著作的译介上。早在1987年宇文所安的《初唐诗》中译本就已经出版,1992年又出版了《盛唐诗》的中译本,这两本书在2004年又由三联书店修订出版。2003年到2006年之间,国内接连翻译出版了宇文所安的五本专著,除了《中国"中世纪"的终结——中唐文学文化论集》一书专研中唐诗歌之外,其他以整体中国古代文学为研究对象的著作如《传统中国诗歌与诗学》《迷楼》和《追忆》等也都多少包含有唐诗的内容。

译介之外,对西方汉学家唐诗研究这个领域的梳理和分析评价,一是散见于

---

① 顾伟列:《20世纪中国古代文学国外传播与研究》,上海:华东师范大学出版社,2011年。
② 严绍璗:《我对国际中国学(汉学)的认识》,《国际汉学》(第五辑),郑州:大象出版社,2010年。

这些译文集的前言部分,二是散见于对整个中国古代文学在海外传播进行梳理的综合性著作中,如施建业的《中国文学在世界的传播与影响》、宋柏年的《中国古典文学在国外》、黄鸣奋的《英语世界中国古典文学之传播》等,都有西方唐诗译介和研究的内容。另外是国内的一些唐研究书刊如《唐代文学研究年鉴》,从20世纪80年代起也陆续增加了"国外研究动态"部分,对汉学家的唐代文学研究成果进行介绍。《唐代文学研究年鉴(1984年)》和《唐代文学研究年鉴(1986年)》就先后发表了周发祥分别与洪庭木、宋虹合著的《王维研究在国外》和《寒山研究在国外》。再就是一些相关的论文如王丽娜的《唐诗在世界各国的出版及影响》等,也有详细的介绍。综观这些研究,一个最大的特点就是以介绍成果为主,评价分析方面以笼统概括居多,并且都以历时研究即纵向梳理唐诗外播历史为旨归。这当然是必要的,完成这样的历时研究,勾画出唐诗接受史的轮廓,是进行进一步研究的基础。

同时,共时研究也是不应忽视的。正如傅璇琮和周发祥所说:"所谓共时研究,就是从横向角度去清理国外研究中国古典文学的丰硕成果。由于国外学者的主客观条件与我们不尽相同,因此,他们必然会对某些作家作品、某些文学问题持有不同的见解。他们也常常采用中国古今学者的定论成说,但即使如此,即使论述的是同一个问题,在那种特殊的学术环境里,也不管其独有的真知灼见、弘论博识,以及可备一说的论断。显而易见,如果单纯地依靠纵向梳理中国文学外播史的方法便不可能完善地总结这些可资借鉴的研究成果。"①那么,该如何开展共时研究呢?"我们认为,设立专题,分门别类,横向加以归纳、整理,是一个切实可行而且行之有效的办法。而在具体的操作过程中,如果一味地述而不作,引而不论,当然也不可能取得良好的效果。应该说针对那些纷纭、新奇的论点,辩明它们是正确还是错误,全面还是片面,公允还是偏颇,积极还是消极,也是十分必要的。由此看来,这项工作实际上还具有披沙拣金、采珠集玉的性质。"②也就是说,把唐诗研究中的一个个重要命题分别加以归纳总结,给予清晰全面的梳理和有理有据的剖析,是可行和必要的办法。

---

① 傅璇琮、周发祥:"中国古典文学走向世界丛书"总序,南京:江苏教育出版社,1997年,第2页。
② 傅璇琮、周发祥:"中国古典文学走向世界丛书"总序,南京:江苏教育出版社,1997年,第2页。

据此来看,综观现有的研究成果,我们不但在纵向梳理上存在"一味引而不论、述而不作"的缺失,而且在共时研究方面做得也很不够。近年的宇文所安研究是一个特例,他在唐诗研究上的突出成就固然值得深入研究,但扎堆而上的情况愈加凸显我们在这个领域共时研究上的缺失,因为唐诗还有诸多重要命题体现在西方汉学界的学术成果中,但是且不说有如对宇文所安这样专门而深入的研究出现,就是较为全面的梳理和较为深入的探讨也不多见。比如对李白、王维等诗人的作品在海外的研究情况,也是重介绍而轻研究,并且要么散见于综合性论著中,要么是单篇的论文,难以谈得深入全面。

对西方学者的唐诗研究进行全面梳理和深入研究没能得到更进一步的发展,也许有诸如研究条件等客观的原因,但观念无疑还是最重要的因素,这就涉及国内学者如何对待西方汉学家的中国古代文学研究问题。2000 年,哈佛大学教授田晓菲曾经在一个讲座上谈到,中国学者在对待西方汉学研究的态度上存在着一些误区,总体来说就是一种居高临下的俯视[①]。如果说田晓菲所说的现象在 20 世纪八九十年代颇有代表性的话,那么进入新世纪后,这些观念和心态可以说已经得到了很大的扭转。然而另一种截然相反的心态却又值得警惕。2007 年,耶鲁大学教授孙康宜也在一个讲座中谈到中国学者对待西方汉学家的误区,而她这时看到的是以一种"所知甚少"和"仰视'洋人'的态度"来评价美国汉学家的研究,以为美国汉学无论是方法论还是结论都与中国国内的研究不一样,似乎二者有着本质上的不同[②]。两位美国学者所看到的中国学者对待汉学家研究成果的"俯视"和"仰视"心态,确实甚为精准。"俯视"导致不以为然,"仰视"导致望而却步,这也正是我们在该领域理论上重视,但实践上进展颇缓的重要原因。

而这两种心态的产生,其实都源于对西方汉学了解得不够。面对至今仍然零散而笼统的介绍,以及宇文所安这样异军突起的特例,国内学者对西方汉学家的唐诗研究依旧只有模糊的认知,自然谈不上有深入探讨的意愿。如果我们能够把基本的梳理工作做扎实,从一个个具体的文学命题开始,让国内学者对对方"有什么""怎么样进行""做得怎么样"有全面深入的了解,"俯视"或"仰视"的心态才

[①] 田晓菲:《北美中国古典文学研究近况》,《中华读书报》2000 年 12 月 20 日。
[②] 孙康宜:《谈谈美国汉学的新方向》,《书屋》2007 年第 12 期。

会转变过来,以一种平和理性的态度,或借鉴吸收,或批评反观,形成一种良性的学术互动,从而达成比较文学或海外汉学的学科需求。

为此笔者选择了白居易在英美汉学界的研究成果来进行。原因有三:一是二战后汉学研究重心转到了英美,而唐诗研究领域也是英美汉学家执牛耳,这是毋庸置疑的。二是白居易是英语世界最为熟悉的唐代诗人之一,知名度仅次于李白,他的许多诗歌因为浅近直白而比李白的诗更为西方读者欢迎和熟知。在译介方面,白居易的诗歌不但在英译唐诗的历史上出现得很早,并且诗歌英译数量也是唐代诗人中最多的,先有英国汉学家阿瑟·韦利(Arthur Waley,1889—1966)的大量翻译,后有美国汉学家霍华德·列维(Howard S. Levy,1923—   ,中文名李豪伟)的英译白居易诗歌四卷本。在汉学家为唐代诗人撰写的传记中,白居易的传记也出现得较早,那就是韦利1949年出版的《白居易的生平与时代》[①]一书。这本传记因其体例、内容和写法上的严谨、翔实和生动,对美国汉学家产生了深远的影响,六七十年代成长起来,后来成为美国汉学界中国古代文学研究中坚力量的那一批汉学家,都对这本书耳熟能详、赞赏有加。这本传记激起了他们对白居易的浓厚兴趣,同时,也形成了一个难以逾越的高峰,从而引发了美国汉学家在白居易研究上一些值得注意的现象。三是近几年美国汉学界在唐诗方面开始重视对中唐诗人的研究。对个别命题的研究积累到现在,他们也开始以一种更加开阔、宏观的视角审视整个唐诗历史,加上美国汉学界在文学的"接受与影响"研究方面一贯甚为重视,中唐的文风之变以及对后世的影响就非常值得重视。白居易作为重要的中唐诗人也得到了更多的关注和思考,这些都体现在这几年的学术成果中。

二、研究成果和现状

20世纪初期,陈绶颐、方重、范存忠和钱锺书等已经开始对国外的中国古典文学研究成果做一些梳理和评价,较为集中的梳理则要等到改革开放之后才出现。从论著方面看,唐诗对美国新诗运动的影响,首先引起20世纪80年代留美

[①] Arthur Waley, *The Life and Times of Po Chü-i*, 772–846 A.D., New York: Macmillan, 1949.

学者赵毅衡的注意,最终完成《远游的诗神——中国古典诗歌对美国新诗运动的影响》一书,于1985年由四川人民出版社出版。在此书基础上,作者不断补充新资料,给出新见解,于2003年出版《诗神远游——中国如何改变了美国现代诗》一书。比较两书,关于白居易的内容并无增删。在不长的篇幅里,赵毅衡介绍了阿瑟·韦利白居易诗歌翻译和研究,以及霍华德·列维英译白居易诗歌四卷本的信息。作者的着眼点在于美国现代诗人对白居易的追慕,介绍的内容非常简短,同时作者也指出:"似乎白居易最能激发美国诗人的想象力。在唐代诗人中,白居易的乐府诗,易懂,可能也易译,而且比较长,不像律诗与绝句,西方人读来质地过于紧密。"[1]尝试解读白居易诗歌受西方学者欢迎的原因。

进入20世纪90年代,国内陆续出版了不少关于海外中国古典文学研究情况的综合性论著,包括白居易研究在内的唐诗研究散见其中。张弘的《中国文学在英国》介绍了英国的唐诗翻译情况,内容较为丰富,白居易部分提到英国汉学家哈伯特·翟理斯(Herbert A. Giles,1845—1935)《中国文学史》[2]一书里的相关内容,还提到了韦利对白居易的译介和研究,并做了一些简要的评析[3]。

施建业《中国文学在世界的传播与影响》一书中,"国外翻译与研究情况"的英国部分介绍"英国大量翻译中国古代文学作品",提到的作品绝大部分是小说。诗歌部分,对翟理斯的《古文选珍》没有说明版本,如果指初版,则全是古文。韦利的白居易诗歌翻译和研究成就如此突出,却完全没有提及。美国的情况也是一样,提到翻译和研究都是小说,当时宇文所安的《初唐诗》已经出版,并且已被翻译成中文。编者提到"美国对唐诗的研究非常重视,成立了全国性的唐诗研究会,涌现了一批学者,出版了几十部有关李白、杜甫、白居易、柳宗元、李商隐等人的专著,举办了李白、杜甫等专题学术讨论会",但是白居易的研究情况却没有提及。

宋柏年的《中国古典文学在国外》有"国外学者对唐诗的总体研究"一节,比较详细全面,如美国的唐诗研究简况、汉学家刘若愚的诗观、盛唐诗人、李白、杜甫、白居易等都分节介绍,介绍中又分欧美、日本各国的情况。但在白居易部分,作者对美国方面的研究情况却丝毫没有提到。韦利的白居易研究也没有提到,不

---

[1] 赵毅衡:《诗神远游——中国如何改变了美国现代诗》,上海:上海译文出版社,2003年,第151页。
[2] Herbert A. Giles, *A History of Chinese Literature*, New York & London: D. Appleton And Company, 1901.
[3] 张弘:《中国文学在英国》,广州:花城出版社,1992年。

能不让人感觉遗憾。

黄鸣奋的《英语世界中国古典文学之传播》一书在资料的收集上很下功夫，除了专著，对论文、书评等也很关注，相对之前的论著来说，在资料的翔实方面有很明显的进步。白居易方面，译介的部分只提到韦利和列维，但在研究资料方面提到了两篇博士论文和几篇相关的论文。遗憾的是当时编者是在荷兰和国内完成的资料收集，于美国的学术成果遗漏极多，比如倪豪士的《1916—1992年英语世界中的白居易研究》[①]一文已经于1994年发表，书中收集的白居易研究资料极多，可惜该书编者并未提及。不过，这一点研究资料相对之前的同类书来说，已经是很新鲜的内容。也可见囿于现实条件的限制，在基本的资料梳理上都未能达到全面细致，更不用说对具体研究内容的深入探讨和评价。

夏康达、王晓平的《二十世纪国外中国文学研究》是新世纪第一本梳理国外中国文学研究情况的书籍，也是第一本译介和研究情况并重，同时又有必要分析评论的论著。这本书分"日本""东南亚""欧美"和"俄苏"四大板块，每个板块按"小说""诗歌""戏曲"等体裁分别介绍。在诗歌方面，美国唐诗研究的整体情况和重要的研究成果基本都提到了，并且对这些成果进行了分类，对其研究方法进行了大致的总结（这方面与周发祥《西方文论与中国文学》一书的内容基本重复），对白居易研究情况的介绍散见其中，总体看来，在详细程度上尚不如黄鸣奋的《英语世界中国古典文学之传播》一书里的相关内容。

国内最新的对中国古代文学在国外传播总体情况进行梳理的著作是前面提到的顾伟列《20世纪中国古代文学国外传播与研究》一书，这本书是教科书性质，依托今日发达的资讯互通和研究成果众多的优势，在深度上有了明显的拓展，比如"唐诗"部分分别就"初唐诗""盛唐诗""中唐诗"和"晚唐诗"进行论述，一大特点就是针对某个中心命题的研究介绍国外最新或者最好的成果，这样对宇文所安研究成果的引用评价就明显占很大比重，而在白居易的内容上，则基本上就日本学者的成果进行介绍和评价，在全面性方面没有更多建树。

四川大学的王晓路及其学生史冬冬等人对"中国文论在英语世界/西方的研

[①] William H. Nienhauser, "Po Chü-i Studies in English Since 1916–1992," *Asian Culture Quartly*, XXII (Autumn, 1994), pp.37–50.

究"这个课题所做梳理、分析和总结,除涉及较多唐诗的内容外,在分析汉学家的研究方面也颇值得借鉴①。

总的来说,迄今为止,在国外的唐诗研究这个课题上,出现在此类综合性书籍中的内容都是如此零散笼统,这与唐诗在中国文学史上的地位和在国外中国古典文学研究上的地位都很不相称,不能不让人感到遗憾。而相关专著这样一个近乎奢望的期待则要等到2009年才得到满足,那就是江岚在其博士论文的基础上写成的《唐诗西传史论——以唐诗在英美的传播为中心》一书,也才将此前的遗憾大大弥补。该书作者赴美求学并于学成之后留美任教,在收集资料方面有极大的便利,且近些年资料电子化的进程飞速提高,这也是一个非常有利的因素,加上作者自身的刻苦和细致,最终成就了这部资料翔实、内容丰富、论证有据的著作,为我们勾画出唐诗在以英美为中心的西方的传播史,清晰、全面而又不乏见解,一洗这个领域过往的模糊含混面貌,不能不说是一个极大的贡献。当然,作者的侧重点还是在全面梳理方面,这样译介情况的介绍和评价就占很大比重,研究方面的介绍和评价则显得薄弱。这也无可厚非,因为该书论题是"传播",而正是有了对唐诗传播史和接受史的清晰梳理,我们才能了解英美唐诗研究的基础所在,这也正是我们开展进一步研究所必需的。

在《唐诗西传史论——以唐诗在英美的传播为中心》一书中,有关白居易的内容散落在贯穿历史主线的各个分支中,内容明显增多了。较为集中的如韦利的白居易诗歌译介和研究,以及翟理斯《古文选珍》一书中为白居易所撰的"作者简介",还有在《中国文学史》一书中对白居易诗歌的翻译和评价等内容,都是此前没有涉及的。又如对克莱默-宾(Cranmer-Byng Launcelot Alfred,1872—1945)的白居易诗歌特别是《长恨歌》的译介,以及对白居易评价的情况进行介绍和探讨时,还将其与翟理斯进行对比,这些都增加了此书的学术价值。该书不但让我们对白居易诗歌在西方的传播和接受方面获得相当全面的了解,同时对其英译作品的得失优劣也有了一个概观。至于更全面、具体和细致的研究情况,则有待进一步的梳理和探讨。

---

① 如王晓路的《西方汉学界的中国文论研究》(成都:巴蜀书社,2003年)与《北美汉学界的中国文学思想》(成都:巴蜀书社,2008年),史冬冬的《他山之石——论宇文所安中国古代文学与文论研究》(成都:巴蜀书社,2010年)。

从论文方面看,1981年肖何曾翻译过日本学者入矢义高的《欧美的中国古典诗歌研究》一文,内容非常简短,很多研究情况都语焉不详,很难引起注意。20世纪90年代王丽娜的《唐诗在世界各国的出版及影响》较有价值,文章对西方唐诗的译介情况、唐诗对美国新诗运动的影响、西文重要译本、西方唐诗研究综述、对东方国家的影响以及在世界文学上的地位,都给出了较为翔实的资料梳理和扎实的分析。其中对韦利译介情况的介绍和"西方唐诗研究综述"部分最有价值。在研究综述中,美国的研究成果首先被提及,虽然白居易的内容没有具体谈到,但作者边介绍边分析的论述方式还是给人很多启发。进入新世纪有蒋寅的《20世纪海外唐代文学研究一瞥》一文,文中对欧美的唐诗研究情况有概括性的论述,较为简要。接着有朱徽的《唐诗在美国的翻译与接受》,这也是该领域最为人熟知的一篇论文,文章对唐诗在美国译介的历史进程、研究的发展与现状进行了梳理,研究方面的梳理相对之前的论文来说没有太多拓展,白居易方面的研究成果也没有提及。

总之,这一类总结唐诗在国外的传播和接受情况的论文,也和前面同类论著一样,具体到白居易部分,译介情况多是概而言之,研究情况则极少提到,即便提到也是或者蜻蜓点水,或者集采已有的研究成果,参考价值不大。不过另外有一些论文,虽然也是概况性质,但在研究视角方面能给予我们较多启发。如蒋友冰的《英国汉学的阶段性特征及成因探析》一文,把中国古典文学研究成果与英国汉学的各个阶段的特征结合起来分析,提供了一个极好的视角,除英国汉学各阶段特点和成因得到厘清之外,也提醒我们:汉学家的中国古典文学研究跟所处历史背景之间的关系,需要我们在研究时予以注意。秦寰明的《中国文化的西传与李白诗》一文沿着西方唐诗传播和接受的发展脉络,结合重要译者自身的情况做剖析和评价,对研究情况的梳理和探讨也是如此,在方法论上值得参考。此外如王丽娜对李白诗歌在国外的接受所作的一系列论文如《李白诗在国外》《李白诗歌在欧美》,也可为"白居易诗歌在国外"这个课题提供思路和启发。

另外还有一些从译介学角度对白居易诗歌英译情况进行梳理的论文,也有一定的参考价值。如常雅婷的硕士论文《阿瑟·韦利的白居易诗歌翻译研究》,从韦利钟情白居易原因的探讨,韦利对白居易不同类型诗歌翻译情况的梳理,以及韦利白诗翻译中对意象、音韵和句式等的处理情况进行阐述。其中第一部分结合韦利所处时代特点和他自身的人生观、文学观进行探讨，得出较为令人信服的结论。不足之处在于，作者没有联系当时英国汉学的阶段特点进行分析。其实作者多次引用程章灿关于韦利(魏理)的一系列文章，这些文章就已经很好地解决了这个问题。而这点在冀爱莲的博士论文《翻译、传记、交游：阿瑟·韦利汉学策略考辨》中也得到了重视。在对韦利的白居易译介和研究进行评述时，作者从"认同"和"误读"两个方面切入，分析细致全面，令人信服。但在论证的理路上，也存在纰漏。比如第一章论证了韦利的汉学家身份并总结为"颠覆汉学""边缘化"和"孤僻个性"，既是如此，作者在白居易部分论证韦利对元白友谊的一系列"误读"，其实正是因为他的身份决定他能得到这样的解读，如果他做出与作者期望相符的"正读"，就违背了他的汉学身份定位。这说明，注意到汉学家个人背景和当时汉学阶段特点是必须的，而这应是我们给出中肯评价的基础，而非加以苛求的靶子。这点是本书在分析各个汉学家的白居易研究时所特别注意的。

三、研究思路和方法

本书将白居易研究的范围界定在英美汉学之内，首先是因为以韦利等为代表的英美汉学值得国内白居易研究加以关注。其次，根据倪豪士先生的统计，西方的白居易研究值得注意的成果都是英语著作，其中又以美国汉学家的成就最为突出，占据绝对优势。所以，英国方面除韦利重点分析之外，只有几本中国文学译文集得到提及，而美国部分的资料，一是来到美国的欧洲汉学家、华裔学者和美国本土汉学家的相关著述，二是所有在美国出版的相关著述，包括在美国出版的杂志上刊登的相关文章。而不管作者是哪国人，因为美国作为20世纪西方汉学唐诗研究的中心，对各国汉学家研究成果的吸收也是自身学术眼光的体现，至于那些在美国接受教育的他国人所做出的研究成果，实际上也体现了美国唐诗研究的特色。

在资料收集方面，笔者对英美汉学的白居易研究资料做了尽可能全面的收集。2010年笔者申请到北京市联合培养项目赴美访学，受教于威斯康辛大学倪豪士教授。在此期间，笔者得到倪豪士先生的《1916—1992年英语世界中的白居易研究》一文，文后附有1916年至1992年近80年间英语世界白居易研究的所有资料索引。此外他还有《唐代文学西文论著选目》①一书,收集的是1987年之前的资料,可为对照补充。1992年至今的资料,通过美国《唐研究》(*T' ang Studies*)杂志每期所附的研究书目进行整理收集,加上这期间的4篇博士论文(参见本书第四章第三、四、五、六节)所提供的参考书目,遗漏的资料应该不会太多。

本书主要采用历史的方法进行梳理,再分别用比较文学的方法,同时从跨文化的角度来对这些研究成果的具体情况进行分析,并对其中的得失、优劣、洞见与误读给出客观的分析。最后用这些分析结论,结合这些成果出现的历史背景,梳理出这个领域研究的发展脉络,对英美(主要是美国)汉学唐诗研究的发展变化和内在理论给出勾画和佐证。

在具体研究上,本书先梳理英美汉学研究译介和研究的总体情况,然后对韦利和列维的白居易翻译和研究情况做具体分析,再分别探讨英美汉学界华裔学者和非华裔学者的研究成果。韦利和列维都以大量英译白居易诗歌而著称,他们的白居易研究成果不但数量较多而且非常集中,自成一体,需要单独进行探讨。其他学者的白居易研究成果都是单篇论文,而华裔学者因为具有同样的知识积累和文化背景,其研究必定有一些共通之处,适合做集中探讨。至于华裔学者之外的其他学者都是英、美、德等具有西方文化和学术背景的学者,将他们的研究放在一起探讨,也更能体现各自的特点,同时便于归纳其研究的共同点。这样,我们就获得了对英美汉学中白居易研究总体和具体情况的把握和了解。从这个基本思路出发,本书的整体框架安排如下:

第一章介绍白居易诗歌译介和研究的总体情况。译介是研究的基础,也是引发汉学家研究兴趣的现实条件,需要首先进行梳理,并进行必要的分析。其次是对研究情况进行纵向的梳理,解决"有什么"的问题。这个工作目前也还未见相关的成果,因此也有较大的参考价值。英美一些关于中国文学的史论性著作中多有白居易的相关内容,颇能体现英美汉学家在各自文学史观念指导下如何将白居易其人其文放在整个文学史框架中进行观照,因此也放在这一章里讨论。

第二章对阿瑟·韦利的白居易研究进行细致分析和评价。无论是从个人偏

---

① William H. Nienhauser, *Bibliography of Selected Western Works on T' ang Dynasty Literature*, Taipei: Center for Chinese Studies, 1988.

好、译介诗歌的数量、研究的深入程度，还是从研究成果的影响等方面来评价，韦利都是白居易诗歌研究的第一人和大家。虽然之前有不少学术成果就此进行剖析，但仍有继续开拓的余地。如对韦利青睐白居易诗歌英译的原因，从所选诗目和类别的具体分析入手，会发现"浅近直白"或"好译"并不是韦利大量选择白诗的原因，而是因为白诗英译最能实现译诗理念。再如《白居易的生平和时代》这本传记，从内容结构、叙述的侧重点等方面入手，发现这本传记的特点和广受欢迎的原因。在对译诗和传记分别研究的基础上，就韦利钟情白居易的原因进行动态的分析，获得对韦利的白居易研究更深入的把握。

第三章对霍华德·列维的白居易研究进行细致分析和评价。列维的汉学著作非常多，除白居易四卷本英译之外，研究范围还涉及中国文学、文化、历史等多个方面。这位汉学家，国内学界鲜有介绍，因此他不为人所熟知，连美国汉学界对他也甚少提及，他的生平、履历等甚至都无法查到。他的书大多在日本出版，因为他是长期在日本执教和研究。他对白居易的译介和研究相较而言乏善可陈，这其中的原因值得仔细分析。从不成功的尝试中得到启发和警醒也是很有价值的。

第四章是对华裔学者的白居易研究进行探讨。本书中谈到的这些华裔学者都是在中国接受教育之后去往美国的，大多都是在美国继续深造，而后在美国大学执教并活跃在相关研究领域的。他们的研究一方面秉承了国内研究的传统，一方面受到美国汉学研究在理论建构和论证理路以及独特视角的影响，体现出综合性的特点。

第五章是对韦利、列维和华裔学者之外的英美汉学家对白居易研究成果的探讨。不同于之前韦利和列维的译研并重，这些分散性的研究更多反映出论者所用方法的即兴，这种即兴与汉学家个人学术背景和积累也有较直接的关系，所以在介绍他们的白居易研究之前，会先介绍其学术背景和学术积累，对此有一个必要的了解，才能客观地评价他们在白居易研究上的得失。

这一章里对宇文所安白居易研究成果的介绍占了较多篇幅。宇文氏在唐诗研究上的突出成就有目共睹，1996年他的《中国"中世纪"的终结——中唐文学文化论集》一书出版，对中唐诗歌给出了自己的思考和论证，关于白居易的内容虽然不集中，但都是印证他的关于中唐思想和文学必不可少的例子。此外，他在《迷楼——诗与欲望的迷宫》《追忆——中国古典文学中的往事再现》和《传统中国诗歌与诗学》等著作中也有少许内容涉及白居易和他的诗歌。而即便是这么少量的研究成果也让人印象深刻，就连美国汉学家也因为这些零散的成果而认为他称得上是白居易研究的专家。因此对这一部分研究成果进行分析，可以看到宇文所安研究视角的独特之处。

首先，本书对英美汉学界的白居易诗译介和研究成果所做的详细介绍，能使国内学界对此得到系统而全面的了解。其次，从以白居易为例所做的具体探讨中，英美学者在唐诗以及中国古代文学研究上所采用的视角、理论和思路，以及所得出观点的洞见与谬误都清晰呈现在我们面前。尤其在论述中比较了这些具体问题在中美学界研究的异同，能使我们对西方汉学界在该领域研究的得失获得基本的认知。此外，本书所用大量材料都是笔者广泛搜罗而来的第一手材料，其中相当一部分未被国内学界介绍过。文中对这些材料的诸多翻译也是第一次，为国内学界研究相关问题提供了较为新鲜的资料。最后，国内学界对"白居易研究在国外"这样一个命题的专门梳理暂付阙如，对白居易在海外汉学唐诗研究重镇美国的研究情况进行介绍的成果甚至也不多见。选择这一个题目，可以为唐诗研究中此类重要命题在西方汉学界的研究成果的梳理和探讨做一个尝试，使得英美（主要是美国）汉学界的唐诗研究面貌在我们面前变得越来越清晰，从而为我们自己的唐诗研究提供参考、借鉴并有所反思。

第一章

英美两国的白居易译介与研究

中国古典诗歌隽永凝练、韵味悠长，有着与西方诗歌迥异的特质，深深吸引了一代又一代的海外汉学家。法国著名汉学家戴密微（Paul Demiéville，1894—1979）确信"汉诗为中国文化之最高成就"或"中国天才之最高表现"①，而唐诗作为中国古典诗歌的巅峰，更以深远的艺术魅力打动着他们。法国汉学家杜赫德（Jean-Baptiste Du Halde，1674—1743）和钱德明（Jean-Joseph-Marie Amiot，1718—1793）早在18世纪初期就向西方介绍过李白的唐诗成就，而出版于1862年的西方第一部断代唐诗译本也是法文本。不过唐诗在西方最早的翻译则是英国汉学家马礼逊（Robert Morrison，1782—1834）完成的英译②。在1815年出版的《中文原文英译，附注》③一书中，马礼逊翻译了杜牧的《九日齐山登高》一诗，用来说明中国重阳登高的习俗。19世纪英国汉学迅速崛起，唐诗英译也随之发轫，而后经过一批杰出汉学家的不懈努力，终于促成唐诗英译从零散、随意性向系统化、专门化的方向发展。

---

① 巴黎《敦煌学》第五辑，《戴密微先生逝世三周年纪念专号》，转引自钱林森编：《牧女与蚕娘》，上海：上海古籍出版社，1990年，第365页。
② 对最早的唐诗英译本，向来有各种不同的说法，江岚在《唐诗西传史论——以唐诗在英美的传播为中心》一书都给予了分析和澄清，给出切实的结论。这里取江岚的结论。
③ Robert Morrison, *Translations from the Original Chinese, with Notes*, Canton: Order of the Select Committee; At the Honorable East India Company's Press, 1815, p.39.

美国著名学者奥利弗·克莱塞(Olive Classe)主编的《英译文学百科全书》①第一卷中,对几乎所有英译中国文学作品进行了统计和罗列,并对其中的重要文本做了简单介绍与评述。在"中国文学译介"这个独立的单元中,他介绍了英语世界对重要的中国历代作家及其作品的译介情况,其中唐代诗人占了中国作家总数的一半,依目录排次有:白居易、杜甫、韩愈、寒山、李白、李商隐、王维。也就是说,在英译的唐代诗人作品中,白居易排名在前。

第一节 英国的白居易译介与研究

根据江岚的统计,20世纪五六十年代以前的英译唐诗中,从诗歌作品被译介的数量和次数上看,李白在唐代诗人中占绝对领先的地位,其次就是白居易②。这主要是英国学者的功劳。在译介的基础上,白居易的研究方面也有不少成果。下面我们就对英国汉学中白诗英译和研究情况进行梳理。

一、翟理斯的白居易译介与研究

英国汉学家哈伯特·翟理斯是白居易诗歌英译的第一人。翟理斯出身英国牛津一个义人世家,1867年通过英国外交部的选拔考试,以英国驻华使馆翻译生的身份来到中国。此后,他历任天津、宁波、汉口、广州、汕头、厦门、福州、上海等地的英国领事馆职官,直至1893年以健康欠佳为由辞职返英,他在中国各地前后生活了26年,对中国语言文字和文化传统都相当熟悉。

在1898年出版的《古今诗选》③中,翟理斯翻译了白居易的一首诗,诗名"Deserted"译为"荒僻之处",书中没有给出中文对照,根据翻译的内容推知应该是

---

① Olive Classe, *Encyclopedia of Literature Translation into English*, Philadelphia: Talyor & Francis Inc., 2000.
② 江岚:《唐诗西传史论——以唐诗在英美的传播为中心》,北京:学苑出版社,2009年,第284页。
③ Herbert A. Giles, *Chinese Poetry in English Verse*, London: B.Quaritch, 1898.

《后宫词(泪湿罗巾梦不成)》。早在这本诗集之前,翟理斯出版过《古文选珍》一书,这本书 1883 年由翟理斯自费印刷,1884 年公开出版,1923 年修订并与《古今诗选》合并,并沿用《古文选珍》书名出版①,1965 年在纽约重印。1883 年和 1884 年的版本都无法看到,而根据现在能够看到的纽约重印版,诗歌卷中选译了 130 多位诗人的 240 首作品,在《古今诗选》内容的基础上增加了三分之一。原入选的多位诗人,以白居易的作品数量增加最多,从《古今诗选》里的 1 首,增加到 11 首。这样,我们可以推知,1883 年就出现的旧版《古文选珍》里翻译了白居易的 10 首诗。也就是说,白居易诗歌的译介时间可以提早到 1883 年。散文卷中也收录不少诗作,例如白居易的《琵琶行》就在这一卷中,和《中国文学史》中的文本一样,翟理斯翻译这首诗用的是散文体而非韵体。

对白居易的介绍和评价,翟理斯也是第一人。在两卷《古文选珍》中,翟理斯争取给每个诗人都附上一个简短的介绍,用自己的语言概括出他本人对这些诗人生平情况的了解和评介,为这些译诗增加了必要背景,也使诗集读起来更有趣味性。白居易的作品在《古文选珍》的散文卷和诗歌卷里同时收录,翟理斯在两卷中所附简介也有区别。散文卷的介绍如下:

白居易(772—846):中国最伟大的诗人之一,生涯丰富多彩的政治家。升至高位以后他突然被降职,放逐到偏远的地方,使他从此厌倦政治生涯。加入八位意气相投的同伴,与诗歌和酒为伍(即指"香山九老会"之事——笔者按)。后来他被召回,随后官至兵部尚书。

诗歌卷的介绍如下:

白居易(772—846):中国最伟大、最多产的诗人之一,一位仕途上有过正常起伏的成功的政治家。他孩提时代很早熟,17 岁就得到最高学历。

可以看出,散文卷中的简介较为严肃、中规中矩,诗歌卷中的就显得随意、轻松一些。而从内容上看,两则介绍中都有基本史实的讹误,而这些史实错误在翟理斯随后的《中国文学史》一书中都原样呈现,所以会在下节探讨史论性著作中的白居易时一并评价。

翟理斯在 1901 年完成了著名的《中国文学史》一书,在唐代部分,根据大致的

---

① Herbert A. Giles, *Gems of Chinese Literature*, London: Kelly & Walsh Inc., 1923.

生卒年对较为著名的唐代诗人一一进行介绍。白居易部分,先是对其生平、政治生涯、个人逸事和文学成就做了简略的概述,并翻译了《读老子》《琵琶行》和《长恨歌》三首诗。其中《琵琶行》是用散文体翻译的。总的来说,介绍部分讹误甚多,诗歌翻译的风格则较为正统。本章第三节将有更详细的论述。

二、克莱默-宾的白居易译介与研究

翟理斯之后,他的崇拜者、诗人克莱默-宾在 1902 年出版了《长恨歌及其他》①一书,书中的"中国诗"部分是他对翟理斯所译部分汉诗的重译,其中包括《长恨歌》在内的 3 首白诗。因为不懂中文,克莱默-宾在重译时有很大发挥余地,他用诗人的想象和文笔创造了一个他心目中的唐诗世界,同时这种比翟理斯严谨有余、灵动不足的译法更易为西方读者所接受。

之后,克莱默-宾的《玉琵琶》②一书翻译了白居易诗 15 首,在导言部分,他将白居易与书中收录的几位重要的唐代诗人进行了比较,给白居易做了充满赞赏的评价,其中文译文为:

白居易(公元 772—846)

白居易应该是中国诗人中最接近西方思想的中国作家。他足够幸运,因为他还生活在唐明皇的爱情悲剧尚未被人们所淡忘的时代。他善于透视一切,虽身不在其中但却依然见解清晰。不仅如此,他还具备了为他那个环境里的其他诗人身上所不屑的浪漫情怀,虽然这种情怀在中国古老的神话故事中随处可见。他堪称为数不多的能够得到至高无上的皇上重用的典范——得以发挥他个人的潜能去治世报国。如果他专注地投身于文学创作,或许可以如李白和杜甫一样舍弃仕途,到他喜爱的香山去依山独居。可白居易有他自己更远大的抱负。杰出的政治生涯开阔了诗人的视野,同时丰富并社会化了他作品的内容。

白居易超越了所有诗歌里的人类爱欲和感伤,也超越所有的慰藉。那些

---

① L. Cranmer-Byng, *The Never Ending Wrong and Other Renderings*, London: Grant Richards, 1902.
② L. Cranmer-Byng, *A Lute of Jade: Being Selections From The Classical Poets of China*, London: Grant Richards, 1909.

善于在中国文字间寻找悲情的人都无法与其比肩。在他最著名的长篇悲剧叙事诗《长恨歌》里,最后一句(并非最后一句——笔者按)是这样低声细语地写出孤独的灵魂敲打现实有限世界的渴望:"我的皇上,"她呢喃道,"在天愿为比翼鸟,在地愿为连理枝。"

年轻的妻子情愿守着丈夫的墓穴终老而不另适他人,这样忠贞的爱情信仰,让西方世界不甚了了,也让全世界在那个本来可以拥有三千粉黛的痴情皇帝面前显得如此渺小。[①]

克莱默-宾对白居易的解读虽然带有明显的个人偏好和诗人的浓烈感情色彩,但总体来说并无较大偏颇。虽然李白和杜甫并非如他认为是自愿舍弃仕途,但对白居易一生不曾放弃"兼济"理想及他的仕途生涯对诗歌内容的积极影响等方面的分析都切中肯綮。

1916年,克莱默-宾又出版了一本译诗集《宫灯的飨宴》[②],全书共选唐诗23首,其中白诗7首,与前面两本书选入的白诗都没有重复。在这本书中,克莱默-宾对包括白居易在内的一些唐宋诗人做了总体评价,认为他们集大政治家和大诗人于一身的双重身份,秉承了道家"出世"、儒家"入世"兼有的思想,也完成了儒家"内圣外王"的理想。这也是相当精准的评价。

三、阿瑟·韦利的白居易译介与研究

翟理斯和克莱默-宾的白诗翻译只是他们的中国古代诗歌翻译的一小部分,而此后的阿瑟·韦利则将白诗英译的比重大大提高,并成为白诗译介和研究的专家,在这个领域占据了至今不可动摇的至高地位。正如倪豪士所说:"任何对西方白居易研究进行的梳理中,阿瑟·韦利这个名字都占据主要地位。"[③]

韦利一生汉学著述数量惊人,在中国古典诗歌英译方面也是成果丰硕,其中尤以对白居易的译介和研究著称。1916年第一本自费印刷的翻译集《中国诗

[①] 江岚:《唐诗西传史论——以唐诗在英美的传播为中心》,北京:学苑出版社,2009年,第99页。
[②] L. Cranmer-Byng, *A Feast of Lanterns*, London: John Murray, 1916.
[③] William H. Nienhauser, "Po Chü-i Studies in English Since 1916-1992," *Asian Culture Quartly*, XXII (Autumn, 1994) p.37.

歌》①里,韦利翻译了52首诗,其中只有3首白居易的诗歌。第二年,在伦敦大学《东方研究学院学刊》(Bulletin of the School of Oriental Studies)第1卷第1期上,韦利发表了《白居易诗38首》,获得了极大好评。这鼓舞了韦利,同时也应该是他对白居易这位诗人真正产生兴趣的开端。1918年,韦利的第二本翻译集《一百七十首中国古诗选译》②出版,其中白居易诗歌占64首,所占比例着实惊人,也明确表达了他对白居易诗歌的推崇。1919年的第三本译诗集《汉诗增译》③中,韦利更是把白居易译诗的比例大大提高,在全部68首中国诗文中,白居易的诗歌多达53首。而1923年的译文集《〈游悟真寺〉及其他诗歌》④则以白居易的《游悟真寺一百三十韵》为书名的一部分。1941年,集合之前诗歌译作的《译自中国文》⑤一书出版,收录白居易诗歌108首,书中附有白居易生平年表,并对白居易生平中的一些重大事件以及《与元九书》一文做了介绍。1946年出版的《中国诗选》⑥一书是对之前翻译过的诗歌进行修订,白居易的诗歌有103首。1949年,韦利完成了著名的《白居易的生平与时代》⑦一书,书中翻译了很多之前没有翻译过的白诗,约有100多首。韦利英译白诗的具体数目,本书第二章第一节进行了细致的统计,排除重收重译的情况,精确数字是126首,加上传记中的译诗,全部译诗数目多达200多首。

韦利的白诗英译数量惊人,其运用"弹跳节奏"(Sprung Rhythm)为特点的流畅英语表达译法,受到读者极大欢迎。据美国汉学家倪豪士统计,《一百七十首中国古诗选译》在出版后的4年之内原版重印了4次,美国"通行本"重印了3次,单是第一版就卖出了5000册。对此,倪豪士分析说,那个时代是西方受过教育的读者对中国诗歌极感兴趣的时代,主要是受了庞德的影响。不过,庞德版本的成功,他自己个人创造居功至伟。这就给了韦利机会,把中国诗歌的真正趣味带给西方

---

① Arthur Waley, *Chinese Poems*, Stewartstown: Lowe Bros, 1916.
② Arthur Waley, *A Hundred and Seventy Chinese Poems*, London: Constable and Co., 1918; New York: A. A. Knopf, 1919.
③ Arthur Waley, *More Translations from Chinese*, London: George Allen & Unwin Ltd., 1919.
④ Arthur Waley, *The Temple and Other Poems*, London: George Allen & Unwin Ltd., 1923.
⑤ Arthur Waley, *Translations of the Chinese*, London: George Allen & Unwin Ltd., 1941.
⑥ Arthur Waley, *Chinese Poems*, London: George Allen & Unwin Ltd., 1946.
⑦ Arthur Waley, *The Life and Times of Po Chü-i*, London: George Allen & Unwin Ltd., 1949.

读者。他的译文还登载在当时最有影响力的杂志上。这些诗歌肯定也影响了一部分非英语国家的读者①。到韦利重新将兴趣转回白居易的20世纪40年代,他的中国译诗在英美风靡的程度已经可以称为一个传奇,1946年出版的《中国诗选》在3年内卖出了将近20000册,其中一些译诗被谱成音乐,并被译成包括德语在内的数种外语。美国新诗运动的许多著名诗人都是在韦利译诗的熏陶下对中国诗歌产生了浓厚兴趣。并且直到今天,他的译诗仍然受到相当广泛的欢迎,一些译诗还成为英语文学经典之作。韦利中诗英译的巨大成功,也使得白居易的诗名在西方获得广泛的认知。

虽然白居易的译诗获得了极大的成功,不过,对学者们来说,韦利的《白居易的生平与时代》一书才是最有影响力的。生动的文笔和之前中诗英译打下的良好的群众基础,是吸引普通读者的原因,而对学者们来说,韦利在行文中对唐代各种历史背景和知识旁征博引的穿插非常引人入胜,令人一读之下就欲罢不能。同时,用诗文来串起诗人的一生,这种体例也是相当吸引人的,并且在此后几十年启发了不少西方汉学家在书写中国作家传记时运用该种体例。当然,这本书也有它的缺点。韦利在前言中宣称,这本书既不虚构事件,也不虚构思想,一切都让事实说话。他认为白居易无事不入诗的癖好,以及唐代诗人惯于在诗题或序言中说明该诗写作的时间、地点、事件等背景资料,使得诗歌可以作为翔实的历史资料来使用。既然如此,他对每首诗进行翻译之外,理应做必要的分析以说明其史料价值,然而韦利在这一点上却选择了略过,又或者是在用某首诗说明他的某种行为或想法时却没有提供该诗的翻译,等等。不过,韦利这本白居易传记的成功仍是主要的,直到今天,英美汉学家撰写过唐代众多重要诗人的传记,但白居易的传记再也没有人写过,这与韦利这本书珠玉在前有很大的关系。关于韦利的白居易研究,本书第二章会做专门的探讨。

在韦利占据英国汉学白居易翻译和研究主导地位的几十年间,英国的白居易诗歌译介和研究乏善可陈,只有一些零星的翻译成果,如1919年弗莱彻(W. J. B.

---

① William H. Nienhauser, "Po Chü-i Studies in English Since 1916–1992," p.38.

Fletcher,1879—1933)的《英译唐诗选》和《英译唐诗选续集》①这两部首次出现的断代唐诗英译集里,仅收白居易的诗歌两首②。而韦利之后,白诗英译和研究也随同汉学研究重心转向美国。

第二节　美国的白居易译介与研究

美国汉学从19世纪下半叶才起步,远远落后于欧洲国家,而且因为太注重现实利益,20世纪20年代之前在唐诗译介方面几乎毫无作为。不过借助历史渊源和语言文字的相通,英国的唐诗英译成果也极易为美国所得,为此后美国唐诗译介高潮迭起打好了基础。20世纪20年代之后,唐诗英译的重心从英国逐渐转移到了美国,但其成果并非出自汉学界,而是得益于美国文学艺术界出于对唐诗借鉴和化用的需求。众所周知,美国新诗运动和唐诗的关系可谓密不可分。这一波译介热潮持续了20年左右便归于沉寂,然而其影响却是异常深远的。在这个过程中,唐诗的传播完成了从精英圈向民间的发展,在某种程度上,也为20世纪70年代唐诗译介的第二波高潮做了铺垫。伴随"垮掉的一代"而来的第二波唐诗译介高潮,不仅展现了美国文学艺术界为唐诗传播做出的突出贡献,而且揭开了美国汉学界对唐诗的译介和专门研究的序幕。尤其进入20世纪80年代之后,新一代汉学家迅速成长崛起,伴随着国际社会变迁、信息传播技术飞速提升,以及西方文艺理论迅速更迭的背景,唐诗在汉学界的专门译介和研究得到强有力的延续,至今未衰。美国汉学界所取得的骄人成绩更是有目共睹,越来越吸引着国内学界的目光。

---

① 《英译唐诗选续集》有学者以为出版于1925年,见前江岚:《唐诗西传史论——以唐诗在英美的传播为中心》。但据笔者所见《英译唐诗选续集》一书,出版年代为1919年。参 W.J.B. Fletcher, *More Gems of Chinese Poetry*, Shanghai: Commercial Press, Limited, 1919。
② 《英译唐诗选》中注明作者为白居易的诗共有3首,其中《寻隐者不遇》(*A Mist Sketch*)一诗的作者应为贾岛,所以白居易的诗实际上只有两首。

一、美国白居易译介与研究的主要成果

美国的白居易诗歌英译首先出现在一些诗歌翻译集里。如 1922 年小畑薰良的《李白诗集》①中,第二部分翻译了一些唐代诗人所写的与李白有关的诗,其中有白居易的《李白墓》一诗;1921 年,意象派女诗人艾米·洛维尔(Amy Lowell,1874—1925)的《松花笺》②译白诗《闻早莺》一首;1929 年,中国学者江亢虎和美国诗人怀特·宾纳(Witter Bynner,1881—1968)合译的《群玉山头》(唐诗三百首英译本)③收白居易诗 6 首;1970 年,肯尼斯·雷克斯洛特(Kenneth Rexroth,1905—1982,中文名王红公)的《汉诗又一百首:爱与流年》④收白诗一首。

可以说,白诗英译和研究在克莱默-宾之后的五六十年里,除韦利之外没有什么突出的表现,直到美国汉学家霍华德·列维步韦利后尘,对白居易表现出有过之而无不及的情有独钟。1971 年至 1978 年间,列维陆续完成了四卷本的白居易诗歌英译,分别对应白居易的"古体诗"(The Old Style Poems,1971)⑤、"律诗"(The Regulated Poems,1971)⑥、"中年之诗"[Regulated And Patterned Poems of Middle Age(822-832),1978]⑦与"晚年之诗"[The Later Years(833-846),1978]⑧。前两册是列维独自完成的,后两册则是与诗人亨利·威尔斯(Henry W. Wells,1895—1978)合作:每一首诗,先是给出中文原文,接着是列维对原诗做逐字的字面翻译,最后是威尔斯用诗人的文笔在此基础上完成的诗译,读者可以两相对照来读。这样的做法似乎没有得到太多赞赏,因为列维所谓字面翻译有时候比威尔

---

① Shigeyoshi Obata, *The Works of Li Po: The Chinese Poet*, New York: Kessinger Publishing, LLC, 1922.
② Florence Ayscough and Amy Lowell, *Fir-flower Tablets*, Boston and New York: Houghton Mifflin, 1921.
③ Witter Bynner, *The Jade Mountain: A Chinese Anthology*, New York: Alfred A. Knopf, 1929.
④ Kenneth Rexroth, *One Hundred More Poems from the Chinese: Love and the Turning Year*, New York: New Directions Publishing, 1970.
⑤ Howard S. Levy, *Translations from Po Chü-i's Collected Works*, Vol. I, *The Old Style Poems*, New York: Paragon Book Gallery, Ltd., 1971.
⑥ Howard S. Levy, *Translations from Po Chü-i's Collected Works*, Vol. II, *The Regulated Poems*, New York: Paragon Book Gallery, Ltd., 1971.
⑦ Howard S. Levy and Henry W. Wells, *Translations from Po Chü-i's Collected Works*, Vol. III, *Regulated And Patterned Poems of Middle Age(822-832)*, San Francisco: Chinese Materials Center, Inc., 1978.
⑧ Howard S. Levy and Henry W. Wells, *Translations from Po Chü-i's Collected Works*, Vol. IV, *The Later Years(833-846)*, San Francisco: Chinese Materials Center, Inc., 1978.

斯的翻译还要诗歌化,这样难免会给人以累赘之感。有时候,因为对相关知识如佛教用语等有失了解,导致对诗歌的理解出现较大偏差。而且列维和威尔斯的翻译也谈不上精彩,所以这四卷本白居易诗歌的价值主要在于大大增加了白居易英译的数量(单是后两册就增加了近500首),后两册所附中文原诗也使其具备了资料性价值。在每首诗前面给出的背景介绍,也增加了可读性。在这四册英译集中,列维还对白居易的生平、诗风等进行了诸多探讨,并对《长恨歌》的相关问题做过一系列的介绍和考证。总的来说,介绍的比重大,个人的见解少,尤其独特的思考角度和观点方面,颇给人乏善可陈之感。这或者也是列维虽然汉学著作极多,但在美国汉学家中极少被提及的缘故。关于列维的白居易研究,本书也专设一章进行探讨。

从列维开始,白居易的译介和研究就基本是由美国汉学家来完成的,这与美国汉学在二战之后的重心地位也是相一致的。美国汉学中的中国古典诗歌译介和研究从20世纪60年代开始表现出前所未有的活跃,先是刘若愚(James J. Y. Liu,1926—1986)、柳无忌(Wu-Chi Liu,1907—2002)等华裔汉学家和傅汉思(Hans Frankel,1916—2003)等资深汉学家执其牛耳,此后逐渐成长起来的美国新一代本土汉学家则在20世纪70年代开始发力,做出越来越令人瞩目的成就。在唐诗译介和研究方面也是如此。20世纪70年代之后,在一些著名的中国诗歌英译集中,白居易诗歌依然是唐代部分不可或缺的,入选诗歌数量也越来越多。

柳无忌、罗郁正(Ivring Yucheng Lo,1922—)等领衔的中国诗歌英译集《葵晔集》①当中收录白诗17首,伯顿·沃森(中文名华生或华兹生、华滋生)(Burton Watson,1925—)的《哥伦比亚中国诗选:从早期到13世纪》②一书中收白诗11首。宇文所安的《中国文学选集:初始至1911年》③是享誉世界的"诺顿系列"中的一本,其中收白诗11首。此外在英语世界较为著名的一些中国文学译集如汤尼·本斯东(Tony Barnstone)和周平(音译,Chou Ping)的《中国诗歌精选集:古今

---

① Wu-Chi Liu and Ivring Yucheng Lo, *Sunflower Splendor: Three Thousands Years of Chinese Poetry*, Garden City, New York: Anchor Books, 1975.
② Burton Watson, *The Columbia Book of Chinese Poetry: From Early Times to Thirteen Century*, New York: Columbia University Press, 1984.
③ Stephen Owen, *An Anthology of Chinese Literature, Beginning to 1911*, New York: W. W. Norton & Co., 1996.

三千年传统》①收录白诗20首。

列维的四卷本白居易诗歌英译之后,白居易的专门译介也时有所见,如列维·安理(Rewi Alley)的《白居易诗选200首》②,大卫·亨廷顿(David Hinton)的《白居易诗选》③,此外还有伯顿·沃森的《白居易诗选》④等。

研究方面,德国学者尤金·法菲尔(Eugen Feifel,1902—1999)从20世纪50年代起开始用英语完成了一系列关于白居易的研究。首先是1952年提交给哥伦比亚大学并获得通过的博士论文《作为谏官的白居易》(1961年由荷兰莫顿出版公司出版)⑤,探讨白居易在任左拾遗期间写给唐宪宗的一系列奏状。法菲尔还写过《白居易父母的婚姻》一文⑥,对白居易父母是否舅甥关系进行考证。此外他还将《旧唐书·白居易传》翻译成英文⑦,作为韦利《白居易的生平与时代》一书的附录。法菲尔的研究与后来《作为法理学家的诗人:白居易与一桩杀妻案》⑧《关于杀人案的中国传统法律:白居易与遵循先例原则》⑨这类研究无关乎文学,更接近传统"汉学"研究的范畴。对此倪豪士评价说:"这些细致的汉学方面的研究,除了增加我们在前人著作中所未见的对白居易职业方面的知识外,关于他的文学方面的情况则没有提及。"⑩

英国著名汉学家杜希德(Denis Twitchett,1925—2006,又译崔瑞德)以隋唐史学研究著称,他的《白居易的〈官牛〉》⑪一文是难得一见的从文学角度探讨历史问题的文章,考证细致,颇见功力。白居易诗中多次写到他对鹤这种鸟类的喜好,司

---

① Tony Barnstone and Chou Ping, *The Anchor Book of Chinese Poetry: From Ancient to Contemporary, the Full 3000-Year Traditon*, New York: Knopf Doubleday Publishing Group, 2005.
② Rewi Alley, *Bai Juyi: 200 Selected Poems*, Beijing: New World Press, 1983.
③ David Hinton, *The Selected Poems of Po Chü-i*, New York: New Directions Publishing Corp., 1999.
④ Burton Watson, *Po Chü-I: Selected Poems*, New York: Columbia University Press, 2000.
⑤ Eugen Feifel, *Po Chü-i as a Censor*, s-Gravenhage: Mouton, 1961.
⑥ Eugen Feifel, "The Marriage of Po Chü-I's Parents," *Monumenta Serica*, 15(1956), pp.344-355.
⑦ Eugen Feifel, "Biography of Po Chü-I: Annotated Translation from Chuan 116 of the Chiu T'ang-shu," *Monumenta Serica*, 17(1958), pp.255-311.
⑧ Benjamin E. Wallacker, "The Poet as Jurist: Po Chü-i and a Case of Conjugal Homicide," *Harvard Journal of Asiatic Studies*. 41.2(December 1981), pp.507-526.
⑨ "The Traditional Chinese Law of Homicide, Po Chu-i and the Einsdem Gteneris Principle," 1994.
⑩ William H. Nienhauser, "Po Chü-i Studies in English Since 1916-1992," p.40.
⑪ Denis Twitchett, "Po Chü-i's 'Government Ox'," *T'ang Studie*. 7(1989), pp.23-38.

马德琳(Madeline K. Spring)注意到了这点,在《白居易的名鹤》①一文中,司马德琳翻译了白居易近 30 首关于鹤的诗歌,并尝试给出意象层次方面的见解,虽然并不成功,但她的译文精确而易读,并穿插着历史、学术和一些典故解说,倪豪士认为,"在某种意义上可以视为白居易诗歌的第一篇语文学研究"②。

保罗·高汀(Paul R. Goldin)的《解读白居易》③一文旨在梳理白居易文学观念的发展变化,考察其思想变化的轨迹,总的来说就是追问这样一个问题:"这个诗人为何在他晚年时期乐于书写他年轻时曾反对过的那种诗篇?"他的论述在逻辑严密方面有所欠缺,论点太过分散,对基础知识掌握较好,文中翻译了白诗近 10 首。

此外华裔学者何丙郁(Ho Peng-Yoke,1926—)与马来亚大学的两位年轻学者一起完成了《白居易关于长生的诗歌》④一文,探讨白居易的道教思想与对炼丹术和长生不老的追求,对相关诗歌的译介和一些具体问题研究的梳理,使读者增加了对白居易这一类诗和相关背景的理解。刘若愚的《白居易〈读老子〉一诗的评注》⑤一文,对白居易《读老子》一诗所做的探讨虽然是针对一个很小的问题而发,但体现了他治学上的严谨和细致。

继韦利之后,关于白居易专题研究出现了几篇博士论文,第一篇是厄尼斯汀·王(Ernestine H. Wang)1987 年提交给乔治敦大学的博士论文《白居易其人及他对中国诗歌的影响》⑥。这篇博士论文可以说并不成功,甚至不能称为一篇合格的博士论文。从篇章的结构来说,用绝大部分的篇幅谈论诗歌,且诗歌的翻译全部来自他人。而影响方面的研究应该是最有价值的,但因为日本学者在这方面已经有很多优秀的成果,而作者不但没有借鉴,也没有任何创见,潦草塞责,几乎

---

① Madeline K. Spring,"The Celebrated Cranes of Po Chü-i,"*Journal of the American Oriental Society*.111.1 (1991),pp.8-18.
② William H. Nienhauser,"Po Chü-i Studies in English Since 1916-1992,"p.44.
③ Paul R. Goldin,"Reading Po Chü-i,"*T'ang Studies*,V12(1994),pp.97-116.
④ Ho Peng-Yoke and Go Thean Chye and David Parker,"Po Chü-i's Poems on Immortality,"*Harvard Journal of Asian Studies*.Vol.34(1974),pp.163-186.
⑤ James L. Y. Liu,"A Note on Po Chü-yi's 'Tu Lao Tzu'(On Reading the Lao Tzu),"*Chinese Literature*:*Essays*,*Articles*,*Reviews*(*CLEAR*),Vol.4,No.2(Jul.,1982),pp.243-244.
⑥ Ernestine H. Wang,*Po Chü-i*:*The man and his influence in Chinese poetry*,Unpublished Ph.D.dissertation of Georgetown University,1987.

毫无学术价值可言,加上学术规范方面的缺失,参考价值也大打折扣。

另一篇博士论文是陈照明(Chiu Ming Chan)1991年提交给威斯康辛大学的《在世界与自我之间:白居易人生与写作的定位》①。这篇华人学者的论文总体来说中规中矩,对韦利和中国学者在白居易"独善"和"兼济"方面的观点进行辨析,认为白居易的人生观里包含了"独善"和"兼济"两个部分,不管处在怎样的人生境况中,他的总体人生观并没有根本的改变,只是在"兼济"与"独善"之间有所偏向而已。这个论点在当时也还较为新颖。不过,更有价值的是作者对白居易近200篇散文和诗作的翻译和注解,规范全面的书目也为这一领域的研究提供了翔实的参考资料。

探讨白居易的博士论文还有华人学者姚平(Ping Yao)1997年提交给伊利诺伊大学的《白居易作品中的妇女、女性美和爱情》②。这篇论文从白居易所写的诗歌、碑文、策、状等来考察中唐婚姻和夫妻关系以及妓女文化的显著上升,探讨白居易作品中的女性美和妇女在家庭中的角色,以及通俗文化对"情"这个主题的作品的影响。总的来说,这是一篇逻辑清晰、论证严谨同时阅读起来较为轻松的论文,切入的视角也比较新鲜。

这几篇论文都是由华裔学者完成的,尤其是在大陆接受高等教育之后才去往美国的学者。他们在研究上往往有着功底扎实,同时吸纳美国学者独特视角和思考方法的特点,可谓"中西合璧"。这点也体现在华裔学者杨晓山(Xiaoshan Yang)的白居易研究上。杨晓山的背景与姚平一样,而他的研究甚至英语行文的风格都倾向于美国学者,因为在哈佛大学攻读博士学位,他深受宇文所安的影响,如《其道两全——白居易诗歌中的园林与生活方式》③一文,探讨白居易的园林诗中体现的对"他人的园林"和"自我的园林"的截然分别,以及这些与他的"中隐"哲学的关联。文中一些论点和宇文所安《中国"中世纪"的终结——中唐文学文化论集》一书里的某些论述如出一辙,如写到诗人如何重视对田园的占有权等。

---

① Chiu Ming Chan, *Between the World and the Self-Orientations of Pai Chü-i's* (772-846) *Life and Writings*, Unpublished Ph.D.dissertation of Wisconsin University, 1991.
② Ping Yao, *Women, Femininity, and Love in the Writings of Bo Juyi* (772-846), Unpublished Ph.D.dissertation of Illinois University, 1997.
③ Xiaoshan Yang, "Having It Both Ways: Manors and Manners in Bai Juyi's Poetry," *Harvard Journal of Asiatic Studies*, 56.1(June, 1996), pp.123-149.

进入新世纪后的白居易研究有杨晓山的这篇《俸禄事宜——白居易作为七十老者的自我形象》①，探讨白居易诗中谈到的俸禄和其中反映出来的对自我的认知，其中也有很明显的西方视角。这些研究在论述上由于要照顾到目标读者，在资料的梳理上面往往占较大篇幅，论点也较为分散，这也是华裔学者研究的一个特点。

除了这些专门的研究，还有散见于各本著作之中的白居易研究，如吴经熊(John C.H.Wu,1899—1986)的《唐诗四季》②,1972年在美国和日本同时刊行，这本饶有兴味的小书，把唐代诗人分别用春、夏、秋、冬四个季节来对应，其中有很多白居易与国外诗人的比较。而最值得注意的就是唐诗研究大家宇文所安著作中的白居易。1996年出版的《中国"中世纪"的终结——中唐文学文化论集》③一书中，白居易的内容作为他对中唐文学种种思考的有力论据，在书中有较多篇幅。而之前的《传统中国诗歌与诗学》④《追忆——中国古典文学中的往事再现》⑤和《迷楼——诗与欲望的迷宫》⑥3本书中共探讨过白诗6首，而就是这区区6首诗，虽在各本书里所占的篇幅微不足道，"然而它们的表现使得我们把宇文所安视为白居易研究的主要学者。这6篇中的任何一篇，都忠实表现着欧文的机巧"⑦。这样一来，虽然没有任何一部或一篇关于白居易的专门研究，宇文所安却也值得我们专列一节来对他书中的白居易进行探讨。可以说，正如唐诗研究和中国古典文学的整体研究在宇文所安手里新意频出、自成一体且水平极高一样，白居易研究在韦利的珠玉之后又有宇文所安树立起的奇峰一座。

---

① Xiaoshan Yang,"Money Matters:Bai Juyi's Self-image as a Septuagenarian," *Monumenta Serica*, Vol.48 (2000), pp.39-66.
② John C.H.Wu, *The Four Seasons of Tang Poetry*, Rutland:C.E.Tuttle Co.,1972.
③ Stephen Owen, *The End of the Chinese "Middle Ages": Essays in Mid-Tang Literary Culture*, Stanford: Stanford University Press,1996.
④ Stephen Owen, *Traditional Chinese Poetry and Poetics: Omen of the World*, Madison:University of Wisconsin Press,1985.
⑤ Stephen Owen, *Remembrances: the Experience of the Past in Classical Chinese Literature*, Cambridge: Harvard University Press,1986.
⑥ Stephen Owen, *Mi-lou: Poetry and the Labyrinth of Desire*, Cambridge: Harvard University Press, May 1989.
⑦ William H. Nienhauser,"Po Chü-i Studies in English Since 1916-1992," *Asian Culture Quartly*, XXⅡ (Autumn,1994) p.45.

二、相关的学术刊物

美国在二战后逐渐占据汉学重镇地位,积极延揽各国杰出的汉学人才,在学科建设、学刊创立和基金扶持等方面积极推进汉学研究。美国的汉学学术刊物不仅刊登美国和西方学者的研究成果,而且面向全世界,虚心接纳优秀的汉学研究成果,这样不但可以促进自己的研究,也通过提高刊物的水准和地位,巩固了其汉学研究中心的地位,其中《哈佛亚洲学报》就是最具代表性的刊物。

这本刊物创立于 1936 年,"与其他老牌的汉学或东方学杂志,例如《通报》(T'oung Pao)和《美国东方学会会刊》(Journal of the American Oriental Society,简称 JAOS)、《皇家亚洲学会会刊》(Journal of the Royal Asiatic Society,简称 JRAS)相比,《哈佛亚洲学报》也只能算是个后起之秀。但回首岁月,不能不承认 80 年前这份纯学术杂志的创办,在美国的汉学研究史上是一件有意义的大事"①。之所以这么说,是因为这份刊物在成立之初和之后的岁月变迁里,都与哈佛大学汉学研究不断有汉学界最杰出的人士加盟有很大关系,这确保了哈佛汉学研究的高水准和学术眼光。尤其到了 20 世纪 50 年代中期,对文学的重视鼓励,引导文史融合的学术风气,带来的是更多杰出的研究成果。而这个刊物通过大量登载书评促成了同行之间相互切磋批评的良好风气,同时维护了学术尊严与纯洁。因此,"今天,没有一位西方汉学家不把能在《哈佛亚洲学报》上发表论文视为自己学术生涯中的骄傲,而能达到这样的水准的学术刊物为数并不很多"②,这就是《哈佛亚洲学报》的价值所在。

在本书所探讨的 11 篇学术论文中,有 3 篇刊登在《哈佛亚洲学报》上,分别是本杰明·沃拉克的《作为法理学家的诗人:白居易与一桩杀妻案》、何丙郁等人的《白居易关于长生的诗歌》以及杨晓山的《其道两全:白居易诗歌中的园林与生活方式》。这 3 篇文章的作者分别是英国学者、旅居澳大利亚的东南亚华裔学者和

---

① 程章灿:《岁月匆匆六十年——由〈哈佛亚洲学报〉看美国汉学的成长》(上),《古典文学知识》1997 年第 1 期,第 117 页。
② 程章灿:《岁月匆匆六十年——由〈哈佛亚洲学报〉看美国汉学的成长》(下),《古典文学知识》1997 年第 2 期,第 117 页。

定居美国的中国学者,可以看出这个刊物不但向所有的汉学家敞开,而且学术视野非常开阔。本杰明·沃拉克研究中国古代军事和法律,何丙郁是著名的科技史专家,而杨晓山则是来自中国大陆的中国历史学者,他们的研究分别是文史融合、文学与科技的融合以及文学与文化心理的融合。从中能够看出《哈佛亚洲学报》对跨学科综合研究的鼓励和倡导。这其实也正是现今中西文史学科的一大趋向。

《唐研究》(T'ang Studies)创刊于1982年,是1981年在美国科罗拉多大学成立的学术组织"唐学会"(T'ang Studies Society)的会刊,并在短时间内从一个仅供内部交流的会刊转变为成熟的学术期刊。唐学会的成立以及《唐研究》杂志的出版是美国经院式唐诗研究确立的标志。这本会刊每年一期,至今仍是美国唐代研究领域唯一一份学术刊物。关于唐代诗人诗作的论文自然是《唐研究》的重要组成部分。本书中探讨的杜希德《白居易的〈官牛〉》和保罗·高汀《解读白居易》两文就分别刊登于1989年期和1994年期。

刘若愚1982年的文章《白居易〈读老子〉一诗的评注》刊登在《中国文学:学术散文、文章与书评》(Chinese Literature: Essays, Articles, Reviews,简称 CLEAR)上面。这本刊物是由威斯康辛大学麦迪逊分校主编的综合性的中国文学研究刊物,主要以中国古代文学研究为主。这本刊物也时常登载一些值得注意的文章,当然书评是其中相当重要的一部分。

司马德琳1991年的文章《白居易的名鹤》刊发在前面提到过的老牌汉学杂志《美国东方学会会刊》上。美国东方学会(American Oriental Society)成立于1842年,是第一个专门研究东方的、独立的、非营利性质的学术机构,也是美国汉学研究开始有组织地发展的标志。这个学会的宗旨是促进东方语言、历史和文化的研究,有自己的图书馆、出版物和刊物,东方系列丛书就是其中一种。司马德琳的著作《唐代的动物寓言》(Animal Allegories in T'ang China)[①]一书也曾经入选美国东方学会的东方系列丛书。可以看出,至少在20世纪90年代初,这个学会对文化而不是文学的关注,延续了汉学一贯的视角。

还有3篇论文刊载在《华裔学志》(Monumenta Serica)上。这本刊物比较特殊,由德国传教士于1935年在北京辅仁大学创刊并持续了10年,此后历经日本

---

① Madeline K. Spring, *Animal Allegories in T'ang China*, New Haven: American Oriental Society, 1993.

时期(1949—1965)、美国时期(1963—1972),1972年至今则固定在德国编辑出版。《华裔学志》在西方汉学界具有一定的学术地位和影响力。本书中涉及的刊登于该刊物的论文有3篇,其中法菲尔1956年的《白居易父母的婚姻》和1958年的《白居易传》都刊发于该刊物的日本时期,而杨晓山2000年的《俸禄事宜:白居易作为七十老者的自我形象》则刊于该刊物"最终定居"德国时期,之所以能够纳入本书的范畴,是因法菲尔是在美国接受的汉学训练,他写作这两篇文章的时候,也很有可能仍在美国。而杨晓山同样是在美国接受了汉学研究的学术训练,并且定居美国。

第三节　英美中国文学史论著中的白居易

英美汉学对中国文学史的梳理始于英国汉学家翟理斯,到2010年最新的《剑桥中国文学史》①的出版,历经了约一个世纪,伴随着英美汉学和现代学术的发展,也经历了一个不断探索和进步的发展过程。本节选择英美两国从19世纪末以来的几本主要的中国文学史论著,对其中的白居易部分进行梳理。在这些史论性质的中国文学著作中,白居易部分严格来说不能称为研究,但考察不同的编者和撰写者在各自的史学观念和框架之下,如何对白居易进行介绍、评价和处理,有助于我们观察白居易在海外尤其是英语世界的接受情况。

一、翟理斯《中国文学史》中的白居易

翟理斯一生汉学著述极多,成就卓著,其中最为引人注目的成果之一就是《中国文学史》。关于这本书的出版时间,学界一直持不同说法。国内最早评价该书

---

① Kang-i Sun Chang and Stephen Owen, *The Cambridge History of Chinese Literature*, Cambridge University Press, 2010.

的郑振铎说是 1901 年①,此外还有 1900 年之说②。郭廷礼的《19 世纪末 20 世纪初东西洋〈中国文学史〉的撰写》就这几种说法进行了厘清,认为准确的出版年份应为 1897 年,然而他也并未给出确证③。一般持 1901 年说。

翟理斯在序言里说:"这是用任何语言,包括中文在内,编写一部中国文学史的首次尝试。"实际上俄国和日本的中国文学史论著都比翟理斯这本书出现得要早一些,不过翟理斯在英语世界里的开创之功仍然卓著。可以说,这本《中国文学史》是世界上第一本用英语写出的中国文学史,也是世界上最早的中国文学史论著之一。

翟理斯的《中国文学史》全书共 448 页,对作家作品的介绍点到即止,全书疏漏讹误和曲解之处甚多。在关于白居易的 12 页篇幅的介绍文字里,白居易的生平和文学成就只占了一页半,其中提到他幼时聪慧、仕途升迁和"香山九老"等较为人熟知的知识。短短几百字的知识性介绍里有不少明显的错误,比如:

(一)"他于十七岁毕业,并且在帝国中升到高位,虽然一生中的某个时期他也曾被贬到低位,这多少让他对官场感到厌倦。"根据新旧两《唐书》的记载及各本白居易年谱或生平的钩沉,白居易 17 岁的时候还在苦读诗书准备仕进,直到 20 岁前后才通过宣州府的乡试。贞元十五年(799)白居易 27 岁时中了进士,4 年后又以第三等的成绩登书判拔萃科,才被授为秘书省校书郎,从此踏上仕途。这是很清楚的史实。翟理斯的"毕业"一说不知所指为何,也不知从何而来。

(二)"'香山九老'的美名传入皇帝耳中,皇帝就任命他为忠州刺史。后来在穆宗的许可下,他改任杭州刺史。接着他任苏州刺史,最后在 841 年升任兵部尚书(President of the Board of War)。"而史书明确记载,"香山九老"之事发生在 845 年,白居易任忠州司马则发生在 815 年,时间上前后颠倒,更不可能构成因果关系。且白居易于 842 年任刑部尚书,从未担任过兵部尚书。

(三)"他的诗在皇帝命令下被编成集,并刻在石碑上,放在他后来仿照他最

---

① 郑振铎:《插图本中国文学史》,北平朴社,1932 年,"前言":"但文学史之成为'历史'的一个专支,究竟还是近代的事。中国'文学史'的编作,尤为最近之事。翟理斯(A. Giles)的英文本《中国文学史》,自称为第一部的中国文学史,其第一版的出版期在公元 1901 年。"
② 陈伯海:《中国文学史编写刍议》,《社会科学战线》1997 年第 5 期,第 64 页。
③ 郭廷礼:《19 世纪末 20 世纪初西洋〈中国文学史〉的撰写》,《中华读书报》2001 年 9 月 26 日。

喜欢的香山居舍而建的园林里。"白居易一生中曾多次编订自己的诗集,都是自发而为,并非遵皇帝命令所为。而刻在石碑上之说也没有根据。白诗数量巨大,要刻成石碑,恐怕很难实现。白居易编订的文集都分别保存在几个寺院里,也不是什么园林。

以上几点常识性的错误非常明显,乖违甚过。在对诗歌的理解上,翟理斯也流于浅显,比如他写道:"他(白居易)不相信《道德经》的真实性,并在下面这首诗里嘲笑了它的荒谬可笑。"接着翻译了白居易的《读老子》一诗:"言者不知知者默,此语吾闻于老君。若道老君是知者,缘何自著五千文。"其实此诗更可能是作为一种戏谑妙语而写,绝非认真的嘲弄。翟理斯显然仅仅停留在了字面意思的理解上。

翟理斯介绍了白居易最著名的两篇长篇叙事诗《琵琶行》和《长恨歌》,他说:

> (《琵琶行》)讲述了一个可怜的琵琶女的故事。这一篇被后来的评论家Lin His-chung 赋予了非常高的地位。林指出,这首诗的措辞在与情感共鸣方面是如何地令人钦佩,并宣称这样的技艺把读者提升到了佛教徒所谓"三昧"的精神陶醉境界。

翟理斯所说 Lin His-chung 应是"林西仲"的韦氏拼音,指顺治朝进士林云铭(1628—1697),西仲是他的字。林云铭是清代有名的学者,有《庄子因》《古文析义》《楚词灯》《韩文起》等著作传世。翟理斯应是在中国期间读到林西仲的书,他在这本史论性著作中引用其观点,表明他对林著的熟悉,同时也能说明,相对经典而言,翟理斯更关注中国的民间文化、通俗文学以及老庄思想,这也应当是翟理斯这本《中国文学史》中基本史实讹误而"逸闻"甚多的原因。翟理斯用韵文完整翻译了《琵琶行》,占了 3 页篇幅。而之后的《长恨歌》翟理斯却是用诗体译出的,占 6 页篇幅。译文之前有一整页关于唐玄宗一生起落的介绍,而对这首诗的思想主题和艺术成就则没有提及。

翟理斯《中国文学史》书中关于白居易的介绍非常鲜明地反映了整本书的特点,那就是译述文字占了相当大的篇幅。这是英国汉学发展初期的一个普遍特征。翟理斯自己在该书前言中也说,将此书视为引导英语读者进入广阔的中国文学领域的"导论"(introduction),而非集大成的"定论"。这就决定了该书通俗读本的性质。此外,这也是当时英国汉学发展的特点决定的。

翟理斯所处的时代,英国汉学已经完成了从传教士的业余汉学时代向专业汉学的过渡,然而经院式的汉学研究传统方式并未确立,汉学始终摆脱不了为政府殖民政策和商业利益服务的实用性。翟理斯撰写此书时,已经接替英国著名汉学家魏妥玛(Thomas Wade,1818—1895)担任剑桥大学第二任中文教授,这一向被当作翟理斯生平的一大荣耀而被提及。但实际上,这个中文教授的职位并不受重视,李倩在《翟理斯的〈中国文学史〉》一文中提到,翟理斯当时非常需要一个助手,然而他深知剑桥大学对此要求不会给予支持,所以连提都不提①。这不仅反映了当时汉学在英国大学里的边缘地位,也表明当时英国汉学注重实用而轻学术研究的状况。翟理斯在这样捉襟见肘的学术条件下,要完成这项(在他认为)前无古人的中国文学史论的著述工作,无疑是筚路蓝缕,书中的种种谬误之难免也就可以理解了。

二、柳无忌《中国文学导论》中的白居易

《中国文学导论》②一书出版于 1966 年,由印第安纳大学华裔教授柳无忌主编,1999 年曾经再版,1993 年被译成中文③。

柳无忌是民国著名文学家、南社成员柳亚子之子,10 岁加入南社。在清华大学考取公费留学资格后去美国,先后获得劳伦斯大学学士学位和耶鲁大学英国文学博士学位。1945 年起定居美国,历任劳伦斯大学、耶鲁大学和印第安纳大学中文教授。柳无忌曾与罗郁正合编《葵晔集》,当中以三分之一篇幅译介唐诗。这本译诗集聚集了当时中国文学研究的一批年轻学者如倪豪士、宇文所安、柯睿等执笔翻译,这些人后来都成为美国汉学界中国文学研究的中坚力量。

这本书的编写缘于柳无忌在印第安纳大学开设的中国文学史课程,当时还没有任何一本关于中国文学史的教科书可用。柳无忌开设的这个课程是围绕一些主题来进行的,学生们都希望能读到原文的翻译,这样柳无忌自己就对很多原文做了翻译,最后综合其成果,编写了这本文学史性质的教科书。柳无忌在前言中说:"我的目的是要满足那些对中国文学有一些兴趣的西方读者……侧重点在于

---

① 李倩:《翟理斯的〈中国文学史〉》,《古典文学知识》2006 年第 3 期。
② Wu-Chi Liu, *An Introduction to Chinese Literature*, Bloomington: Indiana University Press, 1966.
③ 柳无忌:《中国文学新论》,倪庆饩译,北京:中国人民大学出版社,1993 年。

重要的作家作品。"全书包括绪论总共 18 章,在 17 章关于中国古典文学(最后一章是关于现代文学的)重要的作家作品论述中,有 8 章与诗歌有关,其中第 6 至第 10 章的介绍以唐代文学为主,分别是"盛唐的大诗人""中晚唐诗人""词的起源与繁盛""新古文运动"和"传奇与平话小说"。诗的部分则是前两章"盛唐的大诗人"和"中晚唐诗人"。

白居易的内容见于"中晚唐诗人"一章。对其生平用了最为简短的文字高度概括之后,柳无忌主要是从内容上探讨他的诗歌。先是介绍了他"无事不可以入诗"的特点,以《山中独吟》和《咏慵》两诗为例,认为诸如此类的即事诗是自白居易以来才出现的。接着介绍白居易最为重视的以"新乐府"为代表的讽喻诗,从《与元九书》中阐述白居易的文学观念"以'救济人病,裨补时阙'为使命",以及"文章合为时而著,歌诗合为事而作"的文学主张,并与杜甫在这一点上的文学实践做了一点对比,强调白居易更注重所写内容的针对性。随后以较多篇幅介绍了《新丰折臂翁》《重赋》和《买花》这 3 篇讽喻诗的主要内容,揭示其现实意义,并提到这是他后来遭贬的原因。

在对白居易诗歌流传之广做了概要说明之后,柳无忌用较多文字对《长恨歌》进行了介绍,并在叙述中翻译了一些比较经典的诗句。至于《琵琶行》则一语带过,并说这两首诗虽然是流传最广的,但白居易还是以其诗歌主张而被人铭记。

从对白居易的介绍中可以看到,柳无忌的这本《中国文学导论》在观点上是相当"正统"的,因此中国读者读这本书会有一种熟悉感和亲切感。对目标读者——西方学生来说,这本小册子容纳了中国文学最基础的知识,并理顺了主要发展脉络,对他们掌握中国文学的整体面貌很有帮助,尤其在当时相关教科书暂付阙如的情况下。而中式思维和缺乏新鲜观点,是这本书并不出彩的原因。在完成其最基本的教科书使命之外,这本书在美国汉学界一直没有引起太多注意,尤其同为华裔教授的刘若愚在 1966 年已经出版了著名的《中国诗歌的艺术》[①]一书,这本在理论深度和精彩程度上都非常出众的著作对当时中国文学研究专业的学者和学生都产生了广泛而深刻的影响。为此倪豪士将刘若愚置于美国学者傅汉思、海陶玮(James Robert Hightower,1915—2006)等几位"中国文学研究奠基

[①] James J.Y. Liu,*The Art of Chinese Poetry*,Chicago:University of Chicago Press,1966.

人"之前,认为这本书的出版一举扭转了 20 世纪 60 年代美国汉学研究重历史轻文学的不平衡局面。刘若愚这本书至今仍是美国中国文学专业学生的必读经典书目之一,相较之下,柳无忌的这本《中国文学导论》就显得寂寂无名。

在此书出版之前,还有一些英美学者写过关于中国文学的著作,如 1901 年伟烈亚力(Alexander Wylie,1838—1921)的《中国文学札记:对其艺术进步的介绍》[①]和 1950 年海陶玮所写的《中国文学题要》[②],但这两本书都是以"点"的形式介绍中国文学基础概念和知识,在"面"上则显得薄弱,难以从中窥见中国漫长的文学史的全貌,所以柳无忌这本书在史论性质上还是有开拓意义的。这本书还有一个特别之处,就是秉承西方文学史以题材分类作框架的传统,这就照顾到西方读者的接受习惯。这应该也是 1999 年得以重版的原因之一。当然,从学术史角度看,其意义更偏重于知识传授。

三、倪豪士《印第安纳中国古典文学指南》中的白居易

《印第安纳中国古典文学指南》[③]由威斯康辛大学教授倪豪士主编,总共两册,分别出版于 1986 年和 1998 年,第二册是第一册的补充和增订,增加了一部分词条,对参考书目进行更新并附有第一册的勘误。这两册指南由 10 篇综论和 500 多个词条组成,内容涵盖 1911 年之前的中国文学所有重要方面如文体、作者、文本、流派等。每一词条的内容虽然简明紧凑,以知识性为主,但其中贯穿相关的研究成果,更不乏汉学家从自己学术视野和文化背景出发得出的独特见解,尤其能够反映当时汉学家在中国古典文学研究上的成果和最高水平。

倪豪士是美国人,在美国陆军语言学校开始学习中文,退伍后进入印第安纳大学东亚语言文学系,专修中国文学,师从柳无忌。在大学里倪豪士接受了严格的学术训练,以"柳宗元研究"课程的论文编辑整理成《柳宗元》一书,并以论文

[①] Alexander Wylie, *Notes on Chinese Literature: With Introductory Remarks on the Progressive Advancement of the Art*, Shanghai: American Presbyterian Mission Press, 1901.
[②] James Hightower, *Topics in Chinese literature. Harvard-Yenching Institute Studies*, Vol. Ⅲ, Cambridge: Harvard University Press, 1950.
[③] William H. Nienhauser, Jr., editor & compiler, *The Indiana Companion to Traditional Chinese Literature* (Vol.1,2), Bloomington: Indiana University Press, 1986, 1998.

《〈西京杂记〉中的文学和历史》①拿到博士学位,此后一直在威斯康辛大学东亚语言文学系任教至今。他的研究领域涉及唐诗、古文、传奇、乐府等文体,研究视野较为宽泛。近十几年来还主持《史记》的英译项目,至2011年已陆续出版8卷本。倪豪士学术兴趣较广,涉猎甚多,同时对美国汉学家的中国文学研究多有总结,写过如《美国的中国传统诗歌研究:1962—1996年》②《1916—1992年英语世界中的白居易研究》以及《韩愈诗歌在美国的接受》③等论文。

在两册《印第安纳中国古典文学指南》中,与白居易直接相关的词条是"白居易"一条,关联性大的有十几条,如"元稹""刘禹锡""白香山体"及"乐府",部分相关的多达30多条,如"张籍"条介绍张籍的《贾客乐》一诗时,将白居易的《贾客乐》与之进行比较,认为也是该诗主题思想的例证。

"白居易"词条的作者是荣之颖(Angela Jung Palandri,1926—)和马幼垣(Y.W. Ma,1940—)。荣之颖是美籍华人,俄勒冈大学教授,研究领域较为宽泛,唐代文学方面则专注元稹的研究,在著名的泰勒世界作家系列中执笔《元稹》④一书,还写过《元稹与白居易的友谊:一种放大的视角》⑤《元稹的〈会真记〉》⑥《元稹诗中的社会身份和自我形象》⑦以及《元稹的梦中挽歌》⑧等文章。在这两本指南中荣之颖执笔"元稹""白居易""薛涛""李清照"等词条。马幼垣

---

① William H. Nienhauser, *An Interpretation of the Literary and Historical Aspects of the Hsi-ching tsa-chi* (*Miscellanies of the Western Capita*), unpublished Ph.D.dissertation of University of Indiana,1973.
② William H. Nienhauser, "Studies of Traditional Chinese Poetry in the U.S.(Part I and Part II),1962-1996," *Asian Culture Quarterly*, XXV.4(Winter 1997), pp.27-65. *Chinese Culture* XL 1/2(March and June 1999) pp.1-24 ,45-72.
③ William H. Nienhauser, "The Reception of Han Yü in America, 1936-1992," *Asian Culture*, 21.1 (1993), pp.18-48.
④ Angela Jung Palandri, *Yuan Chen*, Boston:Twayne Publishers,1977.
⑤ Angela Jung Palandri, "The Friendship of Yuan Chen and Po Chü-i:a telescopic view," *Proceedings of PNCFL*(*Pacific Northwest Conference on Foreign Languages*), Vol.27(1976), pt.1, pp.7-10.
⑥ Angela Jung Palandri, "Yuan Chen's *Hui Chen Chi*:A Re-evaluation," *Pacific Coast Philology*, Vol.9 (Apr.,1974), pp.56-61.
⑦ Angela Jung Palandri, "Social identity and self-image in Yuan Chen's poetry," *Asian Culture Quarterly*, Vol.6(1978), No.3, pp.37-43.
⑧ Angela Jung Palandri, "The Dream-elegies of Yuan Chen," *Proceedings of PNCFL*(*Pacific Northwest Conference on Foreign Languages*), Vol.25(1974), pt.1, pp.160-167.

也是美籍华人,夏威夷大学教授,著有《韩愈的散文与传奇》①《中国传统故事:主题与变奏》②等书,在中国历史小说尤其是唐传奇的研究方面颇有成就。

在该词条中,白居易的出身、才学、仕途升迁、诗集编订、文学成就、影响等方面得到简明扼要的介绍,信息准确,未见讹误。其中对元白二人的交往和友谊进行了较多论述,这和作者荣之颖的研究所长有关,也体现了各词条作者充分利用自己研究所长和学术成果的特点。词条最后提到《长恨歌》时写道:"白居易的《长恨歌》提供了唐代时诗歌和小说发展过程中两者相互影响的一个极好的例证。这首诗完成之后,白居易的一位密友陈鸿拜读并据此写下《长恨歌传》。传和诗共同产生的影响非常之大,尤其是在戏曲领域里,杨贵妃题材已经成为中国通俗文学的一个重要传统。"这一段应为马幼垣所执笔,体现了作者对唐传奇的一些思考。马幼垣《唐传奇里的事实与幻想》一文中就曾以《长恨歌传》为例,说明唐传奇中的幻想与史实之间的关系③。在这里,作者虽然没有对《长恨歌》与唐传奇两者之间的关系给出定论,如陈寅恪认为的"歌传一体"形成"新兴之文体(即传奇——笔者按)"④,但是谨慎给出两者之间存在着互动关系的看法。而在萨拉·殷(Sarah Yim)执笔的"传奇"条中又提到"白居易的《长恨歌》可视为(传奇)先声",这反映出《长恨歌》与唐传奇之间的关系是汉学家们所关注的问题之一。

这一词条所附的参考书目里,"版本"部分选择的是顾学颉校订的《白居易集》(北京:中华书局,1979年版)、《白香山集》(台北:台湾商务印书馆,1960年版)、《白香山诗集》(《四部备要》)、《白氏长庆集》(《四部丛刊》)共4个版本。"翻译"部分提供了包括奥地利汉学家查赫(Von Zach)、英国汉学家阿瑟·韦利、美国汉学家霍华德·列维和柳无忌、法国汉学家戴密微和中国台湾学者王德箴的相关译文共6种。"研究"部分也囊括了中国大陆学者朱金城、顾学颉、王拾遗、俞平伯和台湾学者邱燮友、林文月、王梦鸥,英国汉学家阿瑟·韦利,德国汉学家尤

---

① Y.W. Ma, "Prose Writings of Han Yu and Chuan-ch'i Literature," *Journal of Oriental Studies*, 7:2 (1969), pp.195-227.
② Y.W. Ma and Joseph S.M.Lau ed, *Traditional Chinese Stories: Themes and Variations*, New York: Columbia University Press, 1978.
③ Y.W. Ma, "Fact and Fantasy in T'ang Tales Fact and Fantasy in T'ang Tales," *Chinese Literature: Essays, Articles, Reviews(CLEAR)*, Vol.2, No.2(Jul., 1980), pp.167-181.
④ 陈寅恪:《元白诗笺证稿》,上海:上海古籍出版社,1978年,第2页。

金·法菲尔,日本学者花房英树、平冈武夫、田中克己的研究成果,共 14 本(篇)。第二册为这个词条更新的"版本"部分和"翻译"部分都增加了 7 种,而"研究"部分则增加了 27 种,是第一册的近两倍。书目更新正是第二册的重头戏,也是最有价值的部分。第二册"白居易"词条的"研究"更新书目部分,大多数是日本学者的研究情况,其中几乎都是完成于 1988 年之后,反映出这 10 年间日本学者在白居易研究方面的活跃程度。此外还有中国台湾和西方的一些新的研究成果。而对大陆学者的研究成果则没有予以收录,仅提及的一本是尚永亮的《元和五大诗人与贬谪文学考论》,也是因为该书先在台湾出版了的缘故。

在关联的词条中,还可以读到一些当时较为新鲜的见解,比如在"李白"词条中就提到:李白的声誉最先是由中唐诗人如白居易、韩愈等确立起来的。这就涉及汉学家们后来一直关注的一个问题:经典的形成和确立。这个词条的执笔者正是哈佛大学的唐诗研究大家宇文所安,这个问题在他后来的研究中一直得到重视。

另一个与白居易相关联的"花间集"词条中,作者魏玛莎(Marsha Wagner,美国中国研究中心)提到"词不同于白居易和刘禹锡所尝试过的最初的词"。在"词"这个词条中,孙康宜(Kang-i Sun Chang,耶鲁大学)则指出,刘禹锡与白居易已尝试过写词,主要是为迎合歌女们歌唱的需要,而在"温庭筠"词条中,作者舒威霖(William Schultz,亚利桑那大学)也写道:在温庭筠之前李白、刘禹锡、白居易都曾写过词。刘禹锡的《竹枝词》和白居易的《忆江南》等在词的发展过程中是怎样的一个地位,国内学者有更细致的分析,如用文人词、民间曲子词等加以细分,指南中这些词条的作者则选择点到即止,都给出了研究的线索,但又避免太多论述,这对目标读者来说,是一种很好的处理方式。

从以上对"白居易"直接和间接相关词条的例举分析中,我们可以看出这两册《印第安纳中国古典文学指南》在白居易研究上具有一定的参考价值。

四、梅维恒《哥伦比亚中国文学史》中的白居易

由宾夕法尼亚大学梅维恒(Victor H. Mair,1943—)教授主编的《哥伦比亚

中国文学史》①于 2001 年面世。在此之前,他曾经主编过篇幅浩大的《哥伦比亚中国文学选集》②,为方便读者,后来又出版了一本《简明哥伦比亚中国文学选集》③。这两本选集以翻译中国文学中的经典篇目为目的。出于史学梳理的需要,梅维恒又主持编写了这本《哥伦比亚中国文学史》。这本书同样篇幅浩大,集 45 位西方学界中国文学研究者之力而成。

　　梅维恒在哈佛大学获得中国文学博士学位,研究兴趣集中在中古俗文学与佛教文学、敦煌学、中亚考古以及中古语词研究等方面,著有《唐代变文》④《绘画与表演》⑤等著作,并完成了《老子》和《庄子》的英译。在这本《哥伦比亚中国文学史》中,他依据自己的专业所长承担了"语言与文字"一章,并与他人合著"佛教文学"一章。唐代文学部分,他邀请了科罗拉多大学保罗·克罗尔(Paul Kroll,中文名柯睿)执笔,柯睿在中古文学和宗教方面有许多重要的论作,并长期担任美国《唐研究》(T'ang Studies)和《美国东方学会学刊》(Journal of the American Oriental Society)的编辑。他早年写过《孟浩然》⑥一书,在李白诗歌与道教的研究方面颇有建树,有《中古道教和李白诗歌研究》⑦一书问世,还曾出版李白与佛教的研究专著《达摩钟与陀罗尼柱:李白的佛教碑文》⑧。

　　有关白居易的内容集中在"诗歌"部分的"唐诗"一节里。这一章的作者柯睿对白居易的介绍是这样的:"白居易是 9 世纪最杰出的诗人。虽然中国的文学传统并不将其与光芒万丈的李杜相提并论,但其作品在后世所受到的喜爱经久不衰,罕有匹敌。"此后,对白居易的生平、为官历程等都没有提及,而是直接介绍他在写诗上的"癖好"以及他最知名的两种诗歌:叙事诗和新乐府。接着探讨他的

---

① Victor H. Mair, *The Columbia History of Chinese Literature*, New York: Columbia University Press, 2001.
② Victor H. Mair, *The Columbia Anthology of Traditional Chinese Literature*, New York: Columbia University Press, 1994.
③ Victor H. Mair, *The shorter Columbia anthology of traditional Chinese literature*, New York: Columbia University Press, 2001.
④ Victor H. Mair, *Tang Transformation Texts*, Cambridge: Harvard University Press, 1989.
⑤ Victor H. Mair, *Painting and Performance*, Honolulu: University of Hawaii Press, 1988.
⑥ Paul W. Kroll, *Meng Hao-Jan*, Boston: Twayne, 1981.
⑦ Paul W. Kroll, *Studies in Medieval Taoism and the Poetry of Li Po*, Burlington: Ashgate Publishing Group, 2009.
⑧ Paul W. Kroll, *Dharma Bell and Dhāraī Pillar: Li Po's Buddhist Inscriptions*, Kyoto: Scuola italiana di studi sull'Asia orientale, 2001.

新乐府,柯睿介绍说,白居易一般使用五言句,同时为避免单调,会在其中杂用其他句式。在介绍了新乐府的主旨和白居易的文学主张之后,柯睿追溯了白居易之前以及同时代写作新乐府的诗人,如杜甫、元结、元稹、张籍、王建和李绅等,并介绍新乐府这样的社会批判诗出现的历史背景。接着柯睿介绍说,白居易的很多社会批判意味的诗都包含有叙事性。虽然在《长恨歌》《琵琶行》等诗前有包含诸多背景信息的序①,但故事的叙述仍然占据了中心地位。他认为《长恨歌》成为所有中国诗歌中最著名的一首,正是因为白居易在这首诗中集中发挥了他叙述故事的才华。最后是对《长恨歌》背景的介绍,并翻译了其中最著名的一些诗句,这首诗的翻译柯睿之前曾经在美国《唐研究》杂志上发表过。

从有关白居易的内容上看,这本书中对诗人作品的介绍非常简要,完全未拘泥于诗人生平和历史背景等外缘知识,而是专注于文学本身。谈及白居易时,作者更多专注于对乐府诗和白居易文学观念的介绍。相较之前柳无忌的《中国文学导论》来说,读者从中获知的信息量要少很多,比如新乐府到底是怎样的诗,很难得到确切的了解。不过,梅维恒在前言中说,这本文学史要结合《哥伦比亚中国文学选集》或者《简明哥伦比亚中国文学选集》来读,这样也就弥补了内容上的不足。

在体例编排上,《哥伦比亚中国文学史》既没有采纳中国常用的朝代分法,也没有完全沿袭西方的文体划分传统,而是做了灵活的处理。全书共由7大部分组成,分别是"基础知识"(Foundations)、"诗歌"(Poetry)、"散文"(Prose)、"小说"(Fiction)、"戏剧"(Drama)、"评论、批评和诠释"(Commentary, Criticism and Interpretation)、"通俗和非主流的表现形式"(Popular and Peripheral Manifestations),从中可以看出编者想要将中国文学所有文体形式以一种更合理的方式做分类和探讨,而不遗漏任何方面。内容的完备也是这本中国文学史的一个重要特点。

《哥伦比亚中国文学史》被认为是自1966年柳无忌的《中国文学导论》之后35年来英语世界有关中国文学史的一项空前成就。华盛顿大学的康达维曾经于1979年联合倡导编撰一部新的《中国文学史》。在这本文学史出版后,他认为这是"迄今西方语言中最好的一本"。另一位倡议者、哈佛大学的唐代文学研究大

---

① 《长恨歌》无序,有些日本学者认为某些版本中某些文字是序,其实不足为训。

家宇文所安也给予了非常高的评价,说它"为英语读者提供了丰富多样的中国文学最好的导引","周全详尽而不过度",包含了"许多中国文学的传统方面,和在东亚和西方发展起来的新的关注领域","既可满足好奇的初学者,也可满足有关专家"。不过,2010年出版的《剑桥中国文学史》则在前言中讲道:"哥伦比亚文学史更适宜于用作参考书,而不是当作专书来阅读……局限也与《印第安纳中国古典文学指南》一样:除了一些具有学术价值的精彩文章,它所提供的知识水平大多数都可以很方便地在中文资料中找到。那些查找这类知识的人一般都懂中文,因此当然更愿意直接参考中文书籍了。"虽然所言不差,但参考中文书籍并不是懂得中文就能轻易完成的任务,所以其评未免言过其实。无论如何,《哥伦比亚中国文学史》还是为西方中国文学专业学生和学者提供了有益的参考。

五、孙康宜、宇文所安《剑桥中国文学史》中的白居易

《剑桥中国文学史》于2010年出版,由耶鲁大学的孙康宜和哈佛大学的宇文所安共同主编,撰写者是以美国学者为主的十几位在中国文学领域各擅所长、享有声望的学者。剑桥大学出版社的"世界国别文学史"系列从20世纪80年代至今陆续出版了《剑桥俄罗斯文学史》《剑桥意大利文学史》《剑桥德国文学史》和《剑桥美国文学史》,都是享有盛誉的长销书,受到读者的热烈欢迎。作为世界文学之林重要组成部分的中国文学,纳入这一系列既是一种必需,也是一种荣耀。

孙康宜是美籍华人,原籍天津,生于北京,1968年从台湾移居美国。她在美国先后获得英国文学、图书馆学、东亚研究等硕士学位和普林斯顿大学中国文学博士学位,历任普林斯顿大学葛斯德东方图书馆馆长、耶鲁大学东亚语文系主任,现任耶鲁大学中国诗学教授,是耶鲁大学首任Malcolm G.Chace'56东亚语言文学讲座教授。孙康宜的学术成果丰厚,在中国古典文学、比较文学、性别研究和文化理论美学等方面都有建树,代表著作有《抒情与描写:六朝诗概论》《晚唐迄北宋词体演进与词人风格》《我看美国精神》《文学经典的挑战》《耶鲁·性别与文化》《古典与现代的女性阐释》等。另一位主编宇文所安更是美国汉学界唐诗研究大家,在整个中国古典文学领域也有极深造诣。由他们二位联合主编,是这本书值

得期待的原因之一。

另一个值得期待的原因是,这本中国文学史的编写方法以年代来划分,颠覆了国内惯用的朝代分法和欧美汉学惯用的文体分法。前者的局限性自不必说,因为文学自身发展的规律并不会完全受朝代更迭的影响,后者则会导致欧美读者对中国文学史产生较为片面和残缺的观念,缺乏全面的了解和把握。《剑桥中国文学史》的编写方法也是延续剑桥文学史系列的一个定式:"基本是以年代分期,在每一个分期里对文学、文化、作家流派等进行全面和详细的综述和分述,而且每一个时代都由那个'领域'(field)、那个学科最杰出的学者来负责撰写。"①这对欧美汉学家的中国文学研究专家而言有很大的吸引力,在知悉之后纷纷表示这是个极好的想法,且因为剑桥系列文学史珠玉在先,让中国读者也对之抱有期待。

在读者定位上,《剑桥中国文学史》面对的是普通读者而非学者,所以在写作上需要深入浅出,以叙述性为主,"目的是阅读,而非参考……我们想让这个文学史不仅使读者喜欢看,而且还要使他们就像看故事一样感兴趣"②。这样的定位决定了这本中国文学史的独特性。

在"文化的唐代(650—1020)"[The Cultural Tang(650-1020)]一章中就可以看出分期的独特之处:整个唐朝,初唐和盛、中、晚唐分别划归前后不同的章节,划分理由是初唐的文学特点和性质与六朝、隋朝成为一个连贯性,不能分割。而盛、中、晚唐的文学特点与性质一直延续到宋朝建立后60年。这种分期的思考在汉学界显得非常新鲜,姑且不论其是否比以往的分期更为理想,以文学的特点和性质作为划分标准的这种尝试都是令人耳目一新、值得称赏的。在关于唐朝文学的叙述中,也没有出现分别以诗歌、文章、传奇等体裁的分类介绍,或是对一个个作家、作品进行介绍,而是大致以不同的时代来讨论。"文化的唐代(650—1020)"一章中的唐代文学内容共分为8个小节,分别是"综论""武则天时代(650—712)""唐玄宗的统治:'盛唐'(712—755)""佛教文学""叛乱之后(756—791)""中唐时代(792—820)""延续的辉煌(821—860)"

---

① 孙康宜:《新的文学史可能吗》,《清华大学学报》2005年第4期。
② 孙康宜:《新的文学史可能吗》,《清华大学学报》2005年第4期。

"唐朝的衰落和地方割据（861—960）"，在这些时代划分中，有以某个皇帝执政时期的文学文化情况来划分，也有以历史事件和政治形势来划分，其中还有佛教文学这一文学类别的论述。

白居易的内容集中在"中唐时代（792—820）"一节，没有专门的介绍，而是融入、散见于连贯的整体论述里面。比如谈到中唐知识分子的命运，提到白居易升至高位旋即退居洛阳，接下来谈中唐知识分子的价值观时，作者宇文所安写道："（中唐知识分子）大体而言，都以阐述'复古'作为一种价值观。……在某些场合，白居易的诗以琅琅上口的平易通俗著称，但他的律赋和判文也同样著名。"以此说明，同样是"复古"，不同的作家有完全不同的表达，并说得名自白居易一系列诗歌的新乐府是跟韩愈、孟郊一派完全不同的"复古"。接着顺带交代新乐府的来由和特点：《诗经》的"风"和汉乐府是朝廷机构收集的民歌，以此了解民间社会问题，而新乐府则以向统治者反映民情为自己的宗旨，此为复古。随后宇文所安翻译了白居易的《寄唐生》一诗，诗云："非求宫律高，不务文字奇。惟歌生民病，愿得天子知。"用以说明白居易力求在诗歌写作上实践这个原则。随后介绍了他的《秦中吟》、《新乐府》50首以及"宫市"系列，交代这些诗的主旨是反映民情，点到为止。

此后论题转向中唐的情爱主题，论述唐传奇之后提到白居易的《长恨歌》，对来龙去脉和诗歌内容进行了简短的介绍，并做了一点分析。《长恨歌》是西方读者较为熟悉也相当感兴趣的，所以特意多着笔墨。随后进入散文、诗派等内容，在行文中多次强调白居易与韩孟一派价值观相同而表现风格全然不同，以及相关的比较。比如"韩愈一派显然更加勇于追求纯粹的文学措辞，虽然白居易的叙事诗和关于社会民生的诗歌产生的影响更加广泛而持久"，"虽然白居易与韩愈保持良好关系，但他在中国诗歌中表现出全然不同的路向"。

这本文学史中有一段对白居易诗集保存情况、诗歌受欢迎程度和《琵琶行》的简短介绍，这与以往文学史中的相关内容并无二致，只是在中间插有一句评论："先后与元稹和刘禹锡唱和的长篇律诗表明，白居易也有着与他同代人一样晦涩难懂、耽于藻饰的一面，但大体上白居易还是为他诗歌的通俗易懂而自豪的。"接下来介绍白居易诗歌的题材："白居易发展了一种富有魅力的平直、琐细的诗风。他像韩愈一样经常以日常生活琐事为题材。韩愈记述一颗掉落的牙齿，白居易写自己吃竹笋。白居易是一个嘲弄的专家,他会嘲弄自己穿着朝服的画像的面相,说这样一个人只适合过远离朝廷的生活。他的幽默是他在反映百姓疾苦诗歌中表现的严肃而独一无二的能力的另一面。"

以一个话题为线索串起唐代诗人的介绍,体现了这本文学史强调阅读性和叙述性的特点。如文中谈到"许多唐代诗人的生涯就在从一个地方到另一个地方的迁移之中度过,要么是去寻求获得举荐的机会,要么不断地赶赴新的职位。白居易从828年直到他辞世的846年这人生的最后一段时期长期定居洛阳,这是非常罕见。而薛涛生于长安,但很小的时候就随父亲任迁来到成都",随后就开始了关于薛涛的介绍。这样,读者就在一个又一个主题的连贯阅读中不断获得对某个作家的点滴了解,最后这些点面的印象串联起来,大致可以描绘出一个作家以最主要特点组成的轮廓。

在这一章的北宋初年部分,白居易还曾多次被提到,如王禹偁与白居易的承继关系,以及西昆体对白居易诗风的反其道而行。这些都在说明宋初诗人受唐代诗人诗风的影响,也为"文化的唐朝"这一章的分期提供了具体的理由。

中唐部分的论述中,有许多观点与宇文所安《中国"中世纪"的终结——中唐文学文化论集》一书里的论述一致,整个中唐的内容也都体现着他在该书中对中唐文学的思考和论证,所以这两册书的定位虽然是为普通读者而写,但也具有相当的学术价值。徐志啸曾说:"我个人以为,这部《剑桥中国文学史》对我国专门研究中国文学史的学者也有启发和帮助。"①其实对国内学者的中国古代文学研究也不无借鉴和启示。

总结一下所有关于白居易的叙述,读者得到了对他的生平、诗风和著名诗篇等方面的最基本的认识,同时在作者的反复提及之下得到的深刻印象是:同样秉持中唐的"复古"价值观,白居易用浅近直白的诗风表达,与韩孟的奇崛相迥异,两者并列,各执一端,并分别对宋诗的诗风产生影响。这些基本知识及后世的接受与影响的内容,在《印第安纳中国古典文学指南》一书中有更多更详细的表达,但是因为分散在各个词条中,难以获得这样的整体印象。正如编者所说:"我们的目标是要面对研究领域之外的那些读者,为他们提供一个基本的叙述背景以使他

---

① 徐志啸:《〈剑桥中国文学史〉的启示》,《中华读书报》2011年5月5日。

们在读完之后,还希望进一步获得更多的知识。……我们确实是希望读者能够从头到尾地阅读,就像读一本小说一样。我们的目的是阅读,而非提供参考。我们的目标不是要写一本传统的文学史,而是想写一本文学文化史,想把它搞得有趣一点。"①从涉及白居易的内容来看,这本文学史的确达到了编者的期望。

---

① Kang-i Sun Chang and Stephen Owen, *The Cambridge History of Chinese Literature*, Cambridge: Cambridge University Press, 2010.

第二章 阿瑟·韦利的白诗英译和研究

英国汉学家阿瑟·韦利的名字已经越来越为国内学界所熟知。他的中诗英译以及对中国文学文化各个方面涉猎极广的汉学著作，其数量之多和质量之高都令人印象深刻。据统计，韦利的汉学著作包括译著 27 部（所译诗歌篇目有重复），发表论文近 60 篇，内容涉及艺术、宗教、哲学和文化交流等。其中奠定他声名的是中诗英译作品，尤其以《一百七十首中国古诗选译》《汉诗增译》《〈游悟真寺〉及其他诗歌》，以及之前译著的合集本《译自中国》最为著名。这几部诗集风靡英美，为韦利带来了极大的声望，其中的诸多译诗甚至成为英美文学中的经典之作，反复入选各种英语诗歌选集中，至今仍流播甚广。在这些译诗中，韦利选择白居易诗歌数量众多成为一个显著的特色，加上后期所写《白居易的生平与时代》一书也获得极佳反响，韦利的白居易诗歌翻译和研究专家身份实乃当之无愧。

第一节　国内学界对韦利白诗译介的研究

　　国内学界对韦利的介绍从 20 世纪 20 年代起就已经开始出现，但数量上屈指可数，内容上则简短笼统。1979 年之后有许国璋、范存忠等人对韦利的翻译做过专门的探讨,但也较为简略,此后直到新世纪之前的相关论著中,韦利仅作为一个例证出现,没有专门的研究。新世纪以来,国内学界渐渐开始重视韦利的专门研究。

2000年,南京大学程章灿以"阿瑟·韦利与二十世纪英国汉学"为题立项申请教育部优秀青年教师基金项目(他认为韦利之名译为"魏理"较好,但学界还是更多接受"韦利"这个译名——笔者按),同时承担英国K.C.Wong Fellowship British Academy资助的项目"Dreaming of the East: Arthur Waley and 20th Century British Sinology"[①](编者按:"东方之梦:阿瑟·韦利与20世纪的英国汉学")。以此为依托,程章灿陆续发表了多篇论文,对韦利的生平和汉学成就做了细致详尽的梳理,探讨其诗学观、文化观和人生观,以及他的中诗英译在西方经典化的过程。这一系列通过翔实的第一手资料写出的论文,成为国内韦利研究的权威参考资料,比如《阿瑟·魏理年谱简编》详细列出了韦利的学术生涯和汉学研究成果,更是该研究领域的必备参考。

此外,相关的学术成果主要是从译介学的角度进行的探讨,如缪峥的《阿瑟·韦利与中国古典诗歌翻译》、柳士军的《Waley英译〈论语〉赏析》、何刚强的《瑕瑜分明,得失可鉴——从Arthur Waley的译本悟〈论语〉的英译之道》、雷琼的《Arthur Waley〈道德经〉译本的功能对等分析》、张惠民的《Arthur Waley英译〈论语〉的误译及其偏译分析》、肖志兵的《阿瑟·韦利英译〈国殇〉中的文化缺失》和《阿瑟·韦利英译〈道德经〉的文化解读》等,不管是探讨韦利的翻译理论、译诗选择和译文得失,还是超越翻译视角从文化误读的新角度入手,以理论为旨归的探讨总是难免以韦利为一个例证,而较少联系韦利所属时代背景和个人因素对他的翻译的影响,也是一个缺憾。

这个缺憾在近几年的几篇学位论文中得到了弥补,如常雅婷的硕士论文《阿瑟·韦利的白居易诗歌翻译研究》、李冰梅的博士论文《冲突与融合:阿瑟·韦利的文化身份与〈论语〉翻译研究》和冀爱莲的博士论文《翻译、传记、交游:阿瑟·韦利汉学策略考辨》等,对韦利的研究虽然也都落脚于翻译上,但在具体探讨翻译文本之前,都会对其作为翻译主体的文化身份和个人进行剖析。

---

① 参见程章灿:《阿瑟·魏理年谱简编》,《国际汉学》(第十一辑),郑州:大象出版社,2004年,第16页注①。

在上述研究成果中,针对韦利的白居易翻译和研究的只有常雅婷的硕士论文《阿瑟·韦利的白居易诗歌翻译研究》和冀爱莲的博士论文《翻译、传记、交游:阿瑟·韦利汉学策略考辨》在探讨"传记"部分时,专门针对韦利的《白居易的生平与时代》一书做了探讨。此外,针对韦利的白居易诗歌翻译和研究的论著则较为鲜见,为此,本书拟就此进行一些补充探讨并提供新的见解。

首先是探讨韦利对白居易诗歌英译的诗目选择。一般都认为,韦利大量翻译白居易诗歌是因为白诗的浅近直白,如钱锺书的《谈艺录》就认为:"英人 Arthur Waley 以译汉诗得名……所最推崇者,为白香山……当是乐其浅近易解,凡近易译,足以自便耳。"[1]这种看法当然没错,但显然不能概括韦利大量英译白诗的全部原因及其选译标准,因为白诗数量众多,又以浅近直白者居多,韦利在选择时肯定是有所取舍的,并不是从所有浅近直白的白诗里随便选择一些来译。在《汉诗增译》一书的前言中,他就列举了两首他认为不宜英译的白诗。他对白诗英译诗目的选择标准是怎样的,这关系到对他偏好英译白诗的真正原因的考察,所以需要从具体的白诗诗目选择入手。

其次是对《白居易的生平与时代》一书的探讨。韦利的白诗英译集中在他开始中诗英译之后的头几年,在白诗英译中断了20多年之后,他撰写的白居易传记又翻译了大量的白诗,但这些诗歌的翻译是为传记内容服务的,这本传记也集中体现了韦利对白居易的认识,"史传"性质奠定了这本传记熔翔实的史料和丰富的文学作品于一炉因而可读性极强的特点。韦利出色的文笔、精良的翻译和此前几十年奠定的广泛读者基础,加上这又是西方第一本以诗人诗歌作品作为历史框架的传记,这一成功尝试具有范本意义,甚至被认为是韦利最好的作品,因此值得从内容上细细探讨。

---

[1] 钱锺书:《管锥编》,北京:生活·读书·新知三联书店,2001年,第497页。

第二节　韦利白诗英译的诗目选择

一、韦利白诗英译诗目统计

韦利1916年开始英译中国诗歌的同时也开始了白居易诗歌的英译,到1949年传记《白居易的生平与时代》出版之前的23年间,他在各种中诗英译集中翻译的白诗数量到底有多少,前人对此大多是笼统言之,如张弘的《中国文学在英国》一书中谈及韦利先后译出白居易各种诗体诗歌总共108首[①],这个数字不知从何得来。常雅婷猜测张弘是根据1941年《译自中国文》一书中所收白诗108首得出的结论。其实,仅《一百七十首中国古诗选译》和《汉诗增译》两书中英译白诗总数就达115首(没有重复)。倪豪士在《1916—1992年英语世界的白居易研究》一文中提及韦利白诗英译时,只提到《一百七十首中国古诗选译》和《汉诗增译》两书的白诗数量,对总数也是语焉不详。韦利的诗歌英译集有多次重版和修订的情况,前后的译文集里所选诗歌也有重复,还有零散的白诗翻译发表在杂志上,这给统计准确的数字带来了不小的麻烦。程章灿的《阿瑟·魏理年谱简编》对韦利所有文章、著作按年份做了非常详细的整理,韦利那些没有收入中诗英译集的译文也容易据此进行统计,但常雅婷的硕士论文《阿瑟·韦利的白居易诗歌翻译研究》虽然多处引用程章灿这篇文章,但也没能将这些散译诗统计入内。除了韦利英译白诗的准确数字不好统计,恐怕也有觉得这个数字对研究似乎没有什么太大意义的原因。不过,韦利的中诗英译数量实在太大,他对白诗英译的偏好程度如何,还是要靠具体数字来体现。同时,对韦利钟情白诗的原因相关研究多有讨论,有简单归结为因白诗浅近直白便于翻译的,也有从诗学观念和性格上分析他对白居易其人其诗的认同的。要评价这些结论是否正确,还是要回到英译白诗具体诗目的选择上来考察。

为此,笔者拟先对韦利英译白诗的具体诗目进行统计。下表是按韦利中诗英

[①] 张弘:《中国文学在英国》,广州:花城出版社,1992,第145页。

译作品出版先后顺序所做的统计,这些作品包括译著和刊登在杂志上的文章。下表先做全部统计,暂不考虑译文重收的问题。

表 2-1　韦利英译白诗具体诗目统计

年份	译作	白居易诗
1916	《中国诗歌》 (Chinese Poems)	1.《废琴》 2.《村居卧病》 3.《叹老》
1917	《白居易诗38首》 (Thirty-eight Poems by Po Chü-i)	4.《早朝贺雪寄陈山人》 5.《禁中寓直梦游仙游寺》 6.《过天门街》 7.《初与元九别云云》 8.《喜陈兄至》 9.《金銮子晬日》 10.《念金銮子》 11.《纳粟》 12.《道州民》 13.《废琴诗》 14.《五弦》 15.《缚戎人》 16.《梦仙诗》 17.《两朱阁》 18.《新丰折臂翁》 19.《白口阻风十日》 20.《舟中读元九诗》 21.《望江州》及《初到江州》二首 22.《山中独吟》 23.《赠写真者》 24.《自江州至忠州》 25.《截树》 26.《病中友人相访》

第二章　阿瑟·韦利的白诗英译和研究　55

（续表）

年份	译作	白居易诗
1917	《白居易诗38首》 (Thirty-eight Poems by Po Chü-i)	27.《夜泊旅望》 28.《路上寄银匙与阿龟》 29.《红线毯》 30.《饮后夜醒》 31.《题文集柜》 32.《耳顺吟》 33.《登观音台望城》 34.《登灵应台北望》 35.《山游示小妓》 36.《梦微之》 37.《梦上山》 38.《即事重题》 39.《闻歌者唱微之诗》 40.《客有说》(《客有说》与《答客说》) 41.《自咏老身示诸家属》(截取后八句)
1918	《白居易更多诗歌、文章及其他两首唐诗》 (Further Poems by Po Chü-i, and an Extract from His Prose Works, together with Two Other T'ang Poems)	42.《咏慵》 43.《自吟拙什，因有所怀》 44.《立春后五日》 45.《冬夜》 46.《春游西林寺》 47.《闻早莺》 48.《梦与李七、庾三十二同访元九》 49.《编集拙诗，成一十五卷，因题卷末，戏赠元九、李二》 50.《招萧处士》 51.《早祭风伯，因怀李十一舍人》 52.《春江》 53.《征秋税毕，题郡南亭》

(续表)

年份	译作	白居易诗
1918	《白居易更多诗歌、文章及其他两首唐诗》(Further Poems by Po Chü-i, and an Extract from His Prose Works, together with Two Other T'ang Poems)	54.《龙花寺主家小尼》 55.《别州民》 56.《自咏》五首之"官舍非我庐" 57.《早兴》 58.《失婢》 59.《赠谈君》 60.《庭松》 61.《狂言示诸侄》 62.《病中诗》15首之"交亲不要苦相忧" 63.《有感三首》之"往事勿追思"
1918	《废琴》(On Barbarous Modern Instruments)	64.《废琴》
1918	《汉诗170首》(A Hundred and Seventy Chinese Poems)	65.《赠元稹》 66.《登乐游园望》 67.《早朝贺雪寄陈山人》 68.《禁中寓直梦游仙游寺》 69.《过天门街》 70.《初与元九别后忽梦见之及寤而书适至兼寄桐花诗……此寄》 71.《喜陈兄至》 72.《金銮子晬日》 73.《念金銮子二首》之一 74.《村居卧病三首》之一 75.《黑潭龙》 76.《纳粟》 77.《道州民》 78.《废琴》 79.《秦中吟十首之五弦》(一作五弦琴)

（续表）

年份	译作	白居易诗
1918	《汉诗170首》（*A Hundred and Seventy Chinese Poems*）	80.《秦中吟十首之买花》（一作牡丹） 81.《缚戎人》 82.《官牛》 83.《梦仙》 84.《海漫漫》 85.《两朱阁》 86.《卖炭翁》 87.《寄隐者》（Waley译为Politician,政治家） 88.《新丰折臂翁》 89.《臼口阻风十日》 90.《舟中读元九诗》 91.题为《到浔阳》二首,实为《望江州》《初到江州》 92.《山中独吟》 93.《放旅雁（元和十年冬作）》 94.《赠写真者》 95.《感逝寄远》 96.《登香炉峰顶》 97.《食笋》 98.《红鹦鹉》 99.《食后》 100.《初入峡有感》 101.《自江州至忠州》 102.《东坡种花之一》 103.《弄龟罗》 104.《截树》 105.《病中友人相访》 106.《夜泊旅望》 107.《宿荥阳》

(续表)

年份	译作	白居易诗
1918	《汉诗170首》(A Hundred and Seventy Chinese Poems)	108.《路上寄银匙与阿龟》 109.《感旧纱帽(帽即故李侍郎所赠)》 110.新制绫袄成,感而有咏。选译其中四句。 111.《饮后夜醒》 112.《感悟妄缘,题如上人壁》 113.《晚起》 114.《题文集柜》 115.《耳顺吟,寄敦诗、梦得》 116.《登观音台望城》 117.《登灵应台北望》 118.《山游示小妓》 119.《梦微之》 120.《梦上山》 121.《即事重题》 122.《闻歌者唱微之诗》 123.哲学家(《读老子》与《读庄子》两诗) 124.道与佛(《客有说》与《答客说》两诗) 125.《自咏老身示诸家属》
1919	《汉诗增译》(More Translation from Chinese)	126.《南塘暝兴》 127.《早春独登天宫阁》 128.《及第后归觐,留别诸同年》 129.《早送举人入试》 130.《首夏同诸校正游开元观,因宿玩月》 131.《病假中南亭闲望》 132.《观刈麦》 133.《仙游寺独宿》 134.《新栽竹》 135.《寄李十一建》

(续表)

年份	译作	白居易诗
1919	《汉诗增译》(More Translation from Chinese)	136.《春暮寄元九》 137.《骆口驿旧题诗》 138.《朱陈村》 139.《渭上偶钓》 140.《咏慵》 141.《自吟拙什,因有所怀》 142.《冬夜》 143.《东园玩菊》 144.《昼卧》与《答友问》 145.《别行简》 146.《早发楚城驿》 147.《霖雨苦多,江湖暴涨,块然独望,因题北亭》 148.《首夏》 149.《春游西林寺》 150.《与微之书》 151.《闻早莺》 152.《梦与李七、庾三十二同访元九》 153.《编集拙诗,成一十五卷,因题卷末,戏赠元九、李二》 154.《招萧处士》 155.《早祭风伯,因怀李十一舍人》 156.《春江》 157.《征秋税毕,题郡南亭》 158.《宿溪翁》 159.《对酒示行简》 160.《庭松》 161.《自望秦赴五松驿马上偶睡,睡觉成吟》 162.《立春后五日》

(续表)

年份	译作	白居易诗
1919	《汉诗增译》(More Translation from Chinese)	163.《别州民》 164.《自咏》五首之"官舍非我庐" 165.《早兴》 166.《失婢》 167.《题洛中宅》 168.《西风》 169.《嗟发落》 170.《思旧》 171.《狂言示诸侄》 172.《咏老,赠梦得》 173.《赠谈君》 174.《赠梦得》 175.《懒放二首,呈刘梦得、吴方之(青衣报平旦,呼我起盥栉)》 176.《卧疾来早晚》 177.《不能忘情吟并序》 178.《病中诗》15首之"交亲不要苦相忧" 179.《有感三首》之"往事勿追思"
1920	《论〈琵琶行〉》(Note on the "Lute Girl's Song")	180.《琵琶行·序》
1923	《〈游悟真寺诗一百三十韵〉及其他诗歌》(The Temple and Other Poems)	181.《游悟真寺诗一百三十韵》
1927	《时世妆》(Foreign Fashion)	182.《时世妆》

(续表)

年份	译作	白居易诗
1927	《英译中国诗》(Poems from the Chinese)	183.《过天门街》 184.《东坡种花》 185.《梦与李七、庾三十二同访元九》 186.《鹤》 187.《嗟发落》 188.《懒放二首，呈刘梦得、吴方之》 189.《卧疾来早晚》 190.《梦上山》 191.《有感三首》
1928	《英译汉诗三首》(Three Chinese Poems)	192.《琴》 193.《枯桑》
1946	《中国诗歌》(Chinese Poems)	194.《中隐》

上表最后一栏的《中国诗歌》是从《汉诗170首》《汉诗增译》和《〈游悟真寺诗一百三十韵〉及其他诗歌》以及他所翻译的《诗经》译文里收录的，白居易的诗歌只增加了一首《中隐》。前文提到的1941年《译自中国文》中的白诗则是收录《汉诗170首》和《汉诗增译》的译诗，因此不再列出。所以，除了1946年《中国诗歌》一书里增加的《中隐》，我们需要做的统计仅到1928年就可以了，因为韦利此后的翻译再没有白诗内容，实际上，他的兴趣也从中诗英译转移到了其他方面。就1916年到1928年间的白诗英译情况看，在不考虑诗目重复的情况下，韦利的白诗英译达194首。考虑重复入选（多次入选的仅算一次）的诗目，加上有些诗是用白诗两首合成一首都以两首算，最后得到1949年前韦利白诗英译的具体数目是126首（另有一篇书信《与元九书》和一篇序《琵琶行·序》）。至于《白居易的生平与时代》一书中白诗英译，因是为传记内容服务的，与韦利前期集中进行中诗英译的目的和翻译理念都不相同，不应涵盖在前期白诗英译的讨论范畴内，所以我们将在本章第二节再做讨论。

二、韦利白诗英译中各类诗的选择

从以上对韦利白诗英译全部诗目进行的统计可以看到,按照白居易对自己诗歌所做的四种分类,韦利白诗英译都有入选。那么韦利更青睐的是哪类诗呢?

约翰·弗莱彻(John Gould Fletcher)曾写《中国的芳香》①一文评价韦利的《汉诗170首》一书,他说:

> 韦利作为一个译者的成就毋庸置疑。至于说到他的选择,有一些反对意见要说。作为一个如此渊博的人,他选了十几个诗人,在这方面不提供更多的选择,而是打算提供那漫长岁月里不同种类的作品。韦利的确试图这样做了,这明确体现在白居易诗歌的选择上。但他犯了一个严重的错误,那就是选了太多的讽喻诗,我发现它们很无味,充满了晦涩的历史典故。而他选的那些思想诗,只不过刻画了一个慈爱多话的老人而已。而且韦利放弃了对《长恨歌》和《琵琶行》的翻译,并说这是因为作者白居易并不重视它们。白居易在晚年这样想也许是真的,但事实是这两首诗是他写的,而这两首诗更是中文或其他任何语言所写的最好的诗歌。②

约翰·弗莱彻的观点具有一定的代表性。《汉诗170首》连同导论中的两首诗共选白诗64首,其中讽喻诗有14首,分别是《黑潭龙》《纳粟》《道州民》《废琴》《五弦》《买花》《缚戎人》《官牛》《梦仙》《海漫漫》《两朱阁》《卖炭翁》《寄隐者》和《新丰折臂翁》,应该说所占的比重并不算大,但因为这些诗多是长篇,所以按篇幅就显得相当多了。约翰·弗莱彻说这些诗充满了晦涩而无味的典故,而典故实际上也正是韦利自己非常不喜欢的。那么韦利选择这些讽喻诗的原因是什么呢?

在做进一步探讨之前,我们不妨先对韦利所译白诗126首中的各种类型诗进

---

① 该文发表于1919年,文章副标题和正文开头说此文评论的是韦利的《中国诗歌》(*Chinese Poems*),正文只提供了出版商名字而没有出版年份。韦利之前出版的名为《中国诗歌》的译文集只有1916年自费出版的那本,但根据文中内容,以及提供的出版信息,都并非指1916年那本。根据出版信息应是指1918年出版的《汉诗170首》。

② John Gould Fletcher, "Perfume of Cathay Chinese Poems by Arthur Waley," *Poetry*, Vol.13, No.5(Feb., 1919), pp.273–281.

行统计。白居易将自己的诗歌划分为讽喻、闲适、感伤和杂律四类,看起来前三类是按内容而分,最后一类则以诗体来分,似乎有混乱之感。对此学者多有分析。王运熙较早对此提出自己的看法。在《白居易诗歌的分类与传播》一文中,他认为白居易实际上是先把诗作分为古体诗和近体诗(即律诗)两大类,再把古体诗按内容划分为三类,这样的分法是为了凸显他对讽喻诗的重视。到了晚年自己编订诗集时,他不再做此强调,而是把诗作完全按体式分为格诗、律诗等类①。2004年,张中宇认为白居易的四类诗分法是三次分类的结果:首先以外在形式分为古体诗和杂律诗两类,古体诗又按表达方式分为非感伤诗和感伤诗,而讽喻诗和闲适诗都属于非感伤诗。至于讽喻诗和闲适诗及感伤诗的区别,"主要在于艺术表现的方式和角度","讽喻诗比较激愤尖锐,表达较为直露;闲适诗比较平淡或轻快,表达相对随意;感伤诗有明显的难以排遣的感伤情绪,表达较为含蓄"②。这种看法有一定的道理。不过,具体到感伤诗和闲适诗的分类,仍觉疑问颇多。日本学者静永健对此问题的探讨别出机杼,他的《白居易诗集四分类试论——关于闲适诗和感伤诗的对立》一文从《白氏长庆集》编于元稹之手这一点入手,分析这两类诗中跟元稹有关的诗作数量和内容,得出结论:"遵循风雅传统的诗歌、职务之暇所作的公诸同僚的比较装模作样的诗歌、跟朋友们在一起时所作的心直口快的诗歌和其他今体诗,然后他把这些作品群分别叫做'讽喻诗''闲适诗''感伤诗'以及'杂律诗'。"③这种看法是颇有说服力的,也得到了较多认可。静永健还认为,"律诗"里的相当数量可以分别归入前三者中去,尤其是闲适诗和感伤诗,因此这两类诗的数量要大大超出白居易自己编订的数目。

笔者先根据白居易最初的四类分法统计。

据统计,韦利所有白居易译诗中讽喻诗占 18 首,闲适诗 32 首,感伤诗 20 首,杂律诗 56 首。再将 56 首杂律诗根据静永健的分类标准(不能明显适用该标准的,则适当结合艺术表现形式标准),对这些以讽喻、闲适和感伤三类进行统计从内容上分入讽喻、闲适、感伤三类,最终得到的结果是:讽喻诗 18 首,闲适诗 68

---

① 王运熙:《白居易诗歌的分类与传播》,《铁道师院学报》1998 年第 6 期,第 37—38 页。
② 张中宇:《白居易诗歌归类考——兼及〈长恨歌〉的主题》,《四川师范大学学报》2003 年第 4 期,第 53—56 页。
③ 静永健:《白居易诗集四分类试论——关于闲适诗和感伤诗的对立》,《唐代文学研究》(第五辑),桂林:广西师范大学出版社,1992 年。

首,感伤诗40首。56首杂律诗中全是闲适诗或感伤诗,没有一首讽喻诗。

从以上结果来看,韦利的白诗英译里选择讽喻诗的数量是最少的。而且,根据表2-1,我们可以看到,韦利英译的白居易讽喻诗多集中在1917年第一次正式发表的《白居易诗38首》一文中,也就是在他1916年第一本中诗英译集《中国诗歌》遭遇冷遇后,他改用流畅英语翻译诗歌的第一次尝试。《中国诗歌》中仅收白居易诗歌3首——《废琴》《村居卧病》和《叹老》,而如李白、杜甫、王维等传统汉学观念中更为著名的诗人的诗都多于白居易的诗,这说明韦利最初对中国诗歌的选择还是多少受到传统汉学的影响。不过他在此书所选3首白诗中,《废琴》是讽喻诗,《村居卧病》是感伤诗,而《叹老》则是闲适诗,表现出很大的随意性,说明他在选诗上也在极力摆脱传统汉学观念的影响。到了第二年的《白居易诗38首》他接连选择了8首讽喻诗,究其原因,恐怕与他主动靠近传统以此增加成功概率的考虑有关,因为刚刚经历了一次挫败,对新的中诗译法是否可行,他自己也是没有十分把握的。在《白居易诗38首》获得巨大成功后,他的信心显然大增,在选诗上也就更遵从自己的爱好了,1918年让他在中诗英译上获得更广泛声誉的《汉诗170首》一书中,《白居易诗38首》全部收入其中,而《汉诗170首》中共收白居易讽喻诗14首,也就是说,只增加了6首。到了1919年的《汉诗增译》中,所收54首白诗只有《观刈麦》一首讽喻诗。此后,除1927年在《论坛》杂志上发表白居易《时世妆》①(程章灿《阿瑟·魏理年谱简编》一文说是《胡旋女》,笔者仔细查对译文,确定应为《时世妆》)一诗的英译之外,他的中诗英译作品里再也没有出现过白居易的讽喻诗。

对文章承载教化的观点,韦利也是不赞同的,这也是他并不钟情讽喻诗的原因。安东尼·塔特洛(Antony Tatlow)在一篇论文中评价庞德(Ezra Pound,1885—1972)、韦利和布莱希特(Bertolt Brecht,1898—1956)的中诗英译时说:

> 在他的白居易传记中,韦利引用这位中国诗人关于诗歌功用的观点"文章合为时而著,歌诗合为事而作"。布莱希特因为认可这样的观点而被白居易所吸引。然而看来韦利对此并不怎么感兴趣甚至于连同情都没有。他最初产生翻译白居易诗歌的动力是因为其措辞的简洁,他相信这非常有利于他实现创作"文学的而不是注释的翻译"的理想。这不仅仅是韦利拒绝狭隘或

---

① Arthur Waley, "Foreign Fashions," *The Forum*, July 1927, p.3.

者严厉的儒家关于诗歌解释的问题而已。韦利曾说过:"像孔子一样,他认为艺术是传达教化的唯一手段。他不是唯一一个实行这种不堪一击的理论的伟大艺术家。因此,比起其他诗来,他更珍视他的讽喻诗,然而很明显,他的最好的诗歌没有承载任何道德。"

很显然,韦利沉溺于那些"不承载任何道德"的诗歌,这样的偏好体现在他的翻译中。他的观点形成于1918年,并毫无疑问地被他的时代所理解。他也许从未改变过,这点想必也体现在他1960年对毛泽东的诗歌所做的评价中:"比希特勒的画好点,但也许没有像丘吉尔的诗一样好。"[①]

讽喻诗创作的理念被韦利认为是不堪一击的,并认为白居易最好的诗"不承载任何道德",他较少选择白居易的讽喻诗进行英译的最主要原因,就是因为它们并不是最好的诗。反之,闲适诗及感伤诗既是白居易最好的诗,又能很好地实现韦利的译诗理念,当然就是韦利最乐于选作英译的。

三、韦利重译或反复收录的白诗

韦利的中诗英译的理想是:首先是译文必须忠实于原作,这种忠实不仅仅是对原诗字词的翻译,而且要再现诗歌的美感,也就是说,英译之后不需做太多的句式变动。在《汉诗170首》的序言中他曾说:"人们通常认为,诗歌如果直译的话,就不是诗歌了,这也是我没将喜欢的诗歌全部译出之原因所在。但我依旧乐意选择那些译文能够保持原作风格的诗歌来翻译。就翻译方法而论,我旨在直译,不在意译。"

其次是译成的英文是流畅的无韵诗。所谓流畅,是符合英文行文习惯;无韵,是因为他反对因刻板押韵而损伤原诗的美感和译文的流畅,坚持不应以韵害意。在《汉诗增译》的前言中,韦利说:"评论者没有把这本书(指《汉诗170首》——笔者注)看作英语无韵诗的尝试,虽然这是作者(指韦利自己——笔者注)最感兴趣的一面。"韦利把个中原因归为有些诗译得太过粗糙。所以在这本译作里,他要"更加坚定地致力于诗歌形式的实现",从中可以看出韦利对这一译诗理想的执着。

---

① Antony Tatlow,"Stalking the Dragon:Pound,Waley,and Brecht," *Comparative Literature*,Vol.25,No.3 (Summer,1973),pp.193–211.

韦利中诗英译诗集里所收白诗有反复入选的情况,一是觉得之前翻译得不够好,经过修订之后再收入;二是出于钟爱而在合集中再次收入。不管是哪种情况,反复入选的诗能够反映他对译诗理念实现的满意程度,否则,译得不好可以选择放弃不收,而事实上也有不少这样的诗,所以能够得到修订和反复入选的诗都颇能说明问题。

《废琴》一诗在韦利1916年第一次尝试中诗英译的成果《中国诗歌》一书中就已经收录,是其中3首白诗之一。此后,这首诗多次被重译或重选达4次之多。这首诗的题目在1916年的《中国诗歌》中译为"On an Old Harp",在1917年的《白居易诗38首》一文中译为"The Old Harp",1918年2月选入《诗歌》(*Poetry*)杂志时改为"On Barbarous Modern Instruments"①。而1918年7月份出版《汉诗170首》时则又用"The Old Harp"。此外,3次入选的诗歌还有《病中诗》(选译其中四句)、《有感》、《过天门街》、《梦上山》和《梦与李七、庾三十二同访元九》等5首,这几首诗的诗体和译法几乎都没有改动。下面分别列出这五首诗的原文和韦利的英译对照,看看韦利的中诗英译理念如何体现。

表2-2 《废琴》及英译

废琴	The Old Harp
丝桐合为琴,	Of cord and cassia-wood is the harp compounded.
中有太古声。	Within lie extremely ancient melodies.
古声淡无味,	Ancient melodies-weak and savourless,
不称今人情。	Not appealing to present men's taste.
玉徽光彩灭,	Light and colour are faded from its jade stops.
朱弦尘土生。	Dust has covered its rose-red strings.
废弃来已久,	Decay and ruin came to it long ago.
遗音尚泠泠。	But the sound that is left is still cold and clear,
不辞为君弹,	And I do not refuse to play it to you.
纵弹人不听。	But even if I play, people won't listen.
何物使之然,	How did it come to be neglected so,
羌笛与秦筝。	It was because of the Ch'iang flute and the Ch'in flageolet.

① Arthur Waley,"On Barbarous Modern Instruments,"*Poetry*,Vol.11,No.5(Feb.,1918),p.254.

表2-3 《有感》及英译

有感	Resignation
往事勿追思，	Keep off your thoughts from things that are past and done;
追思多悲怆。	For thinking of the past wakes regret and pain.
来事勿相迎，	Keep off your thoughts from thinking what will happen;
相迎亦惆怅。	To think of the future fills one with dismay.
不如兀然坐，	Better by day to sit like a sack in your chair;
不如塌然卧。	Better by night to lie like a stone in your bed.
食来即开口，	When food comes, then open your mouth;
睡来即合眼。	When sleep comes, then close your eyes.

表2-4 《过天门街》及英译

过天门街	Passing T'in-Mēn Street in Ch'ang-an and Seeing a Distant View of Chung-nan Mountain
雪尽终南又欲春，	The snow has gone from Chung-nan, spring is almost come.
遥怜翠色对红尘。	Lovely in the distance its blue colours against the brown of the streets.
千车万马九衢上，	A thousand coaches, ten thousand horsemen pass down the Nine Roads;
回首看山无一人。	Turns his head and looks at the mountains—not one man!

表2-5 《梦上山》及英译

梦上山　时足疾未平	A Dream of Mountaineering Written When He Was Over Seventy
夜梦上嵩山，	At night, in my dream, I stoutly climbed a mountain,
独携藜杖出。	Going out alone with my staff of holly-wood.
千岩与万壑，	A thousand crags, a hundred hundred valleys—
游览皆周毕。	In my dream-journey none were unexplored.
梦中足不病，	And all the while my feet never grew tired
健似少年日。	And my step was as strong as in my young days.
既悟神返初，	Can it be that when the mind travels backward
依然旧形质。	The body also returns to its old state?
始知形神内，	And can it be, as between body and soul,

形病神无疾。	That the body may languish, while the soul is still strong?
形神两是幻,	Soul and body—both are vanities;
梦寤俱非实。	Dreaming and waking—both alike unreal.
昼行虽蹇涩,	In the day my feet are palsied and tottering;
夜步颇安逸。	In the night my steps go striding over the hills.
昼夜既平分,	As day and night are divided in equal parts—
其间何得失?	Between the two, I get as much as I lose.

表 2-6 《梦与李七、庾三十二同访元九》及英译

梦与李七、庾三十二同访元九	Dreaming That I Went With Li and Yü to Visit Yuan Chen (Written in exile)
夜梦归长安,	At night I dreamt I was back in Ch'ang-an;
见我故亲友;	I saw again the faces of old friends.
损之在我左,	未译
顺之在我右。	未译
云是二月天,	And in my dreams, under an april sky,
春风出携手。	They led me by the hand to wander in the spring winds.
同过靖安里,	Together we came to the village of Peace and Quiet;
下马寻元九。	We stopped our horses at the gate of Yuan Chen.
元九正独坐,	Yuan Chen was sitting all alone;
见我笑开口。	When he saw me coming, a smile came to his face.
还指西院花,	He pointed back at the flowers in the western court;
仍开北亭酒。	Then opened wine in the northern summer-house.
如言各有故,	He seemed to be saying that neither of us had changed;
似惜欢难久。	He seemed to be regretting that joy will not stay;
神合俄顷间,	That our souls had met only for a little while,
神离欠伸后。	To part again with hardly time for greeting.
觉来疑在侧,	I woke up and thought him still at my side;
求索无所有。	I put out my hand; there was nothing there at all.
残灯影闪墙,	未译

(续表)

斜月光穿牖。	未译
天明西北望,	未译
万里君知否。	未译
老去无见期,	未译
踟蹰搔白首。	未译

可以看出,首先,韦利选择的白诗典故极少,这几首诗甚至可以说完全没有典故。在《汉诗170首》的导言中谈到典故时,韦利说:"典故从来都是中国诗歌的恶癖,最后终于把中国诗全毁了。"对中国古典诗歌中很常见的用"冰轮""玉盘"或"金环"等指代月亮这样的现象,或者在诗句中化用前人的成句,在韦利看来都是矫揉造作。在谈到唐诗时,韦利还给出了"形式远大于内容""自我禁锢在狭窄的旧题材范围之内"这样的评价,并认为其形式或内容都不能脱离甚至要依赖于唐代以前的诗歌和历史,这是唐诗最糟糕之处。显然,随后这句话也是就典故而发的议论:"诗歌因此变成展示诗人古典文学素养的工具,而非表达他们自身情感的载体。"这样的看法不免偏激,同时也使得韦利把译诗的选择专注在了典故出现较少的白居易诗歌上。

其次,所选的白诗除具有措辞明白如话的特点之外,还有一定的叙事性。比如《梦与李七、庾三十二同访元九》一诗中,他略去"损之在我左,顺之在我右"这两句穿插在事件经过的情状描写,直接叙述白居易梦里发生的事情:见了老友,外出游春,紧接着是去寻访元稹的情形。而在梦醒之后抒发心情的最后四句,因为与整件事情关联不大,韦利便略去不译了。当然,韦利更注重的还是这些诗句翻译成英文之后也要明白如话、流畅婉转,如同娓娓道来。他这些白诗英译的句子读来非常流畅,极少出现特殊句式,而跳跃韵的选择则是在满足这些前提之下再做选词上的斟酌。实际上,白居易的诗也并非都能够满足这些条件,所以韦利在《汉诗增译》的前言里说"他(白居易)的诗被我选来准备翻译的数目比成功译出的数目要大得多",并且给出两个不成功的例子:

表 2-7 《南塘暝兴》及英译

南塘暝兴	Evening
水色昏犹白,	Water's colour at-dusk still white;

(续表)

霞光暗渐无。	Sunset's glow in-the-dark gradually nil.
风荷摇破扇,	Windy lotus shakes(like) broken fan;
波月动连珠。	Wave-moon stirs(like) string(of) jewels.
蟋蟀啼相应,	Crickets chirping answer one another;
鸳鸯宿不孤。	Mandarin-ducks sleep, not alone.
小僮频报夜,	Little servant repeatedly announces night;
归步尚踟蹰。	Returning steps still hesitate.

表 2-8 《早春独登天宫阁》及英译

早春独登天宫阁	In Early Spring Alone Climbing the T'ien-Kung Pagoda
天宫日暖阁门开,	T'ien-kung sun warm, pagoda door open;
独上迎春饮一杯。	Alone climbing, greet spring, drink one cup.
无限游人遥怪我,	Without limit excursion-people afar-off wonder at me;
缘何最老最先来。	What cause most old most first arrived!

　　白居易的这两首诗同样具备措辞简洁的特点，但是叙事性明显要弱，尤其第一首《南塘暝兴》前六句分别描述了不同的景物，每一句译成英文之后不再流畅，原诗中的意象并置翻译过来之后有明显的堆砌之感，显得异常累赘，失却了诗的美感。第二首读起来更加晦涩，第一句几乎无法通读，这显然是韦利故意没有转换成流畅的英语句式所致，但他正以此说明，如果英译过来的句子无法体现原作的美感，那么就没有译的必要。的确，对照前面多次入选的白诗英译，没有一句是需要对原诗语序做很大改动的。他将《南塘暝兴》和《早春独登天宫阁》这样的译文视为"粗糙"(crude)，认为在《汉诗170首》中大多数译诗达成了诗体英译的目的，然而其中一些译诗正是如此"粗糙"的失败例子，他将评论家没有如他所愿把《汉诗170首》视为英语无韵诗的尝试的原因也归之于此。

　　综上所述，韦利对英译白诗的选择首先是措辞简洁直白，这一点大部分白诗都是符合的，但是闲适诗和感伤诗里表现得更为明显。其次是具有叙事性，确保译成英文之后仍然流畅，同时可以保留原诗的美感，这也是之前选择一小部分讽喻诗进行翻译的原因之一。

第三节 《白居易的生平与时代》

一、撰写过程与主要内容

《白居易的生平与时代》是韦利于1949年完成的白居易传记著作,此时距他集中、大量地翻译白诗的时期已经过去了20多年。为何会在多年之后才来撰写这本传记,其中的具体原因难以确知,不过可以推断一二。完成这本传记之后,韦利于1951年和1952年发表了《李白的生平与诗歌》①和《真实的唐三藏及其他》②两本传记,1957年又出版了清代诗人袁枚的传记《袁枚:18世纪的中国诗人》③,1958年出版的《中国人眼中的鸦片战争》④也具有史传的性质。根据他接连写作出版史传性质的著作,可以猜想他在这十几年间对史传产生了浓厚兴趣。在大量翻译白诗的过程中,韦利对白居易的生平已经有过梳理,加上深知其诗歌在内容上具有其他诗人诗作所没有的详尽、纪实和贴合人生轨迹的特点,是最适合作为传记材料使用的,所以白居易传记就成了韦利第一本完成的诗人传记。

韦利认为传记对了解诗人作品很有帮助,所以早在1917年,韦利在《伦敦大学东方学院学报》上发表《白居易诗38首》时,一开始就说:"关于诗人(白居易)的生平和创作,我希望另外著文来探讨。这里我仅提供一些必要的时间和事件,权当这些译诗的序言。"随后用简短的篇幅介绍了白居易的出生、入仕、被贬、主要任职和辞世的具体时间,并提到他和元稹之间令人瞩目的深厚友谊。

在1918年出版的《170首中国诗》中,韦利将白居易之外的中诗英译设为第一部分,第二部分则全是白居易诗歌的英译。在译文之前,韦利用了8页篇幅的导论来介绍白居易,内容相当详尽,并且开始用白居易的诗歌作为叙述史实时的

---

① Arthur Waley, *The Poetry and Career of Li Po*, 701-762 A.D., London:George Allen & Unwin Ltd., 1951.
② Arthur Waley, *The Real Tripitaka and Other Pieces*, London:George Allen & Unwin Ltd., 1952.
③ Arthur Waley, *Yuan Mei:A 18th Century Chinese Poet*, London:George Allen & Unwin Ltd., 1957.
④ Arthur Waley, *The Opium War Through Chinese Eyes*, London:George Allen & Unwin Ltd., 1958.

史料。其中有相当篇幅是谈元稹其人和白居易之间的唱和与情谊,以及与刘禹锡、李建和崔玄亮等友人的交往。这篇导论可以说已经初具《白居易的生平与时代》一书的特点。此后的《汉诗增译》一书中,只在译文前列了一个简单的大事年表。

1949 年,《白居易的生平与时代》同时在伦敦和纽约出版,立刻获得了良好的反响。正如倪豪士评价此书时所说,"以韦利在广大群众中的声望,当然能够吸引更多的读者对中国传统诗歌产生兴趣。明白晓畅的文体和白诗的文学翻译吸引了普通读者。而学者们,除为韦利翻译的魅力所折服之外,还被白居易的生平和无止境的趣味横生的旁枝末节吸引"①。这本书 1951 年再版,1960 年又由日本著名汉学家花房英树译成日文出版。倪豪士说:"这本书之所以重要,是因为它利用了诗人自己的诗歌作为历史框架,这为以后数十年欧美诸多中国文学家的传记的书写提供了范本。"②在 1951 年出版的《李白的诗歌与生平》一书中,韦利同样利用了这种形式。1952 年华裔美籍学者洪业(William Hung,1898—1980)写《杜甫:中国最伟大的诗人》③一书时也用了同样的形式来撰写。

这本书中引用了大量的白居易诗文策判等作品,其中诗歌的数量最多,共有 100 多首,其中相当一部分是韦利在中诗英译集里翻译过的,其余部分的诗歌新译则纯粹是为内容服务的。关于利用诗歌作为史料方面令人遗憾的一点,倪豪士指出,"虽然有着以上所提异常显著的优点,但这本书也有一个明显的缺陷。既然诗歌是作为历史价值来使用的,但却很少看到对这些诗歌的分析"④。

当然,这本书的价值和成功仍是主要的方面。倪豪士认为,韦利的《白居易的生平与时代》一书是最有影响力的白居易研究著作,甚至也许是韦利作品中最好的一本。这个评价不可谓不高。而这本著作之所以深受欢迎的原因,他总结为两个方面,一个方面就是"这是一本写得精彩绝伦的书,读起来非常引人入胜"。在本书中我们先就这点进行探讨。

这本传记是以年代顺序来写的,共分十四章,每一章都没有章名。笔者对每

---

① William H. Nienhauser,"Po Chü-i Studies in English Since 1916-1992,"p40.
② William H. Nienhauser,"Po Chü-i Studies in English Since 1916-1992,"p.40.
③ William Hung,*Du Fu*,*China's Greatest Poet*(2v),Cambridge:Harvard University Press,1952.
④ William H. Nienhauser,"Po Chü-i Studies in English Since 1916-1992,"p.40.

一章涉及的主要内容总结如下:

表 2-9 《白居易的生平与时代》各章内容

章节	探讨年限	涉及内容	翻译
第一章	出生—800 年	出身; 政治形势; 旱灾; 父丧; 生活境况; 乡试; 进士科考题和白居易的应答。	《与陈给事书》 早期诗 18 首
第二章	800—805 年	对佛教产生兴趣; 选试规定; "判"这种文体的特殊; 卖文; 长安城里坊制度; 绘画观; 与元稹情谊的萌发和加深。	《记画》 诗 7 首
第三章	805—808 年	局势; 策试题目和元白的答题; 元稹任职; 《长恨歌》; 任盩厔县尉; 任翰林学士; 娶妻杨氏及两人关系。	诗 6 首
第四章	808—810 年	为安禄山辩护; 对白居易任左拾遗期间所呈奏状主要反映的问题——进行探讨:"边塞问题""宦官问题""宫廷道教""土地与税赋""淘金""牢狱问题"。	诗 5 首

（续表）

章节	探讨年限	涉及内容	翻译
第五章	810—811 年	政治局势； 阳城（道州奴问题）； 友人孔戡； 元稹致信韩愈； 元稹的婚姻和被贬； 任京兆府曹参军； 渭下丁忧。	诗 7 首
第六章	811—813 年	丁忧期间所写的诗和心情； 《记异》及中国的鬼故事； 白行简境况； 当时的送信方式：诗简； 白居易的眼疾； 朝中局势； 拜为太子左赞善大夫； 接受这个职位的原因。	诗 19 首
第七章	813—815 年	与元稹在京城重逢； 元稹授通州司马； 与元宗简、吴丹、李建等人的交游唱和； 南宗禅及与僧人的往来； 武元衡被杀及白居易越职上书； 被贬江州及低落情绪。	诗 12 首
第八章	815 年 12 月	《与元九书》	《与元九书》
第九章	816—818 年	在江州的生活； 关于《琵琶行》； 庐山草堂； 炼丹的尝试； 裴度任相及政治局势； 任忠州刺史。	《与微之书》 诗 9 首

（续表）

章节	探讨年限	涉及内容	翻译
第十章	818—822 年	去往忠州； 朝中局势； 重回长安； 穆宗的统治； 821 年进士考试中的党争； 王庭凑之乱； 元稹任宰相； 论姚文秀打杀妻状； 与韩愈的交游； 与张籍的交游； 韩张之间的交往。	诗 4 首
第十一章	822—825 年	请任杭州刺史； 在杭州的生活和政绩； 关于各种乐器、乐曲； 太子右庶子分司东都； 编订《白氏长庆集》。	诗 6 首
第十二章	825—833 年	任苏州刺史； 崔玄亮、元宗简的境况； 眼疾； 离任苏州； 关于刘禹锡； 拜秘书监； 与和尚义修的辩论 和僧人的交游； 元白赛诗； 以太子宾客分司东都； 元稹去世及元白友谊总结。	诗 11 首

(续表)

章节	探讨年限	涉及内容	翻译
第十三章	833—839	免河南尹,再授太子宾客分司东都; 与刘禹锡的唱和; 朝中局势; 《醉吟先生传》; 致力于塑造"政治上无害"的形象。	诗4首
第十四章	839—846年	晚年诗歌、心境、佛道思想; 刘禹锡辞世; 香山寺修缮; 《白氏长庆集》编订; 流播日本及对日本文学的影响。	诗28首

从表 2-9 大致可以看出,这本书的确充满了倪豪士所说的"无休止的趣味横生的旁枝末节",比如科举考试、宫廷道术、朝廷权谋、唐代职官制度和薪酬制度、长安城布局和里坊制度,甚至还有唐代的音乐和舞蹈等,这些都是非常吸引读者的。全书基本上由三条主线贯穿其中:一是政治局势的变化,二是白居易的人生轨迹和他的作品,三是白居易的交游和这些亲友的境况。

在第一条主线中,韦利穿插得最多的就是科举考试的情况。书中一共提到了八次科考,其中包括一些考试的详细情形,比如白居易 799 年在宣州参加乡贡考试的过程。韦利对试题《射中正鹄赋》和《窗中列远岫诗》进行了介绍,并分析白居易诗赋的妙处。再就是 800 年白居易和元稹参加进士科考试,韦利先对唐代的科考制度进行了介绍,辨别"明经"和"进士"考试的不同,并同样对当时的科考诗题《玉水记方流诗》进行了解释,分析了白居易所写其中两句的妙处。此外还对要作的 5 篇赋进行非常具体的介绍,详细到这些诗题的出处与所蕴含的儒、释及道的思想。另外如 802 年白居易参加吏部拔萃科考和 806 年的策试也介绍得颇为详细。其他如 808 年引发白居易写出奏状《论制科人状》的"贤良方正直言极谏"的科举考试,821 年由礼部侍郎钱徽主考的进士考试这些在政治格局上造成深远影响的科考,韦利都给予了特别关注,甚至如韩愈和李德裕曾经提出对科考的改革，虽然韦利没有给予详细介绍，但都要提上一句，也体现了他对科考情况的重视。这其中的原因，应该是他认为科考对唐代文人和国家的命运有极大的牵涉，但因为篇幅和内容所限，没有做更深入的展开。此外这条主线对朝廷政治人物的起落也介绍得较为详细，这是直接与白居易和元稹二人的政治生涯相关的，韦利想以此表明，执掌相位的人是他们的赏识者或是敌对者，直接决定着他们的仕途走向，这是书名中"时代"一词所包含的重要内容。

第二条主线中，除白居易的诗130多首（不包括只翻译了其中一两句的数十首诗）之外，比较显眼的就是翻译了不少书信和判、策和奏状等公文。这些作品虽然相对诗歌来说缺少更多文学上的审美价值，但对全面了解白居易其人还是很有帮助的。从这些公文里，读者能够了解到，白居易不仅是一个出色的诗人，在为官等其他方面也是可圈可点的。比如著名的《论姚文秀打杀妻状》就是一篇精彩的法理论文，有汉学家就此状探讨其中的法律意义，这在本书第六章第二节里有详细的论述。此外对判、策等文体的特点进行探讨，认为西方找不到可以相对应的文体，亦自有其见地。

第三条主线里，可以看出与友人的交游和唱酬是韦利在该书中非常重视的，这和他对中国古代诗歌极重友情的观念有关。这一点在下一节详细探讨。

二、关于白居易的交游与唱酬

韦利这本白居易传记里写到很多相关的人物。在"序言"中，他解释了为何特别关注白居易的密友和同僚的原因：他这样才可以"使一个人鲜活生动"。同时他排除掉了"一大堆个性难以分辨的尤其是七八个杨家的人，即他夫人的亲戚，除了一些掌故会牵涉他们，其余的对我而言实在是难有印象，或乏善可陈"。而对这些密友和同僚，韦利除关注他们与白居易的交往和唱和之外，对他们个人的情况也写得非常详细。元稹的内容就更为详细，可以说，把书中所有关于元稹的内容单独抽出来，足以成为一篇元稹的完整的传记。有时甚至给人枝蔓太过之感。关于这点，程章灿曾在《魏理眼中的中国诗歌史》一文中探讨过，认为韦利有"中国古代诗歌极重友情"的认识。他以《上邪》为例，这首明白无误的爱情诗在韦利读来却是对友情和别离的抒写和表达①。就是基于这样的认识,这本传记里白居易的交游和唱酬就成为一条非常显眼的主线。

书中提到白居易交游和唱酬的友人和同僚有近 20 位,内容最多的是元稹,其次是刘禹锡、崔玄亮、李建、孔戡和元稹堂兄元宗简等密友,再就是与韩愈、张籍等人更多具有文学意味的往来。此外就是和惟宽、广宣、明准、清闲等僧人的往来,以及与吴丹、郭虚舟等道士的交往。

书中元稹部分不但篇幅极多,也叙述得非常详细。比如写到元稹 806 年任左拾遗之后草拟的改革朝政的 10 条建议《十策》,韦利——做了翻译和解释。元稹的每一次仕途变迁韦利也都力图交代清楚,甚至连元稹娶妻、生子、丧妻等个人情况也都有所涉及,文中还翻译了元稹的《梦井》以及与白居易酬唱的几首诗。谈到妻子韦丛病逝时元稹写了一系列悼亡诗,韦利舍弃了广为人知的《遣悲怀三首》而选《梦井》来翻译,应该是出于他的个人偏好,因为这首《梦井》早在 1919 年的《汉诗增译》里已经翻译过。

对元、白二人人生中的几次短暂相聚,韦利更是一次不落地或详述或提及,书中所译白居易写给元稹或提及元稹的诗歌有近 20 首,书信如《与元九书》和《与微之书》也是全文译出。元、白二人的交往唱和虽然分散在白居易人生轨迹的各个时期,但韦利很注意点明在什么情境下,两人的唱和诗表明彼此感情逐渐加深。比如第二章提到 804 年元稹要去洛阳很长一段时间时,韦利说"在此之前,元稹只不过是进士考试和策试时许多同年中的一位,但到 804 年春天时,他已经开始在白居易的情感世界中占据特殊的地位",并接连翻译了这时期白居易写给元稹的 3 首诗《曲江忆元九》《西明寺牡丹花时忆元九》和《赠元稹》来说明。第七章用了 3 页篇幅来详述元、白唱和的《和微之诗二十三首并序》,翻译和介绍其中 7 首的内容,分别是《和〈晨霞〉》《和〈祝苍华〉》《和〈寄问刘白〉》《和〈李势女〉》《和〈自劝〉》二首和《和〈晨兴,因报问龟儿〉》,目的是为读者呈现元、白二人之间无所不谈和推心置腹的亲密。

831 年元稹辞世,韦利详述了白居易的悲痛,强调其应元稹家人请求撰写墓志而屡屡拒绝接受作为润笔费用的珍宝,最后无法再拒,便将这笔财产用于香山

---

① 程章灿:《魏理眼中的中国诗歌史》,《鲁迅研究月刊》2005 年第 3 期。

寺的修缮,并让他们共同的朋友清闲和尚操办,务令修缮之功归于元稹之名,以此来纪念元稹。

韦利对元、白二人之间的深厚友情是颇有感慨的,他说,"想到这两个有着如此著名友情的朋友实际在一起共度的时间是那么少,这是很让人奇怪的。802年到806年间的某些年,810年的几天,815年的几个星期,819年又是几天,仅此而已。821年至822年他们都在长安,但元稹专注于朝政,他们很少碰面。接着是829年在洛阳的聚首。然而他们两人之间的深情厚谊一直萦绕着彼此的人生,因此在写白居易的生平时不可能不或多或少地涉及元稹的生平,他们之间的情感互动是这本书的一个构成要素。从今以后(指元稹逝世后——笔者按)故事就变得简单多了,因为它不再是两个人的共同记录"。这就点出了本书中涉及元稹内容为何如此之多、之详的原因:在写到元稹去世之前,所述内容其实是元、白二人生平的共同记录。

相较之下,跟白居易颇多唱和、晚年为伴的刘禹锡,涉及的内容就没那么多,只与其他朋友一样,有生平、仕途和诗歌成就方面的简单介绍。至于张籍和韩愈,则是分别有新乐府的联系和一代文宗的因素在里面,会稍微侧重文学理念方面的介绍。在几乎每一章里,除元稹外,韦利都安排了一位乃至数位与白居易唱和往来的密友,清晰表明交游和唱酬贯穿诗人一生并成为其人生不可或缺的一部分,进而暗示其他唐代诗人甚至中国古代诗人也都如此,这正是韦利所想要表达的他自己对中国文人和文学极重友情的理解。

友人中较为特殊的一位是元稹的堂兄元宗简,相较刘禹锡、李绅、崔玄亮等颇有诗名的人来说,元宗简显得籍籍无名,但韦利多次写到白居易与他的交往。韦利提到,在下邽丁母忧期间,白居易似乎很少跟长安城里的朋友交往,唯独在约写于813年的《东陂秋意寄元八》一诗中提到跟元宗简一年前在曲江边的一次秋游:"忽忆同赏地,曲江东北隅",表明元宗简的特殊地位。而813年接受太子左赞善大夫这一闲职时,因为常常无事可做,元稹又外授通州司马,百无聊赖之时,白居易时常探访近邻元宗简排遣孤寂。韦利翻译了白居易的《朝归书寄元八》一诗,表明他对元宗简做了闲官之后要与他做伴的渴望,又译《曲江夜归,闻元八见访》一诗:"自入台来见面稀,班中遥得挹容辉。早知相忆来相访,悔待江头明月归",也是他与元宗简友情甚笃的表现。这其中的原因,一是两人在长安城中是近邻,二是有元稹这层关系。比如《雨中携元九诗访元八侍御》一诗，通过一起读元稹的诗，两人会有更多共同话题。此外，元宗简本身对白居易也是有特别意义的，宗简821年去世后，白居易为他的诗集写序，看到其中如此多的诗都是跟自己的唱和，白居易感动不已，"唯将老年泪，一洒故人文"，这些真切感人的情感流露，在韦利看来是非常打动人心的。

与着重描写白居易与友人交往唱和相对应，韦利多次提到白居易在没有友人交往时的苦闷孤寂。比如在下邽丁母忧期间，韦利选译的都是白居易表明自己寂寞空虚心境的诗。在白居易接受太子左赞善一职时，韦利认为白居易不是不知道这个职位的无味，但同时也知道无法实现自己的政治抱负，但仍然接受这个职位，原因有四：一是朝中局势发生了有利于自己的变化；二是下邽生活的苦闷；三是与弟弟白行简的分离加深了他的孤独感；四是最主要的一个原因，就是元稹很可能也会回到京城任职。四个原因中有三个是与他害怕孤寂、渴盼有知心之人来往有关的。虽然实际上政治原因是最重要的，韦利随后也用了相当多篇幅来介绍当时朝中人事的变动，但他仍然认为，渴望与友人交游往来常常成为白居易做出决定时的考虑。

关于白居易与僧人和道士交往情况的内容，常常出现在白居易对佛教和道教的认识、接受和沉迷的介绍中。就此而言，谈及这类交游唱酬都是为说明他的佛、道信仰情况服务的。白居易的佛、道信仰尤其是受佛教的影响是这本书中重点论述的一个方面，表明白居易是通过与这两类人的交往来加深自己对佛教教义和道术（尤其是炼丹术）的理解和实践的。不过，对这一类交往的多次介绍和提及，也能够表现当时文人与僧人和道士往来频繁这一普遍现象，是对"中国古代文人异常注重友情"这一认识的补充。

也许是太过坚持这一点，韦利矫枉过正地认为爱情或夫妻之情不是白居易所看重的。第三章结尾谈及白居易的婚姻时，认为"虽然白居易与杨夫人一起生活了38年，但我们对她几乎一无所知。至少有7首诗的诗题表明是写给他的妻子的，但它们充满了惯语套话，我们从中得不到对白夫人和他们彼此间感情的认识"。接着他分析了白居易写给妻子杨氏的这7首诗，韦利指出，在《赠内》一诗中，白居易让妻子不要对他并不富裕的现状抱怨，并一口气列出了一系列有名的妇人对自己贫穷而有德的丈夫的接受，还特别补充说，虽然她不知书但肯定听过这些妇人的故事。而《寄内》一诗中有"不如村妇知时节,解为田夫秋捣衣"的句子,韦利认为这是白居易在责备自己的妻子没有为自己"捣秋衣"。另一首《赠内》诗中有"莫对月明思往事,损君颜色减君年",是要告诉她不必如此伤神,因为她无论如何要比黔娄的妻子好很多——黔娄的贫困是出名的。韦利还说,《妻初授邑号告身》一诗中,白居易提醒自己的妻子:她什么都没做,不配获得这样的礼遇,一切全是自己的功劳。唯有在《二年三月五日斋毕开素当食偶吟赠妻弘农郡君》一诗中"偕老不易得,白头何足伤"两句听起来有一丝感激的意味。

可以看出,韦利认定白居易对妻子并没有什么深厚感情,他总结说,从这些诗中,读者"确实得到这样的印象:弘农杨氏是一个简单的甚至可能是平庸的一个人,对白居易一片痴心,但从来都不是他内心思想和情感的一个分享者"。这样的看法本无可厚非,但不乏囿于成见的可能,比如"莫对月明思往事,损君颜色减君年"完全可以解读为丈夫对妻子的疼爱,《妻初授邑号告身》中的直白也可能是夫妻间的一种戏谑之词。至于说白居易在《香炉峰下新卜山居草堂初成偶题东壁》(五首)第一首末联"来春更葺东厢屋,纸阁芦帘著孟光"将妻子比作孟光,也就是将自己比作梁鸿,这本是夫妻关系的一个常见典故,但韦利却认为这有可能并不是什么好话,因为历史上孟光的形象是"肥胖、丑陋的黄脸婆"。这样的解读显然有点过了,很有"戴有色眼镜看人"的偏颇意味。参看1996年国内学者张浩逊《从赠内诗看白居易的婚恋生活》一文,同样是分析白居易这七首赠内诗,但作者从中读出的却是夫妻之间的笃爱情深①。由此也可以看出,韦利这一观点很难说是公允平和的。这与韦利在序言中宣称"本书只写历史,既不虚构事件,也不加以个人观感"明显相违,也许是对中国古代文人重友情轻爱情印象太过深刻所导致的偏颇。

三、带有个人倾向的见解

韦利在序言中强调这本传记只论述史实,但当中免不了会有很多个人的见解。有些是阐明式的见解,比如在全文译出《与陈给事书》一文之后,韦利说:"这

---

① 张浩逊:《从赠内诗看白居易的婚恋生活》,《洛阳师范学院学报》1996年第3期。

封信给人不舒服的印象。虽然白居易做了否定的声明,但很难让人相信这封信不是在某种程度上为求取推荐而写。"而有一些则是建立在分析比较之上的见解,比如谈到806年元、白二人参加策试时,就皇帝问御敌求安、复兴大唐的良方作答,韦利认为白居易的对答以伦理归谬见长,这会对探寻安史之乱的真正原因造成蒙蔽,而元稹的分析则切中肯綮,并且具有实践性,由此他认为,如果元稹的建议被采纳的话,中国的历史将会被改变。这样的看法或者有点过激,但体现了韦利对历史的思考。

韦利从自身历史观出发得出的一些看法也是比较引人注目的。比如用了很长的篇幅对安史之乱的社会和历史原因进行介绍,实际上也是为安禄山的身份做辩护,"在中国历史学家的眼中,安禄山是一个'土匪',一个'叛国贼'甚或一个'罪人',他煽动百姓反抗他们的合法统治者。我们今天也经常看到这类的词,适用于那些从更富同情意味的角度来看是爱国者、民族解放者、社会改革者,以及通常来说是被压迫人民的捍卫者的领导者身上。毫无疑问,安禄山表现给他的拥护者的正是这最后一种形象,不管是当时还是他死之后很长一段时间。然而唐代历史虽然是在其衰落之后由官方所收集,但组成这段历史的文献却是在其统治时期完成的。所以我们没有理由(如欧洲历史学家一贯所做的那样)偏袒安禄山,以及一味重复关于他的懦弱、狡猾和肥胖之类的宫廷闲谈;我们也不需要(如他的追随者)视他为圣人。事实上我们也不可能在时隔遥远之后给出关于他的人品或行为的任何一种定论。但我想至少可能指出一些更普遍的社会和政治原因,能够对当时发生在中国东北部的分裂主义行动有更好的理解"。接着韦利对当时中国东北边境的历史沿革和人口组成做了梳理介绍,认为当地人民不管是上层贵族还是下层百姓,不管是鞑靼还是汉民,其实都更倾向于忠于当地统领——不管是可汗还是割据首领。也就是说,他认为当地要求独立是有合理性的,而在朝廷镇压安史之乱期间,这些地区实际上是独立的。

对于这样的看法,著名华裔史学家杨联陞(L.S.Y.,1914—1990)认为,在回顾历史的时候,不是不可以推翻某些既定结论,不过一种新的评价必须有坚实依据,"即便韦利对安禄山军事行动背后的社会和经济背景的分析是可信的,人们也仍然坚持认为政治野心是最重要的因素"①。杨联陞这样的看法是基于安禄山的追随者们尊称安为"圣",而"圣"或"圣人"一词在唐时是"皇帝"的惯用代称,正如英语中的"陛下"。杨联陞还举例说,根据大概是唐时成书的《安禄山事迹》,安禄山自己提到唐玄宗时就称其为"圣",此外史思明杀死安禄山的儿子安庆绪之后自己登上王位,后来史思明的儿子史朝义杀死其父继位后,提到史思明时也称"圣"。《资治通鉴》也记载,史思明部下田承嗣于733年建祠堂纪念安禄山父子和史思明父子,将他们并称"四圣",也就是"四个皇帝"②。杨联陞的论证无疑是很有力的,而韦利的薄弱之处正在于误解了"圣"的意思,他在行文中将"圣"翻译为"圣人",而在注中则说"圣"有可能指皇帝,既然如此,安禄山叛乱的目的就不仅是顺应当时东北地区的民意求得独立而已,所以韦利想要为安禄山洗去"叛国"罪名而定位为"改革者"的辩护显得颇为无力。

　　像这种以现代历史观来观照中国古代历史的探讨还是很少的,韦利在行文中更多依据当时的历史形式来给出一些推论。比如谈到白居易母亲去世时说,白居易基于朝廷规定要丁忧三年,但一般来说他并不需要放弃翰林学士的职位,然而他放弃了,韦利猜测这是因为白居易受到了李吉甫的排挤。其实按唐律规定,丁忧期间是要辞去所任官职的,除非有非常特殊的情况。韦利认为白居易不需要辞官,不知出于何种认知,也许仅是个人的想当然。他继而分析说,白居易在下邽丁忧期间,似乎也认定自己的官宦生涯就此结束了,理由是李吉甫还很年轻,看来会无限期地掌权,既然他的势力如此强大,白居易重新回到官场的机会就很渺茫。这一点似乎很难成立,因为朝廷人事变动频繁是常态,就连皇权更迭的频率也是相当高的,白居易显然不会仅仅因为李吉甫年轻掌权就认为自己没有了政治前途。

　　谈到白居易因宰相武元衡被杀一事第一个上书请求缉凶,一向对他怀恨在心的权贵们以越职为名,又并加上所写的诗有伤名教之罪时,韦利引用《旧唐书》的内容"执政方恶其言事,奏贬为江表刺史。诏出,中书舍人王涯上疏论之,言居易所犯状迹,不宜治郡,追诏授江州司马",认为在这一事件中,白居易先是被贬为刺

---

① L.S.Y., "The Life and Times of Po Chü-i by Arthur Waley," No.1/2 (Jun, *Harvard Journal of Asiatic Studies*, Vol.15, 1952), p.263.

② L.S.Y., "The Life and Times of Po Chü-i by Arthur Waley," No.1/2 (Jun, *Harvard Journal of Asiatic Studies*, Vol.15, 1952), p.264.

史,又因王涯的落井下石改任更低一等的司马,这是难以置信的。韦利认为,唐时哪怕是最小的一个州的刺史也是一个四品官,而白居易当时任太子左赞善大夫只是五品官,这样说来,让他任刺史实际上是给他升官,这在当时的情势下是不可能发生的。关于这一点,《唐六典》的确有记载,唐代除京畿地区之外的州按人口总数分上州、中州和下州,最高长官刺史的官阶,上州是从三品,中州和下州分别是正四品上和正四品下①(卷三十·三府都护州县官吏)。韦利的这个分析体现了他对唐代职官制度的熟悉。不过,他显然对唐代的贬官制度研究得不够。丁之方《唐代的贬官制度》②一文认为,唐代贬官就官职而言,有两种贬法:一是贬为地方各级机构的正职官,五品以上的官员多贬为刺史,这与白居易最初被贬的职位是相合的;二是贬为地方各级机构的佐贰官,五品以上的官员多贬为司马、长史、别驾等,这显然也是适用白居易追贬为司马的情况的。

在翻译了《醉吟先生传》之后,韦利说,从这篇文字里,他"倔强地"认为,白居易长期致力于塑造自己"政治上无害"的形象在这里达到了顶点。韦利解释当时的政治局势:牛、李两派党争激烈,朝中局势瞬息更迭,危险任何时候都会降临,白居易想要保住东都分司的闲职,实现他的"中隐""吏隐"理想,只能通过塑造"沉溺风月""老病无力"的形象来求得自保。而事实证明,他的这一策略是卓有成效的,这体现了白居易的一种处世智慧。

韦利也注重一些细节的勾勒,比如他翻译了《寄元九》一诗,诗中说"怜君为谪吏,穷薄家贫褊;三寄衣食资,数盈二十万",对此韦利分析说,20万几乎是白居易下邽丁忧之前半年的薪水,他怎么会有如此大的一笔钱陆续寄给元稹?要知道,当时的他非常缺钱,为了让母亲得到更好的照顾,还曾呼吁薪水应该更高些。韦利推测,他这一大笔钱是卖掉了长安宣平坊的房子得来的。而元稹当时在江陵任职也有30万的俸禄,并且那里的生活费用肯定要比长安便宜得多,他并不需要这么大一笔钱。白居易这么做的原因,恐怕只是诗里说的"怜君"的缘故。又如探讨白居易从苏州刺史任上退下时,实际上已经无心再为官,但他回到长安仍然想要谋求如分司东都这样的闲职,韦利分析他这完全是为退休后的生活着想,因

---

① 〔唐〕李林甫著,陈仲夫点校:《唐六典》,北京:中华书局,1992年。
② 丁之方:《唐代的贬官制度》,《史林》1990年第2期。

为当时白居易的家庭负担很重，除了自己的妻儿，还要照顾弟弟的遗孀和孩子。

书中所引诗歌和策判等公文都是用作历史资料，对其文学价值很少评价，唯独对《长恨歌》和《琵琶行》做了评价，而且都是负面的评价。众所周知，《长恨歌》和《琵琶行》是白居易最为人称道的两首长篇叙事诗，尤其是《长恨歌》，不但在白居易的时代就流传到了周边国家如日本，受到了特别青睐，就是在译介到西方之后也广受喜爱，几乎未见负面的评价，而以对白居易诗歌偏爱而著名的韦利却给出了全然相反的评价，这是韦利所处时代的诗学观念和他自身的诗学审美导致的。韦利对维多利亚时代弊端重重的浪漫主义"变异"深恶痛绝，他不喜欢《长恨歌》的原因也是如此，他说："这是一种讽刺，无论在中国、日本还是西方，他（指白居易——笔者按）是作为《长恨歌》的作者而为后世所熟知的。白居易本人并不太重视这首诗，虽然其中也包含一些政治道德内容，但是显然这首诗的感染力是属于浪漫主义的。"浪漫主义的后果就是，"白居易缺乏一种引起人们对他诗中主人公产生兴趣的能力。皇帝、妃子以及仙道，这些对我们来说永远都不可能是真的。这首诗的技巧和优美都无以复加，然而过于造作，在处理上显得太外化，无法让人从内心里感动"。应该正是出于这个原因，他没有英译《长恨歌》，所做过的一小部分翻译，仅只是为了与翟理斯就中国诗歌翻译进行论争，指出翟所翻译的《长恨歌》中的不足而已。对《琵琶行》也是如此，只译了翟理斯没有译的序言，并指出了一些理解和翻译上的错误。韦利是这样解释他不欣赏《琵琶行》一诗的原因的：

> 在我看来，这首诗并不能使读者深深沉浸在琵琶女或者白居易本人的情感世界中。出于尊重，《琵琶行》和另一首长篇叙事诗（指《长恨歌》——笔者按）相似，必定也会被称赞为达到了技巧和优美的极致。但是这首诗中包含了能够保障它在中国流行和成功的所有因素——秋天、月色、被冷落的妻子、被流放的天才，以此为基础写出的那些剧本甚至比这首诗本身都更好。

韦利对白居易这两首长篇叙事诗的看法和解释其实都相当主观化，包含了过多的个人因素，而实际上，他自己也不得不承认这两首诗广受欢迎，这更给他的解释增加了牵强意味。

韦利一直在伦敦博物馆东方图片及绘画分部工作，他对东方艺术充满了浓厚的兴趣,写过很多相关的论文,如 1917 年公开发表的第一篇汉学论文《一幅中国画》①就是介绍大英博物馆馆藏宋代名画摹本《清明上河图》。1921 年发表讨论中国绘画哲学的文章 9 篇,1922 年出版著作《禅宗及其与艺术的关系》②,1923 年又出版《中国画研究概论》③一书,这些艺术著作功力深厚,见解独到,在学界有一定的影响力,都曾经再版。在《白居易的生平与时代》一书中,韦利也体现了对艺术的特别关注,比如他详细介绍了白居易对音乐和各种乐器的钟情,以及当时音乐的盛行、每种乐器的来由和著名乐曲如《霓裳羽衣曲》的谱成经过。音乐和舞蹈常常是结合在一起的,韦利也介绍了舞蹈的一些情况,还详细探讨了白居易与元稹在舞蹈技艺看法上的异同。此外如白居易对绘画的观感都介绍得很详细,如翻译诗歌《画竹歌并引》和文章《记画》。这些艺术方面的内容占据相当多的篇幅,不但是韦利乐于关注的内容,也是西方读者喜闻乐见的。

　　同样是出于个人喜好,韦利花了很多笔墨在白居易的佛、道信仰上,尤其是禅宗,联系他在前言中"对白居易与佛教的关系我只做简略探讨"的宣称,可以认为他对佛道内容的涉及是情不自禁的,也侧面体现了他自身对佛道的兴趣。韦利第一次专门探讨佛教的文章是 1932 年的论文《佛是死于食猪肉吗?》④,此外还有《中古印度佛教新探》(New Light on Buddhism in Medieval India)一文刊于布鲁塞尔出版的《中国杂俎与佛教》⑤一书中,以及前面提到的《禅宗及其与艺术的关系》和《耶稣与菩萨》⑥。1934 年,著作《道及其力量》⑦一书出版,到 1977 年已重印 6 次。此外还有《论中国的炼金术》⑧和《佛经中提到的炼金术》⑨两篇探讨炼金术的文章。常雅婷的《阿瑟·韦利的白居易诗歌翻译研究》一文对此有详细的探讨。

---

① Arthur Waley, "A Chinese Picture," *Burlington Magazine*, XXX, No.1 (Jan., 1917), pp.3-10.
② Arthur Waley, *Zen Buddhism and Its Relation to Art*, London: Luzae & Co., 1922.
③ Arthur Waley, *An Introduction to the Study of Chinese Painting*, London: Ernest Benn Ltd., 1923.
④ Arthur Waley, "Did Buddha Die of Eating Pork?" *Times Literary Supplement*, I (1932).
⑤ Mélanges chinois et bouddhiques, *Melanges Chinois et Bouddiques*, Leuven: Peeters Publishers, 1951.
⑥ Arthur Waley, "Christ and Bodhisattva?" *Artibus Asiae*, No.1 (1925), p.5.
⑦ Arthur Waley, *The Way and Its Power*, London: George Allen & Unwin Ltd., 1934.
⑧ Arthur Waley. "Note on Chinese Alchemy," *Bulletin of the School of Oriental Studies*, Vol. 6, No. 1 (1930), pp.1-24.
⑨ Arthur Waley, "References to Alchemy in Buddhist Scriptures," *Bulletin of the School of Oriental Studies*, Vol. Ⅵ, PT. Ⅳ (1932), pp.1102-1103.

韦利强调该书的史实性质,但有时也为了照顾读者的兴趣,写到一些完全没有史实依据的传说。比如在翻译白居易《夜闻歌者(宿鄂州)》时,只是提到这首诗的主题和写于一年之后的著名的《琵琶行》非常相似,而谈到《琵琶行》一诗时,却说这首诗有可能是《夜闻歌者(宿鄂州)》一诗的扩写,并说在这两首诗里,"白居易宣称在长安时并不认识该女子,然而实际上却与她有过一段情。教坊的主事者把这个叫兴奴的女子卖给了茶商,骗她说白居易已经在贬谪途中去世了。白居易与她在诗中描述的浪漫情形下重逢,于是他们结了婚并一起幸福地生活到人生的最后"。这显然是元代马致远的戏曲《江州司马青衫泪》的内容。实际上,《夜闻歌者(宿鄂州)》中的歌者是"有妇颜如雪""娉婷十七八"的少女,一年后所写的琵琶女却是"老大嫁作商人妇"的妇人,无论如何不可能是同一个人,而白居易与琵琶女的故事更是纯属后人编排,韦利把这两首诗混为一谈,又加上这一段虚构的故事,多少违背了他自己"这本书只叙述历史"的宣称。

韦利对中国古代的历史、文化和文学都颇有研究,积淀深厚,在史实掌握和文字理解方面都没有什么太大的偏差,当然也有一些讹误,比如杨联陞指出的韦利对唐代"和籴"制度、"两税法"以及"分司"制度的理解上存在的一些误解或片面,但总体来说,杨联陞对韦利这本书是赞赏有加的,此类讹误可谓瑕不掩瑜,而数量之少已经从侧面表明了这本书在知识准确性方面的出色。

虽然主观的见解无法避免,但韦利的客观态度仍是主要的。比如在译诗时,韦利认为白居易的讽喻诗并不是他最好的诗,并对诗歌承担教化功能的儒家文学观念也不以为然,不过,在这本传记中,他用了整整一章介绍《与元九书》,翻译了其中大部分内容,并用自己的话来串联理解,力求把白居易的文学观和以此为代表的中国古代文学观介绍清楚,显得要客观很多。在译诗时,诗人更看中的是白居易的个性,而在传记中,则把白居易心系黎民的高尚情怀进行了必要的强调。

第三章

霍华德·列维的白诗英译和研究

第一节　霍华德·列维的汉学著述

霍华德·列维的名字,除了因英译四卷本的白居易诗歌常被提及,似乎不大为人所知。其实他除白诗译作之外的汉学著述颇多,涉及缠足、古代性文化、历史钩沉等领域,不过关于他的生平资料却极少见到,只知道他是美国人,生于1923年,美国科罗拉多大学丹佛校区历史学专业毕业。格斯·沃特曼(Arthur Gus Woltman)曾经为石原阿基拉(Akira Ishihara)和列维合著的《性之道》(*The Tao of Sex*)一书作评,文中说"列维博士是日本横滨美国语言研究中心的主任"[1]。从其著作的出版情况来看,他至少在20世纪50年代后期就已经去往日本,并长期待在那里,完成了众多汉学著作。

列维最早的著作是1955年出版的译著《黄巢传》[2],此后于1956年和1960年

---

[1] Arthur Gus Woltman," The Tao of Sex by Akira Ishihara;Howard S. Levy," *The Journal of Sex Research*, Vol.6,No.2,Group Sex(May,1970),p.158.

[2] Howard S. Levy,*Biography of Huang Ch'ao*,Berkeley:University of California Press,1955.

分别发表论文《汉代末期的黄巾信仰和起义》①和《黄巾军在汉代末期的分歧》②，明显体现出其历史学学科出身的特点。他对白居易的兴趣应该是始于对唐玄宗和杨贵妃这段历史的钩沉。1957年他发表论文《杨贵妃的生涯》③，1962年又发表论文《杨贵妃的册封》④，当中都涉及《长恨歌》，但只是介绍没有翻译。1962年出版的《长恨歌（杨贵妃之死）：翻译与随笔》⑤一书，是至今能查到的他对中国诗歌的最早翻译。

笔者从美国两所不同大学的图书馆中看到的《长恨歌（杨贵妃之死）：翻译与随笔》一书，扉页上都附有一张打印出来的纸条，对列维其人和该书的内容做了简单的介绍。上面说："霍华德·列维博士是一位接受西方学术训练的汉学家，1958年完成了关于唐代后宫的非常详尽的研究《一个显赫中国人的后宫嫔妃》，现在又发表了一系列关于皇家恋情和杨贵妃之死的翻译和论文。"《一个显赫中国人的后宫嫔妃》⑥这本书笔者没有找到，据沃尔弗拉姆·埃伯哈德（Wolfram Eberhard）的书评介绍，这"是一本对唐玄宗在位期间五个扮演着决定性角色的女性的生平描述。……列维的主要兴趣还是在于历史：那个时候，皇后和妃子的角色是什么？她们对政治事件的参与程度有多大？"⑦可以肯定，杨贵妃当然是其中最重要的内容。

从这段话也可以看出，列维的主要兴趣的确主要集中在历史上，这从后面所做的列维著作统计表中也能看出来。这就与他颇费时间和精力英译四卷本的白居易诗歌集形成鲜明对比。实际上，除了白居易的诗歌，笔者没有发现他对中国诗歌所做的其他任何翻译，由此可以看出，他对白居易诗歌的情有独钟，跟韦利比

---

① Howard S. Levy,"Yellow Turban Religion and Rebellion at the End of Han," *Journal of American Oriental Society*,Vol.76,No.4(Oct.-Dec.,1956),pp.214-227.
② Howard S. Levy,"The Bifurcation of the Yellow Turbans in Later Han," *Oriens*,Vol.13/14(1960/1961),pp.251-255.
③ Howard S. Levy,"The Career of Yang Kuei-fei," *T'oung Pao*,Second Series,Vol.45,Livr.4/5(1957),pp.451-489.
④ Howard S. Levy,"The Selection of Yang Kuei-fei," *Oriens*,Vol.15(Dec.31,1962),pp.411-424.
⑤ Howard S. Levy, *Lament Everlasting(The Dead of Yang Kuei-fei):Translation and Essays*,Tokyo:Oriental Book Store,1962.
⑥ Howard S. Levy, *Harem Favorites of an Illustrious Celestial*,Taichung:Chung-t'ai Press,1958.
⑦ Wolfram Eberhard,"Harem Favorites of an Illustrious Celestial.by Howard S. Levy," *Journal of Asian Studies*,Vol.20,No.1(Nov.,1960),p.104.

起来似乎更为强烈。列维对韦利其人和译作应该都是很熟悉的,两人的私交恐怕还不错,1966 年列维在伦敦出版的《中国裹脚》一书就是韦利作的序。

下面对霍华德·列维的汉学著述进行列表统计:

表 3-1　霍华德·列维的汉学著述列表统计

出版年份	著作/论文	出版信息
1955	《黄巢传》(Biography of Huang Ch'ao)	Berkeley: University of California Press.
1956	《汉代末期的黄巾信仰和起义》(Yellow Turban Religion and Rebellion at the End of Han)	the Journal of American Oriental Society, volume 76.
1957	《杨贵妃的生涯》(The Career of Yang Kuei-fei)	T'oung Pao, Second Series, Vol. 45, Livr.4/5(1957), pp.451-489.
1958	《一个显赫中国人的后宫嫔妃》(Harem Favorites of an Illustrious Celestial)	Chung-t'ai Press, Taichung
	《杨贵妃的册封》(The Selection of Yang Kuei-fei)	Oriens, Vol.15(Dec.31,1962), pp.411-424.
1960	《安禄山传》(Biography of An Lu-shan)	Berkeley: University of California Press.
1960	《黄巾军在汉代末期的分歧》(The Bifurcation of the Yellow Turbans in Later Han)	Oriens, Vol. 13/14 (1960/1961), pp. 251-255.
1961	《台湾的佛教》(Buddhism in Taiwan,与 Gerald C. T. Lai.合著)	Bodhedrum Press, Taichung
1962	《虚幻的火焰》(The Illusory Flame, 10 个中国爱情传说)	Kenkyusha, Tokyo
1962	《长恨歌(杨贵妃之死)翻译与随笔》[Lament Everlasting(The Dead of Yang Kuei-fei):Translation and Essays]	Tokyo: Oriental Book Store

（续表）

出版年份	著作/论文	出版信息
1962	《中国文学中的正室,女眷和妾》(Consorts, Ladies and Concubines from Chinese Literature)	Pacific cultural foundation.
1964	《中国文学评注》(Notes on Chinese Literature: With Introductory Remarks on the Progressive Advancement of the Art By A.Wylie)	New York: Paragon Reprint Corp., 1964.
1965	《张文成和中国第一部小说〈游仙窟〉》(Chang Wen-ch'eng, China's First Novelette, The Dwelling of Playful Goddesses)	Tokyo: Dai Nippon Insatsu.
1966	《莲足爱好者》(The lotus lovers: the complete history of the curious erotic custom of footbinding in China)	Prometheus Books
1967	《中国裹脚》(Chinese footbinding: the history of a curious erotic custom)	London: N. Spearman Ltd.
1968	《性之道》(The Tao of Sex, 与 Akira Ishihara 合著)	Shibundo, Yokohama, Japan Paragon Book Gallery, Ltd.
1971	《白居易诗歌翻译》(第一、二册)(Translations of Po Chü-i's Collected Works, Vol. I, II)	Paragon Book Gallery, Ltd.
1972	《朝鲜传统时代的性笑话》(Korean Sex Jokes in Traditional Times: How the Mouse Got Trapped in the Widow's Vagina and Other Stories)	Sino-Japanese Sexology Classics Series, Volume 3. (Washington, D.C.: Warm-Soft Village Press, 1972.

（续表）

出版年份	著作/论文	出版信息
1976	《白居易诗歌翻译》（第三册）（Translations of Po Chü-i's Collected Works, Vol.Ⅲ）	Chinese Materials Center, Inc. San Francisco
1978	《白居易诗歌翻译》（第四册）（Translations of Po Chü-i's Collected Works, Vol.Ⅳ）	Chinese Materials Center, Inc. San Francisco
1983	《中国民间故事三十则》（30 Chinese Stories, 与 Harumi Kawasaki 合译）	Pacific cultural foundation
1984	《白居易与日本的回应》（Po Chü-i and the Japanese response: essays and translation）	Yokohama: Japan Warm-Soft Village Branchi K-L Publications.

第二节　列维对白居易前期诗的英译与研究

　　本书第二章第一节曾探讨过白居易诗歌的分类问题。列维在1971年出版的两册《白居易诗歌翻译》，第一册注明是"古体诗"，介绍和翻译的是"讽喻诗""闲适诗"和"感伤诗"；第二册注明是"律诗"，介绍和翻译的是杂律诗，收录的诗歌截止到822年白居易50岁的时候。列维显然也是认为，白居易的四类诗其实是先按诗体分成两类——"古体诗"和"律诗"，然后把古体诗按内容和表现形式分成三类。分别出版于1976年和1978年的两册《白居易诗歌翻译》，第三册注明是"中年（822—832）的律诗和格诗"，第四册注明是"晚年（833—846）"，则是以白居易晚年将自己的诗分为格诗和律诗为依据，将其按创作时间分册翻译。这一节首先探讨第一、二两册的内容。

一、前两册《白居易诗歌翻译》的框架和内容

第一册《白居易诗歌翻译》将翻译与介绍、探讨结合在一起,有别于第二、三、四三册的专门翻译,这样在框架结构的安排上就要费一点心思。第一册的内容很多,包括历史背景、生平资料以及各种诗歌的翻译和注释,偶尔有一些评论。各种诗歌的译文则分归于各个不同主题的章节。我们先将第一册的目录和主要内容列表如下:

表 3-2　霍华德·列维第一册《白居易诗歌翻译》目录及主要内容

章节	内容
年表(Chronology)	白居易的官宦生涯
1.历史背景(Historical Background)	
a.总论(General Comments)	国家局势
b.生平(Biographical Remarks)	个人生平
2.诗集(The Poetry Collection)	律诗的格律 唐诗分期 诗歌观 对白居易诗歌的评价 作为官员的诗人 耽于个人享受的诗人 诗歌写作一分为二的特点
3.社会批判和阶级意识的诗(The Poems of Social Criticism and Class Consciousness)	新乐府 讽喻诗 秦中吟 流露的佛道思想
4.闲适诗:对酒的赞美(The Poetry of Pleasure:in Praise of Drinking)	对陶渊明的追慕效仿
5.安宁的闲适(The Quieter Pleasures)	表明慵懒和超脱心态的诗

(续表)

章节	内容
6.关于朋友与友谊(On Friends and Friendship)	诗友 僧人 道士
7.自传诗(Autobiographical Poems)	800—822年所写的关于自己年龄、心态和生活态度的诗
8.季节诗:秋思(Seasonal Poems:the Autumnal Mood)	关于秋天的诗和关于季节感悟的诗《夜雪》
9.年老与死亡(Aging and Death)	关于白发和疾病的诗歌
10.离别苦(The Pain of Separation)	与亲人和朋友的离别
11.羁旅艰辛(The Hardships of Transfer and Journey)	旅途中所写的诗
12.诗中的女性主题(Women As A Poetic Theme)	关于女性的诗歌 《长恨歌》
13.白居易对日本文学的影响:不是饺子,而是鲜花(Po's Influence on Japanese Literature:Not Dumplings but Flowers)	《源氏物语》等日本文学著作对白居易诗歌的化用

从目录可以看出,前两章是对历史背景和诗集修订情况的介绍,最后一章介绍白居易诗歌对日本文学的影响,剩下的内容,第三章介绍的是讽喻诗,闲适诗和感伤诗则被按照主题分成了九个类别来介绍。这样的架构表明了作者想要全面介绍白居易诗歌的目的,以如此之多的主题来选译白诗,是有面面俱到的考虑的。不过划分闲适诗和感伤诗的九个分类之间却无法截然分明,比如"关于朋友和友谊"的诗和关于"离别苦"的诗就难以区分,因为离别的痛苦常常是缘于跟好友的分别;"季节诗:秋思"和"年老与死亡"两个主题也是多有重合的,所选的诗也都可以归入"自传"诗,如写自己的诗免不了要写到年迈之思和悲秋之愁。如何取舍就完全取决于作者的个人偏好,而这又与作者想要客观全面地译介白诗的目的相违背。所以总体框架给人一种逻辑欠缺严密之感。如果从叙述的便利和阅读的轻松性来考虑,这样的分类也无可厚非,毕竟作者的主要目的是要介绍白居易

的诗歌。

框架逻辑严密性不够的特点也体现在第二册的框架处理中。第二册的目录如下：

表 3-3　霍华德·列维第二册《白居易诗歌翻译》目录及主要内容

Ⅰ.导言（Introductory Remarks）
Ⅱ.人与花,花与人（Man and Flower, Flower and Man）
Ⅲ.宴集心情（The Party Mood）
Ⅳ.一到七字诗（Poems with One-to Seven-Character Line）
Ⅴ.自然—酒诗（Nature-Wine Poetry）
Ⅵ.喝醉（Tipsiness）
Ⅶ.关于诗的诗（Poems About Poems）
Ⅷ.自然—工作的对比（Nature-Work Contrast）
Ⅸ.自我贬低（Self-Denigration）
Ⅹ.关于朋友（Of Friends）
Ⅺ.生活的痛苦（The Life Pain）
Ⅻ.一个唐代诗人对唐诗的鉴赏（A T'ang Poet's Appreciation of T'ang Poetry）
ⅩⅢ.人生的忧郁（The Anatomy of Melancholy）

第二册的内容要少得多,分类也更困难。列维分了 12 个类别来翻译和介绍,势必会出现更严重的内容不均衡,比如第十二章"一个唐代诗人对唐诗的鉴赏"其实就是《江楼夜吟元九律诗,成三十韵》一诗的介绍和翻译,内容不到两页,标题也难免给人哗众取宠之感。笔者在第二章探讨韦利对白居易四类诗歌的选择时分析过,杂律诗的内容绝大部分都可以归入闲适与感伤两类诗歌当中,仔细考察列维的《白居易诗歌翻译》第二册所选诗歌,也都是闲适诗与感伤诗。第一册从第 4 章到第 12 章这九章也都是这两类诗,我们将第一册这九章和第二册进行对比,发现两者都有"酒诗"和"关于朋友"这两类,颇能体现白居易诗歌中的两大主题。在分类的命名上,第一册较为正统,相较之下第二册就颇给人轻松休闲之感,如"人与花,花与人""喝醉""关于诗的诗"和"一个唐代诗人对唐诗的鉴赏"等。将其实可以同归酒诗一类的"自然—酒诗"与"喝醉"分作两类,则有过于琐细之嫌。

在这两册《白居易诗歌翻译》中,除专门的背景介绍章节外,列维对白居易诗歌基本是以边介绍边翻译的方式进行的。本节试以其中主题较为鲜明的一章"诗中的女性主题"来探讨列维的译介涉及的内容。

列维首先指出,"白居易关于女性的诗歌反映了他在不同年龄的矛盾",意即白居易在不同的年龄有不同的女性观。列维认为白居易集中写作讽喻诗的时候,他对作为被压迫阶级一员的女性,尤其是那些宫女充满了同情。接着介绍《上阳白发人》一诗,并引用尤金·法菲尔《作为谏官的白居易》一书的内容,指出白居易曾向唐宪宗提议遣散宫女。接着讨论《议婚》一诗,认为这是白居易对包办婚姻的间接批判,并说白居易自相矛盾,因为他自己的婚姻也是包办婚姻。这里有一点偷换概念的意味,因为白居易实际上批判的是注重门户观念的婚配观。列维说,在与弘农杨氏结婚之后,白居易写诗表达了惯常的对妻子的希望:愿她能像历史上那些著名的妇女一样跟自己的丈夫同甘共苦。列维注明这个观点引自横山广子(Yokoyama Hiro-ko)的《白居易》(Haku Rakuten)一书,他赞同横山广子所说,认为这首诗的字里行间缺乏白居易其他满怀深情的诗中那种浓烈的情感。

列维接下来探讨说,白居易诗中的妇女主题相较社会关注、自我隐逸和对自然与变迁的敏感这样的主题比起来要次要得多,但评论者对这些诗的批判比对别的诗要严厉得多,而最早的也是最知名的批判来自白居易的同时代人杜牧。接着介绍了杜牧和白居易之间的过节,以及杜牧对白居易诗歌的批评,还有后世诗评家如王夫之对杜牧看法的因袭。对这些批评列维也做了一些评论。

列维认为,当白居易批评皇帝后宫嫔妃太多时,他并没有攻击这种制度的不公,因为实际上他自己也纳妾,并且直到晚年中风时才不得已遣散她们。接着谈到白居易的《感镜》一诗是写给一个多年前分别但仍为之感伤的女子,并做了翻译。之后的《感情》和《潜别离》也都是同样的诗,但列维认为它们是写给不同的女人的。在对《燕子楼三首并序》做了介绍和翻译之后,列维介绍白居易写妓院的诗,并说妓院是欣赏女性美以及酒、歌舞的最佳场所,并翻译了《长安道》和《代谢好答崔员外》两诗。《简简吟》一诗则说明唐代文人喜爱年轻的女子,列维还造了一个词"洛丽塔瘾(lolitaism)"来形容,"洛丽塔"是美国一本著名小说的名字,小说出版于 1955 年,描写了一个中年男人对幼女不正常的爱慕。其实当时妓女的年轻是职业的要求,但与男人对幼女的不正常眷恋不可等同而语。

随后列维将话题转到白居易对妇女的同情上,并翻译《妇人苦》一诗。再就是认为白居易在文学描写上专注于描写女性生命的脆弱,最典型的是《真娘墓》和《过昭君墓》两诗。在穿插了一首对女子表示同情的《夜闻歌者》之后,列维集中讲述《长恨歌》的背景,其中《江南遇天宝乐叟》一诗的翻译是背景的一部分,与本章主题无关。此后是长达七页半的对《长恨歌》的介绍、赏析和翻译,这在本章第四节有详细探讨。这一章的最后是对《李夫人》一诗的介绍和翻译,列维虽然说这是首讽喻诗,但并没有为读者指出讽喻之意如何。列维是按照诗歌写作的顺序来叙述的,这导致每一章内在逻辑的松散,介绍时也只能做流水账似的安排。

对这两册书学术价值的评价,可以引用汉学家罗塞尔·麦克劳德(Russell McLeod)的观点——"列维曾说这两册书是'希望可以促进现在和将来的学者能够致力于提升对这位中国主要作家的兴趣,从各种不同的有利视角挖掘可用的证据'。这是值得赞赏的"①。由此可知列维的主要目的还是在于介绍。而在学术规范方面,第一册有相当详细的注释,按章分开附在书后。书后还附有书中所译全部诗歌的索引列表,并且是中英对照,书中翻译了哪些诗歌一目了然,对读者查找也非常方便。不过第二册却既没有注释也没有诗歌索引,相对第一册的细致规范,给人匆促完成的感觉。第二册在行文上介绍和研究的内容少了很多,多是用简短介绍串联起诗歌的翻译,这与1976年和1978年出版的《白居易诗歌翻译》第三、四两册的译文部分的处理是一样的。可以看出,列维的研究热情在第一册表现得非常热切,在译文之间穿插较多的分析和探讨,多是关于白居易自己或其他人的诗歌观念,并屡屡引用中、日、西方等学者书中那些他认为有意思的观点,加上规范的注解,能够看出作者一开始是以一本学术著作的要求来完成这本译著的。不过,到了第二册时这种研究热情出现了明显的倦怠,到第三册、第四册的时候则完全专注于翻译了。下面一节专门探讨列维对白居易的研究。

二、列维的白居易研究的特点

列维以一个历史学家的视角,在行文间或者在注释中对很多问题进行了探

---

① Russell McLeod, "Po Chü-i's Collected Works, Vol. Ⅰ, The Old Style Poems, Vol. Ⅱ, The Regulated Poems," *Journal of Asian Studies*, Vol.31, No.2(Feb., 1972), p.393.

讨。首先是对一些历史知识进行介绍和厘清。比如文中谈到"皇帝最开始是将他（白居易——笔者按）贬为江州刺史，但当一位官员反对时，这个任命被取消，白居易于是被贬到江州，任更低职位的司马一职"，对此所做的注中，列维分析说，"这个时期被从长安贬谪的官员，总是会任命为与他的官位和身份相当的薪水丰厚的职位，而被贬谪的人则是因为被从决策中心驱赶出来深感痛苦，与薪水和特权的改变无关"。这点笔者在第二章第二节曾经探讨过，唐代官员被贬为地方官是有其适用原则的，如白居易在朝任太子左赞善为五品官，贬官可以贬为刺史（四品以上）这样的地方正职，也可以贬为司马（五品）等职，列维所谓的"相当"指的就是这点。而且当时官场看重的是朝官的地位，虽然外任官的官阶不低，俸禄往往要比京官丰厚许多，然而能够在皇帝身边直接干政，达成"致君尧舜上"的理想，才是封建文人的人生追求。所以白居易也以担任左拾遗一职为自己人生最值得夸耀的一页。列维指出被贬官员的痛苦只是因为不能再作为决策中心的一员，这无疑是切中肯綮的认知。此外又如谈到唐代文人对同年之谊的重视，指出一起参加各类考试的人多数成为白居易一生的挚友。诸如此类的梳理，都增加了读者对唐代相关历史文化等知识的了解。

列维在书中努力要向读者介绍一个尽可能全面的白居易，不过，书中常常表现出对白居易认知的简单化。列维谈到白居易因为被贬江州，精神上非常苦闷，但他努力保持内心的平静并接受他的命运，因为在《与杨虞卿书》一诗中，白居易自己说在江州"今且安时顺命"。随后说白居易阅读陶渊明、谢灵运、李白、杜甫和韦应物这些值得崇敬的诗人的诗歌，并写了很多诗表明他在仕途上失去了斗志，而代之以对自我修养和简单生活的乐趣。列维这段叙述里体现出对白居易这种安时顺命态度的极度赞赏，但实际上，白居易在遭受这一人生重创之时所做这类宣称，一是无可奈何之下的自我安慰，二是他所信奉的禅宗和道教都有教人在逆境之下"外物尽遗，中心甚虚"的要义，当然深知应当如此是一回事，做不做得到是另一回事。而根据静永健所说，白居易的闲适诗有为了给同僚或朝官展示自己良好心态、安于现状而作，他这样的表达当然就不能完全视为真实的心境。列维据此来赞赏白居易的人生态度显然是过于轻率了，何况，在再下一段中，列维谈到白居易在江州时非常关心淮河地区的军事叛乱并屡屡在诗中谈及，这恰恰说明白居易并没有只专注于独善和闲适。

列维在第一册第三章"社会批判和阶级意识的诗"中集中介绍白居易的讽喻诗,行文中充满了对白居易高尚情操的赞美,在几乎每一首诗的翻译前面,都会对白居易忧国忧民和心存百姓的高尚形象进行一番刻画,这虽然没有错,但通篇如此似乎没有必要,让人产生刻意拔高之感。谈及白居易 827 年任秘书监一职,列维认为白居易很喜欢这个职位,因为可以只与书打交道,不用卷入宫廷纷争,还可以探访老友,与他们唱酬往来、谈论哲学。白居易回到长安任秘书监之前在苏州刺史任上时,就已经对仕途产生了厌倦,出于家庭负担之虑,他回到长安是想要谋求如之前分司东都那样闲散而俸禄优厚的职位,这点韦利曾经指出过,参见本书第二章第二节。加上当时牛李党争和宦官专权仍旧如故,政治上很难有清明之望,而秘书监这样的职位在朝为官,除时刻担心被卷入朝廷纷争之外,俸禄也不优厚,难以解决他的家庭负担问题。所以可以想知,白居易接受这个职位是颇为无奈的。列维说白居易喜欢这个职位,也许是从他这段时间所写诗文表现的无所事事和热衷与友人交往得出的,但如果联系历史背景,或者参看韦利书中相关内容,这样草率的论断是可以避免的。对白居易这样毫无根据的简单美化拔高,对读者了解真实的白居易毫无帮助,还是一种误导。

在简单美化拔高的同时,列维却又对白居易做着同样没有依据的丑化。比如在谈到白居易的私人生活时,他说:"白居易是音乐和酒杯生活的推崇者,然而他却没有对女性美丽给予同样的赞美。他在 60 岁的后几年得病瘫痪之前,丝毫不愿放弃女性陪伴的乐趣:他尽情纵欲直到他不得不因为严重的疾病而放弃。当白居易在酒、女人和音乐中放松时,他是如此朴素地在试图活在自然和谐的状态中。"列维用这样的评价给读者刻画了一个奢靡放荡、以玩弄女性为乐并安然自得的白居易。在中国古代文人的生活中,妓女文化是一个重要的组成部分,尤其是中唐以后,这点在第四章第六节中有详细探讨。妓女在白居易的生活里并不只是一个性伴侣的角色,而是他的宴饮、诗赋、歌舞的组成部分,甚至可以说这部分角色比起性伴侣来更重要。列维没有对唐代文人的生活进行深入了解就做此评价,显然是很不恰当的。

此外,白居易诗中涉及诸多女性,他对女性的赞美之词数不胜数,著名的如赞美家妓樊素和小蛮的"樱桃樊素口,杨柳小蛮腰",赞美关盼盼的"娇羞胜不得,风袅牡丹花",等等,怎么能说他不曾赞美这些女性呢?实际上,在第一册第十二章

"诗中的女性主题"中,列维就翻译了诸多白居易关于女性的诗,其中就有这些诗句。而这一章开头翻译的《感镜》《感情》和《潜别离》3首诗,都体现了白居易对符离村姑湘灵深挚动人的情感,列维对白居易对待女性的这些好的方面选择忽视,而强调并夸大他沉溺情色的一面,实在有失公允。在这一章中,《感镜》之前的介绍文字说,这是一首怀念一位年轻女子的诗歌,她可能是他早年的一个妾;在《感情》一诗之前说,白居易从一个漂亮的女人那里得到了另一件纪念品:一双村鞋(Village Shoes);在《潜别离》一诗之前又说,这首诗是关于与一个他也许深深爱着的秘密恋人的离别。这3首诗其实都是为湘灵而写的,列维这样的处理,难免给读者塑造白居易风流多情的形象。麦克劳德说,列维"可能太过于明显地遵从他的另外一个目的:'将他(白居易)的诗以一种赞同其思想的方式介绍给西方。'这种方式看来大体上是无望的"①。也许塑造白居易风流好色的形象就是他为实现这一目的所做努力的表现。总之,不管是无意的误解还是刻意的歪曲,列维这样的评价都是让人难以接受的。

正如麦克劳德所指出的,"性(Sex)"和"卖淫者(Prostitute)"这样的用词在列维这几本译著中并不少见。比如本章探讨《长恨歌》时,开篇第一句就译成"一个沉溺于性的中国皇帝",多少损害这首诗给读者的优美浪漫的印象。第二册翻译《过高将军墓》一诗时,列维将诗中"妓堂宾阁无归日"中的"妓堂"(妓堂是指第宅中女妓歌舞处——笔者按)翻译成"卖淫者的宫殿(Prostitute Hall)"。对此,麦克劳德说,这"当然可以是'妓堂'一词的一种译法,但是从女性舞者和歌者的人物角度和所在之处为高贵人家这几点来说,这个译法看来是不恰当的。'艺人之堂'(Entertainers' Hall)的译法应该没那么令人不快"②。麦克劳德的见解无疑非常中肯。

从以上这些例子可以看出,列维在书中的见解常常过于随意和个人化。此外如提到白居易对自己诗集的编订和保存,列维把这一行为视为白居易作为一个职业官僚的表现。这何以见得呢?身为官员的文人如此之多,偏偏只有白居易如此

---

① Russell McLeod,"Po Chü-i's Collected Works. Vol. Ⅰ, The Old Style Poems. Vol. Ⅱ, The Regulated Poems,"p.393.
② Russell McLeod,"Po Chü-i's Collected Works. Vol. Ⅰ, The Old Style Poems. Vol. Ⅱ, The Regulated Poems,"p.393.

热衷于精心编订、保存自己的诗集,这显然是用"职业官僚"一说无法解释的,可以说是不假思索的凭空猜测。又如提到当时日本使者出资购买白居易的诗歌,他说:"白居易对日本的影响比其他任何诗人都要大,这也许一部分归功于他诗歌语言的简洁美妙,而一部分归功于他长时间的令人尊敬的为官生涯,这种生涯使得他在身处中国的日本和尚和外国使节中间为人熟知。"这个论断同样经不起推敲。白居易的官宦生涯也许大体上可以称得上顺利,但有着较为显赫官宦生涯的中唐诗人如韩愈等,难道就没有美妙的诗歌?那些同样熟知他们的日本和尚、外国使节怎么就没有求购他们的诗呢?

此外就是说法上前后矛盾,如说"白居易常常对他的经济状况刻意谦虚,虽然他的经济状况是随薪酬和家庭境况而剧烈波动的,不过我们知道,就是在遭受政治打击的时期,他仍旧获得优厚俸禄。当他在官场中获得提拔时,他和他的家人享受着富贵生活,虽然中国的传统更多的是唠叨自己的贫穷而不是炫耀自己的财富。白居易在60岁的头几年住在洛阳时拥有一个很大的别业,这个别业曾经属于他妻子家族一个非常富有而铺张的官员,白居易还用形容景色优美的词汇来形容它"。这段话思路非常混乱。既然白居易的经济状况会出现波动,比如841年退休时,一开始不知因何没能拿到应该拿到的半薪,导致经济上非常紧张,那他记录这一境况的诗就不是刻意谦逊了。列维刚说被贬江州时白居易仍旧有丰厚俸禄,下一句又说他在获得提拔的时候才能享受富贵,这在行文逻辑上就说不通,更何况被提升为京官也可能俸禄不高,如任校书郎时白居易就曾抱怨薪水太少,而被贬为江州司马时反而有"岁廪数百石,月俸六七万",因此在内在理路上也是说不通的。

麦克劳德在评价两册《白居易诗歌翻译》时说道:"列维先生主要依靠中国、日本和西方的二手成果作为背景资料进行概述。"①这一特点的确是非常明显的。在第一册书末的最后一个附录中,列维列出了他所引用的二手资料来源,时间范围从1919年到1968年。其中中国学者著作有陈寅恪的《元白诗笺证稿》、陈友琴的《古典文学研究资料汇编·白居易卷》、万曼的《白居易传》、王拾遗的《白居

---

① Russell McLeod,"Po Chü-i's Collected Works. Vol. Ⅰ, The Old Style Poems. Vol. Ⅱ, The Regulated Poems," p.392.

易》、范宁的《白居易》等论著10种,文章8篇。西方学者的著作只有法菲尔、韦利和列维自己的著作。数量最多的是日本学者的著作,总共17种。

在大陆学者的资料中,除了陈寅恪外,列维非常推崇万曼的《白居易传》,说"这是一本出色的二手资料,对原始资料的引用和探讨都非常明晰"。万曼(1903—1971)是天津人,原名万礼黄,是一位作家,1923年从天津新学书院毕业,曾任《前哨》《北海文艺》《天水陇南日报》等的主编、河南文教出版社副社长等职,1951年在开封师范学院中文系任教,主要作品有《现代文学作品选讲》《白居易传》等。从《白居易传》一书可以看出,万曼的论述相当严谨,行文也较为顺畅,但列维的多处引用并不规范,同时也没有体现这本书的价值。如列维谈到白居易在江州安时顺命,这是在《与杨虞卿》一诗中说的,列维在这里作的注说万曼的《白居易传》一书引用了这首诗。一般来说,列维应该去查对原文,并在注中直接给出原诗的出处,但他却只提供二手资料的出处,这在学术上是颇不严谨的行为,也能看出他对二手资料的依赖过重。关于白居易被贬江州的两段论述,对照万曼的《白居易传》,会发现几乎就是将万曼的看法直接翻译过来。然而,如此认同对方的观点,列维在引用的时候却又断章取义,以至于在将所引观点转述过来时变成了完全不同的观点。他先是引用了万曼的白居易力图保持"安时顺命"这一观点,并对此加以发挥,这样容易给人一种印象:万曼也是持相同观点的。然而万曼后来进一步分析说白居易的苦闷彷徨是无法排遣的,因为他无法放弃对"人事的执着",仍旧心系社稷朝政,他引用白居易的诗歌做层层深入、鞭辟入里的分析,翔实有力,与之前的论述是一个不可分割的整体,列维却只引用了整个论点的一部分,对整体观点选择了忽略。即便是他并不赞同这样的观点,也应该给出适当的说明。

列维对陈寅恪《元白诗笺证稿》一书的引用也较多,相对来说较为规范。他更多引用的是日本学者的资料,笔者没能看到他所引用的日文资料,无法对他的引用做评价,但从以上的例子来看,虽然长期居住日本,对日本学者的著作非常熟悉、信手拈来,但日本学者扎实细腻的优良治学风格,列维显然没有能够秉承。

在《白居易诗歌翻译》第一册书末所附二手资料来源的最后,列维列出了袁行霈发表在《光明日报》上的两篇文章,分别是1963年6月9日的《白居易诗歌的艺术成就和缺陷》和1964年8月16日的《略论白居易的诗歌主张》。列维盛赞了

第一篇文章,认为这是一篇"专业的、非马克思主义的关于(白居易)诗歌集的探讨文章,强调了讽喻诗。作者从语义学和美学的长处和弱点进行分析,并对所引用的相关材料做了注释",而对第二篇的评价则是:"这篇马克思主义导向的文章与袁先生一年前所做的文学评论相比,大相径庭的程度让人看来仿佛是另外一个人所写。白居易被批判为没有试图摧毁他所处社会的封建根基,而是接受了他那个时代的社会矛盾。袁先生声称白居易最后脱离群众并远离政治斗争,失去了他在早年(809—810年)的先进政治立场。"列维会注意到20世纪60年代中国大陆的官方报纸,这件事本身是否奇怪姑且不论,他将这两篇文章列入参考文献,并简单用"非马克思主义"和"马克思主义"来区分,这对实现这本书的目的并没有太大帮助,因为他没有对第一篇文章进行详细介绍和翻译,倒是让人觉得这是在抒发他个人的观感。

此外,对所引用诗歌的误解和曲解也时有所见,这也削弱了列维白居易研究的严谨性。如麦克劳德曾经指出的"在用韦利'题壁诗'(The Poem on the Wall)这个诗题时,列维将这首诗里的白居易形容成一个"悲观主义者"(Vol.Ⅱ,p.73)。实际上这首诗是自我肯定的,有一种隐约的自豪感和对元稹在一个小旅馆的墙上发现了自己的诗而告知的例行'感谢'"[①]。关于列维对白居易诗歌的误解和曲解,本章第五节会做集中探讨。

总的来说,列维的研究缺乏新颖、独创的个人观点,一旦脱离了对别人观点的引用,自己所给的一些见解又太随意和个人化,并且没有论据支撑。这使得列维的研究乏善可陈之外又失之浮泛随意,这也是他的白居易研究难以获得肯定和关注的原因。倪豪士的《1916—1992年英语世界中的白居易研究》一文中提到列维时只谈到了他的翻译,对他的研究则只字未提。

[①] Russell McLeod,"Po Chü-i's Collected Works. Vol.Ⅰ,The Old Style Poems. Vol.Ⅱ,The Regulated Poems,"p.393.

第三节　对白居易中晚年诗的英译与研究

分别于 1976 年和 1978 年出版的《白居易诗歌翻译》第三册和第四册是由列维和诗人威尔斯合译的，其框架要简单得多，两册都是先有列维的导言和威尔斯从诗歌欣赏角度做的介绍，然后就是译文。第三册收录白居易在他 50—60 岁期间所写的诗，总共 101 首。第四册收录的是白居易在人生最后 14 年所写的诗，总共 376 首。可以看得出，这两册的内容也是很不均衡的。列维做此划分，只是为了表明白居易在这两个时期不同的心态和诗歌表现，尤其后者是在他退休之后所写的诗歌，列维和威尔斯都认为很能表明一种安然闲适的人生态度。

这两册《白居易诗歌翻译》的特别之处在于，列维给出了原诗的中文文本，并对诗歌进行字面翻译，然后由威尔斯在此基础上进行诗译。列维说，威尔斯并不懂中文，但他有很高明的作诗技巧，因此他的诗译版本会大大弥补列维在译文诗意方面的不足。不过他也提到，如果出现了对原诗理解的偏差，那么这种偏差在两种译文中都会出现。关于两人合作翻译白诗的得失，我们会在第四节专门探讨。至于不懂中文的威尔斯所写的两篇关于白居易诗歌的欣赏，其观点则完全来自列维的介绍及其他二手材料，如韦利的白诗英译和白居易传记，应该还有日本学者的研究成果。他的介绍是对他人成果的转述，并且也都是基本的常识，他个人的见解如将白居易与一些西方诗人进行某些方面的对比，这样的内容是非常少的，笔者认为价值不大。而且，这章专门探讨列维的白诗英译和研究，为免枝蔓，对威尔斯所写的这两篇介绍就不再涉及。这一节只谈这两册《白居易诗歌翻译》的内容和列维的相关研究。

在第三册的导言中，列维对这本书的读者定位做了介绍。他先推荐了韦利的《白居易的生平和时代》，认为这本书"好读、简明、史实可靠……假如你并不只是想读到关于古代中国的知识，而且还想读到文学的中国或者学习中文，那么你将会发现我在这一册中所使用的编排方式非常有用、方便并且有参考价值。你可以很容易核对我的翻译，因为中文就在译文之前"。能够认为这些诗歌的中文文本有用,这在国外恐怕得是中文已达到相当程度的学生或学者,那么这些人也就能很容易看出列维对原诗的误解或者在英文对应词的选择和表达方面的缺憾。事实上列维的译诗里这两类问题并不少见,这在本章第四节有详细的分析。如此一来,他的翻译并没有得到太多肯定。

在翻译一首诗之前,列维都先给出一段简短的介绍,主要是指出这首诗的一些特点,比如其中的典故或者难懂之处,又或者是对诗中涉及人物或地点给出参考。他认为这使得读者对与白居易有关的事情获得直观的了解,比如诗歌技巧,即诗的长度、句法的平衡、意象和典故等。从这一点来说,列维在帮助读者理解白居易其人其诗方面的确是颇有帮助的。

我们来看几个例子:

第三册第9首诗译的是《路上寄银匙与阿龟》①一诗,列维在诗前的介绍是这样的:

> 注意起始句,这是白居易轻视或忽视他的仕途成就和他身居高位的典型方式。即便在他即将成为杭州刺史,在那里会得到优厚俸禄和做任何爱做的事情的闲暇,他还是更愿意称呼自己是"被贬的官员"(谪宦)。这首诗遵从散文似的脉络,没有任何要创作一种句法平衡结构的企图,诗歌以命令孩子在他离开的日子里使用诗人赠予的礼物好好吃饭结束。第六行里的"邹婆"显然是指白居易侄子的保姆。(顺便说,这个侄子,是白居易的弟弟白行简的儿子)诗中的情感是很轻松很自然的流露,没有装模作样的矫情,并与父辈挂念这个更大的主题相关联。白居易再次表明了他在引用一个微小的事例并通过它将人类处境做戏剧化表现的技巧,并超出了自我的限制。

这里列维首先介绍了白居易诗歌中的一个主题,也就是他在第二册第九章的分类"自我贬低",并指明该诗的写作背景和句法上的特点,还提供了邹婆、阿龟和白行简等人物的身份信息,并对这首诗的艺术价值和白居易的诗歌技巧进行评价。读者通过这些介绍,会更容易和更深入地了解这首诗。

---

① 诗云:"谪宦心都惯,辞乡去不难。缘留龟子住,涕泪一阑干。小子须娇养,邹婆为好看。银匙封寄汝,忆我即加餐。"

再如对著名的《洛中偶作》①一诗的介绍:

  这首诗和随后的七首诗都写于824年,当时白居易住在东都洛阳,在那里他有一处房产。(政治中心在长安,即西京)

  《洛中偶作》提供了白居易的非常重要的生平资料,他用诗歌告知我们他在哪里供职和做了什么。他告诉我们,在824年,他已经写了超过一千首诗,并指出他对自己诗歌整理的一贯的意识。我们知道白居易是一个很好的官员,尤其想要保存自己的作品。他对此做了明智而有效的努力,在他过世之前,他的诗集的抄本被保存在不同的地方。

  这首24行的五言诗只是部分地告诉我们他过去十五年的生平,白居易接着描述他在洛阳的生活,如何在山水之间度过。他是悠闲的,有美酒、歌舞,偶尔写诗,在老年即将到来之时,让诗歌记录他的年少轻狂。

  特别参考:浔阳(第二行)指江州,巴郡守(第三行)指忠州,"南宫"(第四行)指代尚书省。"春宫"指太子居住之处,在那里白居易曾任名称好听但实际上是象征性的职位。最后,"伊"和"涧"是洛阳附近两条河流的名字。

可以看到,这首诗同样先对写作背景进行了交代,随后对诗中包含的大量信息做了尽可能全面的介绍,包括对诗歌内容的分析。最后对诗中出现的专有名词进行解释,同样对读者读懂这首诗很有帮助。

最后再来看列维对《夜泊旅望》②一诗的介绍:

  这对白居易来说是一段漫长的旅途,他在这里表现了对没有到达目的地的忧郁。他很忧伤而且思乡,因为与他所爱的人分别。倒映在江心的同一轮月亮也照在家乡,但望月的人却已经远离。最后一行他用钱塘指代杭州是为了保持押韵,因为钱塘是杭州辖下的一个古老的地区。第三/四行和第五/六行在意思和结构上工整对仗,通过句法的对偶,诗人增强了这一入秋景色的荒凉悲凄之感。

---

① 诗云:"五年职翰林,四年莅浔阳。一年巴郡守,半年南宫郎。二年直纶阁,三年刺史堂。凡此十五载,有诗千余章。境兴周万象,土风备四方。独无洛中作,能不心恨恨。今为春宫长,始来游此乡。徘徊伊涧上,睥睨嵩少傍。遇物辄一咏,一咏倾一觞。笔下成释憾,卷中同补亡。往往顾自哂,眼昏须鬓苍。不知老将至,犹自放诗狂。"
② 诗云:"少睡多愁客,中宵起望乡。沙明连浦月,帆白满船霜。近海江弥阔,迎秋夜更长。烟波三十宿,犹未到钱唐。"

这里没有提供写作的年份和这段旅途是从某地到某地去的说明,只写了诗中表达的情绪及如何表现。对押韵的说明是这段介绍里最有价值的一部分,读者可以获知:为了押韵,中国古代诗歌里常常用代称指代某地,这是比较重要的一个知识点。此外分析句法结构对情感表达的作用,也是很值得称赞的。

在第四册中,列维没有像第三册那样对句法对仗、典故和意象做说明,因为他觉得读者通过前面三册的阅读,对这些知识已经有了足够的了解,所以只对句中晦涩之处和地名、人名的指称做说明。

在两册的导论中,列维同样在介绍白居易诗歌的同时给出了自己的见解。前面探讨列维在第一册所做的白居易研究时,我们发现他有不少理解偏差、观点偏颇和逻辑混乱方面的毛病。时隔多年之后,他对白居易的研究和见解是否有了进步和提高,我们可以从对《白居易诗歌翻译》第三、四册的导言所做的探讨得知。

在第三册的导言中,列维说:"白居易诗歌数量很多但主题很少。他是一个能干的官员,在以宫廷局势变幻不定、短命的帝王和宦官阴谋为标识的那段历史里,他极好地表现了官场智慧。身为年轻官员时,他曾经对政治非常投入,然而在他因为失宠而被贬出京城之后,他用心吸取教训并从此绕开政治阴谋和宫廷党争。然而不管他去到哪里,不管他做得多好,他都逃不开对人生苦短和名利虚无的认知。这些思想影响着他的诗歌,它们试图进入他的很多诗中。白居易是一个很受欢迎的诗人,他想要与各个阶层的人进行交流,并且与文人保持长久密切的关系,然而他也能通过一只内在的眼睛和一种个人的察觉看待自然——他为花落而伤感。前景虽然光明,但背景是灰暗的,因为无常、疾病和不确定,并且是一个无法停止的老化过程。"

可以看出,这段话同样充满了对白居易的盲目拔高和对其思想转变的简单化理解。"为花落而伤感"与前面的句子用逗号分开,但与前句之间没有任何承接或者转折关系,这体现了列维思维和行文的跳跃性。最后一句的总结看似富有哲理,其实也与前述内容没有紧密关联。此外,列维第一、二册《白居易诗歌翻译》所做的二十余种分类远远不能涵盖白居易诗歌的全部主题,他说白居易诗歌数量多主题少,这个结论既不是从与其他诗人的比较中得出的,也没有联系他自己所做的主题分类进行说明,是一个非常笼统而没有依据的说法。

一如之前在第一册所做的那样,列维反复强调白居易实际的富有和热衷于口头上对贫困和隐退的宣称。这一点在第二节已经分析过，不再赘述。从中可以看出，列维对一些问题的误解是根深蒂固的，时隔多年之后仍没有改变。同样的例子出现在前面对《洛中偶作》一诗的介绍中，说白居易因为是一个好的官员，所以才热衷于保存自己的诗集，对这种经不起推敲的说法列维显得非常执着。

第四册的导言仍是以对白居易的褒扬为主。列维说："阅读和翻译白居易的作品是一种乐趣，因为他的作品以思想的一贯性和表达的明晰为特征，因为他的一切都是完全敞开的，他在三十岁时形成的人生观念直到晚年都基本保持不变。"思想的一贯性和人生观念具体指的是什么列维没有指明，但他一再强调白居易年轻时的政治热情和遭贬之后内心思想的转变，联系这里所说的一贯性，很容易给人自相矛盾之感。

在谈到白居易"在交流方面非常出色，总是乐意对他的诗歌进行解释以便清除任何可能的歧义，增加读者对诗歌意思的理解"时，列维指的应该是白居易有意使自己的诗歌通俗易懂以至于老妪能解的努力，但是在表达上显得非常别扭。

第四册导言中谈到，这里所选的诗都是作于退休之时，因此多为闲适祥和之作，列维在此转折说"白居易作为一个人也不能免除人类的病痛，但即便是染上严重疾病即中风瘫痪时，他坦承自己内心最深处的感受，并向我们展示心灵的高尚是如何能够超越世俗的牵绊。他接受由生到死的过程，而当他的心为花落伤感时，他的伤感是基于对生死轮回及其局限的接受"，这又是一种盲目的甚至是花哨的拔高。实际上白居易忠实地表现病中情绪时，能够打动人的不是他的超脱，而是那种自我宽慰的无奈和努力，这与心灵的高尚与否似乎关联不大。

列维谈到白居易诗中充满对微醉状态的沉迷，也就是对酒的喜好时，认为白居易丝毫没有粉饰自己而是保持真实的自我，"我们偶尔也会看到他作为一个宗教热爱者而遵循斋戒的规定，但他明白无误地表明他等不及要重拾酒杯"。这个看法还是比较中肯的。但他紧接着又说，"他是一个遵从那个放浪不羁的时代而热心提倡酒、女人和乐舞的人，在六十多岁时重疾迫使他遣散年轻的家妓，直到他人生的暮年都不能对这种失落释怀"，再次将白居易对女色的沉溺做了夸大。此外列维在这里把家妓译成"family whores（家庭妓女）"，这与上一节麦克劳德说列维将"妓堂"译成"卖淫者的宫殿"非常不当一样，也是令人不舒服的译法，再次表明列维对那个时代妓女角色的了解太过狭隘。

此外列维谈到与白居易唱和的诗友们,说"他们与他有着共同的文人背景、成就以及和他一样的哲学知识分子的趣味。……他们大都具有彼此对等的仕途地位,担任着地方长官或者类似的职位,有的甚至处于统治阶级的高层"。列维应是从元稹和刘禹锡两人的身份推出这个结论的,但与白居易交游唱和的人绝对不都是身处高位的官员,这是显而易见的,列维犯了以偏概全的毛病。

对这两册《白居易诗歌翻译》,倪豪士评价说,列维与威尔斯所做的最显著的贡献,就是大大增加了白诗英译的数量,因为这两册译诗加起来将近 500 首。对列维与威尔斯合作翻译的两个步骤,倪豪士指出这种方法对日本读者来说是很熟悉的,因为很多中国古典文学的日文翻译就是这样做的,并认为这种尝试虽然不是非常成功,但也不能说完全失败。倪豪士还指出列维译文上的不当之处,如对一些专有名词如佛教名词和典故理解上的错误,字面翻译往往偏离原文太远,甚至还有用十行英文来翻译中文四行诗的情况出现,等等。此外,倪豪士认为列维的一些译句的处理是出于对美国现代诗句法的理解,然而有时候却不符合美国读者的阅读习惯,也就是说,他的理解本身就出了差错。总之,"列维和威尔斯因英译了大量的白居易诗歌并提供了原文而获得成功,这是肯定的。然而他们的译作也和韦利的一样,没能为诗歌提供一个关键的背景,很多时候甚至连历史背景都没能提供清楚"[1]。这样的评价应该是比较中肯的。关于列维的白诗英译的特点,我们将在第五节进行分析。

第四节 《长恨歌》英译与研究

一、列维之前英美《长恨歌》英译与研究

白居易的长篇叙事诗《长恨歌》以高超的艺术技巧将唐明皇和杨贵妃之间的爱情故事咏唱得婉转缠绵、深挚动人,不但在中国是千百年来脍炙人口的名篇,在

---

[1] William H. Nienhauser, "Po Chü-i Studies in English Since 1916–1992," p.43.

国外也流传甚广。在唐诗英译近两百年的历史中,《长恨歌》的译文在大多数唐诗英译集里都是必选,一些相关的论述见诸各种英文版中国文学研究著作中。

《长恨歌》英译之前,唐明皇和杨贵妃的故事已经传入西方。这得益于英国汉学家乔治·斯坦特(George Carter Stent,汉名司登德)1874年在伦敦出版的《二十四颗珠链里的玉联:歌词民谣选集》[1]一书。司登德在19世纪60年代中期以士兵的身份随英国使节卫队(British Legation Guard)来到北京,后来进入中华海关事务署(the Chinese Imperial Martime Customs Service)任职,1884年在台湾高雄去世,前后在中国生活了十几年。这本书是司登德在华期间收集的民间歌谣或唱本的英译。据他在序言中所说,这些歌谣或唱本都没有中文的文字记录,所以书中关于唐明皇和杨贵妃的故事并不是《长恨歌》的翻译。司登德在书中用了六章的篇幅(第16章到第21章)讲述唐明皇和杨贵妃的故事,每章一个主题,依次为"杨贵妃"(Yang-kui-fei)、"皇家情人"(An Imperial Lover)、"丝网"(Silken Meshes)、"梦乐"(Dream Music)、"杨贵妃之死"(The Death of Yang-kui-fei)、"杨贵妃墓"(The Grave of Yang-kui-fei)[2]。这六章译文质量较高,故事情节也相当传奇动人,所以在该书中最为人所熟知。《二十四颗珠链里的玉联:歌词民谣选集》一书在当时有一定的影响,1902年英国诗人克莱默-宾在译文集《长恨歌及其他》(*The Never Ending Wrong and Other Renderings*)一书中,将《二十四颗珠链里的玉联:歌词民谣选集》一书列为重要的参考书。可以说,正是司登德对唐明皇、杨贵妃传奇故事的译介,使得《长恨歌》引起唐诗译者的注意。

《长恨歌》最早的英译,可以肯定是由英国汉学大家翟理斯完成的。在他著名的《中国文学史》一书中,翟理斯完整地翻译了《长恨歌》,他将诗名译为"The Everlasting Wrong(永恒的错)",并且先用了一整页的篇幅来介绍故事背景。鉴于原诗太长,翟理斯在翻译的时候把全诗分成了八个部分,每个部分都给出一个小标题,分别是"Ennui(无聊)""Beauty(美人)""Revelry(极乐)""Flight(逃亡)""Exile(流放)""Return(归来)""Home(家园)""Spirit-Land(仙界)"[3]。

---

[1] George Carter Stent, *The Jade Chaple, in Twenty-four Beads: A Collection of Songs, Ballads, etc. (from the Chinese)*, London: W.H.Allen & Co., 1874.
[2] 江岚:《唐诗西传史论——以唐诗在英美的传播为中心》,北京:学苑出版社,2009年,第27页。
[3] Herbert A. Giles, *A History of Chinese Literature*, New York & London: D.Appleton And Company, 1901, pp.169-172.

克莱默-宾《长恨歌及其他》一书中的《长恨歌》译文是在翟理斯译文基础上进行的再译。通过翟理斯的译文，他对《长恨歌》产生了极大的兴趣，但他对翟理斯严谨有余、灵动不足的翻译不满，于是在翟理斯译文的基础上进行了再译，并且保留了翟理斯所加的八个小标题。此外，他将诗题翻译成"The Never-ending Wrong(无尽之憾)"，不同于翟理斯的"The Everlasting Wrong(永恒的错)"。江岚分析说，两个词词意相当，但前者读起来音节更响亮，意思也更缠绵①。这本书翻译中国诗19首，其中唐诗13首，白居易诗3首。克莱默-宾不但将《长恨歌》放在首位，没有和白居易另外两首诗排在一起，而且在书名中特意强调，可以看得出来他对这首诗的偏爱。1909年，克莱默-宾在中国诗歌英译集《玉琵琶》一书中翻译了白居易的15首诗，这首《长恨歌》又被收录其中，也可见其偏爱程度。克莱默-宾用诗人的文笔译出一个符合西方读者审美观念和心理期待的唐诗世界，获得了极大的认可。《玉琵琶》一书1919年就在美国再版发行，此后多次再版，一直是市面上很容易得到的唐诗译本。《长恨歌》也随着《玉琵琶》得到越发广泛的传播。

弗莱彻于1919年出版的《英译唐诗选续集》中有《长恨歌》译文，诗题译为"The Ballad of Endless Woe(无尽的悲伤)"。《长恨歌》被选入蘅塘退士的《唐诗三百首》，这是在中国流传极广的唐诗选本，因此成为唐诗英译家翻译的重要选本。1929年，《唐诗三百首》的第一本英译本《群玉山头》出版，书中《长恨歌》诗题被译为"A Song of Unending Sorrow(无尽的悲伤)"。《群玉山头》的译者是精通英文的中国学者江亢虎和美国诗人怀特·宾纳，该书1964年曾经再版，一直受到普通读者的欢迎。之后《唐诗三百首》多次得到不同英译者的重译，比如罗杰·梭米·詹尼斯(Roger Soame Jennys)的《唐诗三百首选译》及《续集》②作为《东方智慧丛书》系列先后问世，又如英国女学者敖霓·韩登(Innes Herdan)在1973年重译《唐诗三百首》③。《长恨歌》也就随着《唐诗三百首》的翻译不断得到重译。

除了以上这些在唐诗英译过程中影响较大的译本，在诸多中国文学选集译本中，《长恨歌》也一再被重译，比如英国著名汉学家白之(Cyril Birch)编译的《中国

---

① 江岚:《唐诗西传史论——以唐诗在英美的传播为中心》，北京:学苑出版社，2009年，第187页。
② Roger Soame Jennys, *Selections from the Three Hundred Poems of the T' ang Dynasty*, London: John Murray, 1944. *A Further Selection from the Three Hundred Poem of the T' ang Dynasty*, London: John Murray, 1944.
③ Innes Herdan, *300 T' ang Poems*, Taipei: Far East Book Co., 1984.

文学选集·上卷》①中译《长恨歌》(*A Song of Unending Sorrow*);美国唐诗研究领域大家宇文所安几乎以一人之力完成的诺顿系列之《中国文学选集:初始至 1911 年》中译《长恨歌》(*Song of Lasting Pain*);梅维恒主编的《简明哥伦比亚中国传统文学选集》在"民歌、民谣和叙事诗"一章里收柯睿所译《长恨歌》(*Song of Lasting Regret*)。其他各种中国文学译文选集已不能尽数,其中有相当数量选入了《长恨歌》,或者重译,或者收入编者认定的最佳译本,不一而足。关于这些译文优劣的比较分析,已经有不少成果,此不赘述②。

韦利是颇负盛名的中国传统诗歌翻译家和研究者,也是白居易诗歌的推崇者,曾大力译介了两百多首白居易的诗,然而他却无意翻译《长恨歌》,其中原因,在本书第二章第二节中已有详细的论述。此外韦利还言道:"这首诗被认为是受到了当时叙事诗流行的影响。的确,长篇叙事诗并不属于当时上层阶级的文学传统,并且,当白居易写作《长恨歌》的时候,他的脑子里可能已经有了敦煌藏经洞里所发现的那种歌谣,比如其中的一篇被小翟理斯翻译出来的《季布骂阵词文》(*The Tale of Chi Pu*,又叫《捉季布传文》)。"接着韦利比较了《长恨歌》和这些歌谣,认为两者之间的差异极大:"《长恨歌》流畅、优雅、温和,而敦煌歌谣粗糙、家常、生硬。《长恨歌》的结构很和谐,而敦煌歌谣(有些是残篇,但《季布骂阵词文》几乎是完整的)一直到故事结尾都是激烈发展的情节。"韦利的比较虽然浅尝辄止,仍然透露出他学术视野的广阔和思维的敏锐,给我们不少启发。

二、列维的《长恨歌》英译与研究

在 1957 年发表的论文《杨贵妃的生涯》一文中,列维说:"这篇论文的目的是梳理杨贵妃的生平,并探讨她的行动和对宫廷局势的影响。"依据的资料是《旧唐书》《新唐书》和宋代乐史所著《杨太真外传》。全文将杨贵妃的生平分为六个小节探讨:(1)早年影响;(2)宫廷生活;(3)帝王专宠;(4)驱逐和召回;(5)与安禄

---

① Cyril Birch, *Anthology of Chinese Literature: Volume 1: From Early Times to the Fourteenth Century*, New York: Grove Press, 1965.
② 如周子伦《〈长恨歌〉英译比较》,《中国教师》2007 年第 2 期;邓亚丹《白居易〈长恨歌〉的四种英译本对比研究》,硕士学位论文,湖南农业大学,2011 年。

山联合;(6)安史之乱与死亡。韦利认为《杨太真外传》中对道士探访杨贵妃的描写沿用了白居易的《长恨歌》和陈鸿的《长恨歌传》。列维说:"白居易没有对杨贵妃的生平做真实的描述,而是通过在诗歌中暗示:在被皇帝注意到之前,她是一个养在深闺人未识的少女,由此达到了更好的戏剧效果。诗人不愿意让龌龊的事实玷污了他关于永恒爱情的主题,因为真实情况在陈鸿的传中已经给出了。诗歌和文章没有给杨贵妃史传内容增加任何新的信息,然而在超越人世之外的仙境里,皇帝和贵妃的爱情获得了极好的戏剧效果和渲染。"从这段话中,可以看出列维对《长恨歌》主题是持"爱情说"的,并且特别强调了诗文达到的艺术效果。列维这篇文章多处引用陈寅恪的《元白诗笺证稿》,包括有关《长恨歌》的内容,但是对陈所提"讽喻说"则没有表示认同。这篇文章是以梳理史实为主,文后还附了新旧《唐书》中杨贵妃传的译文。

1962年列维又发表论文《杨贵妃的册封》一文,对后世关于杨贵妃与唐玄宗的儿子寿王是已经成婚还是只是订婚的问题进行了梳理,并探讨杨玉环最终被选为唐玄宗妃子的经过。列维说:"引发唐代文人的想象力并通过具体化其旷世绝恋而使得她声名永垂的不是她被选为贵妃的经过,而是她被赐死的悲剧。她千年来得以被人铭记的原因大部分要归功于白居易创作的《长恨歌》之广受喜爱。白居易用诗化的文笔非常巧妙地美化了她在后宫不光彩生涯的事实,并且避免提及那些不太充分的历史证据。通过在诗歌中宣称诗中的女主人公在选妃之前是一个'养在深闺人未识'的纯洁少女,他创造了极好的艺术效果。这首诗通过描述杨贵妃死后灵魂再生并与令她心碎的皇家恋人重聚而获得提升。"同样也是强调了诗歌对史实的刻意回避,而强调其艺术感染力。

在《长恨歌(杨贵妃之死)》一书中,列维再次强调其诗歌性质而非史实性质:"《长恨歌》不是对一段可证实的历史片段的记录,而是一段完美爱情的诗化寓言。"全书分四个部分:(1)一个诗人的灵感;(2)《长恨歌》;(3)历史时刻;(4)附编。在第一部分中列维用充满激情的语气和稍嫌夸张的词语大致描述唐玄宗和杨贵妃之间的爱情经过,以示其浪漫唯美是引发白居易写这首诗的冲动和灵感。第二部分是全诗译文。第三部分则就这段历史涉及的史实做了简单的介绍,如唐玄宗的统治,他将杨贵妃选为妃子的经过,杨家势力的形成和安史之乱等。第四部分是陈鸿《长恨歌传》的译文。

《长恨歌(杨贵妃之死)》更像是一本休闲读物而非学术著作,全书字数不多,正文只有 35 页,配有插图 6 幅。据扉页所附纸条说明,"插图是从 30 多年前一位中国画家 Li I-shih 的系列画作中选取的",这指的应是民国西画大师李毅士根据《长恨歌》一诗所作 30 帧画组成的插画集《长恨歌画意》。这本插画集于 1929 年参加中华民国第一次全国美展时就获得好评,后于 1932 年由中华书局出版。

与韦利相反,列维对《长恨歌》抱着极大的欣赏,从这点来说,他与克莱默-宾可谓意趣相投。只不过克莱默-宾是诗人,他用诗意的想象美化他对唐、杨爱情故事的了解,而列维作为一个历史学家,则着意对杨贵妃的身世、性格和遭际做深入研究,力求使得这首诗和这篇传涉及的历史背景得到最大程度的还原,从而凸显诗歌的主题。对《长恨歌(杨贵妃之死)》一书的成就,扉页所附字条是这样评价的:"杨贵妃之死引发了诗人白居易和密友陈鸿的文学创作。《长恨歌》这首诗享有盛名已经超过千年,在西方也为人所熟知,但文章和诗歌作为一个创作整体后来被忽略甚至在事实上被遗忘了。这本书里翻译了诗和文章,并且译者对仍然活在现代中国人记忆中的著名的女性加上了自己的主观印象。"的确,虽然列维执着于从历史的角度来分析杨贵妃其人和李、杨爱情的真实情形,但不难看出,他的确对这段历史倾注了很深的个人主观情感,而他把这归因于白居易《长恨歌》一诗的高超艺术技巧。

在 1971 年出版的《白居易诗歌翻译》第一册中,列维再次介绍并翻译《长恨歌》,内容分为三个小节:A.导论(Introduction Remark);B.特别兴趣点(Special Pionts of Interest);C.译文(The Translation)。导论部分介绍了这首诗写作的缘起,并讨论当时文人间就同一主题进行写作的风气。随后列维探讨说,白居易在很多诗中通过参与者这个媒介阐明他的主题,比如"通过一个年老宫女之口说出唐明皇统治时的后宫生活(指《上阳白发人》——笔者按);通过一个年迈的乐师说出安史之乱和导致的痛苦(指《江南遇天宝乐叟》——笔者按)。同样,白居易通过唐玄宗自己的眼睛来阐明《长恨歌》的主题……",列维据此分析说,也许对这段爱情的主观改编正是《长恨歌》从白居易所处时代直到现在都获得广泛喜爱的主要原因。他进一步探讨对《长恨歌》主题视为讽喻这一观点的看法,认为唐玄宗专宠杨贵妃的确是造成安史之乱的原因,但这在诗中显然要让位于对爱情的歌颂,因为诗中的焦点是唐玄宗及他痛失爱人之后的无尽的悲伤。"诗歌的基调是悲痛,但这种悲痛是与皇帝个人相关的,而不是与他的帝国相关。"列维认为陈鸿的传有为儒家粉饰之嫌。他还指出,《长恨歌》中的讽喻性质要让位于爱情主题的最好的证据,就是白居易把其归于"感伤诗"而非"讽喻诗"。列维还援引日本学者横山广子《白乐天》一书中的观点,认为白居易的妻子弘农杨氏与杨贵妃同出一族,他在这首诗中对杨贵妃的赞美可能是为讨好其未婚妻杨氏,甚至是讨好杨氏家族某位有权势的亲戚所做的老套表达。总之,列维认为,"把《长恨歌》只视为社会讽喻诗会导致过度简化和下意识忽视压倒性的爱情主题,这是一种误导"。

"特别兴趣点"则是列维对诗歌妙处和其中一些有趣部分的解读。列维以津津乐道的口气指出白居易在场景描写和细节处理方面的技巧之高超,比如对杨贵妃深闺少女身份的刻画、温泉出浴和专夜侍寝的隐晦唯美描写等。此外对洗温泉来由的溯源、对《霓裳羽衣曲》的介绍及"六军不发"之说与史实不符等细节,列维也乐于娓娓道来。当然,这一部分最主要的内容还是对这首诗艺术表现形式的赞美。

第三部分是译文,与1962年《长恨歌(杨贵妃之死)》一书的译文比起来,列维说这个译本更加字面化一些。仔细对照两版译文,会发现都是因频繁断句而得到的短句为多,这跟之前其他人的译本都不太一样。如首联"汉皇重色思倾国,御宇多年求不得"两句的译法,我们不妨列表对照来看一下:

表 3-4 《长恨歌》各个英译版本比较

译者	译文	出处
翟理斯	His Imperial Majesty, a slave to beauty, Longed for a "subverter of empires"; For years he had sought in vain to secure such a treasure for his palace.	《中国文学史》
克莱默-宾	Tired of pale languors and the painted smile His Majesty the son of Heaven, long time A slave of beauty, ardently desired The glance that brings an empire's overthrow.	《长恨歌及其他诗歌》

(续表)

译者	译文	出处
列维	Chinese king, In pursuit of devastating beauty, Obsessed by love for many, many years.	《长恨歌(杨贵妃之死):翻译与随笔》
列维	A Chinese king esteemed sex, thinking of a nation-destroyer. Throughout the empire searching but not getting, time and again.	《白居易诗歌翻译》

从上表可以看出,翟理斯的译文正统、严谨,克莱默-宾在翟理斯译文基础上的重译则充满了诗意的渲染,但他们的译句都是相当连贯的,而列维1962年的译文与他们相比就显得有点跳跃,用词方面也有生僻之感。至于1971年的版本,则因为强调字面化显得更加晦涩。而且,既然他如此强调《长恨歌》的优美和技巧及深受读者喜爱的程度,"喜爱《长恨歌》的读者在读到这册书所翻译的开篇第一句'一个沉溺于性的中国皇帝',可能会感到有些不舒服"[1]。

总的来说,列维对《长恨歌》这首诗的本身和相关的史实都是非常感兴趣的,对史实部分的梳理显示了他作为一个史学家的功力,但对诗歌的赏析则以一种完全与历史对立的角度来进行,给人过于激情化之感。他的翻译虽然在理解和表达上都没有什么差错,但不免留下过于跳跃、用词奇险而优美不足的印象。这个特点在四卷本的白居易诗歌翻译集中也有所体现。

第五节 列维与韦利的白诗英译比较

同样以白诗英译而著称,韦利在诗目的选择、译诗目的、理念等方面有非常明

---

[1] Russell McLeod, "Po Chü-i's Collected Works. Vol. I, The Old Style Poems. Vol. II, The Regulated Poems," p.393.

白的交代和表现,而列维却不太涉及这些话题,只在《白居易诗歌翻译》第三册的导言中说:"我这样做(指在译诗前给出相应的介绍——笔者按)是为了让读者对这些中国诗歌有更清楚的理解,更好地达到我的翻译目的,那就是将典故和主要意思尽可能忠实于原文地翻译过来,以便将原文的语感准确传达。所以在我的翻译中,我会给出中文词在英文中的对应或者对比,有时会押韵,但遵循的是中文的韵脚。"这些话听起来比较含糊。要想对他的白诗英译特点进行了解,最直观的方法就是将其与韦利的白诗英译进行对比分析。

在诗目选择上,列维也是更多选择闲适诗与感伤诗,因为这两类诗的数量是最多的。不过韦利是因为这两类诗的英译最能实现他的译诗成为"流畅、诗化的英语无韵诗"的理想,而列维的选择则是遵从"以有意思的形式"全面介绍白居易诗歌的目的,从他书中所设的那些轻松有趣的分类来看,显然只有闲适诗和感伤诗能够入选。在白诗的具体翻译上,韦利多次明确表达他的翻译理念:流畅、无韵、诗化。为此笔者选择两人都曾译过的诗歌做一个对比分析,试图获得对列维的白居易诗歌翻译的了解。

第一首选择的是《有感》之三,这首诗曾经三次入选韦利的各种中诗英译集中,颇可以代表韦利译诗理想的实现。将列维的译法与韦利进行比较,列表如下:

表 3-5 《有感》之三韦利与列维的译文比较

诗行	诗句	韦利的英译	列维的英译
	金銮子晬日	Golden Bells	The First Birthday of Golden Bells
1	行年欲四十,	When I was almost forty	My year are about to be forty;
2	有女曰金銮。	I had a daughter whose name was Golden Bells.	I've a daughter called Golden Bells.
3	生来始周岁,	Now it is just a year since she was born;	Since her birth, she is first a full year,
4	学坐未能言。	She is learning to sit and cannot yet talk.	Learning to sit but not yet able to talk.
5	惭非达者怀,	Ashamed, to find that I have not a sage's heart:	For the nonce I had not yet the feelings of the all-pervasive ones

(续表)

诗行	诗句	韦利的英译	列维的英译
6	未免俗情怜。	I cannot resist vulgar thoughts and feelings.	and still cannot avoid the compassion of mundane sentiment.
7	从此累身外，	Henceforward I am tied to things outside myself;	From now on she will be an additional burden,
8	徒云慰目前。	My only reward, the pleasure I am getting now.	but I say in vain she is at present a comfort.
9	若无夭折患，	If I am spared the grief of her dying young,	If there is no worry of early death
10	则有婚嫁牵。	Then I shall have the trouble of getting her married.	then there is the harassment of marriage.
11	使我归山计，	That plan for retiring and going back to the hills	She is causing my return-to-the-mountains plan
12	应迟十五年。	Must now be postponed for fifteen years!	to have to be delayed by fifteen years.

可以看出，韦利是异常忠实于原诗的，对语序几乎不做改动，并且严格遵照一句英文诗对应一句中文诗的原则。而列维则要随意得多，有时会自由发挥，加入一些状语，如第 5 句"惭非达者怀"，列维用了两行诗句来译，其中第一行"目前我还没有"（For the nonce I had not yet）就是列维自己加上去的。这句诗中有没有这样的意思暂且不论，这样的添加对理解诗歌并没有太多帮助，反而显得有些累赘。不过，在字面意思的忠实方面，列维常常比韦利更甚。如第 8 句"徒云慰目前"，列维的译文意思是"但我徒劳地说她目前是一个安慰"，而韦利的译文意思则为"我唯一的回报，就是我现在得到的快乐"，显然列维的译文更接近原诗，不过细读之下会发现韦利在忠实之余所做的一些灵活变动，不是随意添加或者与原诗相去甚远的理解，而是在不曲解原诗情况下的变动，这应该是考虑"跳跃韵"而为。相较之下，列维的译文则让人感觉是在过于忠实和过于随意的两个极端摇摆，在诗的节奏和韵律上也没有看出什么规律。

另外，虽然韦利强调译文流畅，但并非等同于大白话，而大白话则常常出现在列维的译文里，如第 9 句"若无夭折患"，韦利的译句在忠实原意和语序的同时又非常典雅,而列维的译句则非常直白平淡。不过,在诗题的翻译上,韦利显出很奇怪的随意性,在他所有白居易诗歌的英译里,时常可以看到对诗题的任意处理,这不知是何用意,而列维对原诗题则保持着一贯的忠实。

我们不妨再选两首韦利和列维都翻译过的白诗,来看看前面得出的结论是否普遍适用。先看两人对这首有感伤意味的《村居卧病》之一的英译:

表 3-6 《村居卧病》韦利与列维的译文比较

诗行	诗句	韦利的英译	列维的英译
	村居卧病	Illness	Lie ill in Village
1	戚戚抱羸病,	Sad, sad-lean with long illness;	Sorrow.cherishing sickness plentiful;
2	悠悠度朝暮。	Monotonous, monotonous-days and nights pass.	remote.passing night and day.
3	夏木才结阴,	The summer trees have clad themselves in shade;	Summer trees barely combining shade,
4	秋兰已含露。	The autumn "Ian"* already houses the dew.	autumn orchids already enfolding dew.
5	前日巢中卵,	The eggs that lay in the nest when I took to bed	Eggs in the nests of days gone by
6	化作雏飞去。	Have changed into little birds and flown away,	have changed into fledglings and flown;
7	昨日穴中虫,	The worm that then lay hidden in its hole	insects in the holes of yesterday
8	蜕为蝉上树。	Has hatched into a cricket sitting on' the tree.	have metamorphosed to cicadas, climbed the trees.
9	四时未常歇,	The Four Seasons go on for ever and ever:	The four seasons do not once rest,
10	一物不暂住。	In all Nature nothing stops to rest	there's not a thing that stays behind;
11	唯有病客心,	Even for a moment. Only the sick man's heart	there is only the sick guest1s heart,
12	沉然独如故。	Deep down still aches as of, old!	deeply submerged and alone as of old.

*注:The epidendrum.

第1、2两句诗中都有叠音词"戚戚"和"悠悠",韦利译成"Sad(悲伤),sad"和"Monotonous(单调),monotonous",也用两个相同的词对译,这在英语里不但不显突兀,而且增加了诗的韵味,念起来也朗朗上口。而列维却都用单个词来对译,并且在这单个词后用了句号,突然的停顿不但与诗中悠然长叹的意味相违,而且在流畅感和诗的优美方面也大打折扣。在词意的理解和表达上,"Sad"和"Sorrow"虽然都有"悲伤"的意思,但"Sad"的读音要响亮得多,而且连用两词,顿挫起伏的音韵美非常明显。至于"悠悠"一词,很难在英语里找到对应的词,两人都是根据理解进行意译,韦利译为"单调",根据整句"悠悠度朝暮"的意思,可以理解为因为单调无聊所以觉得一天的时间很难熬,因此韦利的译文还是说得通的。而列维译为"遥远"显然就说不通了。

第3、4两句"夏木才结阴,秋兰已含露",韦利译成"夏天的树木将它们自己覆盖在树荫里,秋天的'兰'已经笼住了露珠",列维则译成"夏天的树木只不过把树荫结合起来,秋天的兰花已经围住了露珠"。这两句诗很容易理解,而在表达上,列维的句子在英语里几乎无法读通,更别提优美流畅了。韦利的表达显然要高出一筹。此外列维将第7句"昨日穴中虫"中的"昨日"就译成英语的"昨天",但显然在中国诗歌里"昨日"多指过往,韦利就译成了意思宽泛的"then",非常巧妙之外,也能看出他对中国诗歌的了解更深。列维理解错误的地方还有,将第10句"一物不暂住"的"暂住"理解成"落后",相较之下,韦利"停下暂歇"的理解就贴切得多。

不过,第5句"前日巢中卵"的"前日",列维直译成"过去那些日子",在理解上倒是没有错,表达也挺好,然而韦利却不知为何将其译成"当我把(巢)带到花圃",不但"前日"没有译出,还增加相较原诗多余的意思。这首词最早出现在他1916年的第一本中诗英译集《中国诗歌》中,笔者查看了一下,当时这一句中的"前日"是译为"then",也没有多余的这句"当我把(巢)带到花圃",但是韦利在收入《汉诗170首》时的重译,却做了这样不合情理的改动。不过韦利译诗中这样的情况是很少的。

上节所说列维译诗常有大白话的特点,在这首诗里也有例证,比如"四时未常歇",列维就译成"四季没有休息/静止过",相较韦利译成"四季一直一直在运转",列维的译文就显得平淡无味,毫无诗意。

通过对以上两首译诗的比较,我们得到的印象是,列维的英译水平相较韦利来说要逊色得多,主要体现在这些方面:一是对原诗或是随意发挥导致累赘,或是过于忠实造成刻板;二是对词意理解的偏差;三是在英语用词和表达上不准确、不地道。我们最后再来看韦利和列维对白居易这首闲适平淡的诗《食笋》的英译情况,再仔细考察列维在白诗英译上较韦利逊色之处:

表 3-7 《食笋》韦利与列维的译文比较

诗行	诗句	韦利的英译	列维的英译
	食笋	Eating Bamboo-shoots	Eating the Bamboo Shoots
1	此州乃竹乡,	My new province is a land of bamboo-groves:	The area being Bamboo Hamlet.
2	春笋满山谷。	Their shoots in spring fill the valleys and hills.	spring shoots fill mountains and valleys.
3	山夫折盈抱,	The mountain woodman cuts an armful of them	Mountain peasants break them off. Carry bundlefuls.
4	抱来早市鬻。	And brings them down to sell at the early market.	carry them early into the city for sale.
5	物以多为贱,	Things are cheap in proportion as they are common;	Things which are numerous being cheap,
6	双钱易一束。	For two farthings, I buy a whole bundle.	for two cash one can buy a bundle,
7	置之炊甑中,	I put the shoots in a great earthen pot	I place them in a rice steamer.
8	与饭同时熟。	And heat them up along with boiling rice.	cooking them together with the rice.
9	紫箨坼故锦,	The purple nodules broken,- like an old brocade;	The purple bark is peeled off (like) old silk.
10	素肌擘新玉。	The white skin opened,- like new pearls.	the white flesh broken open (like) new jade.
11	每日遂加餐,	Now every day I eat them recklessly;	I then add it daily to my food.

(续表)

诗行	诗句	韦利的英译	列维的英译
12	经时不思肉。	For a long time I have not touched meat.	for ten days don't think of meat.
13	久为京洛客,	All the time I was living at Lo-yang	I have been long a guest of Chiang-an and Loyang,
14	此味常不足。	They could not give me enough to suit my taste,	where this taste was often insufficient;
15	且食勿踟蹰,	Now I can have as many shoots as I please;	now I eat them without indecision.
16	南风吹作竹。	For each breath of the south-wind makes a new bamboo!	The southern breeze blows and makes bamboo.

列维白诗英译第一个特点中的"死板忠实原诗"表现在第 11 句"每日遂加餐",列维直译成"我每天都把它加到我的食物中",但"加餐"的"加"并不是简单的"增加"之意,还有更多的意思,所以韦利译为"现在我每天无休止地吃它们",虽然略有夸张,但对诗意的灵活处理还是显得更加合理。第 14 句"此味常不足"直译为"这种味道常常不足够",相较韦利译成"他们没能给我足够的笋满足我的口味"的灵活贴切,显得非常刻板。

在词意理解的偏差上,列维对第 12 句"经时不思肉"的翻译表现得很明显,他的译文是"十天不去想肉","经时"何以理解为"十天",这是很令人不解的。而且"不思肉"的意思也并非不去想到肉,而是不想吃的意思。同样,他似乎也完全没有看过韦利的译文——"在很长的时间里我没有接触肉",不然他在理解上也不会出现如此大的偏差。就这点来说,列维似乎刻意避开韦利的译文,笔者所查阅的几十首两人都译过的白诗,发现列维对韦利的译文没有任何借鉴或因袭。或为有意回避。

至于在英语用词和表达方面,列维的译文可以指摘之处比比皆是,比如第 1 句"此州乃竹乡"译成"这个地区是竹子的村庄",具体词的对译很不准确。

第 2 句"春笋满山谷"的"山"译为"mountain(大山)",而韦利译为"hill(小山)"更贴切,因为竹子只可能长在较为平缓的山上,而不可能长在高大的山峰之上。此外在一些词语的英译上,韦利的选词非常精心、典雅,比如第 9 句"紫箨坼故锦"中的"箨"和"锦",韦利译为"nodules(植物上的结节)"和"brocade(锦缎)",显得非常用心、细致,而列维分别译成"bark(树皮)"和"silk(丝绸)",明显没有认真推敲。

以上这些分析,看起来有刻意称赏韦利而贬低列维之嫌。其实不然。韦利的中诗英译广获赞誉、成为经典并流传不衰,而列维厚厚四卷本的白诗英译却至今寂寂无名,这个事实本身就很能说明问题。如果列维在白诗英译上不存在如此多的缺憾,他的译文被埋没至此是毫无道理的。何况,作为一个历史学出身、所做研究也都集中在历史钩沉方面的学者,跟韦利的诗人身份和在东方艺术上多年热爱和浸润的资质相比,列维在译诗上显得逊色是很自然的。再说,列维在中诗理解上的不足和译诗韵味的缺失,即便跟大多数中诗英译者相比都会逊色,跟韦利相比,虽然不至于有云泥之别,但差距之大也是一目了然的。实际上,韦利是一个汉语学习的天才,同时又是一个文笔了得的文学才子,他的译著之所以如此畅销,主要归因于他非凡的翻译才能。美国当代汉学家白牧之(Brace E. Brooks)认为,持续不断的阅读,加上极强的文学敏感性,这正是韦利所独有的特殊技能,而这一技能的获得并不容易,并且也更不容易传授给学生[①]。从列维诸多汉学著作来看,他也是一个持续不断的阅读者,但在"极强的文学敏感性"上的缺失,是他的白诗英译远远无法与韦利比肩的主要原因。

也许是《白居易诗歌翻译》的第一、二册反响不佳,列维对自己的译诗水平也不自信了,但对翻译白居易诗歌的热情还在,于是在后来的第三、四两册《白居易诗歌翻译》中,他选择了与诗人威尔斯合作,由他将白诗原文做字面翻译,威尔斯在此基础上做诗译。这样的翻译效果如何呢?我们还是通过对比来评价:

---

① Brace E. Brooks,"Arthur Waley".

表 3-8 《有感》之三韦利、列维的译文与威尔斯的再译比较

白诗	韦利的英译	列维的英译	威尔斯的再译
有感(之三)	Resignation	Having Feelings(3)	Having Feelings(3)
往事勿追思,	Keep off your thoughts from things that are past and done;	Past things pursue not in thoughts,	Do not let your thoughts brood on things passed;
追思多悲怆。	For thinking of the past wakes regret and pain.	personal thoughts are mostly sadness grief.	Recollection falls chiefly on sadness and grief.
来事勿相迎,	Keep off your thoughts from thinking what will Happen;	Coming things do not welcome,	Do not welcome things to come;
相迎亦惆怅。	To think of the future fills one with dismay.	for welcoming too is vexatious.	Anticipation also becomes vexatious.
不如兀然坐,	Better by day to sit like a sack in your chair;	Best it is to sit immobile,	It is best to sit immobile
不如塌然卧。	Better by night to lie like a stone in your bed.	best it is to lie sunk down.	But best of all is to lie quietly down.
食来即开口,	When food comes, then open your mouth;	When food comes, open your mouth;	When food comes, open your mouth;
睡来即合眼。	When sleep comes, then close your eyes.	when sleep comes, close your eyes.	When sleep approaches, close your eyes.
二事最关身,		Two things concern us most,	Two things concern us most,
安寝加餐饭。		tranquil sleep plus eating meals.	Tranquil sleep, eating meals.
忘怀任行止,		Forget love, entrust to going and stopping;	Forget passion, trust to what comes and goes,

(续表)

白诗	韦利的英译	列维的英译	威尔斯的再译
委命随修短。		entrust to Fate, be it long or short.	Accept your destiny, be it long or short.
更若有兴来,		And if interest still arises,	Moreover, if commitments still arise,
狂歌酒一盏。		wild songs and a cup of wine.	Meet them with mad songs and a cup of wine.

在这首诗的英译里,列维倒是可以将他过于忠实原文的刻板理直气壮地进行下去,对原诗做字面上的翻译对他来说要轻松得多,而威尔斯的诗译的确也要流畅优美一些。但是列维在词意理解上的偏差也连带影响了威尔斯的译文,比如"相迎亦惆怅"的"惆怅"列维译为"vexatious(伤脑筋)",相比韦利译成"dismay(焦虑、气馁)",列维的理解还是不够准确,而"不如兀然坐,不如塌然卧"两句的"不如",显然是韦利的"Better"比列维的"best"从语气上说要贴切得多,而威尔斯也就免不了也用"best"这个译法,使自己的诗译同样也逊色不少。

对列维与威尔斯的合作译诗,倪豪士认为可行但并不赞赏,因为"列维-威尔斯合作的困难在于,列维的第一遍翻译至少在我们看来并不是非常'逐字'的翻译"①,他以《宿阳城驿对月》一诗的译文为例,认为列维的译诗具有典型的美国现代诗的形式、分行和标点,实在不能称作字面翻译。并且列维将诗中的"关"理解为"城门"是不对的,应该是指蓝田关。而威尔斯所谓文学的译法,很多时候并不比列维的更有文学意味。不过倪豪士仍然认为这种尝试也不能完全说失败,因为译诗之前的介绍文字解决了在没有注释情况下怎样理解诗中晦涩之处的问题。总之,列维的白诗英译,不管是前两册自己独立完成的,还是后两册与诗人威尔斯合作分两步来翻译完成的,都存在前面总结的种种不足,因此没有获得太多肯定。

至于研究方面,根据本章第二节的探讨能够看出,列维除在学术规范上不够严谨之外,对很多历史知识的阐述和观点也存在过于个人化、随意化的偏差。

---

① William H. Nienhauser, "Po Chü-i Studies in English Since 1916–1992," p.42.

而在行文论述上,前后矛盾、逻辑松散、连贯性差等毛病也是相当严重的。相较来说,不管是在最初的《白居易诗38首》《汉诗170首》还是后来的传记《白居易的生平与时代》,韦利在白居易研究上体现出一种时间、事件上的连贯性,内容也以叙述史实为主,有一条明晰的主线贯穿其中,诗文的引用也和自己的论述紧密相关,表现出严密的逻辑性。所以在白居易研究方面,两人之水准也是高下立判。

当然,从增加读者对白居易其人其诗的认识这一目的来说,列维还是合格地完成了他的使命。如果不以学术著作为定位,这四册《白居易诗歌翻译》风格倒是适合普通读者的品位。麦克劳德说:"列维的风格是新鲜的不拘一格(非正式,随意),有时候会以一种令人轻松的简洁进行表达,比如谈到'唐朝的后半期,是最好的时光已经过去,而最糟的时光还未到来的一段时期'。这两册书里丝毫没有学究气息或者自命不凡的粉饰,相反,作者的坦率是显而易见的。"①对列维这四册白居易诗歌英译作品,兰乔蒂(Lionello Lanciotti)的评价是较为中肯的:"与至今仍是经典的韦利的传记和法菲尔关于诗人作为谏官的考察一样,列维的这部著作是重要的贡献。……诗歌的翻译非常接近原文,试图尽可能重现诗人的风格、韵脚和对句。总的来说,是一个有趣的和成功的尝试,一个试图了解白居易的新的途径。"②

---

① Russell McLeod, "Po Chü-i's Collected Works. Vol. I, The Old Style Poems. Vol. II, The Regulated Poems," *Journal of Asian Studies* 31:2, 1972, p.393.
② Lionello Lanciotti, "Translations from Po Chü-i's Collected Works. Volume I: The Old Style Poems. Volume Two: The Regulated Poems by Howard S. Levy," *East and West*, Vol. 23, No. 1/2 (March-June, 1973), p.218.

第四章

美国汉学界华裔学者的白居易研究

20世纪二三十年代起，不少中国学人走出国门，其中有相当一部分融入到西方汉学研究当中，其中又以去美国的学者居多，因为美国是个移民国家，又正当强盛。中国实行改革开放以后，去往欧美国家的学生学者的人数更是以惊人的速度递增。港台学人和东南亚华裔学者则因为在出国方面有更加便利的条件，也是欧美汉学华裔学者的重要组成部分。这些华裔学者进入西方汉学界，不管是出于"站稳脚跟"还是出于学习对方先进的研究理论和方法的求教心理，都会在研究方向、方法、理论建构甚至语言表达方面主动吸收或被动接受西方汉学界的影响。因为先天语言文化背景和所受教育的影响，在研究上与本土汉学家相比又体现出一些微妙的差别，甚至是不足。本章集中就华裔学者的白居易研究进行探讨。

第一节　何丙郁等：《白居易关于长生的诗歌》

　　何丙郁，华裔学者，著名的中国科技史研究专家，20世纪60年代在马来亚大学中文系任教授兼系主任，20世纪70年代去往澳大利亚格理斐大学当代亚洲研究院任首任教授兼院长，20世纪80年代任香港大学中文系教授兼系主任，20世纪 90 年代由英国著名汉学家李约瑟钦点担任英国剑桥李约瑟研究所所长。何丙郁还是中国科学院名誉教授,台北"中央研究院"院士。他研究中国科技史已有 50 多年,用英、中、日文发表论文 110 余篇,共出版专著 20 余种,在中国天文史、数学史、化学史及传统科技与术数研究等方面都有突出贡献,获得诸多国际学术荣誉头衔。

吴天才(Goh Thean Chye)和大卫·帕克(David Parker)都是马来亚大学的年轻学者,《白居易关于长生的诗歌》这篇文章应该是他们两位主笔,在何丙郁的指导下完成的。

文章一开头,作者就开明宗义:"在唐代中期,中国炼丹术从其发展的黄金岁月——乐观而大胆地尝试用矿物和石头进行的试验,转向了它的白银时代,以面对丹药的毒性的小心翼翼和对更古老神秘的炼丹记录的兴趣的复兴为标志。……这篇论文的目的是通过其诗歌考察肉体长生不老的观念对诗人白居易的影响。"

随后作者指出,在白居易超过 2800 首的诗歌作品中约有百分之一包含了与炼丹术有关的内容,也提到 11 世纪时姚宽已经把这些诗歌中的一小部分收集在《西溪丛话》(应为《西溪丛语》——笔者按)中。作者先介绍了韦利对白居易在炼丹方面的兴趣考察、陈寅恪对白居易思想中佛道两教的关系及诗人企图通过炼丹方法炮制丹药的探讨,此外还有陈友琴和费海玑对陈寅恪的观点所做的质疑,并提出自己的观点,"对其中一些诗歌的英译过程中,能够看出对肉体长生不老的信仰这种典型道教观念在白居易的思想中是非常强烈的"。

接着集中探讨诗歌。首先是白居易诗歌中关于与道家炼丹术士的交往,其中有吴丹、郭虚舟、苏炼师、箫炼师、韦炼师、张道士、李道士和王道士等。作者认为最典型的是这首《寻王道士药堂,因有题赠》:"行行觅路缘松峤,步步寻花到杏坛。白石先生小有洞,黄牙姹女大还丹。常悲东郭千家冢,欲乞西山五色丸。但恐长生须有籍,仙台试为捡名看。"并指出这首诗中的"松峤"很有可能指先贤"赤松子"和"王子乔",而"杏坛"有可能指不朽的董奉,这都表明了白居易对长生的渴望。其中的"黄芽""姹女""大还丹"都直接出自现存最早的炼丹书《参同契》,是约 142 年魏伯阳所写。接着分析白居易对这本《参同契》显而易见的兴趣,因为他的不少诗里都有关于这本书的内容,如《寻郭道士不遇》,就是记载他向郭道士

（应该就是郭虚舟）请教这本书中的炼丹术——"欲问《参同契》中事，更期何日得从容。"而且还从郭道士那里学到了炼丹的方法并进行了尝试，如《同微之赠别郭虚舟炼师五十韵》诗中有"心尘未净洁，火候遂参差。万寿觊刀圭，千功失毫厘"的诗句，而这首长诗中提到的道教术语更多，并且也多出自《参同契》。

此后作者翻译了多首诗歌，都是表达白居易对炼丹失败的失望之感。如《对酒》诗中说："未济卦中休卜命，《参同契》里莫劳心"，"漫把《参同契》，难烧伏火砂"。又如《江州赴忠州，至江陵已来，舟中示舍弟五十韵》有云："剑学将何用？丹烧竟不成。"而《醉吟二首》则说："空王百法学未得，姹女丹砂烧即飞。"另一首《对酒》诗中说："丹砂见火去无迹，白发泥人来不休。"又有《烧药不成，命酒独醉》一诗，并提到刘禹锡还曾撰《和乐天烧药不成命酒独醉》安慰他。

在这一节里作者提到唐代文人冯贽曾经写过白居易在他的庐山草堂里炼过丹药，所做的注说明这段话出自《云仙散录》。这本书又名《云仙杂记》，据称是后唐冯贽编，是五代时一部记录异闻的古小说集。书的内容比较驳杂，主要是有关唐五代时一些名士、隐者和乡绅、显贵之流的逸闻逸事，作者没有对该书的可靠性进行辨析。

对白居易是否服过丹药这个问题，作者认为不得而知，但认为至少他的朋友和熟人是服过的，因为他的《思旧》一诗就写道：

　　退之服硫黄，一病讫不痊。微之炼秋石，未老身溘然。杜子得丹诀，终日断腥膻。崔君夸药力，经冬不衣绵。或疾或暴夭，悉不过中年。唯予不服食，老命反迟延。

至于诗里的"退之"是否指韩愈，作者在后面进行了论述。而对白居易的炼丹态度来说，他炼丹屡败而且目睹了朋友们的命运，但他仍然相信有"仙人"存在，相信一个人是否能成仙是注定的，不然怎样努力都无济于事。作者认为《梦仙》一诗就表达了这样的思想，《海漫漫-戒求仙也》一诗也是如此。不过，作者还是认为，虽然白居易劝诫人们不要沉迷于炼丹和成仙的幻想，但这并不意味着他自己对此失去了兴趣或者彻底放弃，因为白居易退休后还曾与朋友一起炼丹——《予与故刑部李侍郎早结道友，以药术为事，与故京兆元尹晚为诗侣。有林泉之期，周岁之间，二君长逝，李住曲江北，元居升平西。追感旧游，因贻同志》。而到了晚年，白居易仍继续写暗含丹术意味的诗歌，不过也同样认定一个人必定要有成仙的宿命才有可能炼丹成功。

作者还着重提到白居易生命的最后一年发生的一件"颇为奇怪的事"，即浙东李稷带来一个海上商人讲的故事：这个商人在风暴中落海之后去到蓬莱仙境，在那里看到一个仙龛虚室，那里的人说是为白乐天而留。白居易的《客有说》一诗就是记述这件事："近有人从海上回，海山深处见楼台。中有仙龛虚一室，多传此待乐天来。"同时白居易就此又写了一首《答客说》："吾学空门非学仙，恐君此说是虚传。海山不是吾归处，归即应归兜率天。"其自注又云："予晚年结弥勒上生业，故云。"表明自己虽然向往道教长生，但最终还是以佛教为依归的意思。作者翻译这两首诗并解释其中的故事，主要还是想突出白居易晚年仍对成仙有幻想，但因为确信自己没有成仙的宿命，才不得不宣称全心向佛。

文中对白居易几乎所有涉及长生、成仙和炼丹的诗都做了翻译和解读，还是比较贴切的，唯有说到《酬赵秀才赠新登科诸先辈》一诗："莫羡蓬莱鸾鹤侣，道成羽翼自生身。君看名在丹台者，尽是人间修道人。"说这里暗示可以不通过丹药的帮助也可以达成成仙的愿望，这并不确切，因为这首诗里显然是用典故来表达一种期许。

文章最后都是围绕韩愈是否因服食丹药而死这个问题的内容。白居易的《思旧》一诗中"退之服硫黄，一病讫不痊"中的"退之"是否指韩愈，千百年来争议不休。作者先对相关的研究情况进行了梳理，并赞同"退之"指韩愈的看法。"虽然我们只能认定韩愈在人生的后期应该是服食了硫黄（即便不是作为丹药而是作为一种药物服食），但同时我们不得不承认，目前的证据已经很充分了。"所谓的"证据"，基本是罗列了陈寅恪和所有赞同方的观点，但对这个问题的梳理还是有厘清之功的。

关于这个问题，国内学界从20世纪80年代才又逐渐开始关注，如刘国盈《韩愈非死于硫黄辨》、邓潭洲《关于韩愈研究中的一些问题》、阎琦《韩愈"服硫黄"考论》、吴松泉《韩愈是怎样死的？》、卞孝萱《"退之服硫黄"五说考辨》、王鹭鹏《韩愈服硫磺辩》，近年则有胡阿祥、胡海桐《韩愈"足弱不能步"与"退之服硫黄"考辨》。这些论辩也是各执一端，最终卞孝萱文通过一一驳斥持否定者提出的"退之"的其他人选，认为符合白居易诗中"旧游""服硫磺""一病讫不痊"这三项条件的非韩愈莫属，是迄今最有说服力的论证。其后再未见有相反意见的著述出现,王鹭鹏文提出要区分"丹"与"药"的新视角,而最新的胡阿详、胡海桐文则进一步考证韩愈服食是为了治疗"足弱",即脚气病。

《白居易关于长生的诗歌》一文最后说,虽然白居易的信仰总在佛、道之间时时变换,但大体上,中国人对待宗教的态度与基督教世界迥然不同。在佛教和道教之间没有如西方的天主教和新教之间非此即彼的清晰界线。中世纪的中国人视宗教为一种指导而远非一种严格的教义,"一个崇尚佛教的中国人在道观里请愿时不会觉得内疚,反之亦然。作为一个文士,白居易肯定是在儒家传统中成长的,但没有什么可以阻碍他同时对佛教和道教深感兴趣",这样的看法没有错,但也可以说是平淡无奇。

这篇论文英译了白居易的十几首与道教长生有关的诗,译文流畅,理解也比较到位,对诗中诸多词语、典故和背景的解说,具有"语文学"意义,其价值则是增加了西方汉学界对白居易的了解。而对白居易思想熔儒释道三者于一炉的揭示,在英语世界的白居易研究里算得是先行者。

此外,文中只提到了韦利在《白居易的生平与时代》中对炼丹术的探讨,但实际上韦利于1930年和1932年就分别在《伦敦大学东方学院学刊》第6卷第1期和第4期上发表《谈中国炼丹术》和《佛经中有关炼丹术的记载》两文,作者显然没有看到,不然其中的相关论点可以用来增加本书的探讨深度。

第二节　刘若愚:《白居易〈读老子〉一诗的评注》

刘若愚是著名的华裔学者,原籍北京,1948年于北京辅仁大学西语系毕业,后入清华大学。1952年出国深造,在英国布里斯托大学获得硕士学位,随后先后在英国伦敦大学、香港新亚书院和美国多所大学任教,1967年起在美国斯坦福大学任教直至1986年过世。刘若愚专治中国古典诗歌、诗论和文论,结合自己的中西语言和文化背景及身在海外的优势,他在中西比较文学尤其是比较诗学方面做出卓著成就,享誉海内外学界。

刘若愚20世纪60年代起在美国任教时,美国汉学界的中国学研究重历史轻文学的特点非常明显,在这样的情况下,刘若愚出版了重量级的《中国诗学》[1]一书,立刻就成为美国学界中国文学研究的必读书目和经典著作,倪豪士、宇文所安、柯睿等后来在中国文学研究上卓有成就的美国学者都曾从这本书中获益匪浅,至今仍然有着深远的生命力和影响力。此后,伴随着《中国之侠》[2]《李商隐的诗》[3]《中国文学理论》[4]和《语言学批评:中国诗的解读》[5]等重要论著的出版,刘若愚占据了北美中国古典文学研究和中西比较诗学的权威地位长达十几年,直到宇文所安一系列著作逐渐问世,这种权威地位才有所动摇[6]。

这篇《白居易〈读老子〉一诗的评注》一文,对白居易这首诗中"知"字的读音和由此引发的学术上的几个问题进行了探讨。

刘若愚先引《四部丛刊》所收《白氏长庆集》中的诗文:

言者不知知者默,此语吾闻于老君。

若道老君是知者,缘何自著五千文?

他注意到,《四部备要》所收《白香山诗集·后集》中,这首诗首句第一个"知"字为"如"字。对此他说,白居易此诗明显针对《老子》第56章"知者不言,言者不知"而作,所以很明显,"如"字是错印的。刘氏这个认知无疑是正确的。《四部备要》之所以出现这样的讹误,跟编选的侧重点有关。卞孝萱《〈四部备要〉在文化传承中的作用》[7]一文指出,《四部备要》与《四部丛刊》相比较,前者注重实用,后者注重版本,这是海内外久有定论的。"实用"在版本选择上的表现就是,《四部备要》所求的是"通行善本",也就是通行本中的校注精审者。

接着他论述说,"知"字既可以读平声 zhī(意为"知道"或"知识")也可以读

---

[1] James J.Y. Liu, *The Art of Chinese Poetry*, Chicago: University of Chicago Press, 1966.
[2] James J.Y. Liu, *The Chinese knight-errant*, Chicago: University of Chicago Press, 1967.
[3] James J.Y. Liu, *The poetry of Li Shang-yin: ninth-century baroque Chinese poet*, Chicago: University of Chicago Press, 1969.
[4] James J.Y. Liu, *Chinese theories of literature*, Chicago: University of Chicago Press, 1975.
[5] James J.Y. Liu, *The interlingual critic: interpreting Chinese poetry*, Bloomington: Indiana University Press, 1982.
[6] William H. Nienhauser, "Studies of Traditional Chinese Poetry in the U.S. (Part Ⅰ and Part Ⅱ),1962-1996," *Asian Culture Quarterly*, XXV.4(Winter 1997), pp.27-65. *Chinese Culture* XL 1/2(March and June 1999), pp.1-24,45-72.
[7] 卞孝萱:《〈四部备要〉在文化传承中的作用》,《"中国传统文化与21世纪"国际学术研讨会论文集》,北京:中华书局,2003年,第173页。

仄声 zhì(意为"明智"或"智慧"),他认为在这首诗里,这个"知"的正确读音是很容易确定的。理由就是他在后文所论述的:"这首诗是绝句,属律诗,按照律诗的格律,假如首句的第二个音节是仄声,第四个音节必须是平声。在这首诗中,首句的第二个音节'者'是仄声,那么第四个音节'知'字就应该读平声才对。如果把'知'换成'智',声律就完全错了。"

从律诗格律角度而言,这的确是常识,所以在他看来,这是毋庸赘言的。然而在《老子》的注释研究中,"知者不言,言者不知"中是"知"还是"智"的问题上,千百年来始终未能达成共识。刘若愚也注意到了这一点,他接着说:

  Evan Morgan 在《道,伟大的明灯:〈淮南子〉节选》(Tao the Great Luminant: Essays from Huai Nan Tzu)①一书的注释中(第261页)引用了白居易的这首诗,可是没有注明所用版本。而他所引的该诗中,这个"知"字无一例外都为"智"字替代,他将其翻译为"明智(wise)",并且该诗最后一个字"文"也换成了"言"字。后来,严灵峰在《老子章句新编》(台北:中华文化出版事业委员会,1954年,第70页)中转引了 Morgan 的引文并且加上了一句评论:"这说明在唐代时,白居易看到的某些版本中有为'智'字的。"

Evan Morgan(1860—1941)的中文名为莫安仁,在《近代来华外国人名辞典》中有这样的记载:"英国浸礼会教士,1884年来华,在西安传教,一度调往山西任职,1918—1930年任上海广学会编辑,编有几本学习汉语的书。"②除此之外,关于他的其他情况现在所知有限。③

莫安仁这本引用了白居易《读老子》一诗的书,1933年在上海出版,并于1935年和1956年分别在伦敦和纽约出版,不管是中华人民共和国成立前活动在大陆的军统名人严灵峰④,或是1952年之前在大陆上学、1967年定居美国的刘若愚,

---

① 这本书发行甚广,计有:上海别发洋行(Kelly and Walsh),1933年;伦敦 Kegan Paul,Trench,特吕布钠有限公司(Trubner & Co., Inc.),1935年;纽约佳作书局(Paragon Book Gallery),1969年。
② 中国社会科学院近代史研究所翻译室:《近代来华外国人名辞典》,北京:中国社会科学出版社,1981年,第256页。
③ 沈国威:《传教士与20世纪初的新汉语——以 A.H.Mateer 和 E.Morgan 的两本书为例》,《江苏大学学报》2009年第1期。
④ 严灵峰(1903—1999),福建福州人,中共早期党员,中国著名托派,军统特务,现代著名学者。在大陆时,是军统内部的暗杀高手;在台湾时,为蒋经国幕后第一高参。台湾解严以后,是国际知名学者,著述颇丰。在经史子集方面是大家之一。

都容易看到这本书。莫安仁虽然没有注明这首诗所引版本,但是可以确定他所看到的白诗版本中的确有"知"为"智"和"文"为"言"的版本,因为他抄录错误的可能性很小。这个版本到底是什么？很难推断。不过,严灵峰在前述《老子章句新编》中的注解没有被刘氏全部引用,他的注解还包括"……又,高丽版影印李朝《道家论辩牟子理惑论》引作'智者不言'。而日本《大藏经牟子理惑论》引《老子》正作'智者不言,言者不智'"。① 这两个版本如果确如严灵峰所引,则可以说明久远之前(严认为是唐时)的《老子》版本已有"知"为"智"的情况,而且流传甚广,否则不会被选为抄本流传国外。然而白诗的《读老子》一诗的声律说明,即使白居易当时看到的版本有"知"为"智"的,他也不认可这种版本,而是坚持"知"字版本。至于"智"字版本为何被选为抄本底本流传国外,流传国外的版本是否又有"知"字版本,这些都有待细致考证。不过白居易的《读老子》一诗确实为《老子》第 56 章"知者不言,言者不知"的正确解读提供了确凿的证据:"知"字当作"知道"解,并不通"智","知者"不能认为是"智者"。

这个看起来并不算复杂的问题,刘若愚认为经由老庄学家的讨论之后变得复杂起来。刘氏所言,严灵峰转引莫安仁书中的白居易《读老子》一诗时没有对莫安仁可能所引版本进行探究,而是拿来就用,并据此作出武断推论,这已属惊奇。更惊奇的是,陈鼓应在他的《老子今注今译》中逐字引用了严氏的评论为据②。刘氏认为这两位不但在学术上有失严谨,更将声律格调忘到了脑后:"……该诗最后一个字应是'文'而不会是'言',因为前者跟第二行的韵脚'君'字押韵,而后者字却不押韵。Morgan 的版本不管是哪个,显然都是无法说通的,所以不能用作注释《老子》时的一个依据。实际上,白居易的这首诗,正表明了他在《老子》看到的'知'字是平声,这跟严灵峰的观点正好相反。"

刘若愚提到的陈鼓应《老子今注今译》至今已有新版本多种,最新的《老子今注今译》(参照简帛本最新修订版)在"知者不言,言者不知"的注释中,除仍旧引用严灵峰的提法之外,他说"郭店简本作'智之者弗言,言之者弗智'。……然而'知者'疑作'智者'"。接着,他开始逐字引用严灵峰的观点为据:"此两'智'字,

---

① 转引自陈鼓应:《老子今注今译》(参照简帛本最新修订版),北京:商务印书馆,2006 年,第 177 页。
② 陈鼓应:《老子今注今译》,台北:台湾商务印书馆,1970 年,第 188 页。

原俱作'知';似当读去声,作'智慧'之'智'……"并且怀疑河上、王弼本都作"智"。① 很明显,严灵峰和陈鼓应都是倾向于将"知"理解为"智慧"的。然而彭浩在《郭店楚简〈老子〉校读》一书中则说"两'智'字皆借作'知'"②,看法相反。虽然当中还有商榷余地,但严、陈在对待莫安仁的引文及做出推论时显得过于轻率,这是无疑的。

此外,刘氏认为,"白居易这首诗很可能只是作为一种戏谑妙语来写的,而并非像钱锺书所认为的是对《老子》的认真驳斥。在他的《管锥编》(北京:中华书局,1979年,第2卷,第413、456—458页)中,钱氏将白居易作为不记得《庄子》篇章和佛教中处理悖论的失败例子"。其实钱锺书对白居易这首诗的讥讽态度并不明显,不过执此看法的却不乏其人。比如南怀瑾,在《老子他说》一书中写道:"唐朝著名的大诗人白居易,曾经写了一首七言绝句,严格地批判老子,而且用老子的手打老子的嘴巴。"③

刘若愚在文章最后对这首诗的悖论给出了这样一个解读:"既然老子已经说出来,他就是不懂的人,这样,他所说的话,包括'言者不知'的声明,就不能当真;既然这样,这句声明也不能作为老子不懂的证据。"这些话跟白居易作该诗的心态是一样的,仅只是作为近似文字游戏的妙语,但由此也可以隐约得知刘氏的真正本义:不管是对白居易这首诗的真正意思还是老子的这句话,都应有更客观的思考。白居易学佛参禅,也作过《读禅经》一诗,他对佛理禅学的造诣并非浅显,对这种文字悖论背后超越字面意思的深刻含义,他不会不知道,怎么会就此认真讥讽呢?而老子这句"知者不言,言者不知"的本义倒是值得深入探讨的。老子说过"我愚人之心也哉",所以他不但不可能自命"智者",还以智者为诫。

刘若愚这篇发表于1982年的文章,严灵峰和陈鼓应显然都没有看到,不然陈鼓应在此后数版修订中当会慎加引用。这篇文章虽然只探讨了对白居易《读老子》一诗的一些理解,但颇能体现刘若愚严谨的治学态度。

---

① 陈鼓应:《老子今注今译》,台北:台湾商务印书馆,1970年,第177页。
② 彭浩:《郭店楚简〈老子〉校读》,武汉:湖北人民出版社,2001年,第55页。
③ 南怀瑾:《老子他说》,上海:复旦大学出版社,2003年,第22—23页。

第三节　厄尼斯汀·王：《白居易其人及其对中国诗歌的影响》

这是一篇 1987 年提交给乔治敦大学的博士论文，倪豪士在《英语世界的白居易研究》一文中曾经提到过，给出的评价甚低。作者厄尼斯汀·王的生平不详，根据姓名，能够推知应是华裔。论文的致谢部分透露了一点作者的个人情况：1958 年开始在乔治敦大学攻读研究生学位，后因家庭原因辍学，直到 1976 年才又重新继续学业。这篇博士论文完成于 1987 年，那么作者应当是先获得硕士学位之后继续攻读博士研究生的，但是具体何时开始的则无从知晓，但是从这篇论文的仓促、浅显，尤其在学术规范上诸多令人吃惊的违例，能够看出来作者在这上面所下的功夫着实有限。

首先看整体架构，这篇博士论文分三章，分别是"白居易的人生故事""白居易的诗歌"和"白居易对他的时代和后世的影响"。论文题目既然是《白居易其人及其对中国诗歌的影响》，那么影响部分应该占一半的比重，或者生平、诗歌与影响的内容应该至少各占百分之三十，然而从目录可以看出，在总共 154 页的正文篇幅里，第三章"白居易对他的时代和后世的影响"的篇幅竟然只有少得可怜的 11 页。而这 11 页的内容还要分成"对同时代作家的影响""对后世作家的影响"和"对外国文学的影响"三个部分，每部分的内容多么有限是可想而知的，连介绍的任务都完成不了，又怎么能够说清楚问题？更不能理解的是，这 11 页的内容中，第三部分"对外国文学的影响"占去几乎一半的篇幅（5 页），而这个内容恰恰是不能涵盖在这篇论文的题目——《白居易其人及其对中国诗歌的影响》里的。单只目录就已给人一种难以置信的不合理感，同时读者也寄希望于具体内容的阐述，想着或者会弥补结构上的偏差。然而，作者用资料的堆砌、通篇的叙述和海量的译文给出的空洞内容彻底扑灭了读者的期待。

第一部分以故事叙述的方式介绍白居易生平的一些耳熟能详的事迹，甚至是传说。比如他幼时早慧的故事，情节、场景、对话等描写赫然在目，如对白居易父亲如何测试他对对句的能力，又如何大声叫好等，用这样的描写作为一篇博士学位论文的内容,实在是不多见。实际上,这整篇论文给人的感觉就是并非一篇学术论文,因为通篇都在介绍最基本的知识,没有多少内容是出自作者认真思考的分析、考证和探讨,就连文中诸多白居易的诗歌作品的英译,也是直接取自怀特·宾纳、韦利和列维等人的翻译成果,而且拿来就用,也没有任何评价分析。尤其第二章"白居易的诗歌"的第四节"其他诗歌",整整45页的篇幅,除了开头两段简短的文字介绍,之后全部都是列维的白居易诗歌英译。对此作者说:在那么多诗歌的翻译中,她还是选择了列维的。为什么呢?是因为翻译得好,还是有中英对照?没有半句交待。

作者的空洞还表现在,一直用一些大而化之的词语对白居易大加吹捧,然而又没有任何例证可以证实这些褒扬。比如在第三章"白居易对他的时代和后世的影响"的第一节"对同时代作家的影响",在反复说白居易诗歌的平易浅显风格是怎样难得、怎样创造了诗歌创作的又一个高峰(当然文学史上从未有这样的说法),让同时代人敬仰(作者全然忘了,中唐还有令人瞩目的韩孟一派)。在絮絮叨叨的空洞赞美里,我们只看到她介绍了一下"元白体"和"刘白体"(作者指白居易和刘禹锡),描述白居易诗歌如何广受欢迎。但是这些内容跟白居易"对同时代作家的影响"毫无关系。

这篇博士论文甚至找不到博士论文应具有的最基本的价值:资料参考。后面所附的参考文献,最基础的书目都很少,更没有相关的研究成果,反而充斥着一些诗选赏析类的书,更有日报、杂志文章等不严谨的资料。还有一点让人觉得荒谬的是,作者身在美国,对美国学者的研究情况似乎所知甚少,所引的英文资料数量极少,跟这个题目直接相关的资料几乎没有。连韦利珠玉在前,西方汉学界中国古代文学研究领域几乎无人不知的《白居易的生平与时代》一书,都没有出现在她的书目中。

从引用的资料有《光明日报》《人民日报》和《解放日报》等报纸的文章来看,作者应该是在中国大陆成长并接受基础教育的,所以即便英文的用词和语法都正确,但仍是中式思维或书写之后的再翻译。如"白居易和元稹之间的友谊是很深的(The friendship between Po Chü-i and Yuan was very deep.)",这句话是最典型的中式英语。从一些概念的表述上,也能看出来她的中国式文学观:"白居易的《长恨歌》是叙事诗中的著名作品。它既有着杜甫的现实主义,又有李白的浪漫主义,因而别具特色。""杜甫的现实主义和李白的浪漫主义"这样的提法,只在中国学界的某一时期这样提过,90年代后的中国文学史都很少再提这样的说法了。

　　作者是在怎样的背景下完成这篇论文的我们不得而知,也许有自己的苦衷,但不管作者是以何种身份完成博士学业、有多少困难要克服,既然选择了深造,就应该有基本的认真态度。在她完成这篇论文的1987年之时,美国汉学界的唐诗研究成果已经相当卓著,宇文所安的《韩愈与孟郊的诗歌》《初唐诗》和《盛唐诗》这样具有极高水平的论著已经出版了,作为一个自小接触中国古代文学的中国人,在唐代诗人研究上却给出这样一个拙劣的成果,不能不令人大跌眼镜。这对西方汉学界的唐诗研究没有增加任何新的知识,在学术规范上还成为一个反面的例子,其实还不如不写。今天,越来越多的中国学生去往国外从事中国古典文学的研究,这篇论文当成为需要警醒的反例。

第四节　陈照明:《在世界与自我之间:白居易人生与写作的定位》

　　这是一篇1991年提交给美国威斯康辛大学并获得通过的博士论文,指导教师是倪豪士。作者陈照明于1980年在香港大学获学士学位,之后分别于1985年和1991年在威斯康辛大学获得硕士和博士学位,后来在新加坡国立教育学院任教。他的研究兴趣主要集中在《易经》的翻译和研究上,有《〈易经〉的现代阐释》[①]一书问世,近年则专注于中国语言、文学和文化及对外教学的研究。此外一直致力于汉学著作的翻译。

　　这篇论文内容丰富,篇幅浩大。全文由"介绍"和九个章节组成。介绍部分是关于白居易全集的编定过程和文本传统,提供文字材料背景,基本是对资料的归纳和梳理。之后用了一、二两章分别介绍白居易所处时代背景和家庭情况。其中第一章也对当时的历史、文学和思想背景做了分析,对整个中唐政治和社会背

---

① Chiu Ming Chan, *Book of Changes-An Interpretation for the Modern Age*, Singapore: AsiaPac Books, 1997.

景做了一个全景勾勒;第二章探讨白居易的家族历史,引出对"白居易的父母非汉人"观点的质疑,同时也追溯之前将这个假设与诗人的政治处境相联系的一些观点。

第三到第六章据作者所说是全文最重要的部分,探讨诗人的人生观和政治浮沉怎样影响着他——或者在政治中扮演一个更加积极的角色从而达成"兼济"的理想,或者就此退缩并满足于"独善"的状态。作者在这一部分得出的结论是:"虽然从他的一生来看,他所优先考虑的事情似乎是从兼济转向了独善,但这个转变只是他对政治形势变迁进行估计的反映,并不意味着他生平思想发生了根本的改变。这种人生哲学估量时间和情境的改变,并据此给出不同的行为模式。"

第七至第九章主要考察诗人的文学理论及其影响,同时也探讨他政治上的浮沉及其与写作风格和技巧之间的关系。"兼济"和"独善"再次担当重要角色。作者认为,"在白居易的理论中,诗人应该致力于书写为社会和政治目的服务的诗歌,而不是为着个人而写。关于这一点,许多学者论证说,诗人'偏离'他自己的理论是因为他在815年被贬之后停止了'讽喻诗'的写作。然而,这种'偏离'是表面化的而非真实的。除了赋予'讽喻诗'重要价值之外,诗人的文学理论是与他的人生哲学紧密结合在一起的。正如诗人坚信作为奏章补充的'讽喻诗'清楚表达了他对'兼济'的强烈抱负,他也相信他的'闲适诗'是他'独善'渴望的表达,于是,正是与他的理论相一致,当他的官职改变、他的人生取向转向时,他也就专注于书写自我的诗歌"。

在梳理前人研究成果之后,作者说:"当中国学者常常将白居易刻画成一个关心民间疾苦的诗人官员时,韦利笔下的白居易却是时常为他个人安危担忧的、心心念念着他的朋友和家人的这样一个人。他时不时从道家、佛教和酒中寻求解脱。然而韦利低估了诗人的'兼济'理想以及对他的写作所产生的影响的重要意义。另一方面,中国学者误认为白居易的人生观在他于815年遭贬谪时开始改变,并且背离了他自己的文学观念。更值得注意的是,中国学者跟韦利都没有认识到'兼济'和'独善'是诗人人生观的两个方面,把这两种理想跟'时''才''位'连接起来。前人研究的另一个缺陷在于他们没有认识到白居易的人生哲学和他的文学观念之间的关系。"

在引用登·哈马切克(Don E. Hamachek)的话"矛盾行为的存在并不一定意

味着一个人表现不一,很可能只是意味着我们没能正确认出最深的(最主要的)行为动机"①做理论依据之后,陈照明是按照这样的思路进行论证的:"诗人政治态度和热情的转变是否意味着他的人生观的根本改变?会不会只是对应处境的改变而做的调整,而诗人的人生哲学依然如故?"对此,他说一些学者会认为他的思想的确发生了转变,如他第五章探讨过,白居易的"吏隐"观念的形成并不如很多学者认为的那样是一个根本的转变,而是他认识到,他通过参与宫廷政治而得以实现的兼济理想的那个恰当的时机已经消失了,因此他选择"独善"之举。而当这种时机重新出现时,他满足于京城之外的职位(能够"兼济"),同时也能葆有他的人身和正直,"无论如何,他没有完全放弃他的抱负。……我们将会看到,虽然他在行为上做出了改变,但诗人的思想并没有改变"。

该篇论文的立论和创新性还是值得肯定的。作者将"独善"与"兼济"的结合作为立论的重点,认为并不是"兼济"的达成才是诗人生平理想的实现,即便"独善",其实也是理想的另一种实现,这表现在他后期诗歌里那种闲适自得的状态。白居易根据"时""才""位"的变迁审时度势,在"兼济"与"独善"之间做出相应的选择,并能安享这两种人生状态。显然,作者认为之前的研究都是将诗人的生平理想解读为"独善"是"兼济"不成之后的无奈选择,换言之,希望一直能够"兼济"才是他真正的人生理想,这样的看法是有失偏颇的。正确的看法应是:两者是他人生理想的一体两面。这不但在当时,就是今天也还是令人耳目一新的观点,虽然仍然值得商榷,因为"达则兼济"的首要抱负和"穷则独善"的退而求其次,在儒家的传统里是根深蒂固的,很难说白居易真的就完全摆脱了这种优先次序。

不过,在论证上面,作者的力度还是显得薄弱了,比如作者反复表达不应将815年被贬江州视为白居易人生观发生改变的转折点,但是这点立论总是纠缠混淆在他的"白居易的生平思想从未有过根本改变"的大观点之下,未能给出具体翔实的论证。对815年被贬江州是转折点这个在国内的确流播甚广的论点,石云涛曾在《人生坐标的重新定位——分司东都与白居易仕宦心态的变化》②一文中有过论述,他总结说:"历来把被贬江州作为白居易生平思想和创作前后期的转折

---

① Don E. Hamachek, *Encounters with the Self*, New York:Holt,Rinehart and Winston, 1st ed.1971; 3rd ed. 1987, p.70.

② 石云涛:《中古文史探微》,北京:文化艺术出版社,2007年,第246—262页。

点,实际上无论从仕途的升迁、政治热情的涨落和生活创作等方面来看,这仅仅是他前期不断上升过程中的一次挫折和一个插曲。……随着仕途形势的好转,他的政治热情也迅速得到恢复。……研究文学史的学者常常以被贬江州以后白居易不再写讽喻诗为根据,说他被贬江州,就'转向消极',此后是他'独善其身'的时期,这个认识是不全面的。作为一个官员,衡量白居易的政治热情不能仅仅从他的文学创作来说明。宪宗死后,没有了'纳谏思理,渴求谠言'之君,他失去了写作讽喻诗的条件,此后的创作主要表达闲适之情,并不能说明他在政治上心灰意冷。"

显然,从仕途升迁(被贬江州之后仍多次获重用)、政治热情(为官政绩)、诗歌创作和讽喻诗书写动机及不再书写的原因多重角度进行论述,815年非白居易生平思想转折点的观点才能得到强有力的证实。但我们在陈照明的论文里没有看到这样有力的论证,总是将白居易的仕宦经历及诗歌中透露的思想做一个总体介绍,不做具体深入的分析,就给出"虽然他在行为上做出了改变,但诗人的思想并没有改变"的结论。这很让人疑惑:行为的改变难道不是思想改变的表现吗?显然作者仍是想用"不管'兼济'或'独善',白居易的人生理想始终如一"这个大观点涵盖一切小论点,于是在论证上显得难中鹄的,让他这个本来颇为出彩的论点被薄弱的论证黯淡了光彩。

从论述和逻辑严密的角度来说,第三、四章足以完整阐释这篇博士论文的主题,第一、第二章基本处于一种游离的关系。不过,立足西方汉学研究的背景,这两部分在资料和学术参考方面又显得颇有价值,而其实整篇论文的价值也更多体现在帮助西方读者更多了解白居易其人其事其诗上面,正如该篇博士论文的指导教授倪豪士所评价的那样:"鉴于这篇论文非常浩大(正文562页,总共896页),很多诗篇第一次翻译成英文,所以值得评论……虽然陈的观念也许不像他自己声明的那样新颖,他在这把更大的概念大伞之下的贡献仍然值得注意。他对近两百篇散文和诗作的翻译和注解包括《与元九书》《醉吟先生传》,以及五篇主要的叙事诗《长恨歌》《李夫人》《卖炭翁》《新丰折臂翁》以及《琵琶行》。这些译文和注解在我们理解白居易诗文方面标志着一大进步(比如,把他对"和尚讽喻诗"的译

第四章　美国汉学界华裔学者的白居易研究　　145

文和探讨与列维/威尔士的探讨相比较)。所附参考书目则建立了一个现行的规范。"①

　　这篇博士论文的参考书目的确是值得一提的。整个参考文献由八部分组成,第一部分是作者引用的古代资料,第二部分是白居易作品集的各个主要版本,第三部分是中国和日本与白居易直接相关的研究成果,第四部分是收有白居易部分的唐代文学书目,如罗联添的《唐代文学论著集目》(台北:学生书局,1979 年)、王国良的《书目季刊》,《中国古典文学研究论文索引》(中山大学中文系,南宁:广西人民出版社),除作者原文引用或者没有引文但参考了的书目之外,与这些书中所收书目都重复。第五部分是西方语言的研究和翻译书目。第六到第八部分是中国、日本和西方关于中国文学与历史的综合性或者关于整个唐代的研究成果。近 100 页的篇幅,几乎所有基础的、重要的和权威的资料都涵盖无遗,确实对后来者的研究非常有用。

　　在韦利的《白居易的生平与时代》一书之后的 40 多年间,未见有人去做超越这座伟岸大山的尝试(前面所介绍过的 1987 年厄尼斯汀·王博士的论文《白居易其人及其对中国诗歌的影响》不能算,因为作者显然连韦利其人都不知道),陈照明的这篇论文也提出了对韦利观点的挑战,资料丰富完整,观点可圈可点,不过引起的关注似乎不多,框架上的累赘和论证上的薄弱恐怕难辞其咎。作者后来也一直对这个课题予以关注,如 1996 年有《道教和佛教对唐代诗人白居易的影响》一文发表②,2002 年又有《静待天命:唐代诗人白居易的思想和行为研究》③一文发表,继续对这个问题进行探讨,在论证和思考上显得要严谨许多,但作者的兴趣没有更多集中在这个领域上,所以与这篇博士论文相比没有更多建树。

---

① William H. Nienhauser,"Po Chü-i Studies in English Since 1916-1992,"p.44.
② Chiu Ming Chan,"Buddhist and Taoist Influences on the Tang Poet Bai Juyi,(A.D.772-846),"*Nantah Journal of Chinese Language and Culture*,1(No.1,1996),pp.249-266.
③ Chiu Ming Chan,"Lodging in Peace While Waiting for the Decree of Heaven:A Study of the Thoughts and Actions of the Tang Poet Pai Chu-yi,"*Literature and Philosophy*(*National Sun Yat-Sen University*),1(No.1,2002),pp.129-146.

第五节　杨晓山的白居易研究

杨晓山是中国大陆生人,于 1982 年和 1985 年分别在安徽大学和北京大学获得学士学位和硕士学位,后来去往美国深造,1994 年在哈佛大学获博士学位,现在美国圣母大学(University of Notre Dame,又音译为诺特丹大学)担任副教授,教授中国语言、文学与文化课程。他的研究领域主要是中国古典诗歌与诗学,包括比较诗学和唐宋诗歌、散文及公文等。曾出版专著《私人领域的变形:唐宋诗歌中的园林与玩好》[1],该书于 2008 年被译成中文,由江苏人民出版社出版。此外还有《领悟与描绘:中英诗歌自然意象的比较研究》[2]等专著,以及中国语言文学等方面的论文多篇。

一、《其道两全：白居易诗歌中的园林与生活方式》

《其道两全:白居易诗歌中的园林与生活方式》一文于 1996 年发表在《哈佛亚洲研究学报》上,2003 年收入《私人领域的变形:唐宋诗歌中的园林与玩好》一书中,有部分增删改动。宇文所安的《中国"中世纪"的终结:中唐文学文化论集》也在同年出版。看过该文和宇文所安此书的人,会有似曾相识的感觉,而杨晓山正是宇文所安的弟子,在思路、概念甚至论证理论上都或多或少借鉴了宇文所安的研究。

这篇文章的英文题目取 Manor(庄园)与 Manner(行为)在读音上的相同,来暗示白居易描写庄园的诗歌与他的"中隐"行为的对应。作者首先指出白居易别业诗中呈现出的截然分明的两类对应关系:他人的田园和他自己的田园。作者认

---

[1] Xiaoshan Yang, *Metamorphosis of the Private Sphere: Gardens and Objects in Tang-Song Poetry*, Cambridge: Harvard University Press, 2003.
[2] Xiaoshan Yang, *To Perceive and to Represent: A Comparative Study of Chinese and English Poetics of Nature Imagery*, New York: Peter Lang, 1996.

为,这两种类型的诗歌也正好分别与他的"讽喻诗""闲适诗"相对应。也就是说,在描写他人的庄园时,不管是有着陈腐意味的大宅,还是属于他人的园林,他是带着讽喻意味的。随后作者追溯了中国诗歌传统里别业诗的发展脉络,认为到了中唐时,别业诗在某种诗歌惯例中已经得到根植,并探讨白居易别业诗里的讽喻风格,如《伤宅》以王公大宅的兴衰对应一个城市和一个朝代的兴衰,表达讽谏之意。作者指出,白居易用关于城市宅第的政治诗揭露社会弊病,然而他的个人诗却成功营造了一个"吏隐"的自我形象。

在追溯"吏隐"概念的来源之后,作者总结白居易的独特之处:在他对"吏隐"的吟咏中,非常重视对庄园房宅的永久占有权和独立空间,诗中的"占有"特性凸显了他对物质是实现精神理想的先决条件的认知和强调。而这充分体现在他对自己位于洛阳的私家园林"履道里"的描述里。在叙述了"履道里"的来由之后,作者着重细读了《泛春池》一诗,认为这首诗以一个看似对美丽景色的怀念开始,然而强调水景并非一个欣赏的对象,而是对占有权重要性的衬托。《伤宅》这样的讽喻诗和对其他园林的描写中,通常是从建筑结构上来进行描述,而对自己的园林则专注于描写园林里的花园。虽然"履道里"在他的诗中出现了数百次,但园林的住宅部分和住处的内景则几乎完全没有提及。这样一来,他吟咏自己园林的诗就得以和讽喻意味的田园诗区分开来。

作者随后强调,两种双重对立反复出现在白居易的田园诗中:(1)园林的面积与占有时间之间的对立;(2)合法拥有与对土地资产的实际欣赏和享受的对比。当把自己园林的小型与其他人的田园的广阔相比时,白居易总是总结说前者更值得拥有,因为它的所属权是稳固的。而在描写那些主人不在此地的田园时,白居易则认为这些雄伟的田园是死的,不被欣赏的。这时主人拥有的所有权就不再被人羡慕了,反而像白居易这样对这些田园的欣赏和享受,才是有价值的,如《题西亭》一诗"多见朱门富贵人,林园未必即无身。我今幸做西亭主,已见池塘五度春"和《自题小园》"但斗为主人,一坐十余载"的自豪感已可以自足。白居易强调拥有权的长久而不是园林的大小,是对当时京城园林大宅频繁易手的记录。从这点来说,虽然这些诗的风格大多数是闲适的,但具有相当浓厚的讽喻意味,尤其是"回看甲乙第"之类的句子。

在探访洛阳诸多无主的园林中,白居易转而做另一种强调:能够拥有园林的合法权,不如能够享受园林之美。《题洛中宅第》一诗,对园林主人"终身不曾到,唯展地图看"进行了嘲讽。《题王侍御池亭》一诗嘲笑园林"主人来少客来多"。这对白居易自己的田园"履道里"其实很具讽刺意味,因为在825年至829年间,白居易都在长安,他的园林也处在"主人不在"的状态。而就在828年间的某个时候,他曾经回到洛阳,并写下了《宿窦使君庄水亭》一诗:"使君何在在江东,池柳初黄杏欲红。有兴即来闲便宿,不知谁是主人翁。"这何尝不是在嘲讽他自己?至于829年之后,白居易可以长久居住在"履道里",这时他的这种"拥有权胜于园林大小"和"合法拥有不如能够真正欣赏"的表达就更加强烈了。

  作者总结白居易关心园林所有权的原因:一是田园的房屋不但反映了其主人社会和政治地位的变迁,同时也是国家安好的象征,这一点以白居易请求归还魏徵后人房子的奏状为例。二是私人的原因。白居易与他的许多同代人一样,对园林中有着某种特定风情建筑的花园情有独钟,白居易的《草堂记》里就描写了这种癖好,其他人如李德裕等都有相同的癖好。对白居易来说,在洛阳对田园地产的实际占有代表着在田园生活中实现精神理想的机会,而引导这种生活的思想则是"吏隐"的概念。作者指出,从政治上来说,白居易发现选择中隐是一种自我保护的有效手段,他所谓"朝市太嚣喧"其实是一种轻描淡写,当时政治上的党争已到残酷血腥的地步,在这种情况下,选择做一个高调的隐者并不可行,而做一个低调的隐者则是平凡而有趣的。

  此外,中隐理想的实现只有在家庭供给充足的情况下才可能实现。白居易卖掉新昌的房子之后有了养老的资金,然而前提却是他在洛阳还拥有房产。这样,白居易将自己置于一个将俸禄优厚的清闲工作与隐士精神超脱结合在一起的有利地位。"履道里"的房子既是一个先决条件,又是一个兼得的体现,作者还引用韦利的说法,指出洛阳的地理位置远离政治冲突,利于他实现中隐理想。

  作者提到白居易《序洛诗》里说自己在829年至834年间所写的342首诗里,"苦词无一字,忧叹无一声"。对此韦利评价说,白居易不断强调自己全然的满足和喜悦,显然很不诚恳。因为诗人很明白当时的政治局势之糟糕,白居易把自己塑造成一个"无害的老者,老迈嗜醉到无法对世事感兴趣的地步"只是为了免除政治上的怀疑。杨晓山则认为,现代评论倾向于对表达满足的诗歌持怀疑态度,然而白居易的喜悦是发自内心的,虽然他的处境是一个特例,但也正是这种特例使得他能够其道两全:将田园生活方式代表的物质满足与隐士行为体现的精神超脱完美结合在一起。这就是本书的结论。

杨晓山说,这篇文章的中心思想是在哈佛大学的一个唐代文学研讨会上形成的,这个研讨会的主讲者是宇文所安。而实际上,这和宇文所安《中国"中世纪"的终结——中唐文学文化论集》一书里的第一章"特性与占有"及"机智与私人生活"的某些论述如出一辙,如写到诗人如何重视对田园的占有权。有所不同的是,宇文所安论述的是整个中唐的现象,而杨晓山只针对白居易。此外杨晓山对宇文所安身体力行的细读也是深得其趣的,比如探讨《泛春池》一诗时分析说:当白居易进入到景色里,他首先是以一个"主人"的身份出现,然后是一个老者,最后才是一个官员,并且以"波上一叶舟,舟中一樽酒,酒开舟不系"这几句诗里的顶针手法,认为表现了行为的自由不羁。他还指出白居易在半醉状态下依然能够清楚地回想起这个池子的历史,从"谁知始疏凿"的"始"到"终焉落吾手"的"终",将为占有而兴奋的心态表露无疑。而池子作为园林的象征,对主人来说也成了诗中一个固定的、不可或缺的表达。读这样的文字,仿佛是在读宇文所安的著作。

杨晓山的《私人领域的变形:唐宋诗歌中的园林与玩好》里对宇文所安理论的借鉴则更多,宇文所安1995年发表的《唐代别业诗的形成》[1]一文探讨初唐和盛唐时期的相关诗歌,认为8世纪时"隐私"已经渐渐地不再被当作公众生活的对立面,而是同时包含公众与隐私生活的一个组成部分,田园在公众生活的范围内给予了私人生活一个实际的空间。"私人空间"概念由此形成,并于此后在《中国"中世纪"的终结》一书中对这一概念进行界定。杨晓山基本是以此为基础完成了该书。

《诗歌的交换和交换的诗歌:关于白居易和苏轼的一点思考》[2]是杨晓山另一篇涉及白居易的论文,探讨的是物品与诗歌交换之间的互动关系,并给出了两个例子:一是白居易和裴度分别交换两只鹤和一匹良驹,另一个是苏轼对王申借走

---

[1] Stephen Owen,"The Formation of The Tang Estate Poem," *Harvard Journal of Asiatic Studies*, Vol.55, No.1(Jun.,1995), pp.39-59.

[2] Xiaoshan Yang,"The Exchange of Poetry and the Poetry of Exchange: A Perspective on Bai Juyi and Su Shi," the 1999 Annual Meeting of the Midwest Conference on Asian Affairs, Michigan Sate University, September 24-26, and at the 2000 Annual Meeting of the Association for Asian Studies, San Diego, March 9-12.

一对奇石的回应。这篇论文旨在说明：（一）作为私人空间里的审美物，诗歌与物品的交换贯穿在园林和收藏的文化范畴里。（二）隐藏在诗歌表达的客套下面的力量最终控制了交换的双方，并可能决定这交换的实际结果，或者当一个艺术品将要违背本人的意愿而易手成为诗歌主题。（三）中间人在冲淡或增强交换中的紧张时起着重要的作用。（四）解说的种种策略都将为地位的合理化服务。最后，诗歌交换不只是记录和解释，同时参与交换过程。在《私人领域的变形：唐宋诗歌中的园林与玩好》第二章中，杨晓山还以白居易的履道园为本，结合其他诗人的诗作，对这类私家城市园林中营造空间的不同手段进行了分析。这些内容里，白居易及其诗歌都以一个非常重要内容或例证出现。

二、《俸禄事宜：白居易作为七十老者的自我形象》

白居易喜欢在诗中谈及自己的俸禄和经济情况，对此杨晓山结合白居易年届七十之后所写的诗歌中涉及的金钱问题，探讨他对自己作为一个七十老者的自我形象的塑造。

在这篇 28 页篇幅的论文之前，作者提供了一个目录，让读者对本书讨论的问题和层次有一个总体的把握。目录如下：

    1.导论

    2.白居易对于退休的解脱感

    3.获得退休金前，白居易诗中经济压力的进一步体现

    4.白居易七十岁时迅速退休的原因

    5.获得退休金后白居易诗中的自得

    6.结论

作者的论述集中在 841 年白居易从太子少傅任上退休之后，他的诗歌中反映出的个人经济压力的改变和心态随之悲喜起伏的"庸俗"形象，以及他同时刻意在诗中塑造与此相悖的"豁达""超脱"的自我形象，这两相矛盾的形象表达，作者认为值得细细展示并作出解读。

在"导论"中，作者认为，白居易退休获得每月五万贯的退休金前后，其诗歌表现出非常明显的不同，这篇文章的主旨就是研究这些不同之处，并指出金钱是

如何影响白居易作为一个七十老者的自我形象的变化。同时还想探讨,总是非常在意金钱问题的白居易,为什么在没有得到退休金保障之前,就做出急于从优厚俸禄的位置上退下这一不寻常的举动。

第二节"白居易对于退休的解脱感",首先通过解读《百日假满少傅停官自喜言怀》一诗,指出在人生最后五年里,解脱感的喜悦成为白居易诗歌的主旋律,是通往"人生最后阶段"的分水岭和入口,而这种解脱同时表现在官职和家庭责任的解脱。在分析官职的解脱感与诗中提到的数个前代贤者的异同之后,作者着重分析白居易对家庭责任的解脱感,说诗中提到的尚平,在所有孩子结婚之后决定完全摆脱家庭,永远离家,携友拜访名山,这成为白居易的一个向往。作者接着说,孩子尤其是女儿一直被白居易视为精神和经济上的负担,并以《金銮子晬日》一诗为例总结说,白居易在孩子婴孩期所写诗歌的主题是他们会是将来经济上的负担,并进一步以《哭金銮子》一诗为例,说"即便是在无尽的悲痛嚎啕中,白居易仍不忘计算其负担",因为诗中说"有女诚为累"。白居易之前也有很多诗人写过失子之痛,但没有人会有白居易这样的表现。他认为白居易在女儿罗子两岁时写的《罗子诗》也同样缺乏热情,因为他说"直应头似雪,始得见成人"。而在谈到《自到浔阳,生三女子,因诠真理,用遣妄怀》一诗时,作者又指出,诗中对这个三女儿连名字都不曾提到,也没有任何别的记载,唯见她带来的负担和来到这个世界之不合时宜的抱怨。而在随后的《咏怀》诗中,白居易在后来唯一得以养大成人的女儿出嫁一事显出经济压力最大的解脱感。不过这种解脱感显然过早了,因为白居易退休后和致仕之前整整 15 个月,本应能够领到的一半薪水不知何故没能领到,所以经济上陷入了极大的窘境之中。在下一节中作者对此进行了集中分析。

第三节"获得退休金前,白居易诗中经济压力的进一步体现"又分两个小节来探讨,第一小节"经济担忧的最初解除",以《官俸初罢亲故见忧以诗喻之》说明,在最初罢官时,依赖过去优厚俸禄的积累,经济上还不成问题,因此他的诗中表现了对老之将至的豁达,以及对简单自我和简单物质需求形象的塑造,并认为根植于诗中的这个形象是来自陶渊明。而在《闲居偶吟招郑庶子皇甫郎中》一诗中,他则将自我形象一分为二地刻画成将个人自由和家庭负担截然分开的老人。然而,没有俸禄的日子持续多时之后,白居易面临了严重的经济压力,他的诗歌也呈现出不同的面貌。第二小节"压力的激化"对此进行了探讨，认为一方面，他在精神超脱上的宣称更为高调，但另一方面，关于家庭经济问题在叙述中则变得非常务实。随后用了较长的篇幅对几首诗如《醉中得上都亲友书以予停俸多时忧问贫乏偶乘酒兴咏而报之》进行解读，对其中体现的细微心理变化进行了细致的剖析。

第四节探讨"白居易七十岁时迅速退休的原因"，作者认为这首先满足了白居易对自己的承诺：以远古时代的崇高标准活着。然而他还是有着对经济贫困和社会声望阻止自己早日实现生活理想的不安，而亲友的反对，这些外来因素使得这种不安雪上加霜。白居易39岁时所写的《高仆射》一诗，对适时从官位上退下的高郢表达了推崇之意，指明这是圣人所倡导的，那时他对自己的未来也做了设想，担心自己七十岁时贪慕为官的名利不肯退休，所以这首诗也是对自己老年时的提醒。作者认为这就是白居易急于退休的原因。在《秦中吟》之《不致仕》一诗中则影射杜佑在达到法定退休年龄多年之后仍然不肯退休，老迈昏庸的他已不可能为社稷民生效力，所图的仅是富贵名利而已。作者分析说，高郢的崇高榜样与杜佑的狼藉形象共同对白居易按时退休起了促进作用：他希望如高郢一般实现先贤所示，担心如杜佑一般为人嗤笑。白居易认为老而恋官的原因，从外来说是渴求名利，从内来说则是过分在意荫庇子女家人，在《禽虫十二章》之三"蚕老茧成不庇身，蜂饥蜜熟属他人。须知年老忧家者，恐是二虫虚苦辛"一诗的结尾，白居易自注"自警也"，作者认为这也是白居易提醒自己及时退休，不要为顾念家人所阻。

第五节"获得退休金后白居易诗中的自得"中对白居易近十首诗进行了解读，如《初致仕后戏酬留守牛相公》《刑部尚书致仕》和《自咏老身示诸家属》等，反复分析他对优渥生活的满意，以及在这种满意中着意刻画自己超脱凡俗的自我形象。第六节"结论"先以孔子为学为人的经典"吾十有五而志于学，三十而立，四十而不惑，五十而知天命，六十而耳顺，七十而从心所欲，不逾矩"对应分析白居易在人生七十岁的时候的不同："虽然频繁引用孔子的话语，但白居易却把自己刻画成一个在凡俗生活所需和孜孜以求精神超脱之间变奏的形象。与中国诗歌传统中的前人不同，白居易展示了在物质压力之下精神高尚方面的脆弱，哪怕是在受人尊崇的七十岁高龄。然而，他在经济窘迫时期写下的诗歌里表露的明显的紧张并不会有损我们对他所塑造的老人形象的崇敬。相反,他对金钱压力之于精神影响的坦诚,在经济问题最终得到解决之后,加强了他的超脱感。"

这篇论文的观点鲜明,思路清晰,论证也较为充分。当然牵强之处也较明显,比如第二节讨论白居易退休之后的解脱感,家庭负担的解除也包含在其中,这让人不能理解。退休就等于无须承担养家糊口的责任了吗?如果是这样,后文着重探讨的白居易获得退休金前的经济窘迫和他的紧张压力就无从说起了。而白居易"生女诚为累"的诗句及对女儿罗子成人时自己已然白头的感叹,其实远不能说明他视女儿为人生和经济的负担。封建社会的观念重男轻女,视生养女儿为"累"只不过是一种普遍的表达,何况接下来一句"无儿岂免怜"明确表达了自己对女儿的爱。从诗歌艺术的角度来看,这样的写法其实更有表现力。在失女时他的心情是非常悲痛的,所谓"一边悲痛,一边不忘记计算她是负担"的说法近乎无稽之谈了。

至于在浔阳时三女儿的出生,正值他人生低谷心灰意冷之际,借题发挥,抒写人生的失意是很正常的。人在心情不好时容易只看消极的一面,对女儿的出生也是如此,"预愁嫁娶真成患,细念因缘尽是魔",愁嫁娶是生女儿家的共同烦恼,因缘差错的嗟叹也是人之常念,把这作为白居易视女为累的证据是难以服人的。何况从经济状况的角度来说,白居易被贬为江州司马,所得俸禄比在朝为官时还要优厚。据白居易《江州司马厅记》一文所说,"案《唐典》,上州司马,秩五品,岁廪数百石,月俸六七万,官足以庇身,食足以给家",并且没有什么实事可做,"无言责,无事忧"。拿着不薄的薪水,又没什么事忙,按说生养孩子正是最好的时候,但白居易痛苦的是被贬这件事对他的政治抱负的强烈打击,加上这江州地僻,无可作为,他的苦闷心情笼罩了一切。因此他的感叹纯粹是为人生遭际,而没有为女儿增加负担而烦恼之意。此外联系白居易《弄龟罗》《吾雏》和《念金銮子二首》等这样描写幼女稚态可爱和深切怀念的诗,更让人觉得作者有故发惊人之论之嫌。宇文所安在《中国"中世纪"的终结》一书第四章"诠释"中有对白居易《念金銮子二首》的解读,他是从诠释的角度来解读白居易试图以理来说服自己忘记失女的悲痛。其实,《哭金銮子》何尝不可以这样解读:白居易试图以世俗道理"生女为累"来宽慰自己。如果真的视其为负担,那么大可不必如此伤痛了。

白居易喜欢在诗中提及自己的俸禄,这一点颇为引人注目,但专门进行论证的不多。这个特点大多被归于他凡事喜欢入诗的癖好,并且其价值首先是其对唐代官俸制度和唐代社会情况的真切反映,如赵成林《白居易的"俸禄诗"》一文所探讨的那样①。2011 年,王萍的文章《白居易俸禄诗文与心路历程》探讨白居易诗文中对俸禄多寡及相关感慨,认为这与他早年的家庭经济拮据状况及所处社会阶层和环境有关。谈到白居易在俸禄优厚时的沾沾自喜,作者将之归于庶族阶层扬眉吐气的表现②。杨晓山的这篇研究是以白居易所有时期的俸禄诗为研究对象的,已属少见。单从他退休后这几年所作的诗里探讨他的经济状况和心态的变化,国内更未见相关的研究。当然,有一个疑问,白居易的一生,经济窘迫和俸禄优厚的时期都不少见,他对自己形象的描述是否也是随之转变,而并非局限于七十岁这个时期?或者七十岁这个时期,两种情况的交替较为紧凑,因此以孔子"七十而随心所欲,不逾矩"为参照系,来分析白居易对自己作为七十老者的自我形象刻画的矛盾?这一点作者没有交代清楚。

在美国汉学界的白居易研究中,杨晓山的研究是颇值得注意的。虽然也是一直在中国接受教育,成年之后才到美国读书,但杨晓山的英文表述非常地道,几乎没有中国学者在表述上难以摆脱的"中式英语"的困扰。他的思路清晰明了、论证逐层递进,诗歌翻译也可圈可点,表现出一个中国学者的深厚素养和接受两种文化浸润的开阔视野。可以说,杨晓山深得宇文所安研究的旨趣,善于从个人体验和人性角度去解读中国古典诗歌,并且试图以相关理论做支撑。但他终究缺乏西方学者自小浸润其中的西方人文思想根基和文艺、哲学等方面的理论素养,因此在解读上流于浅表。在《私人领域的变形:唐宋诗歌中的园林与玩好》出版后,有西方学者指出理论的薄弱乃是此书的最大缺憾③,这也正是杨晓山关于白居易研究的薄弱之处。

---

① 赵成林:《白居易的"俸禄诗"》,《文史杂志》1993 年第 5 期。
② 王萍:《白居易俸禄诗文与心路历程》,《淮北师范大学学报》2011 年第 4 期。
③ Michael A. Fuller, "Metamorphosis of the Private Sphere: Gardens and Objects in Tang-Song Poetry by Xiaoshan Yang", *Journal of the American Oriental Society*, Vol. 124, No. 1 (Jan. - Mar., 2004, pp. 165-167).

第六节 姚平:白居易作品中的女性研究

姚平也是中国大陆生人,1982 年和 1985 年分别于华东师范大学和复旦大学取得历史学学士学位和历史系硕士学位,之后任教于上海教育学院。1990 年赴美,1992 年获伊利诺伊大学人类学硕士学位,论文题目是《力量,反抗和处境:江永县的一种妇女写作体系》[①]。1997 年获得伊利诺伊大学历史学博士学位,论文题目为《白居易作品中的妇女、女性美和爱情》,之后姚平在加州大学洛杉矶分校任教至今。

可以看出,姚平赴美之后的学习和研究领域专注在古代妇女研究领域,尤其是唐代。她的学术著作数量非常多,在学术活动方面也非常积极活跃,近十几年来美国及世界各地的相关学术活动她几乎都曾参加,还参与美国关于中国文学历史研究的期刊如《唐研究》等杂志的编撰,并持续参加哈佛大学女性、性别研究等研讨会,她的学术成果和学术活动整理起来多达十几页纸。

姚平在美国师从著名的汉学家、美国后费正清时代历史学家中的佼佼者伊沛霞(Patricia Buckley Ebrey,1947—)。伊沛霞先是在伊利诺伊大学历史系任教,1997 年转到华盛顿州立大学任教至今,她的主要著作如《博陵崔氏:早期中华帝国的贵族家庭》[②]《晚期中华帝国的家族组织:1000—1949》[③]《中国社会的婚姻和

[①] Ping Yao, *Power, Resistance, and Accommodation:A Women's Writing System in Jiangyong, China*, Master's thesis of Illinois University,1992.
[②] Patricia Buckley Ebrey, *The Aristocratic Families in Early Imperial China:A Case Study of the Po-Ling Ts'ui Family*, Cambridge:Cambridge University Press,1978.
[③] Patricia Buckley Ebrey and James L.Watson, *Kinship Organization in Late Imperial China,1000–1940*, Berkeley:University of California Press,1986.

不平等》①《中华帝国的儒家思想和家族礼仪》②《剑桥中国插图史》③及《中国历史上的妇女和家族》④等都是在学界享有盛名的。《内闱——宋代妇女的婚姻与生活》⑤于 2010 年译成中文出版。她对宋代家庭史、妇女史的研究从 20 世纪 80 年代就开始了,她在女性主义研究方面的建树和理论显然深深影响了姚平。

白居易是姚平关注较多的一个诗人,除她的这篇博士论文,还有《白居易判文中的婚姻与妇女》⑥《中唐"情"的幻想:白居易作品研究》⑦等相关论文,探讨的问题也都与她的博士论文《白居易作品中的妇女、女性美和爱情》关联紧密,有的则是在博士论文基础上的生发或深挖。

这篇论文通过对白居易的文本阅读来探讨中唐关于妇女、女性美和爱情的观念,资料主要来源包括官方记载、朝廷奏折、策试文章、墓志铭、书信、诗歌及文集。姚平的结论是:"白居易生活在一个社会变迁和文化多元化的时期。他的人生经历体现了中唐时期科举士人在社会生活中急剧上升的影响力。白居易与各个阶层女性的关系及他的关于女性、女性美和爱情的作品反映了妇女观念的转变和两性关系的变化。"下面来看她是如何进行论述的。

论文第一章"导论"对白居易做了总体介绍,探讨白居易的生平以确定他的世界观是如何被唐代文化格局所塑造,以及他的经历和作品在何种程度上反映了唐代社会和历史。第二章"白居易的生平和时代"基本上是史实的梳理。论文一开始,姚平对海外学者的白居易研究做了梳理,在介绍西方学者的研究时,提到尤金·法菲尔的白居易研究,一是《作为谏官的白居易》,二是《旧唐书·白居易传》

---

① Patricia Buckley Ebrey, *Marriage and Inequality in Chinese Society*, Berkeley: University of California Press, 1991.
② Patricia Buckley Ebrey, *Confucianism and Family Rituals in Imperial China: a Social History of Writing about Rites*, Princeton: Princeton University Press, 1991.
③ Patricia Buckley Ebrey, *The Cambridge Illustrated History of China*, New York: Cambridge University Press, 1996.
④ Patricia Buckley Ebrey, *Women and the Family in Chinese History*, London; New York: Routledge, 2003; 2002.
⑤ Patricia Buckley Ebrey, *The Inner Quarters: Marriage and the Lives of Chinese Women in the Sung Period*, Berkeley: University of California Press, 1993.
⑥ Ping Yao, "Perception of Marriage and Women in Bo Juyi's Judgment Writings," The March 1997 Association for Asian Studies Annual Meeting, Chicago, Illinois.
⑦ Ping Yao, "The Fascination with Qing in Mid-Tang China(763-835): A Study of the Writings of Bo Juyi (772-846)," *Chinese Historians*, 10(2000), pp.93-121.

的翻译和注释,而没有提到当时法菲尔已经发表了的《白居易父母的婚姻》。这样,在谈到白居易父母的婚姻问题时即根据史料简单认定是舅甥联姻,对法菲尔通过严谨扎实的考证得出的观点——白居易父母并非舅甥关系,他们的婚姻也没有任何违背伦常之处——不但没有采纳,甚至都未曾提及相关的论争。其中的原因,一是有可能姚平不知道法菲尔写过这篇文章,同时也没有注意到学界对此有不同看法。二是她知道其中的论争但选择忽略。这样第一章就鲜明体现了作者论述的特点:紧紧围绕具体文本展开,基本不发空论,对一些有争议的问题基本都绕开不谈,这或者是因为作者做这些基本梳理只是为后来的论述铺垫背景。

第三章"白居易关于婚姻的作品"从白居易所写的碑文、诗、策和状来考察中唐婚姻和夫妻关系的观念。通过分析白居易关于婚姻生活和夫妻关系的作品,作者发现白居易关于婚姻的作品反映了唐代社会的观念变迁:一方面,讲究门第的传统婚姻观念仍然盛行;另一方面,婚姻的缔结对两个家庭情况的关注在减少,而更关注夫妻之间的关系。也就是说,尤其在整个中唐时期,和谐亲密的夫妻关系比两个家庭政治和社会地位上的联系更为重要。

第四章"纳妾习俗以及妓女的形象"对在中唐达到顶峰的纳妾习俗进行考察,兼及妓女文化的显著上升和科举士人在中唐社会中逐渐占优势两者之间的关系。作者首先追溯古代娼妓制度,然后介绍唐代的宫妓、官妓、营妓、民妓、家妓,并总结导致娼妓文化繁盛的原因——皇室的提倡;科举士子的相关活动强调娼妓的参与;科举士子和官员们竞相展示自己与娼妓之间的关系;能够与名妓狎昵被公认为是官场和文名上胜利的象征;拥有的家妓越多就越能显示地位的高贵。作者还分析了家妓与妾的五大不同之处:必备歌乐技艺;不是家庭的一员,地位比妾低,可以随时被遣散;可以当作礼物被转送;主人允许家妓与自己的朋友亲昵,而妾则不被允许;最后一个区别是,妾通常是为满足生理和繁衍子嗣的需求,而家妓则是为了娱乐、作伴和满足情感需求,这尤其是有名望和雅兴的文人的状态。姚平认为这就是为什么中唐所有的上层阶级都纳妾,但是狎妓行为只发生在文人之间的原因。此外,文人热衷用文本赞美妓女,因而妓女文化也大量出现在唐传奇里。

第五章"女性美理想的变化"探讨白居易关于女性美和女性外表的作品,并试图论证中唐的观念从遵从儒家规范到遵从教育和性别吸引力的转变。关于"女性美"(femininity),中国传统文化里没有一个词能与英语"femininity"或"feminine"相匹配。较为接近的概念是"四德",但"四德"是理想的"女性美"的组成因素,而非其定义。无论如何,在中国文化体系里,"女性美"是妇女的理想个性特征(在官方文字中通常被"德"代替)和女性的美丽。中唐时期,这两种组成(个性和外貌)不仅被赋予同样的重要性,而且还有了新的内涵。中唐文人给妇女个性的定义是"柔"(柔顺)和"明"(知书达理),诗文批判的妇女性格则是"不逊""悍""嚣"。外貌上,与《诗经》以来的传统赞颂美女"美目""皓齿""朱唇""玉指""巧笑"和"细腰"不同,白居易专注于女子的"体"与"态","侍儿扶起娇无力""风动翠条腰嫋娜","嫋"与"袅"相通,生动描写了女性体态娇柔的魅力。

除体态上的娇弱无力之外,白居易还特别关注女性的酥胸,如"脸似芙蓉胸似玉""漫爱胸前雪"这样的诗句。酥胸为何成为女性描写的一个引人入胜的主题,姚平认为原因有二:一是因为唐代文人对待性和与妓女关系的开放态度,二是低胸装在唐代的流行。而最重要的原因则是中唐文人接纳流行文化的意愿。白居易的作品受到通俗文学的影响,比如《长恨歌》半诗半故事的写作手法,就是受到话本和变文的影响,而白诗中的女性描写与敦煌文本中的相关描写非常相似。此外"娇羞"和"神秘"也是白居易女性描写里着意刻画的,比如琵琶女的"犹抱琵琶半遮面"。而白居易同时代人也常常把娇羞视为一种性吸引力,如《莺莺传》里的莺莺会张生也是着意刻画了她的娇羞。姚平指出,白居易特别着迷于这点。

这一章是全文论述的重点,姚平认为,"白居易和他同时代人关于女性美的作品表明:关于女性的魅力和缺点的概念在中唐发生了极大的改变。安史之乱后,新的精英阶层逐渐掌控了政治格局并成为文学创作的主体。这些文士因为文学才华与歌妓和通俗文化之间的关系而逐渐变得强势。由此,女性美概念从强调道德转为强调智慧,尤其是文学才能,并且从对距离之美的崇拜转向对性感魅力的沉迷"。

第六章"妇女在家庭中的角色"探讨白居易关于妇女在家庭中的角色的作品,对妇女在家庭中的地位做了分析,试图解答中唐作品中的妇女作为女儿、妻子和母亲的角色是怎样的。作者的结论是:"中唐文化更倾向于选择一个有才情的女儿,一个聪明能干的主妇,一个善良坚定的母亲。随着权力格局和文化环境的变化,妇女在家庭中地位的观念也产生了变化。"

第七章"'情'的主题考察"探讨通俗文化对"情"这个主题的作品的影响,以及白居易作为一个"情"主题的作者的受欢迎程度,认为中唐文学中"情"的主题表达了两性关系的一种新观念——强调男人和女人之间的感情生活。"情"在短篇传奇这种新型文体中以一种显著的主题出现,这表明了中唐文人乐于接受通俗文化,这是一个喜剧化的转变。在这个意义上,"情"的概念在中唐对社会有更广阔和更深入的影响,这就必然影响了普通大众关于性别的观念。体现在元白体尤其是白居易作品里的"情"的概念不仅是一个文学运动,更重要的是,这是一个意识形态现象:体现了推崇男女间情感生活这种新的两性关系的观念。

这篇论文的思路非常清晰,论证也较为严谨。作者从对白居易生平和作品的考察中发现,当传统"四德"继续成为女性的既定规范时,文学作品中表现的女性特征及性别观念的新趋势增加了更为广阔的内涵。在中唐,女性更多的是因为她们的才华、文学天分、资质、勇敢及美丽的外表和性感魅力而受到称赞。我们也从中知道,在日常生活中,夫妻关系不再如唐以前那样保守克制。唐代作品提倡亲密和谐,男女关系也更为开放,中唐文化也普遍欢迎爱与激情的观念。这个时期的另一个特点是妓女文化的急剧上升,与名妓的交往及蓄养家妓在政治圈子和文学圈子里都成为一种成功的象征,文官还写了很多妓女主题的作品,宣扬他们的欲望。在唐代作品中,他们对妓女的看法表明了对妇女在社会、家庭及在宫廷中的角色之观念的改变。作者从各种文体的文本中分析相关的背景、观念和变迁,对该论题做了清晰的勾画和解读,结论很有说服力。

姚平是历史学出身,在美国的学习又是以人类学和社会学为主,所以研究中体现出了这两种学科的视角,颇见新意。此外,所有译文都给出了中文原文,具有一定的参考价值。不过,各个论述的范畴是属于中唐还是唐代的范畴时有混淆,多少会导致论点的模糊。

也是从这篇博士论文里,姚平发现了墓志的价值并对此产生极大的兴趣。她于2002年起陆续发表不少以墓志研究为主体的一些论著,2004年在国内出版的《唐代妇女的生命历程》就是其中的一部。这本书中的一些内容与本篇论文有重合之处。如第四章"夫妇关系"和第五章"夫妇关系以外的两性契约关系",以及第七章"婚姻之外的女性"和第八章"母亲的形象与地位"。学界对此书的评价较高,认为把唐代妇女生活中的三个主要方面——婚姻组合、夫妇关系及母亲角色放在妇女与唐代社会、政治、经济关系中进行系统研究,在唐代妇女研究领域里取得深度方面的突破。赵立新的《唐代墓志与家庭、女性史研究》一文中则指出:"此书主要利用唐代墓志来考察唐代女性一生不同阶段的生活,主要途径之一为计量方式,例如分别利用志主为男性或女性的墓志内容,统计夫妇双方去世年龄的比例、合葬情形等,以及冥婚和不婚女性的情形。此外,也利用墓志铭的书写格式,考察并讨论了唐代女性在一生中不同阶段的形象。"[1]对该书在墓志的利用方面给予了较大肯定。这种评价和肯定也可以部分用于对姚平这篇博士论文的评价中。

相较而言,国内学界对白居易作品里的女性这个研究课题的关注,直到进入新世纪才逐渐多起来。在姚平的博士论文之前只有1987年刘兴的《白居易妇女诗婚姻观探索》一文对相关问题进行过探讨,认为白居易在对待爱情、婚姻和女性方面都抱着尊重的态度,始终在表达和坚持以爱情为基础的婚姻观,而他思想中一些出于封建观念的消极因素则不曾占据主导[2]。这篇论文主要以白居易的诗歌为证,条理清晰,论证有力,是这个论题上难得一见的力作。而20世纪后出现的相关论著则多流于浅表,如杨光的《浅谈白居易诗歌中矛盾的女性观》、夏彩玲的《白居易诗歌作品里的女性关怀》等,对白居易的女性观要么归结为矛盾观,要么过分拔高,论证上则轻描淡写,难以服人。学位论文如谢觅之的《白居易的女性诗与女性观》相对来说较为客观,对白居易的女性诗从创作动机和艺术特色等主观方面进行探讨,然后才是诗中反映的唐代妇女形象、命运和文化的内容,这有别于姚平对历史内容和女性史的侧重,而姚平的研究也不仅限于诗歌,而是以墓志、公文等史料的印证见长,她的研究和结论很值得国内学界予以注意。

---

[1] 参见赵立新:《唐代墓志与家庭、女性史研究》。
[2] 刘兴:《白居易妇女诗婚姻观探索》,《湖南师范大学学报》1987年第5期。

第五章 英美汉学界其他重要的白居易研究

美国作为一个移民国家,在二战时抓住历史机遇迅猛崛起,并从此凭借自己的强盛国力大加延揽人才为己所用。在这种背景下,西方学人来到美国或求学或任教的人数更多。他们带着各自国家汉学界的研究传统来到美国,同时也融入美国本土的汉学发展进程中,其研究风格相对来说保持大体的一致性。美国本土汉学家因为有更加良好的学术环境和资源,在白居易研究上体现出扎实、灵活的特点。其中美国唐诗研究大家宇文所安对白居易的零散研究令人瞩目。

第一节　尤金·法菲尔的白居易研究

尤金·法菲尔是德国人,1952 年在美国哥伦比亚大学获得博士学位。他的汉学成就较大,主要用英语写作,也有一些德语的汉学著作,如 1967 年与日本中国学家长泽规矩也(Nagasawa Kikuya)合译德文版的《中国文学史》①。法菲尔的

---

① Nagasawa Kikuya and Eugen Feifel, *Geschichte der chinesischen Literatur:A History of Chinese Literature*, Darmstadt:1959.Hildesheim:1967.

白居易研究成果包括在博士论文基础上出版的《作为谏官的白居易》、论文《白居易父母的婚姻》和译作《旧唐书·白居易传》。

一、《作为谏官的白居易》

《作为谏官的白居易》是法菲尔 1952 年提交给哥伦比亚大学的博士论文，1961 年在荷兰出版。这部著作在英语世界的白居易研究领域有一定的地位和影响力，英国著名汉学家浦立本、杜希德和美国汉学家谢康伦（Conrad M. Schirokauer, 1929— ）等人都写过书评给予较高评价，意大利汉学家兰乔蒂甚至将韦利、法菲尔和列维三人在白居易研究上的贡献相提并论①。后来的英美白居易研究者多引用这本书的内容和观点。

《作为谏官的白居易》一书的副标题是"808—810 年呈给唐宪宗的奏状"，梳理白居易任左拾遗这三年间所写的 20 篇奏状，分析每篇奏状背后的政治、事件背景和人物生平和关系，对奏状的本身也做了评价，并在必要的时候评估其效果。此外，对唐宪宗的执政风格和白居易的心态变化也做了必要的分析。

法菲尔在前言中说，白居易的官员身份与他声名卓著的诗人身份相比很容易受忽略。作为官员的他撰写了许多时事作品，但这些文章几乎不为人知，尤其是他任左拾遗期间呈给唐宪宗的奏状。法菲尔认为这些奏状没有得到如其他作品所得到的关注，可能是因为其现实内容缺乏诗歌的人性感染力。这句结论难免给人似是而非之感，奏状是公文性质，跟文学作品没有可比性，缺乏感染力是因为体裁问题而非内容问题，白居易讽喻诗的内容也都很现实，同样具有感染力。法菲尔认为这些奏状对白居易非常重要，因为它们代表其政治生涯的巅峰，并且也为他 815 年的贬谪江州埋下了隐患。

至于研究这些奏状的意义，法菲尔认为"对我们来说，这些奏状把我们带到帝国政治中心的幕后去一窥究竟。它们提供了那些年政治事件的横截面，并揭露出那些伴随着朝廷中真诚和忠君行为的诡计、错综复杂和密谋行为"，也就是说，可

---

① Lionello Lanciotti,"Po Chü-i's Collected Works,Vol. I ,The Old Style Poems,"*East and West*,Vol.23, No.1/2(March-June 1973) ,p.218.

以还原这三年唐宪宗朝的诸多政治真相。

法菲尔认为这些奏状虽然很有趣但是并不好读,因为其内容常常是我们所不熟悉的。奏状的读者是对这些事件非常了解的皇帝,所以当白居易提到某些官员名字、事实和事件时,他不需要特别指出或解释,因此梳理这些奏状背后的种种背景就是这本书的主要目的。对此,法菲尔在架构和内容上做了他认为最好的安排:将这些奏状分成两部分来处理。第一部分先对当时的历史背景、涉及人物及奏状中提到的发生在帝国或朝廷的事件等进行介绍,共 17 章,前 16 章对应这 20 篇奏状的背景一一做梳理介绍,最后一章是白居易左拾遗任职期满的相关事件和背景。之后还有一章总结,从"玄宗与军事首领""首领的进贡"和"农村人口的经济状况"三个主要议题来分析白居易的奏状在这些问题上起到的作用,对史实的梳理仍是主要的。

第二部分的 20 章是这些奏状的翻译。法菲尔说:"为了不使其历史描述中断而是使事件呈现它们的有机发展,把翻译从第一部分抽离出来放在第二部分作为历史资料,这应该是比较明智的做法。第一部分和第二部分是互为补充的,必须作为一个整体来阅读和理解。"在第一部分里,白居易的奏状涉及内容非常多,比如科考、税法、叛乱等,如果一一介绍,则内容太过浩瀚。对此,法菲尔的处理是"基本上做了一个折中的选择,根据对奏状的本身进行理解所需要的程度进行介绍"。这种处理方式应该说是较为理想的,读者可以选择只读译文,或者对照第一部分来理解这些奏状。

这本书架构清晰,同时内容非常丰富,比如前言之后提供了参考书目,对白居易全集的整理、流传和版本情况做了较为详细的说明。此后的白居易研究都遵循这样一个惯例。导论还提供了"白居易官职年表"、"白居易成为谏官之前的生活"、"白居易的信仰"、"宫廷官职综论"(包括"中央政府"和"谏官"两部分)、"白居易新任谏官"和"白居易行使职权的不同方式、奏状的特点"六个部分的内容,虽然创见不多,但胜在翔实明晰,对西方的白居易研究具有较大的史料参考价值。

英国著名汉学家杜希德是唐史研究专家,他后来也曾写过《晚唐政治生活的阴暗面:于頔和他的家人》①和《白居易的〈官牛〉》等文对白居易卷入宫廷争斗的细节做了探讨,本书后文有相关的内容。对法菲尔这本论著,杜希德在1963年就写过书评进行评价说,"尤金·法菲尔是对白居易作品研究做出重要贡献的又一位学者。他翻译了《旧唐书·白居易传》并作了注解,写了《作为谏官的白居易》一书,这本书对白居易的官文写作的分析研究和中唐的历史背景,至今仍是对白居易奏状最全面最深刻的研究"。杜希德认为法菲尔对这些奏状和相关背景的详细介绍也形成了一个非常重要的新观点,那就是"那些关键年头发生的政治事件和政策之间,以及损害了宫廷格局的激烈党争的形成之间有着密切的联系"。此外,"法菲尔给我们提供了非常翔实细致和有文本证实的那些年月的画面,一个希望就是能够吸引对9世纪的更多关注,这是非常值得的,因为这是很多领域的转折点"②,给予了相当高的评价。

不过杜希德也指出其中的问题,"或许可以称为不幸的是,法菲尔把'拾遗'翻译成'谏官'导致了对唐代宫廷官职的相当大的混乱。'谏官'一词通常是独立机构御史台所使用的,御史台担负着官僚主义的纠正功能。法菲尔用'检察机构'概括这两种机构又增加了混淆",的确,"谏官"一词的翻译是不怎么确切的,同时也暴露了法菲尔对当时的官职制度了解得不够深入细致。此外,杜希德认为808—810年在唐代历史上是至关重要的,而在这段短暂而重要的历史时期中,白居易的作品可能是仅有的最重要的资料来源,因此法菲尔把白居易在左拾遗任上时所写的20篇重要的奏状做了细致准确的翻译,这是很有价值的。不过,他觉得,加上在之前长达180页的介绍文字,这些翔实的资料虽然大多数是有用的,但唐史专家或许会觉得它们太过拘泥于大量的细节。

杜希德还指出,常居日本的法菲尔几乎没有注意到日本学者关于这个时期的大量研究成果,他认为这是令人吃惊的,因为在这样一个成果卓著的领域,不参考现有著作就开始一项研究是不被允许的。其直接后果就是使得作者在一些理解偏差上授人以柄。他举例说,在财政问题上,作者完全依靠法国汉学家白乐日

---

① Denis Twitchett,"The Seamy Side of Late T'ang Political Life:Yü Ti and His Family," *Asia Major*,3rd ser.1.2(1988),pp.29-63.
② Denis Twitchett,"Po Chü-i as a Censor:His Memorials Prensented to Emperor Hsien-tsung during the Year 808-810 by Eugene Feifel," *Bulletin of the School of Oriental and Afican Studies*,University of London,Vol.26,No.1(1963),pp.204-205.

（Etienne Balazs, 1905—1963）写于 1930 年的文章①，而自那之后的 20 年，中文、日文和英文的文章至少有 200 篇，而鞠清远的《唐代财政史》这么重要的著作至少应该得到提及。

谢康伦也在本书出版的第二年写了书评②，他认为应该指出的是，白居易在这两年的任期里对政府和宫廷政治的最深程度的卷入，其影响一直延续到他后来升任更高的职位。白居易的这些奏状基本是按照事件安排的，这样法菲尔就不得不决定他对每个主题的考察的深入程度。法菲尔的说法是，他决定依据其对这些奏状的理解所需程度去探究这些主题，谢康伦认为这一点法菲尔做得很成功。他还指出一个遗憾，就是这本书没有索引。书中涉及如此多的人物和史实，又是一本以参考价值为主要旨归的著作，如果加上索引，的确会更合理。

法菲尔早在 20 世纪 50 年代就以白居易的奏状为研究对象，这和他自身的学术兴趣有关，同时也跟国外汉学对唐代政治中的各方面制度研究之热潮，乃至美国中国学的兴起都不无关系。相对而言，国内学界对这个论题并不重视，对白居易奏状的专门研究至今鲜见，相关的研究则要等到法菲尔这本著作出版的半个世纪之后才出现，并且多是散见于白居易散文的研究中。比如付兴林《白居易散文研究》第四章"奏状及表研究"，将书、表、奏状的关系和创作放在一起讨论，并着重分析奏状的思想价值和艺术成就，有切中肯綮之处，但未免失之笼统，且有拔高之嫌③。谢仲伟《论白居易的散文》第二章"政治性文体"一章里有"制诰和奏状"一节，奏状内容较少，作者认为奏状更能体现个人精神，并总结其中反映白居易的人道主义精神、刚直不阿的性格、敏锐的军事头脑的部分，但支撑这些论点的论据极少，多流于空言④。肖莹星《元白派散文研究》第二章"元白派散文分体研究"里也有"元白派的奏状及表"一节，只将元、白二人所写奏状进行了分类，内容更

---

① 杜希德没有指出这篇文章的名字，根据白乐日的生平和学术研究轨迹，杜希德所指的那篇文章应当收入了白乐日的《唐代经济史》（Beitrage zur: Wirtschaftsges Chichte der Tang-Zeit, Berlin: de Gruyter, 1931-1933）。
② Conrad M. Schirokauer, "Po Chü-i as a Censor. His Memorials Prensented to Emperor Hsien-tsung during the Year 808-810 by Eugene Feifel," The Journal of Asian Studies, Vol. 22, No. 1 (Nov., 1962), pp. 96-97.
③ 付兴林：《白居易散文研究》，北京：中国社会科学出版社，2006 年。
④ 谢仲伟：《论白居易的散文》，山东师范大学硕士学位论文，2007 年。

少①。王锦森《白居易公文研究》首次对白居易的公文进行研究,奏状部分是与"表"合在一起写的,作者集中探讨的是奏状和表的用途、书写方式,总的来说,联系这些奏状的背景和人物来理解奏状本身的研究则完全没有涉及②。从中也可以看出汉学家与国内学者在研究上关注点的不同。

二、《白居易父母的婚姻》

《白居易父母的婚姻》一文发表于1956年。法菲尔在文章开头说,从白居易的三个文本《太原白氏家状》《故巩县令白府君事状》和《襄州别驾府君事状》可以梳理其家族谱系,从这些文本里没有看到什么异常的情况。随后介绍学界对白居易父母婚姻问题研究的始末:在白居易为外祖母所写的墓志铭《唐故坊州鄜城县尉陈府君夫人白氏墓志铭并序》(下文简称《陈氏夫人墓志铭》)中,罗振玉(1866—1940)首先从中发现一个奇怪的事实,那就是白居易的父亲娶的是自己妹妹的女儿。他在《贞松老人遗稿》③甲集之一《后丁戊稿》中的"白氏长庆集书后"一节中写道:"则季庚所取乃妹女。"(法菲尔认为其明显根据马元调本)也就是说,白居易父母的婚姻是舅甥配,白季庚的父亲白锽同时也是自己儿媳的外祖父。这桩婚姻显然是违背礼教的。罗振玉接着说,唐代社会肯定震惊于白季庚与自己外甥女的婚姻,并认为白居易显然在用这个"姑"字试图掩盖家族的秘密,这是他不愿为人所知的。后来,陈寅恪(1890—1969)认可了罗振玉的这个论断,在《白乐天之先祖及后嗣》一文中对罗振玉的舅甥配说极为欣赏,他说罗振玉"其说虽简,然甚确",同时也认为这一婚姻对白居易的仕途产生了重大的影响,白居易之母也因此而发狂至死④。

法菲尔接着对此进行详细的论证。他首先承认,罗振玉和陈寅恪宣称白季庚的婚姻是乱伦的、违法的并且令人震惊的这无可厚非,因为他们所依据的文本使得他们无法得出别的结论。也就是说,法菲尔认为问题出在文本讹误上。他说,

---

① 肖莹星:《元白派散文研究》,江西师范大学硕士学位论文,2009年。
② 王锦森:《白居易公文研究》,南京师范大学硕士学位论文,2010年。
③ 罗振玉:《贞松老人遗稿(甲乙丙)》,上海:上海书店,1996年,第79页。
④ 陈寅恪:《白乐天之先祖及后嗣》,《岭南学报》1949年第2期,第19—28页。

假如罗和陈能够依据日本的旧版和勘误修正，他们肯定会改变自己的看法。而相关的文献也能够说明，这桩婚姻并没有使皇帝和唐代社会震惊。接着法菲尔对此一点一点进行详细论证：

（一）《陈氏夫人墓志铭》是唯一一篇针对白季庚和陈氏婚姻的文本，而其他两篇关于其家庭和亲属的文章，罗和陈都没有发现任何冲突之处。

（二）墓志中三次说到白锽是延安县令而不是巩县县令，简单认定"延安"是"巩县"的误写缺乏说服力，因为即便是最粗笨的抄书吏也不会把巩县写成延安。而且，在谈到整个家族的人时，白居易都没有加"白"姓，唯有提到自己的时候说"翰林学士白居易"。这就给人这样一种印象：这些文本并非原本。虽然那波本、马元调本和《全唐文》都收录有《陈氏夫人墓志铭》，但《文苑英华》和《唐文萃》里则未收。这两本书成书年代都是在宋初，不收录应该能够说明对该文本的可靠性持一种保留态度。尤其是白居易全集出现伪造和蓄意篡改，更是学界已有定论的。

在这节里，法菲尔介绍了日本篷左文库中的一本那波版本，这一版的字行中间有用红墨水做的文字校勘。法菲尔说，篷左本抄自白居易（Monju 特指白氏文集，并非"文殊"。——笔者按）文集，这个文集曾经是金泽文库非常珍视的文本，因为是直接或间接抄自当初白居易送到苏州南禅院的文本。不过，不幸的是金泽文库本中的许多"传"已经遗失，其中就包括含有《陈氏夫人墓志铭》的"传25"。不过，法菲尔认为，我们有足够的理由相信"传25"曾经是金泽本的一部分。这个推测是基于篷左本和发现"传25"的近卫公爵本，桥本进吉在《慧萼和尚年谱》中就谈到近卫公爵本中的"传25"。对此花房英树教授得出结论说：(1)这篇墓志铭是白居易本人所写，因为在近卫公爵本和篷左书库中都有；(2)这两个在字行间有第二人做校勘的文本，对重建文本的原貌有很大帮助。不过，可惜的是，正如花房英树教授自己说的他也没有看过近卫公爵本书字。因此，他只能利用篷左本的改动文字，这些文字为以下两点的考证提供了坚实的依据。

（三）陈寅恪关于陈夫人是白锽女儿的看法是不正确的。首先，无法确定"锽"是指白锽还是其他人，因为文中没有给他冠姓，并且给他安上一个他从来没有做过的官职。如果指的是白锽，那么"惟夫人在家，以和顺奉父母，故延安府君视之如子"这句话就解释不通。其次,在这里出现了一个重要的衍文。《全唐文》和马元调本都作"锽之第某女",而那波本则为"锽之弟某女",即陈氏夫人是锽的弟弟(延安县令)的女儿。这样白季庚的妻子只不过是他的堂妹的女儿,虽然这个婚姻还是有点不寻常,但是既不乱伦也不违法。这样,白锽对自己弟弟的孩子——陈氏夫人"视之如子"也就说得通了。

(四)罗振玉和陈寅恪坚称白季庚不能称呼陈氏夫人为"姑"。法菲尔引用了法国传教士顾赛芬(Seraphin Séraphin, 1835—1919)在1911年出版的《中文古文词典》第444页的解释:"姑"可以指妻子的母亲,所以白季庚是可以称呼自己妻子的母亲——陈氏夫人为"姑"的。花房英树教授从篷左本抄回的校勘文字表明,这里的原文应是"外姑",意即妻子的母亲。篷左本的"弟某女"取代"第某女",而"姑"字代表"外姑"的意思,使得白季庚的婚姻既没有违反唐代法律也没有违背伦常。抄写错误是主要的原因。

法菲尔随后通过分析白居易遭贬的真正原因,认为白居易父母的婚姻与其仕途起伏毫无关系。又从白季庚通过明经科考试,曾经官至四品,母亲还被封为颖川县君说明白季庚的婚姻不会有伦常上的问题。同样,白居易得以参加进士和其他两次重要的策考,也曾任级别较高的官员,死后还获唐宣宗写诗追忆,也是有力的证据。最后,白居易的对手如对他落井下石的王涯等都没有提过这点亦是有利证据,不然他们不会放过这绝佳的抨击理由。最后,法菲尔对墓志中的"锽"是否指白锽是存有疑问的,他认为这疑问要留待更古老文本的出现才能解决。

法菲尔的这篇文章发表于1956年,第二年,岑仲勉也对这个问题提出了异议,他认为造成这种误会的原因,是因为《陈氏夫人墓志铭》的流传文字有误,他考证之后认为白居易父母"不过中表结婚,绝非舅甥联姻",岑仲勉的考证是从衍文的猜测进行的,他认为"第某女"应为"女弟",即白锽的妹妹[1],但这就与"惟夫人在家,以和顺孝父母,故延安府君视之如子"和"洎延安终,夫人哀毁过礼,为孝女"相违,这为后来顾学颉在《白居易世系·家族考》的辩驳留下把柄,并据此全面支持罗、陈之说,认为白居易父母就是舅甥关系。

---

[1] 岑仲勉:《隋唐史》,北京:高等教育出版社,1957年,第303页。

顾学颉文章发表的第二年,陈之卓发表了《白居易父母非舅甥婚配考辨及有关墓志试正》一文,支持岑仲勉的论断,并论证说,白居易的《故巩县令白府君事状》和《陈氏夫人墓志铭》说明,白季庚的母亲是河东薛氏,而陈夫人则出自昌黎韩氏,则白季庚与陈夫人非一母所生,又进一步考证韩氏既非白锽继室,也非妾滕、外室,从而认定"白季庚之父巩县令锽与陈夫人之父延安令不是同一个人"。此延安令讳"湟"与"锽"应是叔侄,与白居易的曾祖父白温同辈。"湟"与"锽"在唐代读音不同,不犯家讳。到了宋代两个字合为同音,以至于误将两个人为同一个人,这才造成了白居易家族世系的紊乱①。1995 年,陈之卓又发表了《白居易父母为中表结婚说补正》一文,对关于这个问题的所有看法和论证一一进行了辨析,认为解决白居易父母婚配之谜的钥匙,就是弄清楚"延安令锽"到底是不是白季庚的父亲白锽,对此他从白锽从未任延安令一职、白锽没有女儿和墓志的文字讹误情况进行总结,认为延安令另有其人。依据这一点推导,不管是怎样的可能性,都能推出白居易父母是中表婚配②。可以说,陈之卓的两篇论文理据严实,对这个问题做了最好的定论。到 2002 年,武汉大学的喻亮也撰文表示同意岑先生的观点,从参考文献看出,他没有看到陈之卓的这两篇论文,只是简单地提到对"锽"字应是讹误的设想,不可与陈之卓严密翔实的论证相提并论③。

遗憾的是,陈之卓对此问题的论证文章显然没有得到应有的关注,以至后来的唐诗研究学者如莫砺锋还持罗振玉、陈寅恪和顾学颉的看法,在 2010 年出版的《莫砺锋评说白居易》一书中,仍说白居易父母是中表结婚④。也许因为这些考证都出于某种假设和推断,所以说服力总是不够。因此,当我们回顾法菲尔写于 1956 年考证白居易父母婚姻的文章时,就能发现其长处:从文本出发。他以那波本不同于马元调本的文字,以及从篷左文库所藏那波本里的校勘文字作为最重要的论证基础,并由此推导开去,这种以文本支撑的论证比陈之卓的论证更具说服力。

《作为谏官的白居易》一文在白居易研究方面有较大的参考价值,而法菲尔

---

① 陈之卓:《白居易父母非舅甥婚配考辨及有关墓志试正》,《兰州大学学报》1983 年第 3 期。
② 陈之卓:《白居易父母为中表结婚说补正》,《社科纵横》1995 年第 2 期。
③ 喻亮:《白居易父母"畸形婚配"说质疑》,《中国韵文学刊》2002 年第 2 期。
④ 莫砺锋:《莫砺锋评说白居易》,合肥:安徽文艺出版社,2010 年,第 87 页。

的另一篇带有详细注解的译文《白居易传》更是西方白居易研究的重要参考资料。这篇译文译自《旧唐书·白居易传》，而《新唐书》的内容则作为参考在脚注中提及。法菲尔认为白居易作为如此重要的一个诗人，其译诗在国外已经得到足够的介绍，他的传记也出现了，但是他的官方传记从来没有人翻译过。既然所有关于白居易的研究除涉及他的作品外还要参考官方传记，他希望这篇译文能够帮助关注白居易生平研究者了解相关信息。事实上，他的目的也达到了。

法菲尔的翻译质量很高，注解非常详细，最后对《旧唐书》与《新唐书》的异同做了比较，认为《新唐书》只注重白居易的官宦生涯，几乎忽略了他作为一个诗人的身份。法菲尔认为这是有很大偏颇的，因为白居易的价值更多体现在作为一个诗人而不是一个官员。法菲尔认为《新唐书》的优点是按时间顺序叙述事件的发生，《旧唐书》唯一的缺点就是没有按照时间顺序编排。他赞同胡适的观点：《新唐书》里白居易和元稹的传记太过枯燥无味，完全不能与《旧唐书》相比。

法菲尔的白居易研究多是对史实的翻译和梳理，在为西方白居易研究提供必要的参考资料方面有较大贡献。比如后文探讨的保罗·高汀的《解读白居易》一文，文中多处以法菲尔《作为谏官的白居易》和《白居易传》为参考，并在此基础上做分析。法菲尔中文功底较深，在对白居易父母婚姻的考证上也颇见功力。不过，行文方面，沉溺于细节、史料的堆积和冗长重复是他的一个较为明显的缺点。

第二节　对《论姚文秀打杀妻状》的研究

本杰明·沃拉克，美国汉学家，二战期间的战地记者生涯催生了他对亚洲文化、语言与历史的终生兴趣。1950年沃拉克在加州大学伯克利分校获得人类学学士学位，后来又分别于1954年和1960年获得东方语言硕士和博士学位，1964年至1991年在加州大学戴维斯分校任教。

沃拉克的学术兴趣集中在中国古代军事、法律等方面，写有《中国早期军事思想的两种观念》①、《中古中国的攻城研究:颍川之战(548—549)》②等关于古代军事的文章。他对中国古代思想史也比较关注,写有专著《〈淮南子〉卷 11:行为、文化和宇宙》③一书。这本书在利用资料说明问题方面做得比较好,但是由于翻译上存在相当多的问题,也体现出作者写作之时(1962)中文功底似乎还不够深厚。不过在 1981 年的这篇《作为法理学家的诗人:白居易与一桩杀妻案》文章中,可以看出作者无论在中文功底、基本知识和理解方面都有了长足的进步。

这是一篇关注中国古代法律的文章,通过白居易对一桩杀妻案所作的一段参酌状探讨唐代的死刑制度。白居易任中书舍人时,遇上姚文秀打杀妻一案,刑部所定罪名为"斗杀",也就是说在相争过程当中导致的死亡。大理司直崔元式则认为是"故杀"即故意杀害,因为斗杀是互相殴打导致的死亡,而姚文秀妻子阿王被打得其惨万状以致当夜死亡,姚文秀自己却毫发无损,谈不上相斗,加上他们之间积怨已深,肯定是故意杀害。之所以要辨明是"斗杀"还是"故杀",是因为两种罪名所获刑罚是不同的:"斗杀"罪要判以绞刑,而"故杀"罪要判以斩首。白居易认同崔元式的判定,但认为崔没有将相关法令与其中的逻辑错乱、犯罪根源说清楚,留下后来者可以钻的法律漏洞,于是就此写下了一段较长的参酌状。这篇富于思辨性的参酌状赢得了沃拉克的赞赏。

文章一开始,沃拉克就盛赞中国古代刑法在裁决杀人案时的审慎,能够根据行凶者在犯罪过程中的心理状态来判定是何种性质,并给予相应的刑罚。作者认为这是中国古代刑法的一个显著特点。接着沃拉克逐段翻译了白居易这篇参酌状,并在每一段翻译之后细细解释当中出现的专有名词,从而也梳理了唐朝的职官制度、文书制度和法律条文等,内容非常翔实,相关基础知识扎实,对古文的理解也非常到位,体现了作者深厚的汉学功底。其中注解内容也非常丰富,包括白居易诗集的版本等内容。总的来说是一篇比较典型的汉学著作。

时隔 13 年之后,英国汉学家杰夫瑞·马考麦克的《关于杀人案的中国传统法

---

① Benjamin E. Wallacker,"Two Concepts in Early Chinese Military Thought,"*Language*,Vol.42,No.2(Apr.-Jun.,1966),pp.295-299.
② Benjamin E. Wallacker,"Studies in Medieval Chinese Siegecraft:The Siege of Ying-ch'uan,548-549 A.D.,"*The Journal of Asian Studies*,Vol.30,No.3(May 1971),pp.611-622.
③ Benjamin E. Wallacker,*The Huai-nan-tzu*,*Book Eleven:Behavior*,*Culture and the Cosmos*,New Haven:American Oriental Society,1962.

律:白居易与遵循先例原则》一文再次就白居易这篇参酌状进行探讨。马考麦克在英国阿伯丁大学任教至1991年,早年学术兴趣集中在罗马法律上,20世纪80年代开始对中国古代法律产生浓厚兴趣,有多本论著问世,而且近些年在该领域仍然非常活跃。如2005年10月在"中国文化与法治"国际学术研讨会暨中国法律史学会学术年会上,马考麦克参会并提交了《官吏选、考及相关犯罪——〈唐律〉第九十二条研究》一文,近些年他的相关学术成果也层出不穷。

Eiusdem Generis是一个拉丁语词,意思是"同类",用作法律术语则是"遵循先例原则",这是英美法律较早出现的一个法学原则。马考麦克认为白居易对法律的解释已经暗含了这个法律术语的精神:大理寺认为之前有一个类似的案件是判为斗杀,可以援引先例。白居易则据理力争,认为可以遵循先例必须有一个原则,那就是两案相同,不能因为略同就依前办理。马考麦克这篇论文篇幅要短得多,内容虽然也是探讨唐代的法律制度,但作者更侧重从白居易的层层论述中梳理其逻辑思辨关系,赞赏其对法律条文的熟悉和态度的严谨细致。不过,作者做此探讨并不为了停留在这个案件本身,而是意图论证这一观点:"从白居易对这桩杀妻案的观点所做的简短探讨中,我们可以通过指明从这桩案件得出的一些更为深远的内涵给出一个总结。也就是说,这表明了唐代的法律已经体现出中国刑法直到封建帝国结束之时都具有的特征……"他将这些特征总结为四个方面:(一)坚持任何一级司法和管理阶层对一桩杀人案进行严格细致的审查,直到皇帝本人给出个人意见,这个准则(即没有来自皇帝的批准不能做任何死刑判决)是中国历朝的特色,至少在唐代已经建立起来了;(二)尊重个体生命的基本价值是中国的刑法典的神圣所在;(三)传统中国法律有着在确保量刑时法律条文的适用性和恰当性的普遍关怀;(四)作者又将此案总结为历经了许多世纪和政治、社会的变迁而依然葆有持久生命力的中国文化的鲜活例子。体现在这个案子中的这些法律和其内在价值,在1911年封建帝国崩溃之前,都在延续着。

仅仅从白居易复核一桩杀人案的判文里,作者就得出这样的结论,难免给人失之草率的印象。而且作者一再强调,直到1911年之前,中国古代的刑法司法所具有某种一贯性的特点,但他既没有对唐代之前或者之后任何一个朝代的刑法司法做必要的探讨或交代,也没有对1911年之后的中国刑法司法的总体特征给出一个对照,因此无论在资料、论证方法还是启发思路方面,都缺乏足够的说服力,除非是对作者在中国古代法律方面的总体思考有所了解。在这篇文章写作的四年之前和两年之后,马考麦克分别完成了《古代中国刑法》①和《古代中国法律的精神》②两书,较为充分地展示和论证了他对中国古代法律的全面考察和总体思考。其中唐代法律是作者关注的重点,尤其是《唐律疏议》被作者认为是律典编纂的顶峰,是历代律典的范式。在这篇文章中,马考麦克认为白居易的所有解释都体现了《唐律疏议》的主旨,有理有据,因而说服了皇帝。对唐代法律的推崇可能构成了马考麦克一个论证基础,体现在这篇小文里,就是从一个案子的复核和决断看出1911年之前的中国法律有着诸多(明显褒义)的共同特点。

关于姚文秀的最终下场,唐穆宗给出了最后定夺:"姚文秀杀妻,罪在十恶;若从宥免,是长凶愚。……宜依白居易状,委所在决重杖一顿处死。"沃拉克引用了韦利对此裁决的译文,"重杖一顿处死"译为"is to be thrashed and then executed",韦利认为皇帝的旨意是先将姚文秀杖打一顿之后再处死。马考麦克也是这样认为的,并说,从这道圣旨里看不出来执行的是哪种死刑,但是可以猜到是斩首而非绞刑,也就是说,完全遵从白居易的判决。有意思的是,沃拉克的文章结尾却说,皇帝虽然下令将姚文秀重杖处死,但是姚文秀也许根本就没有被处死。因为根据782年的一项改革规定,只有犯了"十恶"里的四项非常严重的罪名才会依据死刑法令被判处死,其他的死刑判决则要受"重杖一轮处死",也就是说,假如姚文秀能够在规定的一轮六十杖打之后仍然活着,那么他实际上只是在名义上而非真的被处死。

马考麦克的注释里一直都有沃拉克的引文,但在这点上他显然没有认同沃拉克的观点,两个人在这里出现了分歧。对于皇帝在整个律令审判中的作用,沃拉克和马考麦克秉持各自的看法。沃拉克认为,皇帝在担任法律裁定的君主执行者角色时,甚至当他改变这些裁定时,都只是在训练一个官员(的能力),而非起到一个司法上的作用。马考麦克则认为,皇帝根据合理情况进行裁定,而不必援引针对相同性质案件的法律条文,这是一个很特别的现象。他们其实都强调了皇帝在法律裁定上的至高权力,但各自的着眼点不同,沃拉克从皇帝赞赏白居易的论

---

① Geoffrey MacCormack, *Traditional Chinese Penal Law*, Edinburgh: Edinburgh University Press, 1990.
② Geoffrey MacCormack, *The Spirit of Traditional Chinese Law*, Athens: University of Georgia Press, 1996.

断,但是却依据782年改革的律令给了姚文秀斩首之外的另一种死刑,也就是说,姚文秀的下场如何不重要,重要的是白居易在这个案件复核中的表现。马考麦克则认为皇帝除被白居易缜密的辩论说服,还有着自己"由合理情况出发"的考量,这点因为与英国法律的"同类规则"原则恰成对照,所以值得注意。

从研究的角度来说,沃拉克着重梳理这一事件本身能够说明什么,而马考麦克则以唐律为西方法律的一个参照为旨归。这与他一贯的视角是一致的。比如在他的《中国传统刑法》一书"法的渊源"一章开头,马考麦克就言之凿凿地说:"整个帝制时代,皇帝乃法律的唯一渊源。"从而得出"在西方意义上,中国的法律并不成其为法,毋宁乃行政规范"的结论,但这和他之前用奥斯丁法学理论对照得出中国的法典也可被视为一种非西方意义上的自然法这一看法相矛盾。这与他执着于用西方视角硬套中国法律的视角有关[1]。相对来说,马考麦克则更多地表现了汉学研究里将中国视为"非我的客体"和"沉默的他者"从而成为自己研究样本的所谓东方主义。不过,在近些年来的论著中,这种倾向明显减少了,比如2005年的会议论文《官吏选、考及相关犯罪——〈唐律〉第九十二条研究》一文就以客观、深入获得了较高的评价:

"……马考麦克先生研究唐律25年,深深感到了其博大精深。在《官吏选、考及相关犯罪——〈唐律〉第九十二条研究》一文中,他首先深入探讨了唐律立法技术的成熟、高超,对《唐律》第九十二条官吏因贡举、官员选任和考绩而犯罪的情况进行了具体分析,其次作者对本条规定所蕴含的传统儒家思想进行了阐释。认为该条的处罚不仅是为了确保道德正直的人被选任,而且为了确保一旦选任任职,他们应该认真予以履职。这篇文章,不仅体现了外国学者对中国刑法史的兴趣以及分析的思路和视野,而且也使我们认识到,'问责制是帝国时代重要的法律规定,古代官员的问责制给我们留下了深刻印象'。"[2]2007年的《从"贼"到"故杀":中国古代法律中责任概念的变化》[3]一文,对相关概念在各个朝代中的定义和解释进行了详细的解说,条理清晰,有理有据,将这个问题梳理得非常清楚,那

---

[1] 许章润:《天意 人意 法意》,《比较法研究》1998年第1期。
[2] 高汉成:《中国传统法律文化研究的多维视角——"中国文化与法治"国际学术研讨会暨中国法律史学会2005年学术年会综述》,见《中国文化与法治》,北京:社科文献出版社,2006年,第33页。
[3] Geoffrey MacCormack, "From Zei to Gu Sha: A Changing Concept of Liability in Traditional Chinese Law," *The Journal of Asian Legal History*, 7(2007), pp.1-23.

种西方视角的俯视感不复再现，也体现了作者学术研究更加趋向客观性。

对白居易断姚文秀一案，中国学者也从法学的角度做过探讨。如王应暄的《从唐代的姚文秀杀妻案看我国古代故意杀人罪的罪名定义》①一文认为，《唐律疏议》是宋元明清各代封建立法的范本，包括故意杀人罪的立法体例与罪刑规定，一以唐律为准。而唐律对故意杀人罪的定义不够精确与严密，导致后代的解释众说纷纭、莫衷一是。王应暄认为，这些解释既不合于我国古代刑法中从贼杀罪到故杀罪的立法传统，尤其比起白居易对《唐律》的解释还是一种倒退。

王宏治《唐代死刑复核制度探究》一文则认为白居易的参酌状否定了刑部、大理寺所定的罪名"斗杀"，从法理和情理的角度肯定了大理司直崔元式"故杀"的意见，其所论述俨然一篇法学论文，值得注意，并由此梳理评价唐代死刑的复核制度，认为皇帝重视中书省在司法复核中的作用，这是皇帝控制司法的重要手段之一②。而饶鑫贤的《白居易的礼刑关系论和犯罪根源说浅析》一文则是从礼刑关系和犯罪根源的角度来梳理其中的逻辑关系和法理价值③之一。

总的来说，国内学者多从此事件引发的思考角度切入，并不停留在白居易这篇参酌状的本身，与西方学者专注考察参酌状并从中得出结论形成一个较为鲜明的对比。这种思考角度和学术视角正是值得我们加以注意和借鉴的。

第三节 杜希德：《白居易的〈官牛〉》

杜希德是一位声望卓著的西方汉学家，因与费正清共同主编著名的《剑桥中国史》为国内学界所熟知。杜希德是英国汉学家，在剑桥大学获得博士学位，20世纪80年代之前先后在英国伦敦大学和剑桥大学任教，80年代开始在美国普林斯顿大学东亚系任教，并出任普林斯顿大学首任胡应湘讲座教授（Gordon Wu,

---

① 王应暄：《从唐代的姚文秀杀妻案看我国古代故意杀人罪的罪名定义》，《法学评论》1985年第5期。
② 王宏治：《唐代死刑复核制度探究》，《政法论坛》2008年第4期。
③ 饶鑫贤：《白居易的礼刑关系论和犯罪根源说浅析》，《中国法律史论稿》，北京：法律出版社，1999年。

Professor of Chinese Studies），直至 1994 年。杜希德是中国隋唐史的专家,博士论文专攻《旧唐书·食货志》的英译,并以一篇导论详论唐代财政制度的种种问题,表现出细致深厚的欧洲汉学风格。专著《唐朝的财政管理》[1]和《唐代正史的修撰》[2]都是功力深厚的史学力作。

杜希德秉承欧洲汉学的传统,治学态度严谨扎实。比如他非常注重史料问题,1979 年主编的《剑桥中国史》(*Cambridge History of China*)第 3 册隋唐史部分,在"导论"部分专门讨论了唐史的史料问题。他认为我们今天对唐朝的认识主要依靠史官所留下来的记录,所以应对唐代官方史家修史的过程、方法、意识形态和局限都要彻底地了解,尽量避免被其偏见和成见左右了我们对唐朝的认识[3]。他也是一位培育学术人才的名师,在剑桥培养了两位杰出的学生,一个是杜德桥(Glen Dudbridge,1938—),一个是麦大维(David McMullen,1939—),两人后来都在唐代文史研究上有出色的表现。

对史料的重视和扎实的汉学功底,使得杜希德对隋唐的政治经济等各方面的制度了如指掌,而他的研究领域都在史学范围之内,这篇《白居易的〈官牛〉》是他难得一见的从文学角度探讨历史问题的文章。

《官牛》是白居易 50 首新乐府中的第 41 首,全诗如下:

> 官牛官牛驾官车,浐水岸边般载沙。一石沙,几斤重,朝载暮载将何用。载向五门官道西,绿槐阴下铺沙堤。昨来新拜右丞相,恐怕泥涂污马蹄。右丞相,马蹄蹋沙虽净洁,牛领牵车欲流血。右丞相,但能济人治国调阴阳,官牛领穿亦无妨。

杜希德先将这首诗进行了英译,随后说,根据白居易给这首诗的诗题"讽执政也"得知这是一首写给丞相的诗,"可以简单地当做一首抨击残暴政府出于统治阶级的利益为不必要的铺张而压迫人民的诗来读"。不过,杜希德指出,这首诗一再明确地提到"右丞相",应该是对具体某个人的抨击。

然后他引出陈寅恪《元白诗笺证稿》一书中对这个问题的探讨:陈氏认为白

---

[1] Denis Twitchett, *Financial Administration Under the T'ang Dynasty*, Cambridge: Cambridge University Press,1963.
[2] Denis Twitchett, *The Writing of Official History Under the Tang*, Cambridge: Cambridge University Press, 1992.
[3] 赖瑞和:《追忆杜希德教授》,《汉学研究通讯》2007 年第 4 期,第 30 页。

居易这首诗讽刺的是于頔。陈氏的理由是，白居易这首诗写作的元和四年（即809年，这点杜希德也指出有武断之嫌）之时，三公及宰相共有五人，其中郑絪、裴垍、李藩三人都不应该是白居易讥讽的对象，而他的《新乐府·司天台》已经专门抨击过杜佑，所以此篇所针对的也就剩于頔了。"于頔居镇骄蹇，迫于事势，不得已而入朝，虽其执政原是虚名，但以如是人而忝相位，固宜讥讽也。乐天于于頔入朝以前，已有痛诋之语，在其入朝以后，复于奏状中言其'性恶'，是不满于于頔可知。然则谓此篇为专指于于者，亦不足怪矣。"①

对于陈寅恪的这个分析杜希德提出了质疑。关于于頔其人，杜希德曾经在《晚唐政治生活的阴暗面》一文中做过探讨，因此认为，无论是从其人和其家人的品行，还是与白居易父亲之间的过节等方面考察，陈寅恪的提法是很有说服力的。然而杜希德还是提出了不同看法，因为陈氏的看法是基于这首《官牛》写于809年的前提得到的，但陈氏对此也没有十分的把握，因为白居易虽然自题《新乐府》于元和四年为左拾遗时所作，但这50首诗中的一部分作于该年之前或之后都有可能，陈氏对这一点也是认可的。所以杜希德据此给出了另外一种可能性，即如果这首诗是写于808年而非809年的话，可疑人选的范围就扩大了，比如裴均就在可考虑人选之内。

杜希德分析说，在第一次上书皇帝要其警惕于頔的奏折中，白居易就已经对裴均做过抨击。所以杜希德认为裴均不但是可疑人选，而且可疑程度比于頔更大，因为于頔在官职和任职时间方面都存在不符的情况。如于頔没有担任过右丞相，《新唐书》卷六十二《宰相表中》记载："元和三年九月庚戌，山南东道节度使检校尚书左仆射于頔守司空同中书门下平章事。"也就是说，808年拜相之前于頔已经是左仆射，与"新拜右丞相"的说法不符，而808年拜相的时候于頔已经是更高的职位司空，不再是左仆射了。接下来，杜希德对唐代的"丞相"和"宰相"进行了辨别讲解，对什么官职可以称作宰相或丞相做了细致的说明。不过，他认为，如果白居易把以残暴出名的于頔作为抨击目标，这是很危险的事情，所以他若是对此做了一些隐晦化的处理，也是说得过去的。但他仍然认为诗中的"右丞相"指裴均也是极有可能的。从裴均的出身、为官历程、惯以贵重物品上供、多次抗旨收取

---

① 陈寅恪：《元白诗笺证稿》，上海：上海古籍出版社，1978年，第282页。

重税的行为,杜希德认为其身份和"搜刮民脂"的行为非常符合。此外,因白居易在反对用兵、反对割据首领进京求官等方面与裴均积怨,也是白居易抨击他的一个可能原因。

接着,杜希德还从诗中"五门""官道"两词入手,分析唐代长安城的布局和里坊制度,进而得出结论:"官道"很有可能指的就是朱雀大街,于頔住所所在的安仁坊在朱雀大街的东边,而裴均住所所在的广德坊位于朱雀大街的西边,这样一来,根据诗中"载向五门官道西"一句,也可为"右丞相"是裴均增加一个例证。另外,于頔在安仁坊的邻居是已经从实干岗位退休并获得三公头衔之一"司空"的杜佑,杜同时也兼着宰相之职。如果说长安城里的确有一个人会在通往自家宅子的路上铺一条沙堤,那么这个人非杜佑莫属。不过,把这种特权延续到于頔那里,并不只是增加几百米的沙子路那么简单,而是事关官位大体,所以不太可能。而裴均呢,铺一整条全新的沙堤至少得要四里长才够。这对拉沙的牛车来说,的确是一个大工程。这一点也为裴均是可疑人选增加了更多可能性。

2004年,中国社会科学院的吴丽娱在"中国唐史学会第九届年会暨唐宋社会变迁国际学术研讨会"上提交《谁是白居易〈新乐府·官牛〉诗中的右丞相——陈寅恪〈元白诗笺证稿〉补证一则兼辩牛李党争起源问题》一文,同样就白居易《新乐府·官牛》诗中的"右丞相"指谁这一问题做了详细的探讨。吴丽娱认为指的是李吉甫,同样,她也是将白居易此诗写作时间范围扩大,将可能入选的人一一加以分析排除,其中就包括杜希德认为可能性大的裴均。吴丽娱否定裴均的理由是,他虽然在808年4月自荆南节度使拜为右仆射、判度支,可以称作"右丞相",但裴均不是宰相,因此不能称为"执政"。吴丽娱在探讨于頔的时候也说过,根据唐代的法令,尚书仆射是可以称作左右丞相的,杜希德的理论也是如此。不过,吴丽娱又从"执政"及中唐时人流行的称呼,特别是白居易诗文中出现过的所有"丞相"所指,得出"左右相或左右丞相都不是指尚书左右仆射,而是指真正拜在宰相的门下、中书侍郎",因此是裴均的可能性也得以排除[①]。

吴丽娱的推论也有其坚实的依据,同时她这个论断也能佐证陈寅恪先生提出的"牛党之争起源于元和三年制举"说,并进一步说明白居易诗的党争背景。但

[①] 载《庆祝何炳棣先生九十华诞论文集》,西安:三秦出版社,2008年,第630—639页。

是她没能从《官牛》这首诗的内容方面进行更多的考证,比如杜希德提出的"载向五门官道西",吴丽娱说白居易当时所居为长安城的最东头,而李吉甫所住安邑坊也离得不远,所以能够看到他铺设沙堤之举。但这就恰恰难合诗中"官道西"之说。且吴丽娱自己也说,"绿槐阴下铺沙堤"一句的"绿槐阴"应该指的是夏天,白居易也有"四月天气和且清,绿槐阴合沙堤平"(《七言十二句赠驾部吴郎中七兄》)的诗句,而李吉甫是在正月孟春拜相的,不可能有槐树成荫的景象,这是一个难解的疑问。她勉强将之解释为"槐阴"与"沙堤"的相对,或者是白居易有意的错乱,目的是稍微掩饰一下抨击目标。其实,如果杜希德也注意到这点的话必定非常高兴,因为这倒正好合了裴均拜右仆射的时间——四月份。

  杜希德的翻译相当流畅,理解也没有什么偏差,就是有一个细节:"恐怕泥涂污马蹄"(译为"And they fear the mud in the roads will sully his horses' hooves")一句的主语是复数"他们(they)",但马的主人却是"他(his)"指右丞相,如果不是笔误,那么就是译者认为是其他如下属官员之类的人怕泥污脏了丞相的马蹄而下令铺设沙堤,虽然这也能从侧面表现"右丞相"的奢侈荒淫,但如果"they"换成"he",表现力度会更强。再就是最后一句"但能济人治国调阴阳,官牛领穿亦无妨",杜希德的英译翻译过来是"你只是能造福人民、使国有序并调和阴阳而已吗?你难道不能不让你的官牛的脖子上饱受伤痛吗?"显然,他认为白居易的意思是:右丞相在造福国家和人民的同时,也应该阻止压迫官牛(指代人民)这样的事情发生。这显然与白诗的原意相去甚远。其实根据李肇《唐国史补》卷下的记载"凡拜相礼,绝班行,府县载沙填路,自私第至子城东街,名曰沙堤",可知沙堤是所有拜相者的优待和礼遇,并非某个宰相出于私人目的而设的。白居易这首诗是借着这件事,着意渲染官牛载沙铺设沙堤的艰辛,并将铺设沙堤一事归于"右丞相"的一己私欲,因而表达他的不满。这种不满其实与牛无关,甚至与沙堤这件事也无关,因为他最后两句说了:如果"右丞相"能够心系社稷、造福于民,牛就是磨穿了脖子也没关系。言外之意,这个"右丞相"虽然官居高位,却显然没能尽职尽责,其中的不满之意是显而易见的。唐诗中诸如"但(安)能(使)……""……亦"这样结构的诗句是很常见的,用来表达一种假设,著名的如"但使龙城飞将在,不教胡马度阴山"(王昌龄《出塞曲》)、"何时眼前突兀见此屋,吾庐独破受冻死亦足"(杜甫《茅屋为秋风所破歌》)。杜希德一生致力于史学研究,于文学理解方面可能稍显薄弱,但是他对诗歌内容的解读还是非常细致的,比如对"官道西"的考证。

杜希德代表了秉承自沙畹、伯希和那一代欧洲汉学家传统的优秀汉学家,对中国古代历史用功极勤,在基本知识掌握得非常扎实的基础上,对某一个方面问题的研究做得又深又细,因而能够发国内学界所未发,得出至今仍有参考价值的见解。杜希德的诸多著作多是在国内史学研究还陷于沉寂之时,筚路蓝缕、条分缕析,把中国历史古籍一一吃透得出的见解。比如他在 80 年代之前就已经在唐代经济、财政史等方面发表过不少专题论文,内容涉及佛教庄园、佛寺经济、国有土地制、中国正史列传问题、宰相陆贽、水利灌溉、唐令式、敦煌文献、士族问题、商业和市场、藩镇、人口和瘟疫问题、官员群和科举等,这些奠定了他学术威望的论文在发表时往往都很有开创意义,即便是在改革开放后国内学界唐史研究突飞猛进,在很多问题的研究上,杜希德的研究方法和结论都仍有过人之处。就拿这篇写于 1989 年探讨《官牛》中"右丞相"问题的论文来说,到 2004 年吴丽娱的文章探讨相同的问题时,也未能推翻他的观点,甚至在论证方面犹有过之,仍有值得借鉴的地方,如从唐代城市布局分析诗中所言"官道西"所指为何等。如果吴丽娱能够注意到这篇文章,相信她对这个问题会有更透彻、更全面的分析,从而得出更有说服力的论据。

第四节 司马德琳:《白居易的名鹤》

司马德琳是美国人,1983 年以博士论文《唐代古文风格研究:韩愈、柳宗元的修辞》[1]从华盛顿大学毕业,此后任教于科罗拉多大学伯尔德分校,近年致力于汉语教学方面的研究,现担任亚利桑那州立大学孔子学院的院长。

司马德琳后来的研究仍以唐代古文为范围,只是关注的重点转向了寓言研

---

[1] Madeline K. Spring, *A Stylistic Study of The 'Guwen': The Rhetoric of Han Yü and Liu Zongyuan*, Unpublished Dissertation of University of Washington, 1983.

究,尤其关注中唐文人古文寓言中的动物寓意。比如1988年发表的《中国九世纪寓言之马和名士》①梳理了从先秦以来马在中国古代神话、寓言等文学作品及在社会政治生活中的特殊地位,并对著名中唐文人柳宗元、刘禹锡、韩愈、李翱和白居易等人关于马的文章做了翻译介绍。随后的《雄鸡、马和凤凰:李翱寓言一瞥》②基本是前文李翱部分的延伸和扩展。

司马德林的这篇《白居易的名鹤》跟之前的两篇动物研究论文相比,更以寓意研究的层次为切入点。在介绍了鹤在中国传统文化和文学中的形象和寓意之后,作者基本以时间为序译介诗歌31首,作诗时间从824年到843年间,其中白居易诗26首,刘禹锡4首,裴度1首。作者认为,白居易诗中的鹤有两个层次:一是对他所养的鹤的实写;二是有着隐喻意义的鹤,并据此将全文分为两大部分。

第一部分,作者交代诗的写作背景之后就是诗的翻译,除对一些较难懂的词语、典故和历史、文化背景进行解说,对诗的本身没有进行分析。偶尔有一些个人猜想式的语句,如写到裴度写诗向白居易索要他的鹤之后,作者提到,刘禹锡828年入朝任东都尚书省主客郎中,因裴度和窦易直的推荐兼集贤殿学士。刘禹锡为能有白居易这些朋友近在身侧而高兴,同时考虑到裴度在他获得新职位上扮演的角色,他在赞同裴度索要白居易的鹤这件事上显得过于热心,并写了一首诗促成此事。这样的推测并没有可靠的论据。裴度固然于刘禹锡有知遇之恩,但同时与刘、白二人也是保持着唱和往来的朋友关系。裴度以任人唯贤著称,如果刘禹锡因为他的举荐而有讨好之举,倒与裴的正直不相称了。其实作者也提到,裴、白二人早前已经是好友关系,裴度的索鹤、刘禹锡的附和及白居易的慷慨赠予,其实更是朋友间一种友好往来的表现。唐代文人重友情是著名的,白居易也曾向裴度索要他的一匹名驹,裴度也是慷慨赠予,还借用三国名将曹彰以美妾换白马的典故写诗谑笑。所以作者的推测之语显得太过想当然。不过,这样的臆测式的短语也仍然是少见的,整篇论文呈现平铺直叙式的介绍性质。

在转向第二个层次之前,作者做了一点分析,认为"鹤在鸡群"的提法和意象

---

① Madeline K. Spring, "Fabulous Horses and Worthy Scholars in Ninth-Century China," *T'oung Pao*, Second Series, Vol.74, Livr.4/5(1988), pp.173-210.
② Madeline K. Spring, "Roosters, Horses, and Phoenixes: A Look At There Fables By Li Ao," *Monumenta Serica*, Vol.39(1990-1991), pp.199-208.

与诗人对自身的认可之间是一种对应关系。如果动物分高等和低等两种，那些很有洞见的人能够分清两者之间的区别并给予相应的对待，如果没有这样的人，那类知道自己价值的高等动物也只能被迫忍受被当作没有任何高级之处的羞辱。作者认为，之前讨论过的那些诗，都有此类寓意的存在。比如刘禹锡和白居易之间关于鹤的唱和诗，刘在表达他对白之鹤的喜爱时，也是在暗示他对白其人的感情。同样，当鹤担忧他们的主人在京城会更喜爱公鸡时，可以想象这是刘禹锡对白居易在长安把感情寄托在新的同伴身上的担忧。而白居易的回复也对这两种隐含的指摘做出回应。对此司马德琳说，无论如何，这些诗作都是关于真实的鹤的，并且都基于它们自身的特点。

　　第二部分是作者认为有着更强烈的寓意的。她说，白居易认为他个人的政治生涯和个人生活都是一种偶然，正如他的鹤被他带离它们的家乡，与一群本性与自己难以匹配的鸟类相混迹，也是它们不能掌控的命运。随后翻译了白居易的十一首诗。意外的是，作者虽然说这些诗更有讽喻意味，却同样没有给出多少分析，而说第一部分诗中的鹤是实写，第二部分介绍所谓讽喻性的诗时，却又纠缠于其中某两首诗所写的鹤到底是不是白居易早期从杭州带回洛阳的那两只中的一只。文章最后在翻译了《池鹤八绝句·鸡赠鹤》之后，作者草草总结说，这些诗应该是可以当成寓意诗来读的，毕竟白居易当时已经71岁，比同时代人已经长寿得多，并且跟他的鹤一样，人生的最后二十年在相对稳定和愉快的环境中度过。显然，作者对寓意的理解就只停留在鹤与人的境遇之相似的浅表层次上。而在第一部分，所有的译诗又何尝没有这样的对应关系？何以见得第二部分的诗就是寓意更强烈的呢？所以作者将白居易的鹤诗作这样的分类非但不能自圆其说，更没有让人信服的论证。也许是为了在论述上达到一种由表及里、由浅入深的效果才做此安排，但是对材料的处理上不得章法，终究还是缺少深入分析的缘故。

　　以寓言作品为研究对象的寓意研究在西方有着久远的传统，司马德琳在多篇论文里梳理过西方寓言作品的种类和定义，对其内涵和外延有足够的认知，也知道一个寓言有着多层次的意蕴，而寓意研究就是指隐说显，把寓言作品中的这些意蕴一一道出。在这方面，早已经有了成功的先例。如倪豪士1976年发表的《韩愈〈毛颖传〉的寓言读法》①一文,就是以层层深入的方式来解读韩愈的这篇寓言。倪豪士也是首先对寓言的定义进行辨析,确定《毛颖传》是西方意义上的寓言。其次在翻译的过程中详细讲解各种典故的来龙去脉,而且还将典故的依据性质做了分类,以及各自对文中寓意寄托的意义。接下来是指明《毛颖传》由表及里的三层意义,最后联系柳宗元《读韩愈所著〈毛颖传〉后题》一文所说,提炼出毛颖与韩愈之间联系的现实意义。这种层层剥笋式、越挖越深最后使得所有寓意昭然若揭的研究方法,在周发祥看来,正是深得西方寓意研究的旨趣②。此外,如柯睿的《唐代的舞马》③、《中国中古时代的白鹭》④也是这方面的杰作。可惜司马德琳未能以此为榜样,将自己的研究推向深入。

因此,司马德琳这篇的文章结构安排、逻辑关系和内在理路都给人感觉失之混乱,而其价值也就只在于对这么多首诗的翻译,以及详尽细致的注释和解说。倪豪士评价说:"她的译文精确而易读,并穿插着历史、学术和一些典故解说,在某种意义上可以视为白居易诗歌的第一篇语文学(Philology)研究。"⑤所谓"语文学"是西方学界(主要是美国)对书面语言的研究,综合了文学研究、历史和语言学。用在中国古典文学研究上,就表现为对文学作品中的字义、典故、文化和历史等知识的梳理。这个学科对汉学研究尤其有意义,所以司马德琳的论文有一定的代表性,自然也是得到认可的。对目标读者来说,阅读这样的文章,可以增加对中国文学及相关知识的了解,同时学会欣赏,正如司马德琳自己在文章最后所说的那样:"不过,我宁愿相信白居易自己的话,这些诗只是为了娱己而写。这样,我们这些现代的读者也就可以有同样的幸运去欣赏他这些对自己的名鹤的颂歌。"能够达成欣赏的目的,对美国的中国古典文学研究来说,是学术积累的需要,而从我们的角度来说,汉学家这些成果对普及中国文学和文化也是一个贡献。

从这篇论文还能够看出司马德琳的两个特点:一是非常重视资料的准确性,

---

① William H. Nienhauser,"An Allegorical Reading of Han Yü's 'Mao Ying chuan'(Biography of Fur Point),"Oriens Extremus,23.2(December,1976),pp.153-174.
② 参见周发祥:《西方文论与中国文学》,南京:江苏教育出版社,1997年,第53—56页。
③ Paul W. Kroll,"The Dancing Horses of T'ang,"T'oung Pao,Second Series,Vol.67,Livr.3/5(1981),pp.240-268.
④ Paul W. Kroll,"The Egret in Medieval Chinese Literature The Egret in Medieval Chinese Literature,"Chinese Literature:Essays,Articles,Reviews(CLEAR),Vol.1,No.2(Jul.,1979),pp.181-196.
⑤ William H. Nienhauser,"Po Chü-i Studies in English Since 1916-1992,"p.44.

并且几乎所有带一点结论性质的话都尽量保证确有出处。从论文里大量的脚注,对国内国外学术成果的重视和熟悉,都能看出来她在学术上的严谨和认真。尤其文中对国内学者成果的引用,在引用数量和熟悉程度上都是很到位的。国内学界在评价汉学家的中国文学研究时,常常有对方不重视国内研究的批评,而司马德琳的文章则表明,在20世纪90年代初期,他们在这方面已经做得不错。另一个特点是,译介占相当大的篇幅。司马德琳的译文可读性还是比较强的,同时准确性也比较高,因为她对中国古代文化的基本知识掌握得相当好,她自己也乐意在脚注里认真解释各种名词、典故和术语等。这在普及和扩展中国古代的文学作品和相关知识方面起着很好的作用,但耽于翻译和介绍,使得后续的思考和剖析缺乏深刻性,也得不出什么有价值的观点,这是其学术水平不高的原因。

第五节 保罗·高汀:《解读白居易》

保罗·高汀1996年于哈佛大学获得博士学位,此后任教于宾夕法尼亚大学东亚语言文化系至今。高汀的研究兴趣集中在战国时期的知识分子和文化史,还涉及考古学、历史、文学和哲学。他的学术成果非常丰硕,在较年青一代的美国汉学家里是相当杰出的一位。1993年至今发表论著5部,学术论文28篇,会议论文14篇,书评33篇,参与编写、撰稿或翻译的书有十几本,同时还担任一些期刊的主编和学校的多项科研活动,是相当活跃的年轻学者,在北美中国哲学与中国文化研究领域有一定的影响力。他的代表著作有《道之礼:荀子的哲学》[1]、《中国古代的性文化》[2]、《孔子之后:早期中国哲学研究》[3]及《儒家》[4]。

高汀指出,虽然白居易的作品获得了广泛关注,但对其思想尤其是文学观念

---

[1] Paul R. Goldin, *Rituals of the Way: The Philosophy of Xunzi*, Chicago: Open Court Publishing Company, 1999.
[2] Paul R. Goldin, *The Culture of Sex in Ancient China*, Honolulu: University of Hawaii Press, 2002.
[3] Paul R. Goldin, *After Confucius: Studies in Early Chinese Philosophy*, Honolulu: University of Hawaii Press, 2005.
[4] Paul R. Goldin, *Confucianism* (Ancient Philosophies Vol.9), Berkeley: University of California Press, 2011.

改变的考察相对而言不那么受重视。他的这篇论文旨在梳理白居易文学观念的发展变化,考察其思想转变的轨迹,总的来说就是追问这样一个问题:"这个诗人为何在他晚年时期乐于书写他年轻时曾反对过的那种诗篇?"

对这个问题,作者分六个小节进行探讨,首先从"可为白居易早期作品代表"的这首《上阳白发人》入手。他说,评论家们往往停留在这首诗浅表价值的探讨上,比如不是"阶级意识"就是白居易对被践踏阶级的深刻同情。这点他以列维对《上阳白发人》的研究为例进行说明。这从侧面证明了我们前面探讨列维白居易研究特点时的看法:流于浅表。对列维的看法,高汀没有全盘推翻,而说这只是一种可能性的解读,并且对确认白居易当时的政治处境是有用的。也就是说,流于一般化的分析并非完全不可取,但研究者不能仅仅满足并停留在这个层面的理解,而是应该深入挖掘。

高汀在这一小节主要是进行驳斥。首先他认为白居易因自身的困苦经历而对宫女有着特别的同情这个论点是经不起推敲的,因为白居易看似谦卑的出身其实并不真实。在 800 年高中进士之前,白居易只过了几年在经济上不宽裕的日子,跟 8 世纪末期的其他官宦子弟相比,他的境况并未糟糕多少。高汀还认为白居易通过反复提及"他是家族里第一个获得进士头衔的人"这一事实加强自己的出身卑微,这一点也是不真实的。他论证说,白居易祖上白锽是明经科出身,他认为实际上明经起初在贵族间是比进士要受欢迎的,所以并不能说明他的家族缺乏成就和声名。总之,他的看法就是:白居易是通过伪造出身塑造了一个靠自我奋斗成功的形象。高汀的这些论点主要是参考了日本学者花房英树、堤留吉、陈友琴、平冈武夫、王拾遗、王运熙等人的研究成果。

在谈到白居易积极散布他早年贫困故事这个观点时,高汀是引用《醉后走笔酬刘五主簿长句之赠兼简张大、贾二十四先辈昆季》一诗中的"出门可怜唯一身,弊裘瘦马入咸秦,冬冬街鼓红尘暗,晚到长安无主人"几句加以说明,实际上这首诗写的是白居易初入长安求功名时的境况,韦利《白居易的生平与时代》中就有所介绍,并不能作为白居易说自己无家可归的证明。而中了进士并不是马上就有官职可任,白居易在丧父和得授官职之前过了相当长一段时间的艰难生活,这一点在韦利的《白居易的生平与时代》一书中有过详细的描述。高汀的论述显得不够严谨。

高汀认为读者从白发宫女的处境会产生正直的大臣不见宠于君主的联想。第二小节正是就此联想的人选进行一一分析,这些人选分别是李白、孟郊、张籍、元稹和白居易自己。高汀努力从这些人的生平遭际和一些诗歌中寻找证据,以证明《上阳白发人》暗指这些人的命运。

第三小节大致梳理白居易的文学观,即"文章合为时而著,歌诗合为事而作"的来源,认为是从《诗·大序》到陆机"文"的观念再到陈子昂文学主张的一脉相承,而《长恨歌》和《上阳白发人》都是这种文学观的典型表现。第四节论证808年贤良方正制举科一事开启了牛李党争序幕,说此事也种下白居易日后被贬的诱因。关于牛李党争的开始,岑仲勉、唐长孺、朱金城、傅璇琮、周建国、王炎平等人都曾提出过质疑,至今也没有公论,高汀显然取陈寅恪之说。在这件事的叙述上也存在一些问题,如说白居易也是考官之一,实际上白居易当时是被任命为考覆官,被罢贬的是裴垍、王涯和考官杨於陵、韦贯之等。高汀说此事件是白居易被李吉甫和王涯嫉恨的原因,但王涯是白居易为之辩护的人,他为何在此时就嫉恨白居易,高汀此说显然不合情理。

在叙述白居易谏官任期结束之后的仕途变迁时,高汀总结说:"在下邽丁母忧,之后被流放江州,是白居易思想决定性的转折时期。在下邽时,白居易已经放下他锐利的笔触,而转向私人的和随性的诗歌。"这里举的例子是《效陶潜体诗十六首并序》和814年《游悟真寺诗一百三十韵》,认为白居易表达了效仿陶潜抛弃尘世喧嚣、恢复一个隐者形象的想法。然而作者又说白居易这是在玩弄文字游戏而已,他只是通过将自己描绘成与那些品德高尚的隐者诗人相一致的形象,得以转化自己的挫败。高汀认为在整个中年时期白居易都维持着自己这种形象,然而"醉吟先生""这个干瘦醉汉只不过是白居易假想的适合自己的一个形象",也就是说,白居易其实内心并没有"脱离尘世"。高汀举例说,白居易不断流露出作为一个能干官员的骄傲,"比如826年,他告诉我们在他任满离开时,苏州百姓如何列队含泪相送"。高汀想说明的是:白居易表面上向往隐士生活,实则依然热衷仕途。

第五小节高汀认为同样在810—818年这段时间,白居易开始沉迷于佛教,佛教教义最终影响了他对诗歌的看法。他认为白居易在810年之前所写的一些诗歌体现了他对佛理的兴趣,如800年所写的《感芍药花,寄正一上人》和《客路感秋,寄明准上人》。而他的《议释教僧尼》一文则非常不像他的风格,高汀认为也许只是为了放在集子当中表达反佛立场的,因为这与他后来对佛教教义的倾心相违背。高汀引用华裔美籍汉学家、著名国际佛教史学者陈观胜(Kenneth K.S.Ch'en,1907—?)《佛教的中国化》[1]一书的结论说:这篇文章只是为指导殿试所做的范文,认为这篇牵强的文章不是白居易的真实表达,真实情况是他对佛教的倾心。比如他的《感镜》一诗常被当成感伤诗来读,然而其中却有另一重意味,因为很容易让人联想到神秀的"身似菩提树,心如明镜台。时时勤拂拭,莫使染尘埃"一诗。

第六小节从《自宾客迁太子少傅分司》一诗分析白居易"独善"与"兼济"的苦恼。高汀认为白居易乐天畅达的诗人生活与他早期的文学信条和新的佛教信仰都不符合。如何解决一直以来的"兼济与独善"的苦恼始终困扰着他,而最终在道宗和尚那里得到了解答——白居易在《题道宗十韵并序》里说:"予始知上人之文为义作,为法作,为方便智作,不为诗而作也。"这与白居易一贯"不为写诗而写"的主张相合,也为他找到了写闲适诗的最好理由。

高汀最后给出结论说:"白居易是一个诗人,……在关于歌女、宴饮、友情和自然美景的诗歌中,他隐藏了国家和个人最急迫的忧虑……后世的读者把他当做最平民化的诗人而致敬,一个为人民书写并书写人民的诗人,一个舍弃了深刻艰涩主题,代之以对普通人经验的颂扬的诗人。这些评价中还是有一些真理的,但是太局限了。假如白居易文字的风格或内容可以称为'通俗',那么我们一定不能忘记,他诗歌语言的质朴并没有牺牲任何文学价值和哲学深度。我们必须记得他生命中没有任何一个时期赞同为写诗而写或为了娱乐而写。写作是一个严肃的使命。对白居易诗歌'平民化'的解读忽略了白居易回归了一遍又一遍的问题:文学的目的以及文学创作者的角色是什么。"

从这个结论来看作者的六个小节的论述,不难看出其逻辑缺陷,如第一、二小节论述《上阳白发人》的诸多可能的内涵,据作者说是为了表明白居易诗歌应有深刻含义,这就显得异常烦琐而又没有太多说服力;第三、四小节重温他的文学主

---

[1] Kenneth K.S. Ch'en, *The Chinese Transformation of Buddhism*, Princeton: Princeton University Press, 1973.

张,说他维护隐士形象的同时仍心怀社稷,同样不能说明他的写作仍有深刻含义;第五、六小节写他对佛教的倾心和在佛教中找到写闲适诗的意义,以此来证明他从不写无意义的诗。白居易的好些纯粹书写个人生活和情趣的诗歌,其实还真可以说是为了写诗而写诗,至于为了自娱而写的诗歌数量也不少。

白居易受佛道两教的影响,汉学家也多有论述,而道教的影响在这篇文章里被完全忽略,不能不说是一个大的缺失。总的来说,作者想要强调白居易从来未曾偏离他的诗歌主张,这也未尝不可,这点正与前面分析过的陈照明的观点——"白居易一生从未偏离过他的基本人生观"有异曲同工之妙,但论证上的薄弱和有失严谨使得这个观点非常脆弱,并且有为拔高而夸大之嫌。

这篇文章梳理了白居易的一些生平事件和思想变化,并翻译了近十首诗歌,同样也有其资料参考价值。作者也交代了所用版本的情况,文章第一页的注释1说:在版本方面选择了朱金城的《白居易集笺校》①,认为这是最好的版本,可惜朱版是根据马元调本为底本,所以同时还给出花房英树《白氏文集批评的研究》一书的索引。第59页注释3说《上阳白发人》在敦煌文稿里写作《上阳人》,说明作者也对敦煌写本有所注意。但总的来说,这篇文章的立论和论证都不够严密,难以给人留下更深的印象。

第六节 宇文所安对白居易的解读

宇文所安在唐诗研究上的特殊成就是有目共睹,对中唐诗歌的研究集中见于1996年出版的《中国"中世纪的终结"——中唐文学文化论集》一书。在这本书里,白居易的内容虽然分散,但都是印证他关于中唐思想和文学见解必不可少的例子。此前他在《传统中国诗歌与诗学》《迷楼——诗与欲望的迷宫》和《追忆——中国古典文学中的往事再现》等著作中也有少许内容涉及白居易及其诗歌,就是这么少量的研究成果也让人印象深刻,倪豪士甚至因为这些零散的成果

---

① 朱金城:《白居易集笺校》,上海:上海古籍出版社,1988年。

而声称宇文所安称得上白居易研究的专家。对这些研究成果进行分析,从中可以看到宇文所安研究视角的独特之处。

一、诗学的视角

在《孟郊与韩愈的诗》(1972)、《初唐诗》(1977)、《盛唐诗》(1980)这几本探讨唐代诗人和诗歌著作的写作中,宇文所安对唐诗及其历史的梳理主要是用历史的方法进行,而后他又发现历史方法的局限性,于是写了《传统中国诗歌与诗学》一书,打破特定历史框架的讨论范式而给予更多的自由度。如讨论苏轼的时候,局限在同时代诗人的比较上不能完全体现他的价值,有些问题如果把他与陶渊明或李白等放在一起比较,会更能说明问题。这样他的研究视角愈加开阔。这本书中探讨的白居易诗歌一共三首,分属三个论题。

第一个论题是第五章"吸取教训"(Learning Lesson)之"旁白:关于懒惰"(Aside:Of Laziness)。这一节探讨文学中的懒惰主题,认为其在西方文学中的表现有沉溺、有趣味,而白居易关于懒惰的诗却是以另一种面貌呈现。宇文氏认为,虽然以儒家正统思想为主导,但中国文学里出现大量关于懒惰主题的作品。相对西方文学中的相同主题来说,这种懒惰轻盈而体面,更温和,也较少有罪恶感。集中表现这个使人放松的主题的文字,就是白居易的《咏慵》一诗:"有官慵不选,有田慵不农。屋穿慵不葺,衣裂慵不缝。有酒慵不酌,无异樽长空。有琴慵不弹,亦与无弦同。家人告饭尽,欲炊慵不舂。亲朋寄书至,欲读慵开封。常闻嵇叔夜,一生在慵中。弹琴复煅铁,比我未为慵。"在细细分析了诗的意思和内涵,并与西方文学进行比较之后,宇文氏指出,"虽然他(白居易)不辞麻烦地歌颂慵懒,却对那些要避免的麻烦做了如此慢吞吞的、漫不经心的列举,而不是给出解释他的处境的牵强理由",这说明白居易的懒有言外之意——"白居易的求胜式的比较只是表明诗人对未知和惯常行为的危险的警惕。假如我们不相信他内心的安逸,白居易其人会因为显得太过舒适而无须注意。我们不会忽视的是,白居易在对待他的懒惰方面是离奇的勤奋"。宇文氏认为这种特质使得中国文学里的慵懒主题与西方大异其趣。

在第七章"叙述的特别形式"(A Special Form of Discourse)之"一首谦逊的

诗"（A Modest Poetry）这一小节中，宇文氏也是从中西比较的角度切入——"与西方艺术宣称与反传统的艺术之间的不连贯性不同，中国即兴诗歌宣称它们与诗歌之外的生活的关联"。宇文氏认为，在中国传统文学中，诗人和他的读者是在同一高度上的，经常是社会关系中的一部分。这种特点最常体现在酬唱和交往主题的诗中。以白居易《南侍御以石相赠，助成水声，因以绝句谢之》一诗"泉石溅溅声似琴，闲眠静听洗尘心。莫轻两片青苔石，一夜潺湲直万金"为例，宇文氏以极致的细读，对这几句诗做层层递进、抽丝剥笋式的挖掘，得出这首诗里体现的谦逊的多种层次：首先，在长安这个大都市里，白居易的诗歌表明了时人普遍的对"别处"的向往，亦对山林河川的梦想，如同外地人对京城的向往一样迫切。宇文氏解读说，"一个好的礼物能够带领我们远离城市喧嚣"，"一夜潺湲"使得白居易的夜晚具有了山林的意味，而这仅仅因为水流过石头发出声响。水流荡涤着石头的时候也荡涤着心灵的尘埃。他指出，"琴声"会使人联想到俞伯牙与钟子期的高山流云遇知音，蕴含白居易是"懂石之人"之意。琴的典故创造了山林意象，也意味着知己之意，以及赠予者的心意的领会。

接着宇文氏继续挖掘这首诗更深层次的魅力，"当机智主宰了一项社交往来，它就掩盖了通过'述说'这个行为本身中所说的一切：正如白居易告诉你其中的典故，也告诉你他看懂了。社交的需要会要求礼物被感激，在这样的要求下诗人表明了他的感受并发现了一种可能并不存在的喜悦（或者喜悦的程度），知道诗歌要求他解释为何这件礼物'正是他所需之物'。发现礼物中的额外价值的需要马上暗示一种可能性——有人会'低估'这种价值，因为一些迟钝的、乏味的家伙可能看到的只是两块石头而已"。也就是说，作为礼物接受者的白居易，知道自己需要对对方的心意和自己的领悟做出表达，让赠予者为自己发现了礼物的真正价值而感到高兴，并免去对方对自己不识货的担忧。而诗歌的赞美分担了同样的感受，是对压力的微妙的察觉和缓和，通过布置花园和创作诗歌，白居易体现了解决这个问题的机智。诗里说这两块石头"值万金"，而真正的价值则体现在石头与机智的集合上，在于怎么放置它们和欣赏它们。而以石头为礼这个行为的本身，也是赠予者对接受者能赋予它们价值的机智的信任。

宇文氏认为礼物的赠予、接受和诗歌这三者之间存在互动关系：接受礼物造就了人情债，而诗歌偿还了这个债。在常理上，为了达成平衡，礼物越好，回应的诗歌也要将其价值表达得越好。然而白居易这首诗表达的好的程度已经远远超越了礼物的好,形成了一种失衡,而赠送者对此也欣然接受的原因,是因为白居易的语气是如此戏谑和夸张,不可能让人认为是认真的,足以表明两个人之间的亲密关系。至此,宇文氏完成了这首谦逊的诗歌的最深层次含义的解释:这首诗是两个人之间戏谑的和复杂的关系的组成部分。

这样的诗虽然很容易被忽略,但也很可能是值得一再重读和重新认识的诗。它因为会引发一些逗趣的不完整和令人迷惑的混乱,而促使读者通过想象,一遍一遍回到那个难解的场景中。这就是宇文氏认为的该诗的价值。所以他对这样的探讨会引发小题大做之疑坦然以待,认为接受一首愉快的诗是应该心怀感激的。

第八章"孤独"(Lonliness)之"在死一般的寂静中,独自一人"(In Dark Silence, Alone)这一节里,宇文氏探讨的是独处或孤独的两个反面:闲适,或者痛苦,两者有如天堂与地狱的区别。当独处带来精神安逸,意味着从无尽的社会需求中解脱出来,诱惑减少,简朴无华,这时独处就是天堂,帮我们从太多的压力和痛苦、与他人之间的复杂关联和行为与情感的超载这些痛苦中解脱出来。然而,独处也可以是地狱——一片漆黑,强烈的可触的虚无感,人的意识被彻底隔离,并绝望地寻求外在事物的证据,而这两者之间又往往只是一线之隔。宇文氏首先就以白居易为例对此进行论证。

他说,之前提到的白居易的《咏慵》是"对慵懒的一种激进的歌颂",意即白居易对待慵懒是全然的闲适态度。他认为,白居易诗集中类似"咏慵"的诗被看似恰当地归入"闲适诗"类别中,然而有不少这类诗看起来并不舒服也不闲适。比如《冬夜》一诗:"家贫亲爱散,身病交游罢。眼前无一人,独掩村斋卧。冷落灯火暗,离披帘幕破。策策窗户前,又闻新雪下。长年渐省睡,夜半起端坐。不学坐忘心,寂寞安可过?兀然身寄世,浩然心委化:如此来四年,一千三百夜。"这首诗充满了"虚无主义的自律的安慰",在无意识中让某人陷入对身体仅仅是一个无感觉的"物"这一概念的肯定中。这种安慰非常不诚恳,因为当一个人细数着1300个夜晚,而且在每一个夜晚都有着能够听到雪落的敏锐意识,这是多么难熬的情境。这种独处或者孤独无疑就在地狱的边缘:独处成为孤立,不受他人牵绊的自由被抛弃,慵懒的静止成为禁锢。"灯暗了,黑暗和寒冷肆虐。在黑暗中,感觉专注到能听到雪落的微弱声音。疾病和年老带来的衰弱并没有导致迟钝,而是严重的敏锐——半夜的黑暗寂静中从浅睡中非自愿地醒来。他的超脱被不满的感觉攫取,他重复着老生常谈——我的身体只是一个物,我的思想自由地通过。"这种数着夜晚而过的死寂生活使人震惊,而对他试图遗忘这些痛苦的努力——坐忘,虽然他自己宣称成功了,但让人无法相信。

用虚无的想法来遗忘痛苦也许是可能的,但宇文氏则指出:一首全然虚无的诗是不可能的。在那些试图保持均衡的情感失控中,读者恰恰认识到诗人的困惑之深。当独处是天堂时,"均衡的转换是明显完美的、哲学的心态的标示,是一种对所有事物敞开的清明的意识",然而当独处是地狱时,"这些相同的感受却可以成为噩梦"。

《传统中国诗歌和诗学》一书对三首白居易诗歌的解读体现了宇文氏深邃细腻的思辨和层层深入的文本细读和挖掘功力,常常从人性共通和逻辑严密的角度使读者产生共鸣或赞叹。其西方文化背景和心理的前提预设和信手拈来的中西比较,一方面增加了他论述的深度和力度,另一方面也为中国读者的理解造成了障碍。不过,在对白居易这三首诗的解读中,我们更多得到的是开阔视野的感受和启发。

二、"断片"

从《孟郊与韩愈的诗》《初唐诗》和《盛唐诗》专门探讨唐代诗人、诗歌和诗史,再到《传统中国诗歌和诗学》探讨的范围贯穿整个中国古典诗歌与诗学,宇文所安的研究视角越来越开阔。而在文体上,他有意放弃之前较为严谨的学术论著的写法,转而追求一种融合个人感受的印象式批评,即英文"散文(essay)"一词的内涵:把文学、文学批评及学术研究这几种被分开的范畴重新融合为一体。1986年出版的《追忆》一书正是尝试把英语"散文"和中国式的感兴进行混合而得到的成果。宇文所安说,作为文学体裁的"散文"必须读起来令人愉悦,而作为文学批评的"散文"则应该具有思辨性,能够提出一些复杂的问题并使得思想与文学二者合一。宇文所安自认为这是最符合他自己思考和写作习惯的一本书。

《追忆》的副标题是"中国古典文学中的往事再现",所谓"追忆",其实就是中国古代文学里的"怀古"母题。宇文所安认为,"在中国古典文学里,到处都可以看到同往事的千丝万缕的联系。……如果说,在西方传统里,人们的注意力集中在意义和真实上,那么在中国传统中,与它们大致相等的,是往事所起的作用和拥有的力量","中国古典诗歌始终对往事这个更为广阔的世界敞开怀抱:这个世界为诗歌提供养料,作为报答,已经物故的过去像幽灵似的通过艺术回到眼前"。至于怀古主题为什么会成为中国古典文学尤其是中国古典诗歌最大的抒情主题这一问题,并不是宇文氏的着眼点所在,不过他还是在导论部分先做了一点探讨,他认为:"早在草创时期,中国古典文学就给人以这样的承诺:优秀的作家借助于它,能够身垂不朽。这种文学不朽性的承诺在西方传统中当然也不少见,然而,在中国传统的长期演变中,这种承诺变得越来越重要,越来越像海市蜃楼似的引人入胜。"对不朽的期待使得古代的诗人执着于"从往事里寻找根据,拿前人的行为和作品来印证今日的复现",通过借"怀古"来印证"不朽"是因为所谓的"后之视今,亦犹今之视昔",意即用现在对前人的记得来确保后人对自己的记得。这其实只是中国古典诗歌充满怀古主题原因的原因之一,不过也的确是相当重要的一点。

由此出发,宇文氏转向探讨这种怀古的"诱惑"是如何表现的。他说:"我们读到这首小诗(指杜甫《江南逢李龟年》),或者是在某处古战场发现一枚生锈的箭镞,或者是重游故景。这首诗、这枚箭镞或这处旧日游览过的景致,在我们眼里就有了会让人分辨不清的双重身份:它们既是局限在三维空间中的一个具体的对象,是它们自身,同时又是能容纳其他东西的一处殿堂,是某些其他东西借以聚集在一起的一个场所。这种诗、物和景划出了一块空间,往昔通过这块空间又回到我们身边。"而书中则对这些种种具体对象进行细致分析,从而找出导致追忆和怀古的来龙去脉,"本书的8个章节就是要讲述这样的殿堂,以及它们同那些恰好身居其中的人的关系"。

这8章的标题分别是:

  1.黍稷和石碑:回忆者与被回忆者

  2.骨骸

  3.繁盛与衰落:必然性的机械运转

  4.断片

5.回忆的诱惑

6.复现:闲情记趣

7.绣户:回忆与艺术

8.为了被回忆

这些章节的安排并没有什么分类依据,而是一个个单独的"具体的对象",当然,也是被宇文氏视为最有代表性的对象,同时也梳理其成为追忆对象的"来龙去脉"。白居易的诗歌出现在第四章"断片"中。

"断片"是"过去同现在之间的媒介",其表现形式多样,如片段的文章、零星的记忆、某些残存于世的人工制品的碎片等。既然"断片"总是存在于我们与过去之间,宇文氏认为对其所属范畴和怎样发挥作用进行探讨是必要的。宇文氏探讨说,断片的特点有两点:一是失去了延续性,而且它的美、意义、魅力和价值都不包含在它自身当中,也就是说,即便它本身是美的,这种美也只能是作为断片而具有的独特的美——它能够打动我们,只是因为它起着把我们引向前面所说的空间(使得往昔回到我们身边)的作用。接着他探讨了语言的断片,认为其具有价值集聚性,比如从片断不成句的诗里能够感受到的满度和强度,就是整首诗保留下来都未必具有。他总结道:"由此,我们得到一种关于沉默的美学,关于说出来的语词、说过又失去的语词以及没有说充分的语词的美学。"而这种美学在诗歌里还是要通过语词才能表现出来,如白居易《琵琶行》里,琵琶女一曲终了之后,"别有幽愁暗恨生,此时无声胜有声"。这种力量不是来自语词本身,而是来自它所创造的氛围。而这种沉默又是非常必要的,因为读者的吸引力会被这种突然的转变准确无误地吸引过去。但宇文氏认为,这种沉默并不常出现在一首诗的中间,而最常出现在结尾,这样就能使这首诗成为一个片段,从而具有一个片段所包含的更深层次的内涵和美,因为"结尾的沉默本身就是一种寓意,就是许诺感情在读完诗之后仍然会延续发展下去"。

接着他分析了白居易的《舟中读元九诗》一诗:"把君诗卷灯前读,诗尽灯惨天未明。眼痛灭灯犹暗坐,逆风吹浪打船声。"在这首写给元稹的诗中,"白居易对元稹谈起的与其说是一个真实的时刻,不如说是时间长河的一个断片",宇文氏分析其作为断片的几个层面:一是这首诗有叙事的各种要素却没有叙事的内在统一性,两端呈开放性——通向白居易的生平以及元白在此前的关系。白收到元的诗及他这首诗将会为元读到,这个层面要表达的是:白要让元明白,无论是读还是写,过后他都继续在思索。二是作品成为作诗之前和之后的活的世界的连接。如这首诗,在中唐读者、元稹和后世读者之间产生了诗态的延续性,而这种延续不但体现在白居易停止朗读、倾听风浪的沉默里,同时也出现在我们停止读这首诗的沉默里。三是这首诗里没有说明元稹的诗写了什么,也没有告诉我们白居易读诗的感受,这是最最典型的断片,但这断片却产生了这样的延续性。诗里有物理世界的终结:诗尽、灯残、眼痛,然而物理世界的延续性也不断出现:灯残天却转明,诗尽而涛声依旧。宇文氏认为,正是结尾的沉默使得这首诗成为一首出名的绝句,因为它提供了一种不完整的状态——也就是断片,并将读者的思想引向它自身之外。

由以上对白居易诗歌的分析中可以看出《追忆》一书的一些特点:

(一)从熟悉的诗歌出发,做出不一样的解读。其实像"此时无声胜有声"这样的诗句,或者在结尾处用"景语"代替"情语"的分析,王国维早已经有过精彩透彻的论述。而在我们的印象里,"唯见江心秋月白""江上数峰青"这样的例子更为人熟知。宇文氏之所以选取白居易的这首诗,是因为其中暗含一个前因后果:白居易在读了元诗之后写了一首将会被元读到的诗,他要将读诗之后的感想和心情传达给元稹,这样的诗在元、白唱和诗里并不少见,其中直抒胸臆的诗更是占多数。白居易这首诗之所以选择了这样的写法,跟当时他自身的处境及元稹的处境甚至国家的处境都有关系,百感交集、无从表达,所以化作无言。这种言已尽而意无穷的表现手法,更能表达交错复杂的心情。换言之,如果他处在一个安闲优游的心境中,则不会选择这种表达,而是直抒胸臆。宇文所安同样选择忽略这首诗的背景,而是让文本自身来说话,来为他的"断片"说服务。断片在过去和后来的连接作用及其巨大魅力,正为"追忆"的诱惑增加了一种论据。

(二)细读的方法。宇文氏为了论证其断片的停顿和延续之间的关系,细细分析到"灯尽"与"天明"、"诗尽"与"风浪声",甚至诗人"眼痛"该休息却依然暗坐沉思的细节。这种细腻的感受式评论,也是散文这种文体的特点和要求,同时使读者对这些也许早已耳熟能详的作品激起进一步的感发,这正是《追忆》一书打动中国读者而获得普遍喜爱的原因。

(三)在论述中我们看不到具体哪种美学理论的影子,但是美学的分析无处不在,宇文氏用一种娓娓道来的行文引领读者跟随他慢慢发掘出种种美:"断片"之"断"的魅力、诗歌之沉默的余韵、语词对应造成的张力的深邃……《追忆》同样深受美国读者喜爱,这是因为宇文所安极力用优美的文笔剖析中国古典文学中的美,他想让读者产生这样的感觉:如果评论文字已经如此之美,那么原作也一定很美。

《追忆》对中国读者和美国读者都产生了广泛吸引力,这是其文体、选题、思辨性和文笔的完美结合造就的,其中涉及白居易的内容虽然不是一般意义上的学术研究,但也同样为我们挖掘了其艺术价值。

三、"诱惑/招引"与"置换"

1989年出版的《迷楼》基本也是遵循之前《追忆》的散文文体写作和原则,只不过《追忆》探讨的是中国古典文学里的一个普遍主题——怀古,而《迷楼》探讨的范围则大大扩展到中西文学领域中,探讨的是一个更加普遍的命题——欲望。同时《迷楼》还具有比较文学这一独特的视角,将中国文学纳入欧洲传统和英文的论述和思辨中,宇文氏认为,如果没有一种正确的方法,便会如同身处"迷楼"。而他用深邃的思辨与跳跃的联想,在古今的时间维度和中西的空间维度用欲望主线融会各种诗歌,也会让读者产生一种"身处迷楼"之感。但"迷楼"是给人带来乐趣的,所以他说自己的这本书旨在一种"严肃的游戏",目的是"兴致盎然地阅读中国诗、英语诗和欧洲诗"。

《迷楼》特别针对在比较语境里阅读中国古典诗歌所带来的种种问题。对亟待解决的"如何建构比较的范畴"这个问题上,宇文所安试图给出一个解答:"有没有什么途径,使我们可以把中国诗和其他国家的诗放在一起阅读,对它们一视同仁地欣赏,同时也从新的角度看待每一首个别的诗?"答案是肯定的,其中之一就是放在"欲望"这一并不新鲜的框架内。但这个并不新鲜的主题在宇文所安的笔下却新意频出。

全书除"绪论"和"结语"外共有五个章节,分别是:

  第一章 诱惑/招引

  第二章 插曲:牧女之歌

第三章　女人/顽石,男人/顽石
　　第四章　置换
　　第五章　裸露/纺织物

其中白居易的内容出现在第一章"诱惑/招引"和第四章"置换"中。

　　第一章探讨的是,诗歌是一种引起欲望又压制欲望的游戏,诱惑和招引隐藏在许多抒情诗文本之中,中西皆如此。在用了近20首中西诗歌进行探讨之后(中国古典诗歌有《古诗十九首》中《青青河畔草》一首和《羽林郎》),宇文所安成功地论证了这个论点,并用这章"尾声:走入歧途的诱惑之词"做结束,专门解读了白居易的这首诗:《微之到通州日,授馆未安,见尘壁间有数行字,读之,即仆旧诗。其落句云:"绿水红莲一朵开,千花百草无颜色。"然不知题者何人也。微之吟叹不足,因缀一章,兼录仆诗本同寄。省其诗,乃是十五年前初及第时,赠长安妓人阿软绝句。缅思往事,杳若梦中。怀旧感今,因酬长句》:

　　　　十五年前似梦游,曾将诗句结风流。偶助笑歌嘲阿软,可知传诵到通州。
　　　　昔教红袖佳人唱,今遣青衫司马愁。惆怅又闻题处所,雨淋江馆破墙头。

　　宇文所安对此诗进行了详尽的分析,认为诗歌的命运会随时随境而被改变。比如此诗,它最初产生的背景很清楚:在一个宴集上,诗人对美丽的歌女阿软进行了赞美,"嘲阿软"这一"小心翼翼的嘲戏中隐藏着一个性爱的招引"。而隐藏在这些诗句中的这些招引或诱惑以后会怎样被利用,则完全不是作者所能够控制的。比如在若干年之后这些诗中的两句出现在一个遥远阴郁的南方小城的断壁残垣之上。抄诗的人是谁?他为什么要写下这两句诗?想要表达什么?对抄写的人来说,这两句诗又为何如此重要,使得他在羁旅途中给后来人留下这样的信息?这是一个难解的谜。

　　更为意外的是,白居易最亲密的朋友元稹恰巧也来到这个偏远所在,看到了这两句诗,便把这件事付之词章并连同墙上的诗句一起抄给白居易,白居易因此得以再次与十五年前自己写的这首诗重逢。当他回忆起当初创作这首诗的意图时,觉得已是那么遥远,并由此引发了诸多感慨。最初的"招引"意图虽然没有消失,但却只是现今诸多内涵中的一部分罢了。也就是说,最初藏在诗歌里的那种招引或诱惑的力量,在辗转变迁之后仍然是存在的,只是在不同的人甚至相同的人在不同情境的阅读之后,"招引"的条件也随之改变。在宇文氏看来,相对之前所分析的那些诗歌,其招引或诱惑对会永恒存在的"正途"而言这是一种"歧途"。也就是说,有此可能但并非主流。

在中国学者的研究中,这首诗并无特别之处,仅只是一种感慨,或者表现了元、白二人唱和频繁和友谊深厚。而宇文氏则将其放置在"诗歌中藏有诱惑/招引因素"的命题里,并探讨诗歌和蕴含其中的诱惑或招引因素的命运和变迁,这种视角极其独特并且颇能自圆其说,让我们在新鲜中感受到阅读的乐趣。

第四章"置换"则探讨"诗歌是一种错综复杂的置换的艺术,诗的每一个层面都会发生置换",并且随之而来的还会有替代、篡夺。这在诗歌中的具体表现是什么呢?"诗的自我建构以及诗声称对那些特殊言辞拥有所有权,使得各种方式的攫夺和扮演成为可能……在读诗的时候,所爱的人可以将诗中的爱人与他或她自己的幻想融为一体;同样,诗人不仅可以扮演他自己,也可以攫夺所爱的人的思想(通常还有声音),并在错综复杂的置换戏剧中梦想着她的欲望。"接着他用白居易的《燕子楼三首》的序和第一首,以及苏轼的《永遇乐》(彭城夜宿燕子楼,梦盼盼,因作此词)一词来细细分析这种置换的完成。

白居易的诗和序如下:

徐州故张尚书有爱妓曰盼盼,善歌舞,雅多风态。予为校书郎时,游徐、泗间,张尚书宴予,酒酣,出盼盼以佐欢,欢甚,予因赠诗云:醉娇胜不得,风袅牡丹花。一欢而去,迩后绝不相闻,迨兹仅一纪矣。昨日司勋员外郎张仲素绩之访予,因吟新诗,有《燕子楼》三首,词甚婉丽。诘其由,为盼盼作也。绩之从事武宁军累年,颇知盼盼始末,云尚书既殁,归葬东洛,而彭城有张氏旧第,第中有小楼名燕子,盼盼念旧爱而不嫁,居是楼十余年,幽独块然,于今尚在。予爱绩之新咏,感彭城旧游,因同其题,作三绝句(今录其第一首):"满窗明月满帘霜,被冷灯残拂卧床。燕子楼中霜月夜,秋来只为一人长。"

序中交代了很多背景:诗人与盼盼在张尚书的家宴上有过一次相聚,诗人曾赋诗赞赏她的美态;盼盼丧夫之后甘愿守寡的凄凉处境。从诗的内容来看,诗人想象盼盼深居燕子楼被思念和寂寞包围的场景,充满了感同身受的同情,可能也不乏对其坚贞守节的感佩。而在宇文氏看来,"一种充满忧伤渴望的香艳气氛贯穿着白居易的这首诗""他在诗中想象她的孤独寂寞,想象她的饥渴的身体,于是,昔日他对盼盼的那种欲望又重新燃起……"中国读者读到这里未免觉得愕然。

然而看到宇文所安后文论述苏轼咏叹此事的《永遇乐》一词时,这种惊愕当会更甚。

苏轼的《永遇乐》一词如下:

> 明月如霜,好风如水,清景无限。曲港跳鱼,圆荷泻露,寂寞无人见。紞如三鼓,铿然一叶,黯黯梦云惊断。夜茫茫,重寻无处,觉来小园行遍。天涯倦客,山中归路,望断故园心眼。燕子楼空,佳人何在?空锁中燕。古今如梦,何曾梦觉,但有旧欢新怨。异时对,黄楼夜景,为余浩叹。

晚清词人郑文焯在《大鹤山人词话》一书中评价"燕子楼空"三句时说:"殆以示咏古之超宕,贵神情不贵迹象也。"①借对名妓的追怀抒发"古今如梦"的感慨,其可贵之处就在于格调高旷,空灵超宕,这可以说是中国学者们的共识,徐利华的《古今如梦何曾梦觉——读苏轼〈永遇乐·彭城夜宿燕子楼〉》②一文可为代表。而宇文所安则论述说:"苏东坡在燕子楼中住了一夜,并做了一个绮艳的梦,在汉语中,这就叫'梦云'(这种表面词语取代并掩盖了那些被禁用的性词语)。"且白居易正是这次所谓"性遭遇"的中间人。在对两人的诗与词进行对比之后,宇文氏还总结道:"白居易至少保留了基本的审慎与矜谨。……他并不试图跳过那隔离的空间,唐突冒昧地去抢夺张建封的位置,因为盼盼决定让这个位置空缺在那里。但苏东坡却利用了梦的特权……跨越了这个空间,或者甚至更自大地让盼盼跨过这个空间走向他。他要从性的方面幽灵似的占有这个已经失去的身体。"

这样的解读显然已经超越了中国读者的审美期待。付晓妮的硕士论文《论宇文所安对中国文学的解读与思考》就认为宇文所安在该诗的解读上走得太远,因为其中欲望的味道,不能说到底是诗歌本身所包含的,还是宇文氏自己所赋予的。她担心这样无畏的阐释所导致的后果,认为"宇文所安的理论本身导致了凭空假设、任意推断、想当然的解读的危险始终存在"③。

不过在对《迷楼》的介绍评价中,对此持特别关注的并不多,因为这本书首

---

① 〔清〕郑文焯注:《大鹤山人词话》,天津:南开大学出版社,2009 年。
② 徐利华:《古今如梦何曾梦觉——读苏轼〈永遇乐·彭城夜宿燕子楼〉》,《名作欣赏》2011 年第 26 期。
③ 付晓妮:《论宇文所安对中国文学的解读与思考》,华东师范大学硕士学位论文,2007 年。

先是面对西方读者的。宇文氏在前言中说:"当我写作《迷楼》一书的时候,我所期待的读者是熟知欧洲传统的,因此我感到我可以自由地引用这一传统,尽情游戏于这一传统。"其次,他一如既往地执着于让文本自己说话,因为他写这本书时有着特定的考虑。宇文氏认为,美国的读者不像中国读者那样,对中国诗能有一种基于传统的默契,他们不一定知道许多中国历史,所以必须通过细读让文本自己说话,让文学本身直接同他们交流,对他们产生一定的感召力,从而把里面的好处传达出来。对欲望的解读,既有着欧洲的传统在里面,又能吸引读者读懂这首诗,或者这就是他的最终目的了。他自己也说,美国读者非常喜欢这本书。而中国读者喜欢,则是看到自己耳熟能详的诗歌还有这样一种出人意料的解读而获得新鲜的体验,换言之,获得一种思考的乐趣。

比较中国学者对《燕子楼》的研究,如吴汝煜的《白居易〈燕子楼诗序〉中的"张尚书"是谁?》[1]和黄意海、黄井文的《白居易〈燕子楼〉诗考辨》[2]两文,能够看出国内学者一般会着眼于其中一些史实的考证,而宇文所安则完全不管文字之外的背景,如他将《燕子楼》诗序中的张尚书一概理解为张建封,其实应该是张建封之子张愔。早在1949年,韦利的《白居易的生平与时代》一书中已经说明张尚书是张愔,1988年出版的朱金城《白居易年谱》当中也对此已做了厘清,这两本著作在美国学界也是为人熟知的。宇文所安本着"让文本说话"的细读原则,对此类考证问题选择忽略,虽然丝毫没有影响他的论述和思路,但多少削弱了其学术严谨性。即便这本书是一种散文的形式,但有文学批评的性质,如果出现这样的硬伤,对国外读者可能毫无妨碍,但中国学者读来,未免有不以为然之感,从而阻碍对其思想性的欣赏。宇文所安的夫人、哈佛大学教授田晓菲就曾说过,我们不应"斤斤计较一些细节的错误,忽略其治学手段和学术思想"[3],的确如此。不过,如果这样的硬伤能够尽可能避免,或更有助于提高其学术价值。

---

[1] 吴汝煜:《白居易〈燕子楼诗序〉中的"张尚书"是谁?》,《文学评论》1982年第4期。
[2] 黄意海、黄井文:《白居易〈燕子楼〉诗考辨》,《文学遗产》1997年第4期。
[3] 田晓菲:《北美中国古典文学研究近况》,《中华读书报》2000年12月20日。

四、中唐的背景和视角

《中国"中世纪"的终结——中唐文学文化论集》一书出版于1996年。在《初唐诗》《盛唐诗》和《晚唐诗》之后，大家都在追问宇文所安何时能对中唐诗史做一总结。对此他的回答是：写一部中唐诗史是不可能或不恰当的。他写这本书的目的是表达他对中唐文学的思考。关于这些思考，国内学界多有探讨，如赵琼琼的硕士论文《论宇文所安中唐文学的研究方法》，陈小亮《论宇文所安的唐代诗歌史研究》中的第二章"现代性视阈下的中唐诗歌与诗学"，还有张宏生的访谈录《"对传统加以再创造，同时又不让它失真"》等都对该书观点进行了全面而详细的总结。总的来说，宇文所安对中唐的思考是有其整体框架和内在理路的，不管是如陈小亮总结的"现代性视阈"，或是其他人从书中提炼出的种种相辅相成的论点，白居易其人其诗是作为一个重要组成部分和论据出现的。所以本书讨论该书中的白居易，首先离不开宇文所安对中唐文学的总体思考，同时鉴于相关论述已经很多，对其观点和理路的描述尽可能简略，而将着眼点放在他对白居易诗歌的阐释和理解上。

《中国"中世纪"的终结——中唐文学文化论集》一书是以主题为序的，对白居易其人其诗集中阐述的主题可以归为以下四个：

（一）特性与独占

"特性与独占"是导论之后的第一章。宇文所安认为特性对中唐诗人是非常重要的，并由此引发了一系列问题。比如，对特性的追求引发的注重"真"的价值，会导致对文学语言中的滥调和媚俗的越来越高的警觉，并进而导致对传统文本的普遍怀疑。对此宇文氏以白居易的《立碑》一诗为例证。这首诗是为一位深受百姓爱戴的地方官员所写，虽然他的为官德行并没有碑文铭记，但他活在了百姓心中，这是这首诗的主旨，也可以说是诗歌的一种表现手法——反衬。不过宇文氏则将重点集中在诗的开头提出的"反例"："勋德既下衰，文章亦陵夷。但见山中石，立作路傍碑。铭勋悉太公，叙德皆仲尼。复以多为贵，千言值万赀。为文彼何人，想见下笔时。但欲愚者悦，不思贤者嗤。岂独贤者嗤，仍传后代疑。古石苍苔字，安知是愧词。"他认为这很能说明问题，"它在想象碑文是如何充斥了谎言客套,因年代久远而剥蚀生苔,欺惑后代的读者",因而传递了一种悲观的信息。因此他认为,《立碑》虽然是为了褒奖望江县的麹令而写,但主题却是对文本的怀疑精神,并认为宋以后对文本权威和文字传统的怀疑精神在这里首度浮现出来。从关乎诗歌主题的内容与"怀疑"内容的比例上,我们可以认同宇文氏的这个论断。

宇文氏随后探讨说,特性在表现上是自觉或不自觉的,是真挚或是矫揉造作的,这样的问题对于中唐作家和文人来说是一个实际的问题。对此诗人似乎可以有两种不同的选择:"要么情不自禁地表达其独特的个性,要么就是有自觉意识地控制着他的表达。"而实际上两种相互矛盾的答案常常是联系在一起的。这在白居易身上表现得十分明显。宇文氏探讨了白居易的《自吟拙什因有所怀》一诗,认为诗中表现出对写诗的漫不经心和不假思索,而且对声韵言辞漠不关心,这种对"其天性的率真和诗作的自然"以及"他的诗来自内在的冲动"的强调,体现在他对自己的诗作的"拙"的评价——"诗成淡无味,多被众人嗤"。宇文所安认为,宣称自己任性率意并因此笑话自己,表现了白居易的老于世故,"表现为'拙'的任性率意显然已经成为一种价值,但人情世故的练达也同样是一种价值"。在刻画了嗤笑自己的"众人"之外,白居易又虚拟了一个能够欣赏自己这种风格的小团体,这或者就是宇文氏所指的"机智"——"如果说白居易在该诗中宣称他写诗漫不经心、不假思索,那么他常常在其他的作品中表现自己的机智"。从这里我们读出了多重矛盾:白居易在诗中宣称自己作诗的不自觉,但他的真正用意是"在描写自己是如何对声韵言辞漠不关心";描写自己的"拙"实则表现了机智与老于世故,强调自己的"无心"实则表露了其"有意"——这就是白居易的特性。在第20页的脚注里,宇文氏写道:"白居易也许在他的'漫兴诗'上比李贺花了更多的功夫,然而他的诗在读者眼里却显得似乎真是即兴而作。"给读者留下一个自己无心作诗的印象,然而实际却总有好诗问世,反而会得到更高的赞赏。白居易诗中这种千回百转的表达和心思,显然被宇文氏挖掘无遗。

在谈到独占性时,宇文氏认为白居易的《游云居寺,赠穆三十六地主》一诗中出现"地主"一词不太寻常,"这等于承认一个在唐代文学中通常避免提到的事实"——"在中国存在一个权力和占有的结构",而白居易借助这首诗夺走了穆地主的土地。在与之前韩愈的诗作比较时,宇文氏认为两人都是踏花而行,但只有白居易自己懂得惜春。通过爱惜和欣赏来占有一个地方，才是真正的占有，白居易写"爱山人"而不是"乐山人"，很能表明其渴望占有之意。而随后对白居易慨叹刘禹锡的诗时所说的话——"石头诗云：潮打空城寂寞回。吾知后之人不复措辞矣"。——进行解读时，则说这是可以通过对一个地方的不同凡响的描述来占有一个地方。"永远占有一个地方，只有通过文本来实现。"这样纯粹个人体验式的观点，对中国读者来说难有说服力。相较前文对白居易特性探讨的新颖性相比，对"独占"的探讨则超出了新颖的范围，难免会给人以牵强的感觉，因为前者在人性共通的范畴之内，而后者则是西方强调个体的文化心理的强加。

(二)诠释

第三章"诠释"论述的是，对自然和社会的诠释在中唐出现了显著的特征：一是诠释以"个人"的面目出现，这样白居易宣扬园林生活之乐，就不会引发中唐之前隐逸诗是否有批评时政的怀疑。带来的问题是，中唐作家的诠释口吻带着不容置疑的自信，然而这种自信却没有以往诠释的重复权威来支撑，因而出现一些带有强烈妄想气息的想象和不合情理的解释，比如韩愈、孟郊和李贺等人的诗作。而白居易就琐事发一通机智议论的戏谑性的诗作，则没有那么多问题。但在对失去亲人的悲痛的诠释上则有共通之处，就是理对情的控制。在结果上，韩愈表现为说理，孟郊表现为诗化的疯狂，而白居易的《念金銮子》二首则表明理性的安抚虽然暂时有效，但总是会在特定的情形里失效，"这一对比本身就构成了一种反省式的诠释行为"，"而白居易对情胜过理的观察本身就是一种'理'，是富于理性的诠释"。

这些话里充满了宇文氏的思辨性。白居易在不需解释的地方解释，并通过对得知"情胜过理"而得到更高的理性，这在宇文氏看来具有一种多余的价值，他称之为"溢余诠释"。在第七章"浪漫传奇"中宇文氏提到，"机智的园林诗人和情人(浪漫的承诺)一样，都创造出一种诠释中的多余价值。《洛下卜居》一诗中，白居易对自己的太湖石和宠鹤表达了类似的承诺，但他第二天仍然可以去官署上班。白居易同样对独一无二的承诺话语感到吸引，但那没什么问题，因为仅仅是游戏而已"。而在第八章"《莺莺传》：抵牾的诠释"中，宇文氏还提到"《莺莺传》中包含了两种对立的观点和立场，这种相互竞争的观点，产生于中唐时代诠释话语相互冲突的背景之下"，他再次强调"在细琐的层面上，白居易这位机智的园林诗人,坚持他自己的溢余诠释,和他自己引入诗歌的常规观点之间造成张力"。

(三)机智与私人生活

第五章"机智与生活"是白居易内容最为集中的一章。白居易在诗中表现出的"机智"在前面"特性"一节中已经得到反复强调,"机智的园林诗人"也成为此书中白居易的代名词。而机智其实也主要是指诠释上的机智,表现为轻松、戏谑和与家庭生活相关的小乐趣。白居易的《食笋》一诗,将"竹"在文学上的高雅意象与作为入口之物作对比,并特意在全诗的朴实诗句中装点异常诗意的一联——"素肌新玉",呈现出反讽甚至戏剧性。"《食笋》是中唐的典型,它将注意力挥洒到微末的事物,赋予它们过度的价值和意义",也即上节所说的"溢余诠释"。这种诗意地赋予某物的价值,即是"机智"的,这种溢余是诗人为了自娱而创造的,这样做是为了确认所有权,标志某物属于自己。于是话题又回到了第一章的"独占"。

宇文氏从占有中引出私人天地的概念,认为这种兴趣从初、盛唐就已经开始了。书中以杜甫为例,而他写于1995年的《唐代别业诗的形成》一文中有更详细的论述。关于《官舍内新凿小池》一诗,宇文氏认为白居易对这个私人天地的意义……这个人工造成的小型自然,是对"天然"的"再现"。尺寸……的欲望,而主体在这一片安全的、受保护的天地……的发生。这是微型池塘成为9世纪一种……

在宣称……时,诗人等于是在宣称园林诗中的自我就是真实自我的具象。……非常简单的《新栽竹》就是一个完美的典范,"表现了被建构和被诠释……,以及居住在这园子中的被诗人再现的自我"。宇文氏对此诗做了层层剥笋式的细读,一步步挖掘出诗人精心建构的一个在封闭天地中的理想自我的潜在心理。很多解读别出机杼且能自圆其说,常有令人拍案叫绝的奇思妙想,比如,他说中古隐士是以政治中心为"内",以山野为"外",而白居易将其做了逆转,他的园林(包括其中的野趣)成为"内",而公职领域则成了"外"。此外还有"在有限的园林里走出无限"这样独特的思考角度。

宇文氏继续探讨说,在私人空间中,白居易《洛下卜居》一诗体现了他对园中奇石和鹤这些爱物所花费的心力，这正是溢余价值所在，而不是他所享有的快乐——"诚知是劳费，奈何心爱惜"。用这种近乎玩笑的方式来表现自己的动机，使之成为一种游戏的形式，也是一种机智的体现。而在《山中独吟》中，白居易想象了自己的创作，并建构了一个场景，让山野也成为一个友人环绕倾听自己的园林，虽然倾听他的对象是山中的动物，但读这首诗的人也都会成为听众。由此还可以看出，白居易的诗歌活动可以分为创作阶段和表演阶段，尤其热衷于展示自己诗歌的拙朴，这种自觉的造作也带来了更大的问题。

除以上内容，本书最后一章"九世纪初期诗歌与写作之观念"还提到白居易的诗歌创作理论，可以综合之前的讨论来理解这个结论："他们（韩愈与白居易）两位作家都认识到文辞运用的历史性，韩愈主张祛除'陈言'，而白居易则以粗拙的措辞和违拗的韵律自豪。对他们而言，'真'通过对抗当代的规范语言得到实现，并在俗众的嘲笑中得到肯定。白居易稍稍不同一些，他始终强烈地呼吁一种天真的直接与透明，而他造作出来的朴野风格也对后代诗人成为更有影响力的榜样。"

宇文氏在《中国"中世纪"的终结——中唐文学文化论集》一书中对白居易所做的解读，首先是为其中唐文学特性的例证服务，对白居易其人其诗的个性解读也力图能够纳入其中唐视角。从效果上来说，白居易在很多主要论点上都是非常重要的甚至近乎独一无二的例证。"非常重要"体现在，常常通过与韩孟等人的不同达成相反相成的论证效果。而"近乎独一无二"的方面如"机智"，能够凸显白居易特性并达成对其人其诗更为鲜明的认识和理解，而对整个中唐的例证作用则显得薄弱许多。

结语

韦利对白居易集中进行译介和研究之时,正值英国传统汉学的发展繁荣阶段①,英国的古典文学研究开始进入确立和发展期。在此之前,翟理斯的《中国文学史》关于白居易的内容不但简短,而且讹误甚多,而韦利1917年的《38首白居易诗》一文对白居易的简短介绍已经能看出他对白居易其人其诗有着正确全面的了解和把握。第二年的《170首中国诗》中,对白居易所作的六七页篇幅的介绍更能彰显他对白居易及其时代的认识之全面和深刻。虽然他在时隔近三十年后才在传记《白居易的生平和时代》一书中对白居易做集中的研究探讨,但从他在白诗译介过程中对诗歌从词意、句意和文字背后蕴含的各种典故、文化和心理的贴切精准的把握来看,他对白居易及其时代的研究不但起点较高,而且在译诗过程及对其他中国古代文学、文化、艺术等方面的大量译介和研究中不断加深这种了解和把握,因此经过多年积累后完成的《白居易的生平与时代》一书,不但史实准确可信、讹误极少,对诗人的生平、思想、作品和交游等方面所做的介绍、梳理和考察,既全面深刻又详略得当,充分展现了韦利对唐代乃至整个古代中国在历史、文化、文学等方面的了如指掌、游刃有余。再加上流畅的文笔、出色的写作技巧和高

---

① 参见前述蒋友冰《英国汉学的阶段性特征及成因探析》一文的分法,这个阶段划分时期为20世纪初至二战前。

超的译诗才能,这本书能够成为西方白居易研究领域至今无法逾越的高峰就毫不奇怪了。

韦利的成就首先是源于对东方文学艺术的极度热爱。许国璋在评价韦利的《红楼梦》译文时曾说:"韦利文笔好,是当年集中英国文坛英秀的 Bloomsbury Circle 之一员。但韦利对于中国文学,不是一个职业的研究者,而是一个鉴赏家。……他更有兴趣的是中国诗人的生活情趣,诗人生活的时代的重建,如同考古家把碎块断片重建成一件艺术品一样。他着眼于一个民族一个时代的典章文物,以为赏玩,翻译是一种手段。"①《山中狂吟:阿瑟·韦利纪念文集》一书的作者伊万·莫里斯(Ivan Morris)也说,韦利对中国文化的痴迷在汉学界极为罕见②。

这种鉴赏家的痴迷和沉醉就有别于一般汉学家出于国家利益或为研究而研究的功利性,也给了韦利对艰深的中国典籍做持续、大量阅读的动力。从他数量惊人的汉学著作来看,可以想见他的阅读量之大。此外,正如许国璋指出的那样,韦利文笔好是他的一大特点,而文笔好则只是他在语言文字方面的极高天赋的表现之一。

韦利在语言学习上的确天赋过人。据程章灿《阿瑟·魏理年谱简编》一文所说,1912 年,在他 23 岁的时候,"锡德尼·科克里尔爵士(Sir Sydney Cockerell, 1867—1962,博物馆学家,时在剑桥大学耶稣学院任教)、谢泼德教授[John T. Sheppard,1881—1968,魏理(魏理即韦利——编者按)在剑桥国王学院时的导师]和奥斯瓦尔德·席克特(时在《大英百科全书》编委会任职)三人分别为魏理写了推荐信,推荐他到大英博物馆图片室(the Print Room)应聘。三个推荐人对他的天资尤其是语言天赋都给予很高的评价。在申请表中,魏理也详细介绍了自己的语言修养。(笔者按:据魏理自我介绍,当时他已经能够轻松自如地阅读意大利文、葡萄牙文、荷兰文、法文、德文、西班牙文,并能流利地说法语、德语和西班牙语。)此外,他还能阅读蒙古文、阿伊努文和梵文,并精通塔木德经文(犹太教法典,古典拉比著作的合集,包括《密西拿》和《革马拉》等,是正统犹太教中的权威的宗教文献),应当是后来自学的"。

---

① 许国璋:《借鉴与拿来》,《外国语》1979 年第 3 期,第 8 页。
② Ivan Morris, *Madly Singing in the Mountain*: *An Appreciation and Anthology of Arthur Waley*, London: George Allen& Unwin Ltd.,1970,p.26.

可以说，这样的语言天赋是惊人的，并且在中文学习上同样得到了完美体现。1916年3月，在开始学习中文不满三年之时，韦利已经可以将王羲之的《兰亭集序》译成英文①，由此可以想见他在语言学习上的神速进步。也是在1916年，他完成中国诗52首英译集《中国诗》，虽然反响不佳，但也很能说明他对中国诗歌已经有了很深的了解。萧乾曾经对韦利的汉语能力做过很高的评价："Waley之例最能说明：(1)任何学问，主要都是靠自学；(2)中文并不难学；(3)翻译，四成靠对原文的理解，六成靠表述能力。"②

从韦利的白诗英译中可以看出，他对原诗的理解相当到位。有一个更好的例子可以说明。在1920年发表的《〈琵琶记〉译注》一文中，韦利认为翟理斯的《中国文学史》中只翻译《琵琶行》的诗文而没有翻译原序是很不恰当的，他认为序言是理解诗文关键，所以他在此文中翻译了诗作的原序。在译文中，翟理斯将诗中的"客"理解为白居易自己，而韦利根据序言及《旧唐书》和《新唐书》中相关的记载，认为诗中"客"并不是白居易，而是"主人"。韦利的理解无疑是正确的，也表明他在对诗歌本身及其背景的了解和把握上的精确程度。这一点在第三章第四节与列维白诗翻译的对比分析中体现得更为明显。

优秀的译诗首先要求对原诗有很好的理解，其次要靠极好的表达能力才能完成。林语堂在《论译诗》一文中曾说："在翻译中文作者当中，成功的是英人韦烈(即韦利——笔者按)。其原因很平常，就是他的英文非常好。所以我译《道德经》，有的句子认为韦烈翻得极好，真是英文佳句，我就声明采用了。他译乐府诗、《古诗十九首》及《诗经》等都不用韵，反而自由，而能信达雅兼到。"③韦利的诗人身份，也是其表述能力出色、使得他的译诗充满诗意的一个重要原因。他与美国意象派诗人庞德等人的密切交往也使得他在诗歌的表达方式上获益良多④。

此外，韦利与当时伦敦的文化知识精英团体布卢姆斯伯里文学圈交游颇多，而这个圈子对韦利中诗英译的成就影响极大，程章灿认为韦利与布卢姆斯伯里文学圈的交流，正是其汉诗英译及其汉学研究在20世纪英国取得成功之时代背景。

---

① 这篇译文附在写给锡德尼·科克里尔的信中，没有公开发表。见前述程章灿《阿瑟·魏理年谱简编》，第20页。
② 傅光明编：《萧乾书信集》，郑州：河南教育出版社，1991年。
③ 参见海岸选编：《中西诗歌翻译百年论集》，上海：上海外语教育出版社，2007年，第70页。
④ 程章灿：《魏理的汉诗英译及其与庞德的关系》，《南京大学学报》2003年第3期。

他分析说:"作为当时英国文化界和知识界的精英圈子,布卢姆斯伯里文化圈对于魏理所从事的汉诗英译以及汉学研究,曾产生过积极的影响。这至少表现在两个方面:第一,文学观念和诗学观念的相互影响。例如直到1918年才公开出版的19世纪末著名诗人霍普金斯的诗集在这个圈子中就颇受瞩目,魏理汉诗英译时所采用的跳跃韵律等等,也与这种瞩目相关。第二,通过这个圈内人物的口头揄扬和书评推介,魏理的著作特别是他的英译汉诗在文化界、知识界、读书界获得了广泛的影响。他的翻译及其他汉学写作,不仅刊登于《伦敦大学东方学院学刊》这样的专业学术刊物上,也出现在《泰晤士报文学副刊》《新政治家》等读者覆盖面相当广泛的知识分子报刊上。这对于推介魏理的汉诗英译及其他著述、推动英国文化知识界对于汉语诗歌以及中国文学的理解与接受、从而促进中英文化的交流等等,具有相当积极的意义。"[①](魏理即韦利——编者按)

可以说,对东方文化艺术的沉迷、极高的个人天赋和当时可谓天时地利人和的时代诗学背景,共同造就了韦利在中诗英译和汉学研究方面的巨大成功。这种成功是无法复制的,因此直到今天,韦利在西方白居易译介和研究领域仍是一座只能仰望、难以超越的高峰。

至于作为历史学出身的列维,在语言天赋上或者也有过人之处,因为他的汉学著作数量也非常多,这也是要通过大量阅读中国古代典籍才能完成的。而且,他也并非中文专业科班出身,对中文的掌握应该也是通过自学来完成的,因此他的语言学习能力还是令人钦佩的。他对东方历史和文化也相当着迷,大量翻译中、日、韩三国的各种文学作品。不过,没有了韦利的诗人身份和艺术造诣,所处的时代虽然有伴随"垮掉的一代"而来的第二波唐诗译介高潮,但这时社会对唐诗的需求主要是精神上的慰藉而非新诗运动之时的诗学革新和热情实践,所以也欠缺诗学理论的支撑和滋养。加上列维在中诗理解上的诸多欠缺,导致他倾注不少心力的四卷本白居易诗歌英译备受冷落。列维表达能力的欠缺在他的白居易研究上表现得非常明显,逻辑松散、思维跳跃、用词晦涩这些毛病,使得他本就因为不太扎实的历史知识导致的论述无力更加雪上加霜,甚至常常给人难以卒读之

---

① 程章灿:《魏理与布卢姆斯伯里文化圈交游考》,《中国比较文学》2005年第1期(总第58期),第132—148页。

感。与韦利在白居易译介与研究上的巨大成功之理所当然一样,列维在这方面的不成功也在情理之中。

至于宇文所安没有对白居易做过专门的译介和研究,却能在这个领域受人推崇,这其中的个人原因也是非常明显的。从博士论文《孟郊与韩愈》开始,宇文所安就体现出非常明显的个人风格,当时华裔学者刘若愚从 20 世纪 60 年代中期已经开始牢牢掌握美国的中国文学研究权威和话语权,宇文所安的《初唐诗》《盛唐诗》和《传统中国诗歌与诗学》等著作的相继出版,不但大获赞誉,而且被视为挑战刘若愚权威地位、为西方学者在这个领域争取话语权和一席之地的不二人选①。宇文所安的作品一开始译介到中国并没有引起太大反响,因为当时国内的唐诗研究正如火如荼,大家似乎无暇顾及一个国外学者的研究,而他过于浓厚的个人风格倒是容易招致排斥。到本世纪初,三联书店对他一系列作品的译介推荐一下子引起与当初截然不同的巨大反响,这或者可以归因于国内学界在唐诗研究领域上颇有瓶颈之感,上世纪八九十年代对国外文艺思潮的追捧和应用之泛滥和僵化到了新世纪也开始引发反省。这个时候,宇文所安全然跳出窠臼之外的研究方法和充满个人思辨色彩的论述风格很容易引起注意,加上这些研究都是建立在西方文化心理背景和深厚的文艺理论素养基础之上得出的,恰好完美解答了国内学界关于利用西方理路研究中国文学的困惑,因此一时间形成一股令人瞩目的宇文所安热潮。

陈平原的《中国学家的小说史研究——以中国人的接受为中心》一文提到,"就像文学的'接受'一样,学术成果的传播,也同样受制于读者的期待视野(horizon of expectation)。'中国学'之能否进入中国人的视野,受许多因素的制约,比如资讯传播的途径,语言障碍的大小,文化交流造成的人际关系,译本出版的态势等等"②。中国学界在本世纪表现出对宇文所安学术成果的热切接受,的确是有互联网时代资讯互通前所未有地快捷、便利这一背景做支撑,而英语在中国的盛行也是毋庸赘述的,文化交流方面,随着中国国力的强盛更是一派繁荣景

---

① William H. Nienhauser, "Studies of Traditional Chinese Poetry in the U.S.(Part Ⅰ and Part Ⅱ),1962-1996," *Asian Culture Quarterly*, XXV.4(Winter 1997), pp.27-65. *Chinese Culture*, XL 1/2(March and June 1999), pp.1-24,45-72.
② 陈平原:《中国学家的小说史研究——以中国人的接受为中心》,《清华汉学研究》(第三辑),北京:清华大学出版社,2000 年,第 120 页。

象,三联书店对宇文所安作品的集中译介又是很大的推力。因此,学界在分析宇文所安之所以受到如此关注甚至追捧的原因时,还要联系除著作本身的这些因素,才能对此解释得全面、深刻。

其实,就是在西方汉学界,宇文所安个人风格极其浓厚的研究风格也是一个特例,他的成功可以借鉴但同样无法复制。而对中国学界来说,宇文所安的可借鉴之处似乎也就在于其思辨的深度、文本细读的长处和研究视角的别出机杼。严绍璗的《日本中国学中的实证及其价值》一文对日本学界的三种传统思路与方法进行了评述,指出近代日本中国学中具有"实证"意味的研究思路与方法是最有价值的,这种实证论包括了重视"原典批评"(文本考订)的必要性,强调"文本"与"文物"参照的重要性,主张研究者文化经验的实证性价值,以及尊重"独断之学",主张建立哲学范畴,肯定文明的批评和从社会改造的见地出发的独立的见解。这些方面是日本学术的主流①。日本学界对中国古代文学尤其是唐诗的研究之细致、全面、精深是世所公认的,在白居易的研究上也是如此。他们的研究趋势一定程度上代表了对这领域研究的深邃思考,对何为最有价值的研究这个问题的看法,也是非常精到的。结合宇文所安的中国古代文学研究,会发现与日本学界研究的主流不谋而合,并借助个人天赋和西方文化心理背景的优势,得以独领一时风骚。

至于从英国来到美国的学者杜希德和马考麦克等人,由于之前一直浸润在英国汉学的传统之中,秉承欧洲汉学注重实证的研究方法,以各自所学专长和积累为依托,在白居易研究上表现出厚重沉稳的风格,在不少观点上也能发国内学界所未发,并且至今仍有参考价值。而且他们在论述过程中很自然地融入中西比较的内容,这种对比较文学、比较文化的自觉运用,也是他们的研究更有深度的原因。

在西方汉学研究上,华裔学者先天具有的语言和文化背景优势,使得他们在国外中国文学研究领域也占据天然的优势。如果再加上自身的积累和深厚的素养,似乎不难在该领域出类拔萃。不过,国外的中国文学研究毕竟是在西方汉学

---

① 严绍璗:《日本中国学中的实证及其价值》,《清华汉学研究》(第三辑),北京:清华大学出版社,2000 年,第 118 页。

的范畴之内,会深受所在国汉学发展背景的影响,而华裔学者的研究成果如何,除与个人条件有关系,还受很多因素的影响。刘若愚 20 世纪 60 年代开始在美国任教时,美国汉学界正处于重历史轻文学的阶段,虽然有马瑞志(Richard B. Mather)、海陶玮等人所做的努力,但成就和影响都很有限。而刘若愚凭借自己的先天优势和多年在英美所受现代西方学术训练的后天积累,很快以一本理论精深和资料翔实的《中国诗学》脱颖而出,并接连出版一系列中国文学研究论著,一举扭转了美国汉学界史学与文学研究不平衡的局面,并由此揭开了美国中国古代文学研究的辉煌序幕。刘若愚的成功首先应归因于他的学术素养和成就,深厚的中西素养的结合使得他在比较诗学上具有无可比拟的优势。其次就是当时美国汉学研究的现状,给了他极大的余地大施拳脚。相较而言,改革开放后去往美国的华裔学者,即便个人素养也非常深厚,也难再有如此机遇了。

姚平和杨晓山都是 20 世纪八九十年代赴美的中国学者,两人在国内所受的历史和文学教育使得他们具备较好的学术积累和素养。到了美国之后,他们除要接受西方语言文化的浸润,更重要的是将西方理论素养这一课补上。姚平在美国的学习及后来师从著名汉学家伊沛霞深造,就深受人类学、社会学及女性主义理论研究的影响,因而做出一系列较为出色的成果。可想而知,她的研究方法势必要跟随当时美国汉学家的研究趋势,采纳他们的理论和方法,其研究成果才能够获得肯定,从而获得学位、工作和研究领域上的一席之地。当然,对美国汉学家研究方法的赞赏和服膺也是必然的。在王希、姚平主编的《在美国发现历史:留美历史人反思》一书中,姚平撰文《求史三记》讲述了这种学术上的接受和为我所用的过程[1]。

正如程章灿所说,"在欧美接受教育并任教的华裔学者,其语言表达与思考方式也难免受欧美语言、文化及学术传统的影响"[2]。杨晓山的情况也大致如此,而他恰好师从在中国古代文学研究领域如日中天的宇文所安,出于对宇文氏的服膺和崇拜,以及这种研究方法在美国汉学界所获的肯定,杨晓山的研究表现出对宇文所安非常明显的借鉴甚至是模仿。他的语言天赋和英语表达能力都非常出色,

---

[1] 王希、姚平主编:《在美国发现历史:留美历史人反思》,北京:北京大学出版社,2010 年,第 397 页。
[2] 程章灿:《作为学术文学资源的欧美汉学研究》,《文学遗产》2012 年第 2 期。

思辨能力也不错,为他这种模仿式的研究增色不少。但作为宇文所安研究之立足根本的深厚的西方文化心理和理论修养,则是杨晓山相当欠缺并且不容易弥补的,所以他的研究明显体现出理论不足的特点。杨晓山以细读的功夫见长,但有时流于随意和个人化,这恐怕也是理论素养的缺失导致的。坚持细读上的长处,同时设法弥补理论深度的不足,这应该是他需要继续努力的方向。

可以看出,本书中谈到的英美汉学家的所有白居易研究,几乎都具有文史融合的特点,不难发现,这种特点正是如今学术研究倡导跨学科、跨领域的内涵之一。如何能够达成这样的研究,这个特点又因为汉学家个人学术背景和风格有不同的体现。通过对他们的白居易研究的具体细致的分析,总结出这些特点,无疑对我们自己的白居易研究颇有助益。

葛兆光在《域外中国学十论》的前言里探讨说,西方理论学家常常用汉学家的第二手资料来探讨"世界"[1]。汉学家的中国文学研究里似乎也有这样的"自我学术圈子"里的相互参考借鉴。比如列维和高汀对法菲尔研究的频频引用,以及本书中大多数论文里对韦利研究成果的借鉴等。葛兆光认为这会带来一些问题,比如以讹传讹、循环论证等。法菲尔将"左拾遗"一词理解为谏官,又用"检察机构"来概括御史台和门下省,这种混淆很容易误导后来的学者,尤其他的书在西方白居易研究领域是如此重要。这一点是汉学家们进行相关研究时需要警醒的,同时也是值得我们注意的。

在对比华裔学者和西方学者的研究时会发现这样一个现象:西方学者的探讨在专注文本的同时常常会很自然地做中西比较,比如沃拉克、马考麦克在考察白居易的《论姚文秀打杀妻状》时会联系西方的相关法律作对比分析,司马德琳考察白居易的鹤诗时会将意象在中西方文学中不同表现进行对比。而宇文所安在中西文学、文化的比较上是最明显也是最成功的例子。这首先说明了比较文学是汉学的学科生长点。孙康宜在《谈谈美国汉学的新方向》一文中说过:"随着美国比较文学范围的扩大,约在上世纪八十年代,美国汉学渐渐成了比较文学的一部分。因此,有些汉学家一方面属于东亚系,一方面也成了比较文学系的成员……

---

[1] 葛兆光:《域外中国学十论》,上海:复旦大学出版社,2002年,第7页。

这样一来,'汉学'也就进入了比较文学的研究领域。"①乐黛云也指出,"西方学术界原来互不相干的三个学术圈子:汉学研究、理论研究、比较文学研究正在迅速靠拢,并实现互补、互识、互证"②。对这种趋势,英美本土汉学家把握得较好,而华裔学者(刘若愚除外,因为他本就是比较诗学的大家)在这方面的表现则显得薄弱许多。这应该是西方汉学界华裔学者提高自己研究水平所要注意的。

从本书的架构中可以明确得知"英美汉学中的白居易研究有什么成果",这些成果数量看起来不算少,不过与李白、杜甫、王维等唐代诗人的研究成果相比则是比较少的。倪豪士曾经就 1916 年至 1992 年的研究情况做过统计,"在所附的书目中,列出了关于白居易研究的 10 本专著和 13 篇文章。相较而言,从二十世纪三十年代起,仅限英文著作,有 14 本专著和 19 篇文章研究杜甫,5 本专著和 16 篇文章研究柳宗元,15 本专著和 21 篇文章研究'中国文豪'韩愈"③。笔者推测其中的原因,一是白居易的诗歌除平易外各种特点都不鲜明,如果讨论诗歌中的道教因素则以研究李白的诗歌为最好,这一点在柯睿近年来完成的李白研究著作中已经证实了。而如果论佛教影响,则王维的诗歌更值得研究。其次恐怕就是出于高山仰止的原因,韦利在白居易译介和研究上达到的高度很容易令人产生难以逾越之感,而列维对白居易译介和研究的不太成功,似乎更是一个让人心生退却之意的反例。

---

① 孙康宜:《谈谈美国汉学的新方向》,《书屋》2007 年第 12 期。
② 乐黛云:《诠释学与比较文学的发展》,《求索》2003 年第 1 期。
③ William H. Nienhauser, "Po Chü-i Studies in English Since 1916–1992," p.50.

参考文献

一、中文书目

[1] 刘昫,等.旧唐书[M].北京:中华书局,1975.

[2] 李林甫.唐六典[M].陈仲夫,点校.北京:中华书局,1992.

[3] 欧阳修,宋祁.新唐书[M].北京:中华书局,1982.

[4] 计有功.唐诗纪事[M].上海:上海古籍出版社,1987.

[5] 辛文房,傅璇琮.唐才子传校笺[M].北京:中华书局,1987.

[6] 彭定求.全唐诗[M].北京:中华书局,1960.

[7] 沈德潜.唐诗别裁集[M].北京:中华书局,1975.

[8] 蘅塘退士.唐诗三百首[M].北京:中华书局,2003.

[9] 郑振铎.插图本中国文学史[M].北京:北平朴社,1932.

[10] 岑仲勉.隋唐史(上、下)[M].北京:高等教育出版社,1957.

[11] 陈鼓应.老子今注今译[M].台北:台湾商务印书馆,1970.

[12] 陈寅恪.元白诗笺证稿[M].上海:上海古籍出版社,1978.

[13] 顾学颉.白居易集[M].北京:中华书局,1979.

[14] 王拾遗.白居易生活系年[M].银川:宁夏人民出版社,1981.

[15] 中国社会科学院近代史研究所翻译室.近代来华外国人名辞典[M].北

京:中国社会科学出版社,1981.

[16]向达.唐代长安与西域文明[M].北京:生活·读书·新知三联书店,1987.

[17]赵毅衡.远游的诗神——中国古典诗歌对美国新诗运动的影响[M].成都:四川人民出版社,1985.

[18]刘若愚.中国文学理论[M].杜国清,译.台北:联经出版事业公司,1985.

[19]傅璇琮.唐代科举与文学[M].西安:陕西人民出版社,1986.

[20]周发祥.中外比较文学译文集[M].北京:中国文联出版公司,1988.

[21]朱金城.白居易集笺校[M].上海:上海古籍出版社,1988.

[22]钱林森.牧女与蚕娘[M].上海:上海古籍出版社,1990.

[23]傅光明.萧乾书信集[M].郑州:河南教育出版社,1991.

[24]王守元,黄清源.海外学者评中国古典文学[M].济南:济南出版社,1991.

[25]张弘.中国文学在英国[M].广州:花城出版社,1992.

[26]尚永亮.元和五大诗人与贬谪文学考论[M].台北:文津出版社,1993.

[27]柳无忌.中国文学新论[M].北京:中国人民大学出版社,1993.

[28]施建业.中国文学在世界的传播与影响[M].郑州:黄河出版社,1993.

[29]倪豪士.美国学者论唐代文学[M].黄宝华,等译.上海:上海古籍出版社,1994.

[30]宋柏年.中国古典文学在国外[M].北京:北京语言学院出版社,1994.

[31]莫砺锋.神女之探寻[M].上海:上海古籍出版社,1994.

[32]罗振玉.贞松老人遗稿(甲乙丙):全二册[M].上海:上海书店,1996.

[33]乐黛云,陈珏.北美中国古典文学研究名家十年文选[M].南京:江苏人民出版社,1996.

[34]周发祥.西方文论与中国文学[M].南京:江苏教育出版社,1997.

[35]黄鸣奋.英语世界中国古典文学之传播[M].上海:学林出版社,1997.

[36]乐黛云,陈珏.欧洲中国古典文学研究名家十年文选[M].南京:江苏人民出版社,1999.

[37]桑兵.国学与汉学——近代中外学界交往录[M].杭州:浙江人民出版社,1999年.

[38] 葛兆光.清华汉学研究:第三辑[M].北京:清华大学出版社,2000.

[39] 夏康达,王晓平.二十世纪国外中国文学研究[M].天津:天津人民出版社,2000.

[40] 钱锺书.管锥编[M].北京:生活·读书·新知三联书店,2001.

[41] 彭浩.郭店楚简《老子》校读[M].武汉:湖北人民出版社,2001.

[42] 李斌城.唐代文化[M].北京:中国社会科学出版社,2002.

[43] 何寅,许光华.国外汉学史[M].上海:上海外语教育出版社,2002.

[44] 刘正.海外汉学研究:汉学在20世纪东西方各国研究和发展的历史[M].武汉:武汉大学出版社,2002.

[45] 吕叔湘.中诗英译比录[M].北京:中华书局,2002.

[46] 葛兆光.域外中国学十论[M].上海:复旦大学出版社,2002.

[47] 傅璇琮.唐诗诗人丛考[M].北京:中华书局,2003.

[48] 赵白生.传记文学通论[M].北京:北京大学出版社,2003.

[49] 石云涛.建安唐宋文学考论[M].北京:学苑出版社,2003.

[50] 南怀瑾.老子他说[M].上海:复旦大学出版社,2003.

[51] 闻一多.唐诗杂论[M].北京:中华书局,2003.

[52] 赵毅衡.诗神远游——中国如何改变了美国现代诗[M].上海:上海译文出版社,2003.

[53] 钟玲.美国诗与中国梦[M].桂林:广西师范大学出版社,2003.

[54] 宇文所安.迷楼——诗与欲望的迷宫[M].程章灿,译,北京:生活·读书·新知三联书店,2003.

[55] 宇文所安.追忆——中国古典文学中的往事再现[M].郑学勤,译,北京:生活·读书·新知三联书店,2004.

[56] 姚平.唐代妇女的生命历程[M].上海:上海古籍出版社,2004.

[57] 乐黛云.比较文学与比较文化十讲[M].上海:复旦大学出版社,2004.

[58] 宇文所安.韩愈和孟郊的诗歌[M].孟欣欣,译,天津:天津教育出版社,2004.

[59] 宇文所安.初唐诗[M].贾晋华,译.南宁:广西人民出版社,1987.

[60] 宇文所安.盛唐诗[M].贾晋华,译.北京:生活·读书·新知三联书

店,2004.

[61]朱政惠.美国中国学史研究——海外中国学探索的理论与实践[M].上海:上海古籍出版社,2004.

[62]陈友琴.白居易资料汇编[M].北京:中华书局,2005.

[63]詹杭伦.刘若愚:融合中西诗学之路[M].北京:北京出版社,2005.

[64]陈才智.白居易[M].北京:五洲传播出版社,2005.

[65]谢思炜.白居易诗集校注[M].北京:中华书局,2006.

[66]何培忠.当代国外中国学研究[M].北京:商务出版社,2006.

[67]周发祥,魏崇新.碰撞与融会——比较文学与中国古典文学[M].北京:外语教学与研究出版社,2006.

[68]宇文所安.中国"中世纪"的终结——中唐文学文化论集[M].陈引驰,陈磊,译.北京:生活·读书·新知三联书店,2006.

[69]陈鼓应.老子今注今译[M].北京:商务印书馆,2006.

[70]宇文所安.他山的石头记:宇文所安自选集[M].田晓菲,译.南京:江苏人民出版社,2006.

[71]陈才智.元白诗派研究[M].北京:社会科学文献出版社,2007.

[72]付兴林.白居易散文研究[M].北京:中国社会科学出版社,2006.

[73]海岸.中西诗歌翻译百年论集[M].上海:上海外语教育出版社,2007.

[74]辜正坤.中西文化比较导论[M].北京:北京大学出版社,2007.

[75]熊文华.英国汉学史[M].北京:学苑出版社,2007.

[76]爱德华·萨义德.东方学[M].王宇根,译.北京:生活·读书·新知三联书店,2007.

[77]倪豪士.传记与小说:唐代文学比较论集[M].北京:中华书局,2007.

[78]石云涛.中古文史探微[M].北京:文化艺术出版社,2007.

[79]李华元.逸步追风:西方学者论中国文学[M].北京:学苑出版社,2008.

[80]《庆祝何炳棣先生九十华诞论文集》编辑委员会.庆祝何炳棣先生九十华诞论文集.[M].西安:三秦出版社,2008.

[81]杨晓山.私人领域的变形:唐宋诗歌中的园林与玩好[M].文韬,译.南京:江苏人民出版社,2008.

[82]江岚.唐诗西传史论——以唐诗在英美的传播为中心[M].北京:学苑出版社,2009.

[83]郑文焯.大鹤山人词话[M].孙克强,辑校.天津:南开大学出版社,2009.

[84]宋莉华.当代欧美汉学要著研读[M].上海:上海教育出版社,2010.

[85]史冬冬.他山之石——论宇文所安中国古代文学与文论研究[M].成都:巴蜀书社,2010.

[86]伊沛霞.内闱——宋代妇女的婚姻与生活[M].胡志宏,译.南京:江苏人民出版社,2010.

[87]陈小亮.论宇文所安的唐代诗歌史研究[M].北京:中国社会科学出版社,2010.

[88]莫砺锋.莫砺锋评说白居易[M].合肥:安徽文艺出版社,2010.

[89]王希,姚平.在美国发现历史:留美历史人反思[M].北京:北京大学出版社,2010.

[90]顾伟列.20世纪中国古代文学国外传播与研究[M].上海:华东师范大学出版社,2011.

二、中文论文

[1]陈寅恪.白乐天之先祖及后嗣[J].岭南学报,1949(2).

[2]许国璋.借鉴与拿来[J].外国语,1979(3).

[3]范存忠.Chinese Poetry and English Translations[J].外国语,1981(5).

[4]入矢义高.欧美的中国古典诗歌研究[J].肖何,译.国外社会科学,1981(3).

[5]吴汝煜.白居易《燕子楼诗序》中的"张尚书"是谁?[J].文学评论,1982(4).

[6]陈之卓.白居易父母非舅甥婚配考辨及有关墓志试正[J].兰州大学学报,1983(3).

[7]刘广京.近三十年来美国研究中国近代史的趋势[J].近代史研究,1983(1).

[8] 许渊冲.谈唐诗的英译[J].翻译通讯,1983(3).

[9] 王应暄.从唐代的姚文秀杀妻案看我国古代故意杀人罪的罪名定义[J].法学评论,1985(5).

[10] 王丽娜.李白诗在国外[J].文献,1986(1).

[11] 刘兴.白居易妇女诗婚姻观探索[J].湖南师范大学学报,1987(5).

[12] 丁之方.唐代的贬官制度[J].史林,1990(2).

[13] 邓潭洲.关于韩愈研究中的一些问题[J].求索,1990(6).

[14] 王丽娜.唐诗在世界各国的出版及影响[J].中国出版,1991(3、4).

[15] 阎琦.韩愈"服硫黄"考论[J].铁道师院学报,1992(2).

[16] 静永健.白居易诗集四分类试论——关于闲适诗和感伤诗的对立[M]//唐代文学研究:第五辑.桂林:广西师范大学出版社,1992.

[17] 吴松泉.韩愈是怎样死的?[J].四川师范学院学报,1993(1).

[18] 赵成林.白居易的"俸禄诗"[J].文史杂志,1993(5).

[19] 陈之卓.白居易父母为中表结婚说补正[J].社科纵横,1995(2).

[20] 张浩逊.从赠内诗看白居易的婚恋生活[J].洛阳师范学院学报,1996(3).

[21] 孙康宜."古典"或者"现代":美国汉学家如何看中国文学[J].读书,1996(7).

[22] 陈伯海.中国文学史学史编写刍议[J].社会科学战线,1997(5).

[23] 黄意海,黄井文.白居易《燕子楼》诗考辨[J].文学遗产,1997(4).

[24] 王运熙.白居易诗歌的分类与传播[J].铁道师院学报,1998(6).

[25] 许章润.天意 人意 法意[J].比较法研究,1998(1).

[26] 张宏生."对传统加以再创造,同时又不让它失真"[J].文学遗产,1998(1).

[27] 卞孝萱."退之服硫黄"五说考辨[J].东南大学学报,1999,1(4).

[28] 邰积意.东方化东方与文化原质主义[J].人文杂志,1999(6).

[29] 饶鑫贤.白居易的礼刑关系论和犯罪根源说浅析[J].中国法律史论稿,北京:法律出版社,1999.

[30] 仇华飞.论美国早期汉学研究[J].史学月刊,2000(1).

[31]田晓菲.北美中国古典文学研究近况[N].中华读书报,2000-12-20.

[32]查屏球."三元说"与中唐枢纽的学术因缘[J].复旦学报,2000(2).

[33]严绍璗.日本中国学中的实证及其价值[M]//清华汉学研究:第三辑.北京:清华大学出版社,2000.

[34]陈平原.中国学家的小说史研究——以中国人的接受为中心[M]//清华汉学研究:第三辑.北京:清华大学出版社,2000.

[35]蒋寅.20世纪海外唐代文学研究一瞥[J].求索,2001(5).

[36]刘跃进.近年来美国的中国古代文学研究掠影[J].福州大学学报,2001(1).

[37]董洪川.文化语境与文学接受[J].外国文学研究,2001(4).

[38]郭廷礼.19世纪20世纪初东西洋《中国文学史》的撰写[N].中华读书报,2001-9-26.

[39]王丽娜.李白诗歌在欧美[J].文史知识,2001(10).

[40]秦寰明.中国文化的西传与李白诗[J].美国唐学会会刊,2002(2).

[41]喻亮.白居易父母"畸形婚配"说质疑[J].中国韵文学刊,2002(2).

[42]柳士军.Waley英译《论语》赏析[J].信阳师范学院学报,2002(4).

[43]卞孝萱.《四部备要》在文化传承中的作用[M]//"中国传统文化与21世纪"国际学术研讨会论文集.北京:中华书局,2003.

[44]张西平.汉学研究三题[N].中华读书报,2003-5-21.

[45]程章灿.汉诗英译与英语现代诗歌[J].江苏行政学院学报,2003(9).

[46]程章灿.魏理的汉诗英译及其与庞德的关系[J].南京大学学报,2003(6).

[47]乐黛云.诠释学与比较文学的发展[J].求索,2003(1).

[48]张中宇.白居易诗歌归类考——兼及《长恨歌》的主题[J].四川师范大学学报,2003(4).

[49]朱徽.唐诗在美国的翻译与接受[J].四川大学学报,2004(4).

[50]王鹭鹏.韩愈服硫黄辩[J].周口师范学院学报,2004(1).

[51]程章灿.阿瑟·魏理年谱简编[M]//国际汉学:第十一辑.郑州:大象出版社,2004.

[52]缪峥.阿瑟·韦利与中国古典诗歌翻译[J].国际关系学院学报,2004(4).

[53]何刚强.瑕瑜分明,得失可鉴——从 Arthur Waley 的译本悟《论语》的英译之道[J].上海翻译,2005(4).

[54]程章灿.魏理眼中的中国诗歌史[J].鲁迅研究月刊,2005(3).

[55]孙康宜.新的文学史可能吗[J].清华大学学报,2005(4).

[56]程章灿.魏理与布卢姆斯伯里文化圈交游考[J].中国比较文学,2005(1).

[57]杨光.浅谈白居易诗歌中矛盾的女性观[J].古典文学知识,2005(5).

[58]李倩.翟理斯的《中国文学史》[J].古典文学知识,2006(3).

[59]高汉成.中国传统法律文化研究的多维视角——"中国文化与法治"国际学术研讨会暨中国法律史学会 2005 年学术年会综述[M]//中国文化与法治.北京:社科文献出版社,2006.

[60]程章灿.东方古典与西方经典——魏理英译汉诗在欧美的传播及其经典化[J].中国比较文学,2007(1).

[61]夏彩玲.白居易诗歌作品里的女性关怀[J].齐齐哈尔师范高等专科学校学报,2007(4).

[62]雷琼.Arthur Waley《道德经》译本的功能对等分析[J].今日湖北(理论版),2007(4).

[63]程章灿.岁月匆匆六十年——由《哈佛亚洲学报》看美国汉学的成长:上、下[J].古典文学知识,1997(1);1997(2).

[64]周子伦.《长恨歌》英译比较[J].中国教师,2007(2).

[65]张惠民.Arthur Waley 英译《论语》的误译及其偏译分析[J].绵阳师范学院学报,2007(4).

[66]孙康宜.谈谈美国汉学的新方向[J].书屋,2007(12).

[67]赖瑞和.追忆杜希德教授[J].汉学研究通讯,2007(4).

[68]肖志兵.阿瑟·韦利英译《国殇》中的文化缺失[J].湖南工业大学学报,2008(2).

[69]王宏治.唐代死刑复核制度探究[J].政法论坛,2008(4).

[70]蒋友冰.英国汉学的阶段性特征及成因探析[J].汉学研究通讯,2008(27:3).

[71]肖志兵.阿瑟·韦利英译《道德经》的文化解读[J].湖南第一师范学报,2008(1).

[72]沈国威.传教士与20世纪初的新汉语——以A.H.Mateer和E.Morgan的两本书为例[J].江苏大学学报,2009(1).

[73]葛红.美国汉学研究简述[J].作家,2010(4).

[74]胡阿祥,胡海桐.韩愈"足弱不能步"与"退之服硫黄"考辨[J].中华文史论丛,2010(2).

[75]徐志啸.《剑桥中国文学史》的启示[N].中华读书报,2011-5-5.

[76]顾钧.美国汉学的历史分期与研究现状[J].国外社会科学,2011(2).

[77]徐利华.古今如梦何曾梦觉——读苏轼《永遇乐·彭城夜宿燕子楼》[J].名作欣赏,2011(26).

[78]王萍.白居易俸禄诗文与心路历程[J].淮北师范大学学报,2011(4).

[79]程章灿.作为学术文学资源的欧美汉学研究[J].文学遗产,2012(2).

[80]谢仲伟.论白居易的散文[D].济南:山东师范大学,2007.

[81]付晓妮.论宇文所安对中国文学的解读与思考[D].华东师范大学,2007.

[82]赵琼琼.论宇文所安中唐文学的研究方法[D].浙江大学,2008.

[83]常雅婷.亚瑟·韦利的白居易诗歌翻译研究[D].首都师范大学,2009.

[84]肖莹星.元白派散文研究[D].江西师范大学,2009.

[85]谢觅之.白居易的女性诗与女性观[D].浙江工业大学,2009.

[86]王锦森.白居易公文研究[D].南京师范大学,2010.

[87]冀爱莲.翻译、传记、交游:阿瑟·韦利汉学策略考辨[D].福建师范大学,2010.

[88]邓亚丹.白居易《长恨歌》的四种英译本对比研究[D].湖南农业大学,2011.

三、英文书目

[1] Robert Morrison. *Translations From The Original Chinese, with Notes*. Canton: Order Of The Select Committee; At The Honorable East India Company's Press, 1815.

[2] George Carter Stent. *The Jade Chaple, in Twenty-four Beads: A Collection of Songs, Ballads, etc. (from the Chinese)*. London: W.H. Allen & Co, 1874.

[3] Herbert A. Giles. *Chinese Poetry in English Verse*. London: B. Quaritch, 1898.

[4] Alexander Wylie. *Notes on Chinese Literature: With Introductory Remarks on the Progressive Advancement of the Art*. Shanghai: American Presbyterian mission press, 1901.

[5] Herbert A. Giles. *A History of Chinese Literature*. New York & London: D. Appleton And Company, 1901.

[6] L. Cranmer-Byng. *The Never Ending Wrong and Other Renderings*. London: Grant Richards, 1902.

[7] Launcelot Alfred Cranmer Byng. *A Lute of Jade: Being Selections From The Classical Poets of China*. London: Grant Richards, 1909.

[8] L. Cranmer-Byng. *A Feast of Lanterns*. London: John Murray, 1916.

[9] Arthur Waley. *Chinese Poems*. Stewartstown: Lowe Bros., 1916.

[10] Arthur Waley. *A Hundred and Seventy Chinese Poems*. New York: Alfred A. Knopf, 1919.

[11] Arthur Waley. *More Translations from Chinese*. London: George Allen & Unwin Ltd, 1919.

[12] W. J. B. Fletcher. *Gems of Chinese Poetry*. Shanghai: Commercial Press, Limited, 1919.

[13] W. J. B. Fletcher. *More Gems of Chinese Poetry*. Shanghai: Commercial Press, Limited, 1919.

[14] Florence Ayscough and Amy Lowell. *Fir-flower Tablets*. Boston and New York: Houghton Mifflin, 1921.

［15］Arthur Waley. *Zen Buddhism and Its Relation to Art*. London：Luzae & Co. ,1922.

［16］Arthur Waley.*An Introduction to the Study of Chinese Painting*.London：Ernest Benn Ltd. ,1923.

［17］Arthur Waley.*The Temple and Other Poems*.London：George Allen & Unwin Ltd,1923.

［18］Herbert A. Giles. *Gems of Chinese Literature*.London：Kelly & Walsh,Inc.1923.

［19］Witter Bynner.*The Jade Mountain：A Chinese Anthology*.New York：Alfred A. Knopf,1929.

［20］Etienne Balazs.*Beitrage zur：Wirtschaftsges Chichte der Tang-Zeit*.Berlin：de Gruyter,1931-1933.

［21］Arthur Waley. *The Way and Its Power*. London：George Allen & Unwin Ltd. ,1934.

［22］Arthur Waley. *Translation from the Chinese*. New York：Alfred a Knopf, Inc. ,1941.

［23］Roger Soame Jennys.*Selections from the Three Hundred Poems of the T' ang Dynasty*.London：John Murray,1944.

［24］Roger Soame Jennys.*A Further Selection from the Three Hundred Poems of the T' ang Dynasty*.London：John Murray,1944.

［25］Arthur Waley.*Chinese Poems*.London：George Allen & Unwin Ltd,1946.

［26］Arthur Waley.*The Life and Times of Po Chü-i ,772-846 A.D.*.London：George Allen & Unwin Ltd. ,1949.

［27］James Hightower. *Topics in Chinese Literature , Harvard-Yenching Institute Studies , Vol.* Ⅲ.Cambridge：Harward University Press,1950.

［28］Arthur Waley.*The Poetry and Career of Li Po ,701-762 A.D.*.London：George Allen & Unwin Ltd. ,1951.

［29］Mélanges chinois et bouddhiques.*Melanges Chinois et Bouddiques*.Leuven： Peeters Publishers,1951.

［30］Arthur Waley.*The Real Tripitaka and Other Pieces*.London：George Allen &

Unwin Ltd., 1952.

[31] William Hung.*Du Fu, China's Greatest Poet*(2v).Cambridge: Havard University Press, 1952.

[32] Howard S. Levy.*Biography of Huang Ch'ao*.Berkeley: University of California Press, 1955.

[33] Arthur Waley.*Yuan Mei: A 18th Century Chinese Poet*.London: George Allen &Unwin Ltd., 1957.

[34] Arthur Waley.*The Opium War Through Chinese Eyes*.London: George Allen &Unwin Ltd., 1958.

[35] Howard S. Levy.*Harem Favorites of an Illustrious Celestial*.Taichung: Chung-t'ai Press, 1958.

[36] Nagasawa Kikuya and Eugen Feifel.*Geschichte der chinesischen Literatur: A History of Chinese Literature*.Darmstadt: 1959; Hildesheim: 1967.

[37] Eugen Feifel.*Po Chü-i as a Censor*.s-Gravenhage: Mouton, 1961.

[38] Howard S. Levy.*Lament Everlasting (The Dead of Yang Kuei-fei): Translation and Essays*.Tokyo: Oriental Book Store, 1962.

[39] Benjamin E. Wallacker.*The Huai-nan-tzu, Book Eleven: Behavior, Culture and the Cosmos*.New Haven: American Oriental Society, 1962.

[40] Denis Twitchett.*Financial Administration Under the T'ang Dynasty*.Cambridge: Cambridge University Press, 1963.

[41] Shigeyoshi Obata.*The Works of Li Po: The Chinese Poet*.New York: Kessinger Publishing, LLC, 1922.

[42] Cyril Birch.*Anthology of Chinese Literature: Volume 1: From Early Times to the Fourteenth Century*.New York: Grove Press, 1965.

[43] James J.Y. Liu.*The Art of Chinese Poetry*.Chicago: University of Chicago Press, 1966.

[44] Wu-Chi Liu.*An Introduction to Chinese Literature*.Bloominton: Indiana University Press, 1966.

[45] James J.Y. Liu.*The Chinese Knight-errant*.Chicago: University of Chicago

Press,1967.

[46] James J.Y. Liu.*The Poetry of Li Shang-yin*;*Ninth-century Baroque Chinese Poet*.Chicago:University of Chicago Press,1969.

[47] Ivan Morris.*Madly Singing in the Mountain*:*An Appreciation and Anthology of Arthur Waley*.London:George Allen& Unwin Ltd.,1970.

[48] Kenneth Rexroth.*One Hundred More Poems from the Chinese*:*Love and the Turning Year*.New York:New Directions Publishing,1970.

[49] Howard S. Levy.*Translations from Po Chü-i's Collected Works Vol.1*:*The Old Style Poems*.New York:Paragon Book Reprint Corp.,1971.

[50] Howard S. Levy.*Translations from Po Chü-i's Collected Works Vol.2*:*The Regulated Poems*.New York:Paragon Book Reprint Corp.,1971.

[51] Don E. Hamachek.*Encounters with the Self*.New York:Holt,Rinehart and Winston,1971.

[52] John C. H. Wu.*The Four Seasons of Tang Poetry*.Rutland:C. E. Tuttle Co,1972.

[53] Kenneth K.S. Ch'en.*The Chinese Transformation of Buddhism*.Princeton:Princeton Dniv.Press,1973.

[54] James J.Y. Liu.*Chinese Theories of Literature*.Chicago:University of Chicago Press,1975.

[55] Wu-Chi Liu and Ivring Yucheng Lo.*Sunflower Splendor*:*Three Thousands Years of Chinese Poetry*,*Garden City*.New York:Anchor Books,1975.

[56] Howard S. Levy and Henry W.Wells.*Translations from Po Chü-i's Collected Works Vol.Ⅲ*:*Regulated and Patterned Poems of Middle Age*(822-832).San Francisco:Chinese Materials Center,1976.

[57] Angela Jung Palandri.*Yuan Chen*.Boston:Twayne Publishers,1977.

[58] Stephen Owen.*The Poetry of the Early T'ang*.New Haven:Yale University Press,1977.

[59] Howard S. Levy and Henry W.Wells.*Translations of Po Chü-i's Collected Works*,*Vol.Ⅳ*,*The Later Years*(833-846).San Francisco:Chinese Materials Center,

Inc.,1978.

［60］Y.W. Ma and Joseph S.M. Lau eds.*Traditional Chinese Stories*:*Themes and Variations*.New York:Columbia University Press,1978.

［61］Patricia Buckley Ebrey.*The Aristocratic Families in Early Imperial China*:*A Case Study of the Po-Ling Ts' ui Family*.Cambridge:Cambridge University Press,1978.

［62］Stephen Owen.*The Great Age of Chinese Poetry*:*the High T' ang*.New Haven:Yale University Press,1980.

［63］Paul Kroll.*Meng Hao-Jan*.Boston:Twayne.1981.

［64］James J. Y. Liu. *The Interlingual Critic*: *Interpreting Chinese Poetry*.Bloomington:Indiana University Press,1982.

［65］Rewi Alley trans.*Bai Juyi*,*200 Selected Poems*.Peking:New World Press,1983.

［66］David Hinton.*Bai Juyi*:*200 Selected Poems*.Peking:New World Press,1983.

［67］Innes Herdan.*300 T' ang Poems*.Taipei:Far East Book Co.,1984.

［68］Burton Watson.*The Columbia Book of Chinese Poetry*:*From Early Times to Thirteen Century*.New York:Columbia University Press,1984.

［69］Edward H. Schafer.*The Golden Peaches of Samarkand*.Berkeley:University of California Press,1985.

［70］Edward H. Schafer.*The Vermilion Bird*:*T' ang Images of the South*.Berkeley:University of California Press,1985.

［71］Stephen Owen.*Traditional Chinese Poetry and Poetics*:*Omen of the Worl*.Madison:University of Wisconsin Press,1985.

［72］Stephen Owen.*Remembrances*:*the Experience of the Past in Classical Chinese Literature*.Cambridge:Harvard University Press,1986.

［73］William H. Nienhauser, Jr., editor & compiler.*The Indiana Companion to Traditional Chinese Literature* (*Vol*. 1, 2). Bloomington: Indiana University Press,1986,1998.

［74］Patricia Buckley Ebrey and James L.Watson.*Kinship Organization in Late Imperial China*,*1000-1940*.Berkeley:University of California Press,1986.

［75］William H. Nienhauser.*Bibliography of Selected Western Works on T' ang Dynasty Literature.Taipei：Center for Chinese Studies,1988.

［76］Victor H. Mair.*Painting and Performance*. Honolulu：University of Hawaii Press,1988.

［77］Victor H. Mair. *Tang Transformation Texts*. Boston：Harward University Pree,1989.

［78］Stephen Owen.*Mi-lou：Poetry and the Labyrinth of Desire*.Cambridge：Harvard University Press,1989.

［79］Geoffrey MacCormack.*Traditional Chinese Penal Law*.Edinburgh：Edinburgh University Press,1990.

［80］Patricia Buckley Ebrey.*Marriage and Inequality in Chinese Society*.Berkeley：University of California Press,1991.

［81］Patricia Buckley Ebrey.*Confucianism and Family Rituals In imperial China：a Social History of Writing about Rites*.Princeton：Princeton University Press,1991.

［82］Denis Twitchett.*The Writing of Official History Under the T'ang*.Cambridge：Cambridge University Press,1992.

［83］Stephen Owen.*Readings in Chinese Literary Thought*.Cambridge：Harvard University Press,1992.

［84］Patricia Buckley Ebrey.*The Inner Quarters：Marriage and the Lives of Chinese Women in the Sung Period*.Berkeley：University of California Press,1993.

［85］Madeline K. Spring.*Animal Allegories in T'ang China*.New Haven：American Oriental Society,1993.

［86］Victor H. Mair.*The Columbia Anthology of Traditional Chinese Literature*.New York：Columbia University Press,1994.

［87］Geoffrey MacCormack. *The Spirit of Traditional Chinese Law*. Athens：University of Georgia Press,1996.

［88］Patricia Buckley Ebrey.*The Cambridg Illustrated History of China*.New York：Cambridge University Press,1996.

［89］Stephen Owen.*An Anthology of Chinese Literature*,*Beginning to* 1911. New York：W.W.Norton &Co.1996.

[90] Stephen Owen.*The End of the Chinese "Middle Ages": Essays in Mid-Tang Literary Culture*.Stanford:Stanford University Press,1996.

[91] Xiaoshan Yang.*To Perceive and to Represent:A Comparative Study of Chinese and English Poetics of Nature Imagery*.New York:Peter Lang,1996.

[92] Chiu Ming Chan.*Book of Changes-An Interpretation for the Modern Age*.Singapore:AsiaPac Books,1997.

[93] David Hinton.*The Selected Poems by Po Chü-i*.New York:New Directions Publishing Corp.,1999.

[94] Paul R. Goldin.*Rituals of the Way: The Philosophy of Xunzi*.Chicago:Open Court Publishing Company,1999.

[95] Olive Classe.*Encyclopedia of Literature Translation into English*.Philadelphia:Talyor & Francis Inc.,2000.

[96] Burton Watson.*Po Chü-i: Selected Poems*.New York:Columbia University Press,2000.

[97] Victor H. Mair.*The Columbia History of Chinese Literature*.New York:Columbia University Press,2001.

[98] Victor H. Mair.*The Shorter Columbia Anthology of Traditional Chinese Literature*.New York:Columbia University Press,2001.

[99] Paul Kroll.*Dharma Bell and Dha-ran i-Pillar:Li Po's Buddhist Inscriptions*.Kyoto:Scuola italiana di studi sull'Asia orientale,2001.

[100] Paul R. Goldin.*The Culture of Sex in Ancient China*.Honolulu:University of Hawaii Press,2002.

[101] Patricia Buckley Ebrey.*Women and the Family in Chinese History*.London:New York:Routledge,2003,2002.

[102] Xiaoshan Yang.*Metamorphosis of the Private Sphere:Gardens and Objects in Tang-Song Poetry*.Cambridge:Harvard University Press,2003.

[103] Tony Barnstone and Chou Ping.*The Anchor Book of Chinese Poetry:From Ancient to Contemporary,the Full 3000-Year Traditon*.New York:Knopf Doubleday Publishing Group,2005.

［104］Paul R. Goldin. *After Confucius: Studies in Early Chinese Philosophy*. Honolulu: University of Hawaii Press, 2005.

［105］Stephen Owen. *The Making of Early Chinese Classical Poetry*. Cambridge: Harvard Asia Center, 2006.

［106］Stephen Owen. *The Late Tang: Chinese Poetry of the Mid-Ninth Century(827-860)*. Cambridge: Harvard University Asia Center, 2006.

［107］Paul Kroll. *Studies in Medieval Taoism and the Poetry of Li Po*. Burlington: Ashgate Publishing Group, 2009.

［108］Kang-i Sun Chan and Stephen Owen. *The Cambridge History of Chinese Literature*. New York: Cambridge University Press, 2010.

［109］Paul R. Goldin. *Confucianism (Ancient Philosophies Vol. 9)*. Berkeley: University of California Press, 2011.

四、英文论文

［1］Arthur Waley. "Pre-Tang Poetry". *Bulletin of the School of Oriental Studies*, Vol. No. 1(1917): 26-47.

［2］Arthur Waley. "Further Poems by Po Chü-i and an Extract from His Prose Works, Together with Two Other T'ang Poems". *Bulletin of the School of Oriental Studie*, 1(1917): 96-112.

［3］Arthur Waley "A Chinese Picture" *Burlington Magazine*, XXX, No. 1 (Jan. 1917): 3-10.

［4］Arthur Waley. "On Barbarous Modern Instruments". *Poetry*, Vol. 11, No. 5 (Feb., 1918): 254.

［5］John Gould Fletcher. "Perfume of Cathay Chinese Poems by Arthur Waley". *Poetry*, Vol. 13, No. 5(Feb., 1919): 273-281.

［6］Arthur Waley. "Notes on the 'Lute-girl's Song". *The New China Review*, 2(1920): 591-597.

［7］Harriet Monroe. "Waley's Translations from the Chinese, A Hundred and Seventy Chinese Poems, and More Translations from the Chinese by Arthur Waley". *Poetry*, Vol.15, No.6(Mar., 1920) :337-342.

[8] Arthur Waley. "Notes on the "Lute-girls Song," response to Herber A. Giles criticism of this piece". *The New China Review*, 3(1921) :376-377.

[9] Herbert A. Giles. Mr. Waley and "The Lute Girl's Song". *The New China Review*, 3(1921) :281-288.

[10] Arthur Waley. "The Everlasting Wrong". *Bulletin of the School of Oriental Studie*, Vol.2, No.2(1922) :343-344.

[11] Arthur Waley. "Christ and Bodhisattva?". *Artibus Asiae*, No.1(1925) :5.

[12] Arthur Waley. "Foreign Fashions". *The Forum*, July 1927:3.

[13] Arthur Waley. "Three Chinese Poems". *The Forum*, June 1928:8.

[14] Arthur Waley. "Note on Chinese Alchemy". *Bulletin of the School of Oriental Studies*, Vol.6, No.1(1930) :1-24.

[15] Arthur Waley. "References to Alchemy in Buddhist Scriptures". *Bulletin of the School of Oriental Studies*, Vol. VI, PT. IV (1932) :1102-1103.

[16] Arthur Waley. "Did Buddha Die of Eating Pork?". *Times Literary Supplement*, I(1932).

[17] L.S.Y.. "The Life and Times of Po Chü-i by Arthur Waley". *Harvard Journal of Asiatic Studies*, Vol.15, No.1/2(Jun., 1952) :259-264.

[18] Eugen Feifel. "The Marriage of Po Chü-i's Parents". *Monumenta Serica*, 15(1956) :344-55.

[19] Howard S. Levy. "Yellow Turban Religion and Rebellion at the End of Han". *Journal of American Oriental Society*, Vol.76, No.4(Oct.-Dec., 1956) :214-227.

[20] Howard S. Levy. "The Career of Yang Kuei-fei". *T'oung Pao*, Second Series, Vol.45, Livr.4/5(1957) :451-489.

[21] Eugen Feifel. "Biography of Po Chü-i: Annotated Translation from Chuan 166 of the Chiu T'ang-shu". *Monumenta Serica*, 17(1958) :255-311.

[22] Wolfram Eberhard. "Harem Favorites of an Illustrious Celestial by Howard S. Levy". *Journal of Asian Studies*, Vol.20, No.1(Nov., 1960) :104.

[23] Howard S. Levy."The Bifurcation of the Yellow Turbans in Later Han". *Oriens*, Vol.13/14, (1960/1961):251-255.

[24] Howard S. Levy."The Selection of Yang Kuei-fei".*Oriens*, Vol.15(Dec.31, 1962):411-424.

[25] Benjamin E. Wallacker."Two Concepts in Early Chinese Military Thought". *Language*.Vol.42, No.2(Apr.-Jun., 1966):295-299.

[26] Howard S. Levy. "Rainbow Skirt and Feather Jacket". *Literature East and West*, 13.1/2(June 1969):111-40.

[27] Y.W. Ma."Prose Writings of Han Yu and Chuan-ch'i Literature".*Journal of Oriental Studies*,7:2(1969):195-227.

[28] Arthur Gus Woltman. "The Tao of Sex by Akira Ishihara; Howard S. Levy". *The Journal of Sex Research*, Vol.6, No.2, Group Sex(May, 1970):158.

[29] Benjamin E. Wallacker."Studies in Medieval Chinese Siegecraft:The Siege of Ying-ch'uan,.548-549A.D".*The Journal of Asian Studies*, Vol.30, No.3(May, 1971):611-622.

[30] Russell McLeod."Po Chü-i's Collected Works.Vol.I, The Old Style Poems. Vol.II, The Regulated Poems". *Journal of Asian Studies*, Vol. 31, No. 2 (Feb., 1972):392-393.

[31] Antony Tatlow. "Stalking the Dragon: Pound, Waley, and Brecht". *Comparative Literature*, Vol.25, No.3(summer, 1973):193-211.

[32] Lionello Lanciotti."Translations from Po Chü-i's Collected Works.Volume I: The Old Style Poems.Volume Two:The Regulated Poems by Howard S.Levy".*East and West*, Vol.23, No.1/2(March-June 1973):218.

[33] Ho Peng Yoke and Go Thean Chye and David Parker."Po Chü-i's Poems on Immortality".*Harvard Journal of Asian Studies*, Vol.34(1974):163-186.

[34] Angela Jung Palandri."Yuan Chen's Hui Chen Chi: A Re-evaluation". *Pacific Coast Philology*, Vol.9(Apr.1974):56-61.

[35] Angela Jung Palandri. "The Dream-elegies of Yuan Chen".*Proceedings of PNCFL*(Pacific Northwest Conference on Foreign Languages), Vol. 25 (1974), pt.

1:160-167.

[36] Angela Jung Palandri."Social identity and self-image in Yuan Chen's poetry".*Asian Culture Quarterly*,Vol.6(1978),No.3:37-43.

[37] Paul W. Kroll."The Egret in Medieval Chinese Literature The Egret in Medieval Chinese Literature".*CLEAR*,Vol.1,No.2(Jul.,1979):181-196.

[38] Y.W. Ma."Fact and Fantasy in T'ang Tales Fact and Fantasy in T'ang Tales".*CLEAR*,Vol.2,No.2(Jul.,1980):167-181.

[39] Paul W. Kroll."The Dancing Horses of T'ang".*T'oung Pao*,Second Series,Vol.67,Livr.3/5(1981):240-268.

[40] Benjamin E. Wallacker."The Poet as Jurist:Po Chü-i and a Case of Conjugal Homicide".*Harvard Journal of Asiatic Studies* 41.2(December 1981):507-526.

[41] Gideon C.T. Hsu trans."The Song of Everlasting Remorse".*Annals of the Philippine Chinese Historical Society*(Manila),12(1982):48-61.

[42] James J.Y. Liu."A Note on Po Chü-yi's "Tu Lao Tzu,"(On Reading the Lao Tzu).*CLEAR* 4.2(July 1982):243-244.

[43] Denis Twitchett."The Seamy Side of Late T'ang Political Life:Yü Ti and His Family".*Asia Major*,3rd ser.1.2(1988):29-63.

[44] Madeline K. Spring."Fabulous Horses and Worthy Scholars in Ninth-Century China".*T'oung Pao*,Second Series,Vol.74,Livr.4/5(1988):173-210.

[45] Denis Twitchett."Po Chü-i's 'Government Ox'".*T'ang Studie*.7(1989):23-38.

[46] Paul W. Kroll."Po Chü-i's Song of Lasting Regret':A New Translation".*T'ang Studies*,8-9(1990-1991):97-104.

[47] Madeline K. Spring."Roosters,Horses,and Phoenixes:A Look At The Fables By Li Ao".*Monumenta Serica*,Vol.39,(1990-1991):199-208.

[48] Madeline K. Spring."The Celebrated Cranes of Po Chü-i".*Journal of the American Oriental Society*.111.1(1991):8-18.

[49] William H. Nienhauser."The Reception of Han Yü in America,1936-1992".*Asian Culture*,21.1(1993):18-48.

[50] William H. Nienhauser."Po Chü-i Studies in English Since 1916-1992".*Asian Culture Quartly*, XXII(Autumn 1994) :37-50.

[51] Paul R.Goldin."Reading Po Chü-i".*T' ang Studies*, V12(1994) :97-116.

[52] Geoffrey Mac Cormack."The Traditonal Chinese Law of Homicide, Po Chü-i and the Eiusdem Generis Principle".*Chinese Culture*, 35.3(1994) :7-14.

[53] Stephen Owen."The Formation of The Tang Estate Poem".*Harvard Journal of Asiatic Studies*, Vol.55, No.1(Jun., 1995) :39-59.

[54] Xiaoshan Yang."Having it Both Ways:Manors and Manners in Bai Juyi's Poetry".*Harvard Journal of Asiatic Studies*, 56(1996) :123-149.

[55] Chiu Ming Chan."Buddhist and Taoist Influences on the Tang Poet Bai Juyi, (772-846A.D.)".*Nantah Journal of Chinese Language and Culture*, 1(No.1, 1996) :249-266.

[56] Ping Yao."Perception of Marriage and Women in Bai Juyi's Judgment Writings".*The March* 1997 *Association for Asian Studies Annual Meeting*, Chicago, Illinois.

[57] William H. Nienhauser."Studies of Traditional Chinese Poetry in the U.S. (Part Ⅰ and Part Ⅱ), 1962-1996".*Asian Culture Quarterly*, XXV.4(Winter 1997), pp.27-65.Chinese Culture XL 1/2(March and June 1999), pp.1-24 and pp.45-72.

[58] Ping Yao."The Fascination with Qing in Mid-Tang China(763-835):A Study of the Writings of Bo Juyi(772-846)".*Chinese Historians*, 10(2000) :93-121.

[59] Xiaoshan Yang."The Exchange of Poetry and the Poetry of Exchange:A Perspective on Bai Juyi and Su Shi".the 1999 *Annual Meeting of the Midwest Conference on Asian Affairs*, Michigan Sate University, September 24-26, and at the 2000 Annual Meeting of the Association for Asian Studies, San Diego, March 9-12.

[60] Xiaoshan Yang."Money Matters:Bai Juyi's Self-image as a Septuagenarian".*Monumenta Serica*, 48(2000) :39-66.

[61] Chiu Ming Chan."Lodging in Peace While Waiting for the Decree of Heaven:A Study of the Thoughts and Actions of the Tang Poet Pai Chu-yi".*Literature and Philosophy*(National Sun Yat-Sen University), 1(No.1, 2002) :129-146.

[62] Madeline K. Spring."A Stylistic Study of The"Guwen":The Rhetoric of Han

Yü and Liu Zongyuan". Unpublished Ph. D. dissertation of University of Washington,1983.

[63] Ernestine H. Wang."Po Chü-i: The man and his influence in Chinese poetry".Unpublished Ph.D.dissertation of Georgetown University,1987.

[64] Chiu Ming Chan."Between the World and the Self-Orientations of Pai Chü-i's (772 – 846) Life and Writings". Unpublished Ph. D. dissertation of Wisconsin University,1991.

[65] Ping Yao."Power,Resistance,and Accommodation: A Women's Writing System in Jiangyong,China".Unpublished Master's thesis of Illinois Universitym,1992.

[66] Ping Yao."Women, Femininity, and Love in the Writing of Bo Juyi(772 – 846)".Unpublished Ph.D.dissertation,University of Illinois at Urbana-Champaign,1997.

西文人名译名英文字母索引

Alley, Rewi(列维·安理)　26

Amiot, Jean-Joseph-Marie(钱德明)　16

Balazs, Etienne(白乐日)　166

Barnstone, Tony(汤尼·本斯东)　25,26

Birch, Cyril(白之)　113,114

Brecht, Bertolt(布莱希特)　64

Brooks, Brace E.(白牧之)　125

Bynner, Witter(怀特·宾纳)　24

Chan, Chiu Ming(陈照明)　28

Chang, Kang-i Sun(孙康宜)　40

Ch'en, Kenneth K.S.(陈观胜)　188

Classe, Olive(奥利弗·克莱塞)　17

Cockerell, Sydney(锡德尼·科克里尔)　209

Couvreur, Séraphin(顾赛芬)　169

Cranmer-Byng, Launcelot Alfred(克莱默-宾)　9,19,20,24,112,113,116-118

Demiéville, Paul(戴密微)　16

Du Halde, Jean-Baptiste(杜赫德)　　16

Eberhard, Wolfram(沃尔夫雷·艾伯翰)　　91

Feifel, Eugen(尤金·法菲尔)　　26,162

Fletcher, John G.(约翰·弗莱彻)　　62

Frankel, Hans(傅汉思)　　25

Giles, Herbert A.(哈伯特·翟理斯)　　7,17,112

Goldin, Paul R.(保罗·高汀)　　185

Hightower, James Robert(海陶玮)　　36

Hinton, David(大卫·亨廷顿)　　26

Kroll, Paul(保罗·克罗尔)　　41

Levy, Howard S.(霍华德·列维)　　24,90,91,128

Liu, James J.Y.(刘若愚)　　25,36,135

Liu, Wu-Chi(柳无忌)　　25,35,36,37,39,42

Lo, Ivring Yucheng(罗郁正)　　25

Lowell, Amy(艾米·洛维尔)　　24

Ma, Y.W.(马幼垣)　　39

Mair, Victor H.(梅维恒)　　40,41

Morrison, Robert(马礼逊)　　16

Nienhauser, William H., Jr.(倪豪士)　　3,8,11,20,21,26,27,35-38,53,72,76,105,111,127,135,139,141,144,183,184,189,216

Owen, Stephen(宇文所安)　　3,25,29,32,47,149

Palandri, Angela Jung(荣之颖)　　38

Pound, Ezra(庞德)　　64

Rexroth, Kenneth(肯尼斯·雷克斯洛特)　　24

Schultz, William(舒威霖)　　40

Spring, Madeline K.(司马德琳)　　27,31,181,182

Tatlow, Antony(安东尼·塔特洛)　　64,65

Twitchett, Denis(杜希德,又译崔瑞德)　　26,165,177

Wagner, Marsha(魏玛莎)　　40

Waley, Arthur(阿瑟·韦利)　　6,10-12,21,51,52,62,64,66,71,83,86,125,209

Wang Ernestine H.(厄尼斯汀·王)　　27

Watson, Burton(伯顿·沃森)　　25,26

Wells, Henry W.(亨利·威尔斯)　　24

Woltman, Arthur Gus(格斯·沃特曼)　　90

Wu, John C.H.(吴经熊)　　29

Wylie, Alexander(伟烈亚力)　　37

Y., L.S.(杨联陞)　　82,83

Yang, Xiaoshan(杨晓山)　　28,29,146,149,154

Yao, Ping(姚平)　　28,155,156

Yim, Sarah(萨拉·殷)　　39

西文人名译名拼音索引

A

阿瑟·韦利(Waley, Arthur) 6-13,20-24,26-29,39,50-54,61-66,69-72,76-87,91,92,97,101,104-106,111,114-116,118-128,131,134,140,142,145,148,163,174,186,201,208-216

艾米·洛维尔(Lowell, Amy) 24

安东尼·塔特洛(Tatlow, Antony) 64

奥利弗·克莱塞(Classe, Olive) 17

B

白乐日(Balazs, Etienne) 165,166

白牧之(Brooks, Brace E.) 125

白之(Birch, Cyril) 113,183

保罗·高汀(Goldin, Paul R.) 27,31,171,185

伯顿·沃森(Watson, Burton) 25,26

布莱希特(Brecht, Bertolt) 64

C

陈观胜(Ch'en,Kenneth K.S.)　　188

陈照明(Chan,Chiu Ming)　　28,141,143-145,189

D

大卫·亨廷顿(Hinton,David)　　26

戴密微(Demiéville,Paul)　　16,39

杜赫德(Du Halde,Jean-Baptiste)　　16

杜希德,又译崔瑞德(Twitchett,Denis)　　31,163-166,176-181,213

E

厄尼斯汀·王(Wang Ernestine H.)　　139,145

F

傅汉思(Frankel,Hans)　　25,36

G

格斯·沃特曼(Woltman,Arthur Gus)　　90

顾赛芬(Couvreur,Séraphin)　　169

H

哈伯特·翟理斯(Giles,Herbert A.)　　7,17

海陶玮(Hightower,James Robert)　　36,37,214

亨利·威尔斯(Wells,Henry W.)　　24

怀特·宾纳(Bynner,Witter)　　24,113,140

霍华德·列维,中文名李豪伟(Levy,Howard S.)　　6

K

克莱默-宾(Cranmer-Byng,Launcelot Alfred)　　9,19,20,24,112,113,116-118

柯睿(Kroll,Paul W.)　　35,41,42,114,135,184,216

肯尼斯·雷克斯洛特,中文名王红公(Rexroth,Kenneth)　　24

L

列维·安理(Alley,Rewi)　　26

刘若愚(Liu,James J.Y.)　　7,25,27,31,36,37,134-138,212,214,216

柳无忌(Liu,Wu-Chi)　　25,35-37,39,42

罗郁正(Lo,Ivring Yucheng)　　25,35

M

马礼逊(Morrison,Robert)　　16

马幼垣(Ma,Y.W.)　　38,39

梅维恒(Mair,Victor H.)　　40-42,114

N

倪豪士(Nienhauser,William H.,Jr.)　　3,8,11,20,21,26,27,35-38,53,72,76,105,111,127,135,139,141,144,183,184,189,216

P

庞德(Pound,Ezra)　　21,64,210

Q

钱德明(Amiot,Jean-Joseph-Marie)　　16

R

荣之颖(Palandri,Angela Jung)　　38,39

S

萨拉·殷(Yim, Sarah)　39

舒威霖(Schultz, William)　40

司马德琳(Spring, Madeline K.)　26,27,31,181,183-185,215

孙康宜(Chang, Kang-i Sun)　5,40,43,44,215,216

T

汤尼·本斯东(Barnstone, Tony)　25

W

伟烈亚力(Wylie, Alexander)　37

魏玛莎(Wagner, Marsha)　40

沃尔夫雷·艾伯翰(Eberhard, Wolfram)　91

吴经熊(Wu, John C.H.)　29

X

锡德尼·科克里尔(Cockerell, Sydney)　209,210

Y

杨联陞(Y., L.S.)　82,83,87

杨晓山(Yang, Xiaoshan)　28-32,146,148-150,154,214,215

姚平(Yao, Ping)　28,155-160,214

尤金·法菲尔(Feifel, Eugen)　26,39,98,156,162,165

宇文所安(Owen, Stephen)　2,3,5,7-9,13,14,25,28,29,35,40,43,45,46,114,135,141,146,149,153,154,162,189,190,193,194,196-198,200-203,212-215

约翰·弗莱彻(Fletcher, John G.)　62

表格目录

表 2-1　韦利英译白诗具体诗目统计　　54

表 2-2　《废琴》及英译　　66

表 2-3　《有感》及英译　　67

表 2-4　《过天门街》及英译　　67

表 2-5　《梦上山》及英译　　67

表 2-6　《梦与李七、庾三十二同访元九》及英译　　68

表 2-7　《南塘暝兴》及英译　　69

表 2-8　《早春独登天宫阁》及英译　　70

表 2-9　《白居易的生平与时代》各章内容　　73

表 3-1　霍华德·列维的汉学著述列表统计　　92

表 3-2　霍华德·列维第一册《白居易诗歌翻译》目录及主要内容　　95

表 3-3　霍华德·列维第二册《白居易诗歌翻译》目录及主要内容　　97

表 3-4　《长恨歌》各个英译版本比较　　117

表 3-5　《有感》之三韦利与列维的译文比较　　119

表 3-6　《村居卧病》韦利与列维的译文比较　　121

表 3-7　《食笋》韦利与列维的译文比较　　123

表 3-8　《有感》之三韦利、列维的译文与威尔斯的再译比较　　126

后 记

　　追溯自己对中国古典文学尤其是唐诗宋词的深为着迷,应该是自幼时起了。大学时种种因缘际会选择了攻读英语专业,但这种热爱从未消减,诗词的优美生动与外语的细密严谨互相反衬更让我心醉神迷,常常想着如能将所学专业与中国古典文学相结合进行研究,该是怎样的美事一桩。攻读硕士时选择了中国古代文学与文化作为研究方向,师从中国古代文学、史学功底皆极深厚的石云涛师,并在北京外国语大学中文系一点一滴补上中国文学的基础知识。硕士论文《唐诗中的丝路行旅与丝路意象》在导师的谆谆教诲、严格督促下顺利完成,并颇受好评。可以说,硕士期间的主要收获是对中国古典文学从单纯的热爱到初窥其学术研究门径,而博士期间攻读"比较文学与跨文化研究"专业才算真正实现了学术梦想,尤其踏入"英美汉学界的唐诗研究"这一学术领域之后,颇有夙愿得偿之感。此外,继续师从学术造诣更上层楼的石云涛师,也使我对未来的研究充满期待。

　　然而这一研究方向困难重重,国内的相关研究成果大多散乱无章且大而化之、语焉不详,究其原因,是国内学者对具体资料的占有情况极不理想。2009年,有幸加入北京外国语大学首个教育部人文社科重大攻关项目——"20世纪中国古代文化经典域外传播研究",负责"唐诗在美国的传播"部分,更是苦于资料之匮乏。机缘凑巧,2010年,从北外申请到北京市高等学校国内外联合培养基地项目资助,加上美国著名汉学家倪豪士教授的热心接收,得以赴美国威斯康辛大学东亚语言文学系访学半年。利用那段宝贵的时间,竭尽全力收集大量资料,这对课题和博士论文最终得以顺利完成至关重要。在美访学期间,倪豪士先生在资料收集、论文选题和研究方法上给了很多的帮助和指导;在美结识的张雯、任颖和王晓峰等人,以及在华盛顿大学访学的中文学院师妹李丽,他们在资料收集方面提供帮助甚多,感激之情将永远铭记在心。

资料的齐备只如大厨备好了所有的用料,而后才是最考验厨艺的种种操作。治学严谨的石云涛师不断鼓励我挑战更有学术价值的题目,其间无数次的探讨、敲定、再改、再定……最终才选定了白居易。这个反复的过程虽然也曾让我心生倦怠,但这促使我不断认真梳理、熟悉相关资料,为后来的写作奠定了良好的基础。至于后来埋头苦赶论文的时光,如箭在弦的紧张投入,日以继夜的忘我付出,让我更觉珍贵难得。

博士在读期间,北外中国海外汉学中心张西平教授开设的数门专业课程让我眼界大开,他激情洋溢的个人风格、学贯中西的深厚学养以及纵横开阔的学术视角对我影响甚深,可以说直接启示了我对研究方向的选择。同样开设本专业博士课程的中文学院魏崇新教授,其教学风格、学术成果与治学风范也同样令人敬仰。他们二位不但通过授课传递了学术研究的真谛,对我的论文写作也给予了诸多鼓励和建议。

论文开题时,中国社会科学院文学研究所陈才智先生以及北京外国语大学中国海外汉学中心顾钧教授都提供了许多建设性的宝贵意见,对我顺利完成毕业论文极有助益。值得一提的是,在博士论文初获出版意向之时,陈才智先生还慷慨应允我的冒昧托付,在百忙之中挤出宝贵的时间对论文做逐字逐句的审读、推敲和修改,他在该领域的深厚造诣使得论文避免了诸多明显的讹误、错漏,他还纠正了论文中许多不规范或非书面化的字、词、句的用法,这种严谨细致的治学之道令我汗颜之余倍增感佩。而他在后学面前的虚怀若谷、躬身自省更是令人心生敬意,数次邮件往来,其谦谦儒雅的君子之风如清风扑面,让人为之心旷神怡。

博士论文顺利完成并获评北京外国语大学优秀博士论文,已是甚感欣慰;"20世纪中国古代文化经典域外传播研究书系"获国家出版基金项目资助,我的论文作为成果之一得以作为丛书的一本即将付梓,不啻一大惊喜。深知学术无止境,怀着一如当年的惴惴之心,对论文又做了进一步修订和增删。由是,以期不负师恩,不枉机遇,不忘初心。

莫丽芸
乙未年盛夏于北京